HISTOIRE

DE LA LITTÉRATURE FRANÇAISE

AU DIX-HUITIÈME SIÈCLE.

TOME II.

AVIS IMPORTANT.

Les éditeurs de cet ouvrage se réservent le droit de le traduire ou de le faire traduire en toutes les langues. Ils poursuivront, en vertu des lois, décrets et traités internationaux, toutes contrefaçons ou toutes traductions faites au mépris de leurs droits.

Le dépôt légal de ce volume a été fait à Paris, au ministère de l'intérieur, dans le cours du mois d'octobre 1853, et toutes les formalités prescrites par les traités seront remplies dans les divers Etats avec lesquels la France a conclu des conventions littéraires.

PARIS. — IMPRIMERIE DE CH. MEYRUEIS ET COMP.,
Rue Saint-Benoît, 7. — 1853.

HISTOIRE

DE LA

LITTÉRATURE FRANÇAISE

AU DIX-HUITIÈME SIÈCLE,

PAR

A. VINET.

TOME DEUXIÈME.

PARIS,

CHEZ LES ÉDITEURS, RUE DE CLICHY, 47.

—

1853.

HISTOIRE

DE LA

LITTÉRATURE FRANÇAISE

AU DIX - HUITIÈME SIÈCLE.

I.

VOLTAIRE.

1694—1778.

PREMIÈRE PARTIE.

Voltaire! Nous n'avons point encore, Messieurs, dans le cours de cette étude, rencontré son pareil. C'est, pour le coup, le dix-huitième siècle personnifié. Sa vie même est partagée comme cette grande période. L'an 1750, ou plutôt 1746, marque le point essentiel dans la carrière de Voltaire et dans la direction du siècle.

Il serait d'un haut intérêt de connaître à fond l'individualité de ce fatal génie, dont l'apparition est un fait dans l'histoire de l'humanité. Montesquieu s'est révélé à nous dans des aveux que nous lui avons en quelque sorte dérobés, mais qui n'en sont pas moins explicites et authentiques. Sauf peut-être une exception, les soixante et dix volumes de Voltaire ne renferment pas une ligne de ce genre (1). Et cependant tout a été recueilli, jusqu'au moindre billet.

Voltaire ne s'est jamais connu, ni n'a cherché à se connaître. Eh bien, c'est le premier trait de sa physionomie : social, mondain, dispersé à tous les vents, répandu dans l'espace, jamais replié sur lui-même, jamais recueilli, rien de solitaire ; une sensibilité vive, une irritabilité qui ne travaille point sur ses propres impressions, qui ne suffit point à la vie; mais qui suffit au talent. Il reste toujours à la première édition de sa pensée et de son sentiment. Chez lui, tout est primesautier ; il est l'instinct en personne, et même dans sa critique littéraire c'est encore l'instinct qui domine. Parmi les hommes que nous présente l'histoire littéraire et politique, il ne s'en trouve aucun chez lequel ce caractère ait existé au même degré.

Celui qui n'a eu que des impressions, sans jamais revenir sur elles, n'a pas vécu. Voltaire n'a pas eu ce miroir intérieur où l'homme se réfléchit; il ne connut jamais le repentir qui est une réflexion sur soi-même; il a persisté dans sa longue carrière sans conscience de soi. Il a été l'homme naturel sans résistance ni contrepoids; l'homme naturel élevé, pour ainsi dire, à la seconde puissance, également étranger au renouvelle-

____

(1) Excepté lorsqu'il parle en qualité de poëte, et surtout au théâtre dans la bouche d'un personnage. Le poëte n'est pas tout l'homme, ni le vrai homme; ce n'est pas par l'esprit, c'est par le cœur qu'on est soi-même.

ment d'esprit que produit le christianisme, et à ce travail intérieur par lequel certains hommes se sont renouvelés dans une certaine mesure.

C'est ce trait qu'il fallait signaler le premier. Ne serait-ce point là une faiblesse ou une cause de faiblesse? Quand à cette disposition on joint beaucoup de talent, beaucoup de naturel, quand on a affaire à un peuple impressionnable et impétueux, quand l'impatience et le besoin de toutes les nouveautés fermentent dans tous les esprits, alors ce qu'on serait tenté d'appeler faiblesse devient une force. Mais ici nous ne faisons qu'une silhouette, le portrait en face doit résulter de l'ensemble de la vie.

Voltaire a une autre force. Parmi tous les écrivains de cette première moitié du dix-huitième siècle, parmi tous les auteurs qui figurent dans le premier acte de ce drame intellectuel et passionné, il est le seul qui ait été, je ne dis pas *universel*, je dis encore moins *étendu*, mais le seul qui ait été flexible à ce degré, et brillant là même où il est moins solide et moins fort que tel autre. L'esprit de Montesquieu est plus étendu, mais la flexibilité lui manque, tandis que le caractère le plus distinctif de Voltaire, c'est la faculté de se porter sur tous les points, d'accepter toutes les positions, en un mot son extraordinaire facilité de conception et d'exécution. Nulle part peut-être, il n'est le premier, sinon dans la poésie fugitive où il demeure sans égal; mais il est partout, et partout il étincelle. Sa spécialité, c'est de n'être pas spécial. Un poëte obscur du dernier siècle a dit de lui :

Il n'est jamais au-dessous du sujet ;
Mais il n'est pas ce qu'il imagine être,
Original ; partout il a son maître.

Ceci est vrai, mais ce n'est pas complet. Dans tous les
genres qu'il a traités, Voltaire a introduit un élément
nouveau : sa manière de comprendre la vie. Au fond,
sa philosophie n'est peut-être que cela. Partout, en
effet, au point de vue de l'art, quelqu'un peut s'appeler son maître ; mais partout il possède ce je ne sais
quoi qui s'appelle Voltaire, et avec lequel il est parvenu à caractériser son siècle. Partout le second, et
partout lui-même. Sa personnalité et sa flexibilité
étaient deux conditions du rôle qu'il avait à remplir.
Sans elles, il aurait simplement fait partie de la brillante aristocratie des hommes de lettres du dix-huitième siècle ; mais la république ne fût jamais devenue
une monarchie.

Il fallait de plus qu'il fût poëte. Sans la poésie, le
plus grand génie ne peut aspirer à la royauté. La poésie s'adresse au grand public et aux parties les plus
sensibles de tout public. Les sonores vibrations de cet
orgue universel pénètrent plus avant et retentissent
plus longtemps que toutes les autres.

C'est par la poésie que Voltaire a commencé, qu'il
a fondé sa renommée et dirigé sur lui l'attention. Il
fut presque le seul poëte de son temps. Ni Louis Racine,
goûté de quelques-uns, mais dépourvu de la puissance
d'ébranler le public ; ni J. B. Rousseau, alors comme
éteint et enseveli vivant dans le siècle qui l'avait vu
naître ; ni Crébillon, capable de communiquer d'assez

fortes émotions, mais talent tout spécial et rattaché
d'ailleurs à l'époque de Louis XIV, n'auraient pu soutenir la poésie contre un siècle que les blasphèmes de
La Motte ne révoltaient pas, et qui prenait pour de la
poésie les églogues de Fontenelle. Voltaire a relevé le
fil d'or qui allait ramper sur la terre, renoué la tradition qui allait s'interrompre.

Il était donc poëte? — Oui; mais quoiqu'il ait plus
qu'un autre asservi la muse à des desseins positifs, le
poëte, chez lui, n'était pas intimement uni à l'homme.
Ici s'ouvre un champ de discussion dans lequel nous
ne nous engagerons pas. Voici seulement, en résumé,
ce qu'on pourrait à peu près dire.

Par simplicité, par défaut de réflexion, on aime à
croire que le poëte et l'homme sont solidaires l'un de
l'autre. C'est une illusion qu'on se fait volontiers, mais
c'est une illusion. Chez la plupart des hommes, la poésie est mieux et moins qu'un talent; c'est une vie intérieure. Une existence sans poésie est une lumière
sans auréole; nul n'est dépourvu de cette couronne
sans être disgracié de la nature. Elle est mieux qu'un
talent, car c'est une vie; elle est moins qu'un talent,
car elle ne se réalise pas, elle est privée de la faculté
de créer. Mais parmi cette élite qu'on appelle les
poëtes, la poésie est un talent. Chez quelques-uns
même, elle n'est que cela; en eux-mêmes ils n'ont pas
plus de vie poétique que tel homme qui n'a jamais fait
de vers.

Serait-il donc possible, Messieurs, qu'il n'y eût aucune communication entre la vie et le talent? Non, car

il faut bien que le poëte interroge l'homme; mais ce
sont, pour ainsi dire, deux êtres concentriques : le
poëte enveloppe l'homme comme la pulpe enveloppe le
noyau, ou la pellicule la semence. La poésie, chez plusieurs, ne compromet pas l'existence; ils en font
comme on va à la campagne, le soir ou le dimanche.
Cette manière d'être poëte n'est pas inférieure à l'autre; les plus grands peut-être appartiennent à cette catégorie. Le contraste que je viens de signaler est frappant chez Voltaire. En lui, quoiqu'il existe de grands
rapports entre les idées du poëte et celles de l'homme,
envisagés relativement à la société, les deux êtres ne
sont nullement solidaires, et leur indépendance réciproque est reconnaissable à chaque pas. La poésie de
Voltaire était un talent.

Mais comment Voltaire fut-il poëte? Quel fut le caractère distinctif de sa poésie?

Au dix-septième siècle, la poésie était humaine sans
doute, puisque la poésie ne tire son fond que de l'humanité. Mais ceci reconnu, il faut reconnaître aussi
que cette voyelle porte différents accents. A certaines
époques, la poésie est plus généralement humaine, et
partant toujours plus grande. En d'autres moments,
elle devient plus particulièrement sociale, c'est-à-dire
qu'elle s'attache surtout à l'homme tel que la société
l'a fait. Alors elle diminue l'homme en détournant son
regard des profondeurs de son être et des grandeurs
de sa destinée. En devenant plus sociale, elle devient
moins humaine. Au dix-septième siècle, la poésie a été
particulièrement sociale, à prendre ce mot dans le

sens que nous venons de lui donner, et non dans le sens actuel.

Ce siècle n'a eu que deux caractères : il a été social, on pourrait même dire mondain, et il a été sacerdotal. La poésie a suivi le courant de ces deux idées. Le caractère mondain se retrouve plutôt chez les uns, le caractère sacerdotal chez les autres, les deux caractères peut-être chez tous. Mais ces deux idées sont dominées par l'idée de l'humanité. Un siècle largement humain serait bien plus grand que le dix-septième siècle. Si le dix-huitième avait complété l'idée humaine par l'idée religieuse, il eût de beaucoup surpassé son prédécesseur. Évidemment l'idée de l'humanité, considérée en elle-même, a été l'idée propre du dix-huitième siècle, l'idée qui s'est fait jour dans sa littérature et sa philosophie. Elle était mal conçue, il est vrai, mais elle n'en était pas moins l'idée de l'humanité. Voltaire a méconnu les mystères de l'existence, ces hautes conditions de la poésie; il est resté étranger aux grandeurs de l'infini; mais il a été humain, il a mis au jour un élément perdu dans l'ombre majestueuse que projetait l'édifice social du dix-septième siècle. Ce siècle ne voyait ni l'individu ni l'humanité; il ne connaissait pas la nature. Quoique le sentiment de la nature ne fût pas profond chez Voltaire, il ne lui a cependant pas manqué. Toutes ces conditions étaient indispensables au rôle qu'il avait à remplir.

Il lui fallait encore l'activité et l'audace. Son activité n'était pas le travail intense et profond de certains hommes; mais c'était précisément l'activité, c'est-à-dire un mouvement incessant et déterminé. Pour l'audace, nul, à cette époque, ne l'a portée aussi loin que lui. Plus tard, Diderot et d'Alembert allèrent peut-être au delà; mais c'était Voltaire qui leur avait frayé la route. Qu'on ouvre, pour s'en convaincre, ses *Lettres sur les Anglais*, en les reportant à leur date, c'est-à-dire à 1726. Voltaire poursuivait l'agitation; il n'a craint ni le bruit ni le scandale. Il réunissait, à un égal degré, la mobilité et la persévérance. Sa vie fut errante et vagabonde, mais constante, comme un fleuve qui, au travers de tous ses détours, marche toujours à la mer. Une seule pensée en domina l'ensemble : c'était le dessein d'*écraser l'infâme*. *L'infâme*, était-ce la superstition ou le christianisme? — « Vous aurez beau faire, « Monsieur, vous ne détruirez jamais le christia- « nisme, » lui dit le magistrat qui jugeait un des pamphlets de sa jeunesse. — « Nous verrons ! » répondit Voltaire.

Enfin, il fallait encore épouser franchement le siècle, s'y asservir pour l'entraîner. La force de Voltaire, nous ne dirons pas sa grandeur, c'est, en entraînant son siècle, d'en être lui-même entraîné. Il en est comme de la chaîne qui assujettit le coursier à son char. Mais ceci n'est vrai que de l'écrivain qui veut faire faire un pas à son siècle, et non de celui qui aspire à régner sur la postérité. Montesquieu fut de son siècle et le domina, et c'est là sa gloire. Voltaire fut l'homme qui concentra en lui sans mélange tous les éléments essentiels du caractère français et du dix-huitième siècle, et qui se donna sans partage aux tendances nouvelles. Voltaire,

en surpassant son siècle, lui ressemble admirablement :
frère aîné ou jumeau de son peuple, qui reconnaît dans
cet homme un autre et meilleur lui-même,

> Il fut l'enfant gâté d'un siècle qu'il gâta.

Il naquit à l'époque où il pouvait être avec le plus
de plénitude tout ce qu'il était et remplir toute sa destinée. Il fut un de ces génies destructeurs que la Providence précipite sur la vétusté des empires. En un
autre temps, eût-il été tout ce qu'on l'a vu être au
dix-huitième siècle? Dans un sens, non, et dans un
autre, oui ; et ici le oui et le non sont identiques. En
tout temps, il eût vivement saisi l'esprit de son siècle,
ou il en eût été vivement saisi, et il l'eût rendu avec
une merveilleuse vivacité ; toutefois il serait demeuré
lui-même, au moins dans un sens négatif : l'intimité
lui eût toujours manqué. Mais son temps l'a développé. En aucun autre siècle, il n'eût pu se déployer
avec une telle latitude. Son bonheur, malheureux
bonheur ! c'est qu'il aima ce que son siècle aimait, et
qu'il haït ce que son siècle haïssait. Ils étaient d'accord ; mais ils ne le furent pas toujours, ni en tout
point. Un siècle composé d'hommes se renouvelle par
générations, se rajeunit de l'une à l'autre ; un homme
vieillit. Voltaire fut esclave et ne laissa pas de le sentir. A l'inverse du pape qui se disait serviteur, lui,
serviteur, se disait pape. Ce rôle n'est peut-être pas
compatible avec l'originalité. Nous l'avons déjà indiqué, Voltaire eut plutôt celle du caractère que celle
de l'esprit.

On rencontre partout les détails de la vie de Voltaire, si dramatique et si diverse ; ici nous cherchons seulement à en indiquer l'esprit. Il était fils d'un notaire, c'est-à-dire qu'il naquit au sein de cette bourgeoisie française et parisienne, naturellement remuante, tracassière, passionnée dès qu'elle le peut, qui bouillonne sitôt que cesse la compression. Ce qui est tracasserie à une certaine époque, eût été tragédie et passion dans une autre. Ceci dépend des circonstances ; la multitude ne se passionne que pour une idée. Ainsi à la Fronde une idée manquait ; plus tard l'idée se rencontre, et voici la Terreur.

Cette bourgeoisie eut toujours un caractère indépendant, frondeur, caustique. Un peuple spirituel et spéculatif se console de la perte de ses libertés par la liberté de l'esprit ; c'est ce qui est toujours arrivé aux Français. Mais, à cette époque, la bourgeoisie sortait, pour ainsi dire, de dessous cloche ; elle commençait à pressentir qu'elle pouvait devenir quelque chose, et elle le faisait voir en se haussant vers l'aristocratie.

Voltaire fut élevé chez les Jésuites, et longtemps il donna à ses maîtres des témoignages de respect et de gratitude. Remarquons, en passant, que la carrière de Voltaire et l'éducation des Jésuites, mondaine, légère, élégante, plus littéraire que savante et philosophique, et d'une littérature plus agréable que substantielle, sont bien loin d'être sans rapport.

Ses premières années furent pleines de présages. Sur les confins de deux siècles, lorsque l'hypocrisie de l'un se voyait remplacée par la licence de l'autre, Vol-

taire épousa avec ardeur l'esprit audacieux de cette
réaction ; à l'école déjà, il était signalé comme le coryphée du déisme. Introduit, encore enfant, chez Ninon
de Lenclos, rencontrant près d'elle des hommes tels
qu'un Chaulieu, un Vendôme, nommé dans le tes-
tament de la célèbre courtisane, Voltaire reçut en
quelque sorte le baptême de l'incrédulité et l'initiation
au rôle qu'il avait à remplir. On dit que les comédiens
doivent être élevés sur les genoux des reines. Son
esprit le plaça bientôt dans la société la plus dépravée
et la plus brillante. Certaines pages de ses œuvres jettent un jour effrayant sur les mœurs du temps. Il re-
chercha les grands seigneurs, mais il sut le faire sans
bassesse, et l'on admire comment, avec tant de fami-
liarité, il ne les blessa jamais, et comment, auprès
d'eux, sa flatterie ne descendit jamais jusqu'à l'adu-
lation. Il cultiva surtout avec soin l'amitié du duc
de Richelieu. C'étaient deux hommes types ; ils se
complétaient et se protégeaient l'un l'autre. Cette
intimité dura toujours. D'Alembert reprochait vainement à Voltaire son engouement pour le duc. « Vous
« aurez beau faire, mon cher philosophe, lui écrivait-
« il, vous n'en ferez jamais qu'un vieux freluquet. »
De bonne heure Voltaire sentit le besoin de se rendre indépendant. Il s'occupa de sa fortune et arriva
bientôt à un chiffre très considérable pour le temps,
environ quatre-vingt mille livres de rente. Chez la
plupart des hommes, il se fait un choix entre les plaisirs, les affaires et les études ; Voltaire ne le fit point,
et s'occupa de tout à la fois. Sa jeunesse fut pleine

d'orages. Son amour-propre les attisa. Son audace le
jeta dans mille dangers. Déjà à cette époque, la polémique littéraire prend une grande part dans sa vie.
Il faut lui rendre justice, il n'attaque pas le premier ;
mais une fois attaqué, il ne pardonne jamais. Il ne
dédaigne ni petits ennemis, ni petites offenses. Personne ne l'a critiqué sans attirer sur soi une vengeance
implacable. Ainsi, pour un mot piquant, il poursuit
J. B. Rousseau au delà de la tombe. — Il a dit en
parlant de lui-même, et c'est ici cet unique aveu auquel nous avons fait allusion : « Je suis d'un caractère
« que rien ne peut faire plier, inébranlable dans l'a-
« mitié et dans mes sentiments, et ne craignant rien
« ni dans ce monde ni dans l'autre (1). »

Il s'élance quelquefois, mais il ne s'abandonne jamais. Les traverses de sa jeunesse viennent beaucoup
plutôt de la hardiesse de ses opinions que de la vivacité
de sa polémique. Comme il ne s'est jamais connu, il
ne s'est jamais réprimé ; mais il a su se contenir. Sa
colère a eu de la mesure, même dans ses excès ; il
avait besoin de la persécution pour faire parler de lui.
Deux fois à la Bastille, deux ou trois fois exilé, une
fois pour une affaire avec le duc de Sully, mais en
général pour des écrits hardis, il fait de tout cela des
moyens de succès. L'un de ses exils le conduit en Angleterre ; il en revient chargé de dépouilles, mieux
armé, plus audacieux. On ne lui peut rien, il est
marqué d'un sceau. On dirait que le dieu de ce siècle
a aussi ses élus, et qu'il dit, comme le Dieu du ciel :

(1) *A M. Formey*, 1752.

« Ne touchez point à mes oints (1). » Ceci s'explique,
au fond, naturellement ; le siècle reconnaissait en lui
son représentant, et gardait sa personne de devant les
inquiétudes du pouvoir.

Il s'empare de toutes les questions, de tous les sujets, de tous les genres. Il pénètre avec la *Minerve de
France* (Madame du Châtelet) dans le domaine des
sciences exactes ; il introduit Newton et Locke auprès
de ses compatriotes ; il aspire à prendre un rôle dans
la politique. Singulière position, il est suspect au gouvernement, et cependant le cardinal de Fleury, qui
cherche à annuler son influence, l'emploie en qualité
de chargé d'affaires auprès de Frédéric. A ce premier
voyage en Prusse se serrèrent entre Voltaire et Frédéric les liens d'une amitié qui dura jusqu'à l'époque du
second séjour de Voltaire.

En 1746, Voltaire est reçu à l'Académie française,
d'où le cardinal de Fleury l'avait écarté jusqu'alors.
Cet événement, insignifiant au premier coup d'œil,
est, dans le fait, considérable. Montesquieu avait été
admis au fauteuil assez jeune, malgré les *Lettres persanes* et à cause des *Lettres persanes*. Sa nomination
fut retardée, mais de quelques années seulement ;
Voltaire attendit vingt-cinq ans la sienne. Il n'obtint
le fauteuil qu'à l'âge de cinquante-deux ans. Premier
exemple d'un aussi grand talent, que sa tendance ait
retenu si longtemps à la porte de cette assemblée.

Précisément à cette époque, en 1747, Voltaire per-
dit Vauvenargues, dont l'influence, quoique insuffi-

(1) Psaume CV, 15.

sante, semblait jusqu'à un certain point le retenir.
Quoique Vauvenargues fût le seul homme peut-être
qui lui inspirât le sentiment du respect, on ne saurait cependant affirmer que, s'il eût vécu, Voltaire
ne se fût pas déployé dans le sens où il l'a fait de plus
en plus. Les convictions de ce moraliste n'étaient pas
d'une nature assez précise pour dominer Voltaire; et
nous avons vu que, bien avant cette époque, ce dernier avait nettement conçu le dessein auquel toute sa
vie appartient. Il en était depuis longtemps le chef,
l'âme, le centre. *La Pucelle*, ce crime qui dura trente
ans, fut commencée en 1730, et quoiqu'elle n'ait été
publiée qu'aux approches de 1760, il en circulait déjà
des fragments qu'on se passait de main en main, et
qui souvent étaient désavoués par leur auteur. Mais
bien que ce poëme renferme autant de venin que tout
autre ouvrage de Voltaire, on peut dire que son second
voyage à Berlin marque dans sa vie une nouvelle période. En vieillissant il s'est dépravé. Jusque-là il
observe dans ses écrits avoués quelque mesure; au
théâtre et dans l'histoire il est déjà le champion du
déisme, mais il respecte encore certaines limites; la
balance n'a pas touché, et l'on peut, dans ses différents ouvrages, reconnaître presque autant l'ennemi
des abus que l'adversaire des croyances.

Cette première période de Voltaire est la plus littéraire et renferme le poëte à peu près tout entier. Nous
l'avons remarqué, il a commencé par la poésie. Il ne
l'a jamais abandonnée, et presque jamais le **théâtre**.

Il ne fut guère infidèle à celui-ci que pendant six années de sa vie, de 1736 à 1742.

De fort bonne heure, presque enfant, Voltaire conçut le projet d'un poëme épique. Le poëme parut à Londres en 1723, en neuf chants, sous le titre de *la Ligue, ou Henri le Grand.* Voltaire avait alors vingt-neuf ans.

Le dix-septième siècle avait essayé plusieurs épopées sans y réussir. Le succès n'avait couronné qu'une parodie, *le Lutrin.* On finissait par ne plus croire au poëme épique. Ce fut la vanité plus que l'enthousiasme qui fit entreprendre à Voltaire *la Henriade.* Une préoccupation élevée lui a manqué dans le genre le plus élevé de tous. Il ne paraît pas en avoir eu une plus sérieuse que d'attacher à son nom une gloire qui s'était refusée à tant d'autres. Rien, sous ce rapport, n'est plus significatif que la mesquine vengeance d'avoir, en mémoire de sa querelle avec le duc de Sully, substitué, d'une édition à l'autre, à ce nom historique, le nom bien moins connu de Mornay. Cela rappelle Holbein et sa *Laïs Corinthiaca.* Voyez encore la précipitation du travail. Les changements considérables faits par Voltaire à son premier plan l'honorent; mais la nécessité de ces changements l'honore peu, et l'on ne peut lire le poëme de *la Ligue* sans s'étonner de la légèreté du poëte. Voltaire a entrepris son œuvre sans enthousiasme, sans foi à l'épopée, en répétant lui-même que les Français n'ont pas la tête épique. Cela était vrai surtout des Français du dix-huitième siècle, et par-dessus tout du Français Voltaire. Il voulait montrer seulement qu'il était capable de tout.

L'épopée, dans le vrai, n'est autre chose que l'explication de la terre par le ciel. C'est, de tous les genres, le plus essentiellement religieux. L'histoire est une chaîne qui traîne à terre aussi longtemps qu'elle n'est pas reliée à son premier chaînon, l'anneau scellé au rocher des siècles. Elle n'est complète, elle n'a toute sa philosophie qu'à cette condition. On peut ne pas goûter la manière dont Bossuet a rattaché les événements historiques à la volonté divine, mais toutes les critiques du livre de Bossuet n'emportent pas le fond de la question. Hors de là sans doute il peut rester à l'histoire envisagée en elle-même un certain sens et une certaine philosophie ; mais l'épopée, qui n'est que l'histoire idéalisée, perd toute sa valeur sans l'intervention de la Divinité. Ce n'est pas là une pure convention, c'est le résultat d'une raison profonde. Il ne dépend pas d'un homme de faire une épopée parce qu'il l'a voulu. A défaut d'un cœur religieux, il y faut, du moins, une imagination religieuse. Il faut, de plus, qu'une épopée soit animée par un grand fait humanitaire. Mais dans une pareille œuvre, et là se trouve la limite de l'individualité, on a besoin d'être soutenu par tout un peuple, par tout un monde.

Il fallait, si l'on voulait faire abstraction de l'élément religieux, renoncer tout à fait à écrire un poëme épique, ou faire simplement un poëme historique, qui serait devenu ce qu'il aurait pu. Mais par-dessus tout, il ne fallait pas affecter une inspiration qu'on ne sentait pas et faire une œuvre hypocrite. Encore moins fallait-il faire d'un poëme sur la conversion de Henri IV une déclamation contre l'intolérance ou une satire contre le Saint-Siége. On s'y trompa si peu que *la Ligue* fut bientôt réimprimée à Genève, chez *Jean Mokpap*, nom d'emprunt qui caractérisait à merveille la véritable signification du poëme. Malgré tout l'esprit de Voltaire et les beautés de détail dont son œuvre est semée, il est permis de dire que l'ensemble de celle-ci manque d'esprit et même de sens commun :

> Des prêtres fortunés foulent d'un pied tranquille
> Les tombeaux des Catons et la cendre d'Émile.
> Le trône est sur l'autel, et l'absolu pouvoir
> Met dans les mêmes mains le sceptre et l'encensoir.
> Là, Dieu même a fondé son Église naissante,
> Tantôt persécutée, et tantôt triomphante :
> Là, son premier apôtre, avec la vérité,
> Conduisit la candeur et la simplicité.
> Ses successeurs heureux quelque temps l'imitèrent,
> D'autant plus respectés que plus ils s'abaissèrent.
> Leur front d'un vain éclat n'était point revêtu ;
> La pauvreté soutint leur austère vertu ;
> Et, jaloux des seuls biens qu'un vrai chrétien désire,
> Du fond de leur chaumière ils volaient au martyre.
> Le temps, qui corrompt tout, changea bientôt leurs mœurs :
> Le ciel, pour nous punir, leur donna des grandeurs.
> Rome, depuis ce temps, puissante et profanée,
> Aux conseils des méchants se vit abandonnée ;
> La trahison, le meurtre et l'empoisonnement,
> De son pouvoir nouveau fut l'affreux fondement.
> Les successeurs du Christ, au fond du sanctuaire,
> Placèrent sans rougir l'inceste et l'adultère ;
> Et Rome, qu'opprimait leur empire odieux,
> Sous ces tyrans sacrés regretta ses faux dieux (1).

(1) Chant IV.

Tout ou presque tout ce qui appartient à la sphère
religieuse est pris au point de vue négatif. Les abus en
religion, le fanatisme, l'intolérance, la superstition,
voilà ce qui revient sans cesse :

> C'est la religion dont le zèle inhumain
> Met à tous les Français les armes à la main (1).

Excepté dans quelques vers accordés à la bienséance,
la religion n'est guère présentée que comme une occasion ou une source de maux. Et comme d'ailleurs la
franchise manque, comme l'auteur veut se donner pour
ce qu'il n'est pas, il en résulte quelque chose de louche
et de faible; tout le poëme est équivoque, faux, et par
conséquent froid. Au sens poétique, Voltaire eût mieux
fait d'être franchement satirique ou franchement liber-
tin. Combien le fanatisme n'eût-il pas mieux valu? Il
n'est direct, il n'est éloquent que dans le sens de la
religion naturelle. Quand il fait le chrétien, il devient
plat et presque ridicule. Il s'oublie jusqu'à mettre dans
la bouche de saint Louis, parlant à Dieu, des vers
comme ceux-ci :

> Père de l'univers, si tes yeux *quelquefois*
> Honorent d'un regard les peuples et les rois (2)!

Mais si le caractère de Voltaire était peu épique, non
plus que la tournure d'esprit de son temps, le sujet ne
l'était guère plus. On comprend qu'au dix-huitième
s ècle la mémoire de Henri IV fût devenue populaire;
mais cela ne veut pas dire *épique*. Même en prenant ce

---

(1) Chant II.

(2) Chant X. — Voyéz le Psaume XXXIII, versets 13 et 14 : « L'Éternel regarde
des cieux, il voit tous les enfants des hommes; il prend garde du lieu de sa de-
« eure sur tous les habitants de la terre. »

sujet au point de vue où Voltaire l'a saisi, nous le trouvons conçu d'une manière très vague ; il manque de la
précision que les grands poëtes ont toujours su donner
aux leurs : voyez l'*Iliade* et l'*Énéide*. C'est un lambeau
de l'histoire de Henri IV contre la ligue. On y voit une
ambassade sans importance, une bataille, les États de
Paris, l'assaut, la famine, la conversion de Henri de
Bourbon. L'ordonnance est faible et les parties sont
mal liées entre elles. Il n'y a point d'unité réelle, ni
l'unité philosophique de l'histoire, ni l'unité poétique.
On s'en étonne d'autant plus que c'est là le défaut que
Voltaire a lui-même reproché au Camoëns.

Où est le vrai nœud du poëme? Est-ce Gabrielle?
est-ce l'hérésie? Cela en fait deux, et les deux ensemble
n'en valent pas un. Gabrielle rappelle l'Armide du
Tasse; mais ce serait une dérision de regarder Gabrielle
comme un nœud véritable. Notez qu'elle vient après la
vision de Henri et son voyage dans le ciel. Puis Mornay
arrive en véritable trouble-fête, pour rappeler Henri à
son devoir. Le sentiment de la gravité des choses di-
vines a toujours manqué à Voltaire.

Est-ce l'abjuration de Henri IV? Mais quel intérêt
prendre à la conversion d'un homme qui dit, comme
un petit écolier de philosophie du dix-huitième siècle,
en troisième volée sous Voltaire et Diderot :

Je ne décide point entre Genève et Rome (1) ?

C'est la paraphrase du mot fameux : « Paris vaut bien
« une messe. »

Le peu d'habileté du début témoigne déjà de l'ab-

(1) Chant II.

sence du caractère épique. Quelle différence dans
l'Énéide ! Troie est détruite, mais cette calamité sera la
source des plus grandes destinées. Énée va fonder un
empire qui dominera le monde. Il vaut la peine de
mettre en œuvre tous les dieux de l'Olympe. Rien, en
revanche, de plus froid et de plus vulgaire que cette
rencontre de Henri et d'Élisabeth par laquelle s'ouvre
la Henriade.

On est frappé du peu d'invention de l'auteur. Virgile avait imité Homère; Voltaire imite Virgile, il imite
le Tasse, il imite tout le monde; en imitant il affaiblit,
et il n'invente rien, si ce n'est quelques épisodes dont
l'exécution est le seul mérite. Nous avons dit un mot
de la distance qui sépare Gabrielle d'Armide, création
immortelle et véritable nœud de *la Jérusalem.* Compa-
rez encore Élisabeth à Didon, la promenade dans l'autre monde que fait faire saint Louis à Henri IV à la
descente d'Énée aux enfers et à celle de Télémaque.

Il n'y a point de caractères tracés. Le poëme, dans
son entier, fait l'effet d'un vaste paysage sans eau,
c'est-à-dire sans vie. Il s'y trouve quelques portraits :
celui du duc de Guise est heureux; mais rien n'y est
dramatique. Dans les grandes épopées on ne rencontre
guère de portraits; il faut faire parler, agir les personnages, et non les dépeindre. Voltaire méconnaît le
proverbe : « Parle, que je te voie. » Ses personnages
bataillent et ne disent rien. Sans quelques paroles de
Henri IV, qu'il versifie, cette physionomie ne serait pas
mieux accusée que toutes les autres.

Quant au merveilleux allégorique de *la Henriade,* il

est depuis longtemps jugé. Les dieux d'Homère ont été sans doute une fois des allégories, mais les Grecs avaient trop d'esprit pour en rester à l'allégorie. Puis, les allégories de *la Henriade* sont souvent rationnellement fausses : ainsi la Discorde, qui n'est que le résultat d'une passion et non une passion même. Dans un poëme prétendu religieux, que dire d'un personnage intitulé *la Religion?* Le merveilleux, pour Voltaire, n'est que la décharge d'une vaine forme, tandis que, dans les grandes épopées, tout repose sur le merveilleux. Il en est comme de l'amour dans la tragédie ; il veut être tout ou rien.

Le style est gâté par le vague, l'impropriété des termes, l'abus de l'antithèse, le prosaïsme. C'est Voltaire qui a donné dans *la Henriade* le premier exemple de la rime négligée. Il fait rimer *humains* et *inhumains.* Il se permet des vers comme ceux-ci :

> Et par droit de conquête, et par droit de naissance (1).
> — Tous ces événements leur semblaient incroyables (2).

Mais si, malgré tout cela, *la Henriade* est comptée parmi les titres de gloire de son auteur, si beaucoup de vers, beaucoup de morceaux même de cet ouvrage sont dans la mémoire des amateurs, il s'en trouve sans doute une raison. C'est un certain nombre de fragments intéressants et pathétiques, c'est l'éloquence de certains passages, la grâce de quelques autres. Le discours philosophique était vraiment la veine de Voltaire. *La Henriade* n'est pas un poëme, mais une suite de petits poëmes, dont quelques-uns sont charmants.

(1) Chant I.   (2) Chant X.

Voyez, entre autres, *le Fanatisme* (chant V), *le Sommeil
et l'Espérance* (chant VII), *l'Envie* (chant VII). Voyez,
après le meurtre de Coligny, le morceau si souvent
cité :

> Médicis la reçut avec indifférence (1), etc.

et en général la peinture entière de la Saint-Barthélemi. On doit remarquer encore la famine (chant X),
l'histoire prophétique de la France (chant VII), l'anecdote de d'Ailly (chant VIII). Il y a un grand nombre
de beaux vers isolés qui se détachent facilement.
Voltaire est l'homme des beaux vers, des vers qui
renferment une belle pensée relevée par la facilité
gracieuse du tour ou par l'élégance de l'expression :

> C'est un poids bien pesant qu'un nom trop tôt fameux (2),

> — Quiconque a pu forcer son monarque à le craindre
> A tout à redouter, s'il ne veut tout enfreindre (3).

> — Il moissonne, en courant, leurs troupes criminelles (4),

> — Sur un autel de fer un livre inexplicable
> Contient de l'avenir l'histoire irrévocable (5).

> — Au bout d'un fer sanglant leur apporter la vie (6).

> — Hélas! du Dieu vivant c'est la brillante image (7).

Puis, un coloris poétique, une versification harmo-
nieuse, une touche large et facile ; enfin d'admirables
comparaisons. En ce genre Voltaire n'a pas d'égal ; les
siennes sont neuves, frappantes, ingénieuses, toujours
relevées par l'exécution :

(1) Chant II.   (2) Chant III.   (3) Chant III,
(4) Chant VI.   (5) Chant VII.   (6) Chant X.
(7) Chant X.

Ainsi, dans un vaisseau qu'ont agité les flots,
Quand l'air n'est plus frappé des cris des matelots,
On n'entend que le bruit de la proue écumante,
Qui fend, d'un cours heureux, la mer obéissante (1).

— Ainsi, lorsque les vents, fougueux tyrans des eaux,
De la Seine ou du Rhône ont soulevé les flots,
Le limon croupissant dans leurs grottes profondes
S'élève, en bouillonnant, sur la face des ondes;
Ainsi, dans les fureurs de ces embrasements
Qui changent les cités en de funestes champs,
Le fer, l'airain, le plomb, que les feux amollissent,
Se mêlent, dans la flamme, à l'or qu'ils obscurcissent (2).

—Tels, du front du Caucase ou du sommet d'Athos,
D'où l'œil découvre au loin l'air, la terre et les flots,
Les aigles, les vautours, aux ailes étendues,
D'un vol précipité fendant les vastes nues,
Vont dans les champs de l'air enlever les oiseaux,
Dans les bois, sur les prés, déchirent les troupeaux,
Et dans les flancs affreux de leurs roches sanglantes
Remportent, à grands cris, ces dépouilles vivantes (3).

J'ose dire que cette manière, que ces beautés étaient nouvelles. On reconnaît Voltaire à des traits comme ceux-là, presque aussi sûrement que les connaisseurs distinguent un Rembrandt ou un Claude Lorrain.

Horace suppose, sans le dire, qu'une épopée doit être une œuvre de morale. Il signale ce caractère dans *l'Iliade*. Sans doute, on devrait plus ou moins le retrouver dans tous les autres genres. Mais l'épopée est par sa nature, comme nous venons de le dire, le seul poëme qui soit resté essentiellement religieux et par là même moral. Tous les âges ont cherché à résumer la

(1) Chant VI.   (2) Chant IV.   (3) Chant IV.

sagesse de leur siècle dans de grands poëmes nationaux, dont la forme a peu varié. *L'Iliade* a été le livre
d'une époque ; elle a servi à consacrer une grande
idée. Le peuple ne demande pas seulement des récits,
mais des leçons ; la mémoire du genre humain a toujours été au service de sa raison. Les épopées sont de
véritables bibles humaines. La commémoration d'un
grand événement y sert à consacrer une grande vérité. C'est dans une idée que le genre humain demande la conclusion de chacune des vicissitudes historiques.

Trouvons-nous cette idée dans *la Henriade?* A un
certain degré. *La Henriade* n'est pas uniquement sceptique, car le mot de *scepticisme* et celui d'*épopée* se
contredisent : elle est une protestation contre le fanatisme ; elle s'efforce d'établir la supériorité des vertus
morales sur les vertus religieuses ; en un mot, elle est
une tentative de plus pour substituer l'instinct moral
au sentiment religieux.

Après Corneille et Racine le théâtre était demeuré
vacant. Le *Manlius* de La Fosse, le *Rhadamiste* de
Crébillon avaient sans doute mérité l'admiration. Le
nom même de Crébillon a conservé un rang assez
élevé ; longtemps on a essayé de faire de lui l'héritier
direct des deux grands tragiques. Mais si Crébillon et
La Fosse ont donné des tragédies plus ou moins belles,
ils n'ont pas déployé un art nouveau ; ni eux ni personne n'avait ouvert aux esprits un nouveau monde
de poésie. Or, on n'est grand dans l'histoire des arts

qu'à la condition d'être nouveau, non-seulement de dire ou de faire quelque chose de neuf, mais d'être neuf dans l'ensemble de ses pensées. Tout grand poëte est un Colomb qui découvre une Amérique; tout grand poëte est armé de la verge de Moïse. Où le peuple ne voit que des rochers arides, Moïse fait jaillir de fraîches fontaines. A chaque nouvelle époque le peuple s'écrie : « Tout est dit. » Et chaque fois se lève quelqu'un qui trouve encore quelque chose à dire. Telle est la fécondité de la nature et de l'esprit humain ; telle est la richesse de Dieu. Lorsqu'à l'âge de vingt-quatre ans, Voltaire donne *OEdipe*, qu'il avait écrit à dix-neuf, La Motte, meilleur critique que bon poëte, déclare aussitôt que Corneille et Racine ont un successeur. Il faut donc qu'il ait été nouveau : on ne succède qu'à la condition de n'être pas pareil.

Mais en quoi Voltaire a-t-il été nouveau ? A-t-il introduit sur la scène un système différent de ceux qui l'avaient précédé ? On ne peut dire en général du système ce que Buffon dit du style. Le système, jusqu'à un certain point, est hors de l'homme, surtout le système adopté ; le système n'est pas l'homme, quoique, au moment de la création, un système puisse être un homme.

Voltaire a laissé debout ce qu'il a trouvé debout. Unités, pompe soutenue du langage, mœurs théâtrales, tout demeure. Voltaire maintient même la tirade, ce signe distinctif de la tragédie française, qui n'est qu'une suite de discours. Les étrangers sont frappés

de ce dernier caractère, dont nos grands tragiques, à
commencer par Corneille et Racine, ne se sont point
affranchis. Dans un genre inférieur, Sedaine a sup-
primé la tirade; il avait lu Shakspeare, et il sentait le
besoin de réaliser sur la scène française l'idée nouvelle de l'action théâtrale substituée au discours. Mais
ce trait dominant de notre tragédie est resté chez Voltaire absolument le même. Là-dessus on ne peut
s'empêcher de remarquer que les grands génies con-
sacrent plus aisément le mal que le bien. Le bien ne
peut être imité que par leurs égaux; mais lorsque leur
exemple a consacré un art inférieur, contraire à la nature, ils y ont mis leur sceau, et cette contrebande
entre en circulation. Le génie ne se transporte pas;
mais les systèmes et les conventions passent d'une
génération à une autre. En fait d'art, Voltaire ne fut
pas doué du génie révolutionnaire; on peut dire hardiment qu'il n'a rien changé au système établi de son
temps.

Voltaire est bien loin de Corneille pour l'invention
dramatique et pour le sublime, bien loin de Racine
pour la sage conduite de l'action, la justesse des pensées, la perfection de l'exécution. Sa maxime est de
frapper fort plutôt que juste, de tout envelopper dans
l'émotion. Il a le tort inexcusable de se substituer à
ses personnages, ce que Racine et même Corneille ne
font jamais; si les personnages de Corneille raisonnent beaucoup, ils raisonnent pour eux et dans leur
situation. Voltaire ne s'élève point au-dessus de
ses devanciers pour la vérité des mœurs. Sa diction

manque de pureté ; mais sous ce rapport Corneille ne lui est pas supérieur, car il est vague. Voltaire est gonflé de mots parasites et impropres ; il est déclamatoire et souvent incorrect. Rien ne paraît médité profondément, rien aussi n'est profond ; un premier jet, plus ou moins heureux, suffit à l'auteur ; de lui-même il ne se corrige pas. Il faut des années à Racine pour achever *Phèdre;* Voltaire met quinze jours à composer *Zaïre.* Il ne remplit point l'âme comme Corneille, il n'occupe pas l'esprit comme Racine. Racine n'est pas le plus touchant, le plus pathétique des poëtes dramatiques; mais il est le plus intéressant pour l'esprit.

Voilà le passif, ou la part de la critique. Voici l'autre part.

En premier lieu, Voltaire a étendu le domaine des affections tragiques. Jusqu'à lui l'ambition et l'amour avaient à peu près seuls occupé la scène. Le premier, ou à peu près, il a fait des tragédies sans amour, *Mérope, la Mort de César.* Il dit lui-même : « Les tra- « gédies qui peuvent subsister sans cette passion sont « les plus belles de toutes (1). »

Il a, de même, étendu le champ des idées propres à la tragédie. Corneille et Racine n'ont guère représenté que l'homme de la société et l'homme de cour. Voltaire va plus loin; l'homme, chez lui, l'emporte sur le prince, l'homme de la nature domine l'homme de la société, et l'idée de l'humanité s'introduit dans la tragédie. Voltaire y amène encore l'intérêt philoso-

(1) Épître dédicatoire de *Zulime.*

phique. Sans doute il en a fait abus ; c'est à juste titre
qu'on lui reproche l'esprit de système dont il est
préoccupé et le caractère sentencieux de son style ;
mais enfin, on ne peut lui contester des idées justes
et libérales, qui ajoutent à ses tragédies un intérêt de
plus qu'à celles de ses prédécesseurs. Racine, par
exemple, moraliste admirable, n'est peut-être pas
assez philosophique. J'aime mieux en Voltaire la philosophie du poëte que celle du philosophe.

Il est fâcheux cependant qu'il n'ait point hasardé la
popularité de Shakspeare ou des anciens, ni le mélange du familier et du noble, encore moins du rire
et des larmes, du comique et du tragique. Le peuple,
que ceux-ci introduisent sur le théâtre, est bien plus
homme que le prince. Il faut comparer avec la scène
d'Antoine dans le *Jules César* de Shakspeare, l'imitation de Voltaire, pour voir combien peu il a osé tenter.
A l'origine de la scène française, la comédie et la tragédie se cherchent et se joignent presque ; ce caractère
se retrouve dans plusieurs des pièces de Corneille, et
les traces s'en démêlent encore dans les premières
tragédies de Racine ; mais dès lors Racine l'a soigneusement évité. Il aurait semblé assez naturel que les
idées philosophiques de Voltaire l'eussent ramené à
cette fusion.

Le premier, il a consacré la scène tragique à des
souvenirs nationaux ; il y a porté le moyen âge et la
France. Il ne s'ensuit pas qu'il l'ait emporté sur Corneille et Racine pour la vérité des mœurs. Orosmane
disant à sa maîtresse :

Daignez, belle Zaïre...
Digne et charmant objet de ma constante foi (1),

est-il autre chose qu'un Français du dix-huitième
siècle? Pour en perdre la nature, il ne suffit pas de
porter le nom d'Ottoman ou d'Américain. Mais ce qui
est positif, c'est que Voltaire a su se débarrasser des
Grecs et des Romains.

Enfin, il a restitué aux yeux leur part légitime; il
n'a point dépassé les convenances, et cependant il a
fait du spectacle un vrai spectacle. Témoin le sénat
dans *Brutus*, les chevaliers dans *Tancrède*, le cadavre
de César dans *la Mort de César*.

Mais tout cela pouvait se trouver sans génie, et
il est peu de ces nouveautés qui n'aient été tentées
auparavant. La plupart des germes du romantisme
ont subsisté enfouis dans le dix-septième siècle; beaucoup de tentatives plus hardies avaient eu lieu dans le
seizième. Les changements qui paraissent les plus
profonds, c'est le cours du temps qui les apporte,
c'est l'esprit général qui les suggère. Ce qui est le
propre du génie et le triomphe de l'esprit individuel,
c'est de leur donner le sceau de l'éloquence. Au dix-
huitième siècle, quelques auteurs tentèrent des innovations plus hardies que celles de Voltaire. Hénault
composa une tragédie nationale; Mercier fut l'auteur
de quelques drames où l'on peut discerner l'aurore du
romantisme. Mais le mérite de Voltaire est d'avoir
voulu avec conscience ce que d'autres voulaient sans
en avoir conscience. Ils osaient plus que Voltaire, mais

(1) *Zaïre*, acte III, scène VI.

ils n'osaient pas à propos. Voltaire a joint la vue nette
et vive de certaines innovations à la puissance de la
forme et au don de l'éloquence. Dans *OEdipe*, par
exemple, il n'y a point d'innovation quant au système.
Cet esprit audacieux y fait en un sens l'œuvre d'un
esclave qui exagère la manière de ses patrons ; il fait
entrer l'amour dans le sujet qui le comportait le moins.
Alors Voltaire se doutait peu du ridicule de cet amour,
que, plus tard, lui-même il railla. Mais la scène de la
double confidence justifiait à elle seule la prophétie
de La Motte. Elle révélait le grand écrivain, et jamais
grand écrivain ne fut médiocre par la pensée.

Le style de Voltaire, tout défectueux qu'il soit, est
admirable par l'abondance, l'abandon, la manière aisée
et noble. Le rhythme en est peu savant, l'harmonie
peu étudiée, mais séduisante. Il a la verve brillante,
le mouvement facile et rapide, la magie du coloris :
véritable magie, car tout n'y est pas sincère ; il y a du
prestige, de l'éblouissement. Le dessin n'est pas pur,
mais rien ne surpasse l'éclat et la richesse de ce coloris.
Personne n'a porté plus loin cette facilité que lui-même
a nommée *la grâce du génie*. Lamartine seul l'a égalée.
Voltaire a quantité de vers nés sans effort, qui ont
trouvé en même temps leur sens et leur forme. On
rencontre de ces vers dans Racine, mais Voltaire en
est tout parsemé :

> On ne peut désirer ce qu'on ne connaît pas (1).

> — J'eusse été près du Gange esclave des faux dieux,
> Chrétienne dans Paris, musulmane en ces lieux (2).

(1) *Zaïre*, acte 1, scène 1.   (2) *Ibid.*

— La patrie est aux lieux où l'âme est enchaînée (1).

— Tout souillé de mon sang, tu prétends à mon cœur (2)?

Le fond de tout cela est une sensibilité admirable, à laquelle il se fie, et qu'il faut qu'il écoute; il entraîne à la condition d'être lui-même entraîné. Lui aussi peut se dire ce qu'Orosmane dit à Zaïre :

L'art n'est pas fait pour toi, tu n'en as pas besoin (3).

Non-seulement il n'en a pas besoin, mais il perdrait quelque chose à l'écouter trop. Il le savait, et il en faisait mal à propos une règle générale. Le mot bien connu : « Il faut avoir le diable au corps pour jouer la « tragédie et pour la faire, » et d'autres mots du même genre, se rattachent chez lui à cette préoccupation. Le public était subjugué par cette poésie; c'est lui qui dit à Voltaire par la bouche de Gresset :

Si mon esprit contre elle a des objections,
Mon cœur a des larmes pour elle.

Il me semble que pour le pathétique pénétrant et même navrant, et pour l'éloquence abandonnée et d'effusion, Voltaire a peu de rivaux. Qui aurait pu mieux écrire le discours du vieux Lusignan (4)? A mon sens, il réussit mieux que personne à inspirer de la sympathie pour ses personnages. En ce point, il surpasse peut-être Racine lui-même. Voltaire me paraît posséder à fond le don d'exciter et d'approfondir la pitié. Il n'intéresse pas seulement, il désole.

Nous n'entrerons pas dans l'examen détaillé des tragédies de Voltaire. C'est ici surtout, qu'arrivant après

(1) *Mahomet*, acte I, scène II.   (2) *Mahomet*, acte V, scène II.
(3) *Zaïre*, acte IV, scène II.   (4) *Zaïre*, acte II, scène III.

tant d'autres, une étude littéraire spéciale pourrait
paraître superflue. Et cependant, d'un siècle au siècle
suivant, on peut porter de nouveaux jugements sans
démentir ce qui déjà a été dit. Chaque siècle, chaque
individu apporte avec soi de nouvelles lumières. Ceci
est surtout l'apanage de certaines époques. Chaque jugement est donc sujet à révision, non pour être cassé,
mais pour s'expliquer mieux et acquérir à quelques
égards un sens nouveau. Ainsi nous pouvons adopter
les jugements de La Harpe, et toutefois nous ne voyons
plus les objets sous son point de vue, et nous pouvons
apercevoir des nuances et des caractères qui lui ont
échappé. Cette considération suffirait pour autoriser un
assez long commentaire; nous ne nous en prévaudrons
que pour ajouter quelques mots.

OEdipe (1718) fut écrit par Voltaire à l'âge de dix-
neuf ans. Nous en avons déjà parlé.

Brutus (1730), composition véritablement nouvelle,
n'était ni la première tragédie politique, ni la première
tragédie romaine, et cependant Voltaire y développait
des idées sur lesquelles ne s'étaient arrêtés ni Corneille
ni Racine. Le pathétique en est d'une remarquable vérité; la scène où Brutus reçoit les aveux de son fils est
éminemment tragique.

Dans *la Mort de César* (1735) on peut dire que l'innovation s'achève. C'est bien ici la tragédie politique;
l'amour en est exclu; mais l'intérêt humain l'emporte
encore sur l'intérêt politique. *Brutus* et *la Mort de César*
sont deux sujets correspondants, fort semblables, et
traités cependant d'une manière fort différente. *La*

Mort de César est d'une grande et noble simplicité ; il ne s'y mêle aucun élément étranger ou parasite ; elle est d'une conception large, d'un style élevé et éminemment approprié au sujet. C'est une des belles tragédies de Voltaire. Il y surmonte une difficulté dont on n'a peut-être pas assez tenu compte, celle de mettre en scène les compagnons de Brutus sans altérer la physionomie de celui-ci. Qu'on lise la principale scène des conjurés, on y verra que Brutus dit au fond les mêmes choses que les autres, mais qu'il les dit d'une manière originale. Ce mérite vaut la peine d'être relevé.

Zaïre (1732) passa longtemps pour le chef-d'œuvre de Voltaire. « *Zaïre*, dit-il, est la première pièce où « j'ai osé m'abandonner à toute la sensibilité de mon « cœur. » En effet, c'est là le mérite de *Zaïre*, un emportement de sensibilité qui déguise les vices du sujet. Ceux-ci sont dès longtemps reconnus et sévèrement jugés. Voltaire ayant réussi malgré ces défauts, il lui en coûtait peu de les reconnaître. Il se cachait même dans cet aveu un raffinement d'amour-propre ; les larmes versées étaient comme l'absolution de ces défauts. Voltaire s'est bien rendu compte du charme de cette production. « Tout, dit-il, n'est pas sans doute « comme il le faudrait, mais elle aime de si bonne « foi ! »

On a appelé cette pièce *tragédie chrétienne*. Mais la lutte entre le devoir de la fidélité au culte de ses pères et la passion de l'amour ne suffit pas pour imprimer à une pièce de théâtre le caractère chrétien, quand surtout l'intérêt repose, non sur la religion, mais sur un sentiment que la religion condamne.

La peinture de la jalousie d'Orosmane a été, comme on le sait, empruntée à l'*Othello* de Shakspeare. Mais le barbare (c'est ainsi que Voltaire appelle Shakspeare) a été plus profond et plus délicat que le gentilhomme. C'est précisément dans l'expression de cette jalousie que Voltaire est faible. Zaïre elle-même est peut-être aussi intéressante que Desdémone; elle est bien plus vertueuse, puisqu'elle lutte contre son amour. Mais Desdémone est conçue avec une grâce idéale, un charme de poésie qui n'est point au même degré le partage de Zaïre. Les tragiques français sont plus éloquents, ils ont plus de goût, mais ils sont moins poëtes. La poésie pure abonde davantage dans le théâtre des autres nations. Les personnages des Anglais ne parlent pas comme ils devraient parler; ils gâtent leur rôle par un mélange insupportable de cynisme, de grotesque, de ridicule; mais le don de l'idéal et la fécondité de la création ont été dévolus aux Anglais.

Alzire (1736) est réellement la pièce chrétienne de Voltaire, et M. de Chateaubriand a justement pu dire à ce sujet que Voltaire a été bien ingrat de persécuter une religion à laquelle il avait tant d'obligations. La reconnaissance de la Péruvienne Alzire et de Zamore, son ancien fiancé, au moment où elle vient d'épouser l'Espagnol Gusman, est d'une grande noblesse, et le pardon de Gusman est du vrai sublime.

Mahomet (1741) fut d'abord intitulé *le Fanatisme*. Voltaire, déjà élevé au rang de puissance, trouva plai-

sant de dédier au pape cette satire du catholicisme.
Qu'aurait-on dit si, soixante et dix ans auparavant,
Molière eût dédié *Tartufe* à Bossuet? Mais le plus fort,
c'est que Benoît XIV accepta la dédicace de ce nouveau
Tartufe, et qu'entre le pontife et Voltaire s'établit une
sorte de correspondance littéraire. On peut juger par
là du changement de mœurs survenu durant ces années. On a répété que dans cette pièce, en qualité de
continuateur de Molière, qui, disait-on, n'en avait
voulu qu'à l'hypocrisie, Voltaire avait seulement attaqué le fanatisme. Mais c'est à tort qu'on veut le dé-
charger; malgré le détour dont il s'est servi, l'attaque
porte réellement sur le catholicisme. Du reste, cette
pièce a dépassé son but; Voltaire accumule sur le caractère de Mahomet tant d'atrocités que la vérité historique se révolte, et que le sens moral et le sens littéraire en sont également blessés. La scène ne supporte
pas les horreurs gratuites. Cependant le caractère de
Séide est si bien peint que ce nom même est devenu
un type et un mot nouveau dans la langue. Le personnage de Zopire est une des plus belles créations du
théâtre; Voltaire, qui ne connut point les liens de famille, qui, malgré ses cheveux blanchis, resta jeune
sous le pire des rapports, excelle en général à peindre
les vieillards et les pères. D'ailleurs, dans Zopire, on
ne trouve pas seulement le père tendre et dévoué,
mais le citoyen, le patriote, représenté sans emphase.
Le dénoûment est d'un pathétique achevé, et le moment où le vieillard mourant embrasse ses enfants demeure sans pareil sur la scène.

Mérope (1743) est une tragédie sans amour, et « c'est
« un mérite de plus, » dit son auteur. Sans doute, il
n'est pas nécessaire de repousser l'amour; mais, il faut
le dire, les anciens ne connaissaient pas l'amour. Ce
que nous appelons de ce nom a sans doute son principe dans la nature, mais se développe par la civilisation. Aussi ce sentiment n'existe-t-il pas dans la tragédie antique, qui roule tout entière sur les affections de
père, d'époux, d'enfant, et sous ce rapport Voltaire a
retrouvé la veine abandonnée. L'intérêt de *Mérope* ne
repose que sur l'amour maternel. Ici, Voltaire a été
le plus simple, le plus vrai, le plus sage; le philosophe,
le dix-huitième siècle ont disparu. Il n'est pas antique,
mais il est homme. C'est la nature. Les situations sont
parfaites, naturellement amenées, exécutées avec un
talent supérieur; l'action est conduite avec goût et simplicité; le style est pur, net, rapide. Il s'y trouve des
récits admirables, entre autres celui du cinquième
acte.

Sémiramis, *Rome sauvée*, *l'Orphelin de la Chine*,
Tancrède appartiennent à la seconde période de la vie
de Voltaire; nous les y retrouverons.

Notre siècle n'a que trop suivi le conseil imprudent
de Voltaire, de frapper fort plutôt que juste; conseil
doublement imprudent, puisqu'il tend d'une part à
dénaturer l'art, et de l'autre à faire oublier l'artiste.
Voltaire s'est ainsi condamné à la négligence de la postérité; la postérité n'écoute que les sons modérés et
justes. Ces grands coups qui nous ont émus, qui semblaient destinés à un si long retentissement, ne tou-

cheront plus nos enfants : non sans doute que la faiblesse et la tiédeur soient des conditions de succès ;
mais ce qui est dans la mesure de l'art et du vrai est
seul doué de la puissance vitale. Pourquoi donc le
faux, qui ne nous séduira pas demain, nous séduit-il
aujourd'hui ? C'est qu'à chaque époque correspond une
certaine forme du faux qui paraît alors le vrai. Plus
tard, ce faux cesse d'être compris, et par là même il
devient froid. Aujourd'hui, la multitude n'a plus rien
à demander à Voltaire, qui lui paraît timide et suranné,
et les connaisseurs lui préfèrent l'auteur d'*Iphigénie*.
Le laurier de Racine reverdit ; Voltaire a vieilli ; on le
néglige, on le méconnaît. C'est vainement pourtant que
nous lui chercherions un vainqueur parmi ceux qui,
depuis sa mort, ont tour à tour écrit pour le théâtre ;
et nous devons avouer qu'à nos yeux les belles scènes
d'*OEdipe*, de *Mérope*, de *la Mort de César* ne méri-
taient pas de vieillir. Elles resteront toujours dans la
mémoire des amis de la poésie, du beau et du pathétique.

Voltaire créa le drame sous sa plus agréable forme
dans *l'Enfant prodigue* (1736) et dans *Nanine* (1749),
où il est parfait toutes les fois qu'il ne songe pas à être
comique. Il voulut faire entrer dans la comédie l'élément de l'intérêt ; et il écrivit même la théorie de cet
art nouveau dans la préface de *Nanine* :

« Le passage de l'attendrissement au rire, tout dif-
« ficile qu'il est de le saisir dans une comédie, n'en
« est pas moins naturel aux hommes..... On défendit

« à un régiment, dans la bataille de Spire, de faire
« quartier ; un officier allemand demande la vie à l'un
« des nôtres, qui lui répond : *Monsieur, demandez-moi*
« *tout autre chose ; mais pour la vie, il n'y a pas moyen.*
« Cette naïveté passe aussitôt de bouche en bouche, et
« on rit au milieu du carnage. A combien plus forte
« raison le rire peut-il succéder dans la comédie à des
« sentiments touchants? Ne s'attendrit-on pas avec
« Alcmène? ne rit-on pas avec Sosie? »

Mais si Voltaire admet la comédie attendrissante,
pourvu que l'amour seul y fasse verser des larmes, il
ne veut pas que la comédie dégénère en tragédie bourgeoise. « L'art d'étendre ses limites sans les confondre
« avec celles de la tragédie est un grand art, dit-il,
« qu'il serait beau d'encourager, et honteux de vouloir
« détruire (1). »

Il y a des vers et des morceaux charmants dans
l'Enfant prodigue et surtout dans *Nanine,* et cependant
Voltaire a eu tort peut-être de s'y servir du vers de dix
syllabes. Personne ne le manie mieux que lui ; mais
ce vers est réellement moins propre à la scène que
le vers alexandrin.

Si Voltaire n'avait point écrit de comédies, on n'aurait jamais su, Messieurs, à quel point il était en
dehors et au-dessous du vrai comique. Ce premier
des satiriques est le dernier des comiques. Son comique à lui n'est que du grotesque, et du plus gros.
Le génie de la satire semble exclure celui de la
comédie.

(1) *Conseils à un journaliste.*

Il a, s'il est possible, encore moins réussi dans l'ode. Il n'a ni le fond, ni la forme du genre. Le fond devait lui manquer; l'enthousiasme contrefait donne une poésie contrefaite, et Voltaire ne s'est jamais élevé jusqu'à l'enthousiasme, cette contemplation naïve, pleine, ravie, le plus noble état où l'âme humaine se puisse trouver. Il n'a pu nourrir en lui de poésie personnelle; la sienne est toute objective; elle n'est, nous le répétons, qu'un talent. Ce talent peut suffire à bien des genres, mais jamais à l'ode; la veine satirique, véritable veine de Voltaire, est de toutes la plus opposée au lyrisme. Et quant à la forme, la poésie lyrique, la plus libre pour l'enchaînement des pensées, est sous ce rapport la plus sévère; elle demande une perfection soutenue, que la nature du talent de Voltaire excluait. Il n'a toute sa grâce que dans la nonchalance et la liberté complète.

Reste la poésie philosophique, qui comprend un très grand nombre des productions de Voltaire. Beaucoup de ses pièces, dites *fugitives*, ne sont pas autre chose; et rien, peut-être, n'est plus propre à Voltaire que le talent de répandre dans toutes ses compositions poétiques, avec la plus heureuse nonchalance, une foule de pensées naturelles, sensées, accessibles et agréables à tout le monde, revêtues d'une forme souvent frappante, toujours aisée, qui les grave infailliblement dans la mémoire. En ce genre il n'a pas de rivaux; c'est un don qui lui est particulier. Ses poésies légères ne sont pas seulement légères, mais le plus souvent soutenues

par quelque pensée. Gresset, ordinairement si plein
de grâce, ne possède pas ce mérite philosophique.

La philosophie de Voltaire n'est assurément pas la
bonne ; c'est même à peine de là philosophie : c'est un
bon sens quelquefois élevé ; c'est cette sagesse moyenne
des honnêtes gens de tous les siècles, des gens cultivés
et sachant vivre, qui passe entre le stoïcisme et l'épi-
curéisme, bien plus près sans doute du second que du
premier, mais ne s'abandonnant jamais entièrement,
n'affirmant rien trop fortement, ne pressant à la rigueur aucune des conséquences de ce qu'elle affirme,
évitant par-dessus tout la prétention dogmatique et le
ton spéculatif. Si Voltaire énerve les doctrines du dix-
septième siècle, il mitige celles du dix-huitième, auquel toujours il a semblé dire : « N'allez pas si loin, »
ou : « N'allez pas si vite. » Sa philosophie n'est pas
matérialiste dans le sens propre du mot ; c'est plutôt
involontairement qu'elle le devient, et de fait encore
plus que d'intention. Elle exprime la civilisation moderne, non dans sa hauteur, mais dans ce que celle-ci
a de plus agréable et de plus généralement accepté.

Ce que Voltaire a écrit de plus complet et de plus
positif dans ce genre est contenu dans les *Discours sur
l'homme* et dans le *Poëme sur la loi naturelle.* Les vers
étaient sa langue préférée et celle où il se trouvait le
plus à l'aise.

Les *Discours,* au nombre de sept, parurent de 1734
à 1737. M. de Fontanes les a appréciés avec élégance
et justesse. « Voltaire, en général, dit-il, veut être lu
« dans le fracas des grandes villes, dans la pompe des

« cours, au milieu de toutes les décorations de la so-
« ciété perfectionnée et corrompue (1). » Ces *Discours*
ne présentent aucune idée nouvelle ni frappante, mais
ils résument très bien le sentiment de leur auteur.
Leur charme, leur vrai prix est la diction, le coloris, la
grâce, une forme nouvelle et facile, le *sermo pedestris*
d'Horace ; quelquefois cependant le style s'arrête au-
dessous de cette mesure. Les vers prosaïques abondent ; voici sous ce rapport un exemple du point jusqu'où Voltaire peut descendre :

> Tu ne veux pas, grand roi, dans ta juste indulgence,
> Que cette liberté dégénère en licence,
> Et c'est aussi le vœu de tous les gens sensés.

Mais le nombre de ces vers est surpassé par celui des
vers brillants et gracieux ; l'auteur passe sans effort de
l'expression la plus commune au langage le plus poétique et le plus coloré, et par-dessus tout il a le talent
des descriptions aisées et harmonieuses.

Le premier discours a pour sujet *l'Égalité des conditions*. Il est élégant, poétique, mais superficiel ; il a
bien moins de philosophie que n'en contiennent, par
exemple, certains morceaux de Fontenelle. Voltaire
s'attache à montrer que la fortune et le rang ne sont
pour rien dans le bonheur, en face de ce compte, qui,
réglé à la fin, et malgré la disproportion apparente des
situations, donne à peu près pour tous le même résultat :

> Le bonheur est le port où tendent les humains ;
> Les écueils sont fréquents, les vents sont incertains ;

(1) FONTANES, traduction de l'*Essai sur l'homme*, de POPE. Discours préliminaire.

Le ciel, pour aborder cette rive étrangère,
Donne à tous les mortels une barque légère;
Ainsi que les secours, les dangers sont égaux;
Qu'importe, quand l'orage a soulevé les flots,
Que ta poupe soit peinte et que ton mât déploie
Une voile de pourpre et des câbles de soie?
Le vent est sans respect, il renverse à la fois
Les bateaux des pêcheurs et les barques des rois.
Si quelque heureux pilote échappé de l'orage
Près du port arrivé, gagne au moins le rivage,
Son vaisseau, plus heureux, n'était pas mieux construit;
Mais le pilote est sage, et Dieu l'avait conduit.

. . . .

Hélas! où donc chercher, où trouver le bonheur?
En tous lieux, en tout temps, dans toute la nature,
Nulle part tout entier, partout avec mesure,
Et partout passager, hors dans son seul auteur.
Il est semblable au feu dont la douce chaleur
Dans chaque autre élément en secret s'insinue,
Descend dans les rochers, s'élève dans la nue,
Va rougir le corail dans le sable des mers,
Et vit dans les glaçons qu'ont durcis les hivers.

Pour Voltaire, le bonheur est tout entier dans les circonstances : il ne connaît, il ne soupçonne pas celui qui naît de la disposition intime de l'âme. Remarquons en passant que, dans presque toutes les langues, les mots employés pour désigner le bonheur, portent ce caractère extérieur et superficiel. L'allemand fait pourtant exception : le mot *Seligkeit* exprime l'état de l'âme elle-même.

Le second discours, *la Liberté morale*, se résume à établir que nous nous sentons libres et le sommes en effet, en dépit de tous les systèmes qui s'efforcent de nier cette liberté.

Le troisième, sur *l'Envie*, a pour idée principale :
« Tâchez de surpasser ou du moins d'égaler ceux dont
« les succès vous offusquent; » remède qui n'est pas à
la portée de tout le monde.

La Modération fait le sujet du quatrième discours,
le plus beau, le plus éloquent de tous. Il faut, dit
Voltaire, se modérer en tout, dans la curiosité, dans
l'ambition, dans le plaisir :

> La raison te conduit; avance à sa lumière;
> Marche encor quelques pas, mais borne ta carrière :
> Au bord de l'infini ton cours doit s'arrêter;
> Là commence un abîme, il le faut respecter.
>
> .   .   .   .
>
> Demandez à Sylva par quel secret mystère
> Ce pain, cet aliment dans mon corps digéré,
> Se transforme en un lait doucement préparé?
> Comment, toujours filtré dans ses routes certaines,
> En longs ruisseaux de pourpre il court enfler mes veines,
> A mon corps languissant rend un pouvoir nouveau,
> Fait palpiter mon cœur et penser mon cerveau?
> Il lève au ciel les yeux, il s'incline, il s'écrie :
> Demandez-le à ce Dieu qui nous donna la vie.

Eh bien ! ces vers sont précédés par ceux-ci :

> Pour découvrir un peu ce qui se passe en moi
> Je m'en vais consulter le médecin du roi;
> Sans doute il en sait plus que ses doctes confrères.

On lit un peu plus loin :

> O vous qui ramenez dans les murs de Paris
> Tous les excès honteux des mœurs de Sybaris,
> Qui, plongés dans le luxe, énervés de mollesse,
> Nourrissez dans votre âme une éternelle ivresse,
> Apprenez, insensés, qui cherchez le plaisir,
> Et l'art de le connaître et celui d'en jouir.

> Les plaisirs sont des fleurs que notre divin maître
> Dans les ronces du monde autour de nous fait naître.
> Chacune a sa saison, et par des soins prudents
> On peut en conserver pour l'hiver de ses ans ;
> Mais, s'il faut les cueillir, c'est d'une main légère ;
> On flétrit aisément leur beauté passagère.
> N'offrez pas à vos sens, de mollesse accablés,
> Tous les parfums de Flore à la fois exhalés :
> Il ne faut pas tout voir, tout sentir, tout entendre ;
> Quittons les voluptés pour pouvoir les reprendre.
> Le travail est souvent le père du plaisir ;
> Je plains l'homme accablé du poids de son loisir :
> Le bonheur est un bien que nous vend la nature.
> Il n'est point ici-bas de moissons sans culture.
> Tout veut des soins sans doute, et tout est acheté.

Il est dommage qu'au travers d'un thème si noble et si propre à calmer les passions, Voltaire n'ait pu s'empêcher d'en revenir à ses ennemis et de se livrer à de basses personnalités. Cette malignité, dont il est aiguillonné sans cesse, fait ici l'effet d'un haillon jeté sur un manteau de pourpre.

On peut résumer le cinquième discours, *Sur la nature du plaisir*, par ces deux maximes, que le plaisir révèle un Dieu, et qu'il faut jouir sans excès :

> Usez, n'abusez point, le sage ainsi l'ordonne.

Ceci rentre dans le sujet du discours précédent.

Dans le sixième, *la nature de l'homme*, Voltaire établit que l'homme n'est pas le centre de la création. Tout n'est pas subordonné à lui ; il doit se contenter de son rang et de son sort. Ici l'auteur glisse dans le burlesque :

> Un jour quelques souris se disaient l'une à l'autre :
> Que ce monde est charmant ! quel empire est le nôtre !

Ce palais si superbe est élevé pour nous ;
De toute éternité Dieu nous fit ces grands trous.
Vois-tu ces gras jambons sous cette voûte obscure ?
Ils y furent créés des mains de la nature.
Ces montagnes de lard, éternels aliments,
Sont pour nous en ces lieux jusqu'à la fin des temps.
Oui, nous sommes, grand Dieu, si l'on en croit nos sages,
Le chef-d'œuvre, la fin, le but de tes ouvrages.
Les chats sont dangereux et prompts à nous manger ;
Mais c'est pour nous instruire et pour nous corriger.

Jusqu'où Voltaire peut avoir raison quant à son idée principale, c'est ce que nous ne déciderons point. Nous dirons seulement que nous sommes les créatures de Dieu, pourvus par lui de raison et de sensibilité, et ainsi rendus capables de le connaître et de l'adorer, de devenir à sa louange la voix de ce muet univers. La gloire de Dieu est notre vrai but, notre destination suprême. Mais ce qu'il y a de beau, de grand, d'humain dans cette idée, encore plus métaphysique que morale, était loin d'être entrevu par Voltaire. Il va jusqu'à dire que lorsque les hommes s'imaginent que Dieu prend plaisir à ce qu'ils lui rendent gloire, ils le traitent comme un fat.

Le mépris de l'homme est au fond de tout ce que Voltaire a écrit de l'homme et des choses humaines. Il ne dit pas, comme Lamartine :

L'homme est un dieu tombé qui se souvient des cieux (1).

A l'aspect de l'odieuse contrefaçon qu'il se plaît à nous étaler, il nous force à nous écrier, comme Athalie :

(1) LAMARTINE, *Méditations poétiques*. Méditation II. *L'Homme*.

> Mais je n'ai plus trouvé qu'un horrible mélange
> D'os et de chairs meurtris et traînés dans la fange (1).

Plus tard, dans les *Contes* et le *Dictionnaire philosophique*, nous retrouverons, poussé jusqu'aux dernières
limites, le sarcasme impitoyable dont Voltaire poursuit
la nature humaine.

Le septième discours roule sur *la vraie vertu*. Selon
l'auteur, elle consiste essentiellement dans la bienfaisance :

> Aimez Dieu, lui dit-il, *mais* aimez les mortels.

Ce *mais* en dit plus qu'il n'est gros. Il montre clairement que, chez Voltaire, l'idée de morale était tout à
fait détachée de celle de religion. Il appelle l'amour de
Dieu un *dogme*. Aimer Dieu n'est pas pour lui un état
de l'âme, un acte psychologique, résultant de ce que
Dieu est aimable : ce n'est qu'un appendice plus ou
moins embarrassant de l'amour du prochain. Voltaire
n'a jamais voulu comprendre les besoins qu'il n'éprouvait pas ou que l'éducation avait étouffés en lui. Et
d'ailleurs, la morale ne repose-t-elle pas sur un dogme,
sur un article de foi? Voltaire n'est-il pas obligé de défendre *son* dogme contre les matérialistes et les utili-
taires? Croire à l'obligation morale n'est-ce pas un
commencement de religion? Que répondrait Voltaire
s'il entendait traiter de mysticisme la conscience et le
sentiment du devoir? On n'en était guère là encore;
mais les doctrines de Voltaire devaient amener ce résultat. Une fois l'idée de Dieu soustraite de la morale,

(1) RACINE, *Athalie*, acte II, scène V.

il faut nécessairement qu'on arrive à l'utilitarisme, en d'autres termes à l'égoïsme.

Après cela, je le demande à Voltaire, comment l'amour de Dieu n'est-il pas de la morale? Sur quoi se fonde la morale sinon sur des rapports naturels d'où découlent certaines obligations? N'y a-t-il point de rapports naturels entre Dieu et nous? Certes, voilà bien le plus profond, le plus naturel des rapports, et partant la première des obligations. On se rejette du côté de la conscience; on pense rendre Dieu inutile en faisant d'elle un Dieu. Mais que fait la conscience sinon nous représenter Dieu? La conscience n'est pas *nous*, elle est *contre nous*, elle est donc *autre que nous*. Si elle est autre que nous, elle ne peut être que Dieu. Si donc elle est Dieu, il faut traiter ce Dieu comme il le mérite, et ne pas respecter moins le roi que l'ambassadeur. Si Dieu nous a assigné un but, ce but ne peut être hors de lui (1).

Un des caractères de la morale de Voltaire, c'est qu'il ne considère pas l'homme en lui-même, mais l'homme sous le rapport social, uniquement en qualité d'être associé avec d'autres êtres semblables à lui. Il faut le dire, c'est par le sentiment des rapports sociaux

---

(1) Quelques paroles du chancelier Bacon rendront plus sensible cette vérité fondamentale : « L'homme se rendit coupable d'une défection totale envers Dieu, « portant la présomption jusqu'à imaginer que les commandements et les défenses « de Dieu n'étaient point les règles du bien et du mal, mais que le bien et le mal « avaient un principe et une origine qui leur étaient propres ; il désira ardemment « acquérir les connaissances de ces principes et de cette origine, dans le seul but « de ne plus dépendre de la volonté de Dieu, qui lui était connue, et de n'avoir « d'obligation qu'à lui-même et à sa propre lumière, comme si lui aussi était Dieu, « dessein le plus diamétralement opposé à la loi de son Créateur. »

que l'homme est en effet conduit à l'idée du devoir, et par elle à la religion. Isolé du contact de ses semblables, il resterait étranger à Dieu, il rentrerait dans la classe des brutes. Si la Providence a rapproché les hommes, ce n'est donc point seulement pour favoriser le progrès de leur état matériel, mais aussi et surtout en vue de leur développement moral.

Mais de ce que les rapports de l'homme avec la société ont été pour lui l'occasion de connaître le devoir et Dieu, conclure que nous ne sommes moraux et religieux qu'en vertu et par la grâce de la société, c'est tomber du vrai dans le faux. La pensée de Dieu une fois connue et précisée par la parole, Dieu, pour ainsi dire, une fois créé par la conscience, il est évident que cette grande idée devient la première dans l'homme, et que c'est sur ce rapport divin, non pas antérieur, mais supérieur à tous les autres, que tous les autres doivent se régler.

Le *Poëme sur la loi naturelle*, dédié au roi de Prusse, se rapporterait par sa date (1756) à la seconde période de la vie de Voltaire ; mais nous le plaçons ici parce que sa morale est absolument celle des *Discours sur l'homme,* et que les mêmes observations s'appliquent à ces deux ouvrages. M. de Fontanes trouve ce dernier peu profond et ajoute : « Le sujet est beau ; mais ce « sujet est-il rempli? Fallait-il en défigurer la gravité « par ce ton satirique et railleur dont Voltaire abuse « trop de fois dans ses compositions les plus sérieuses? « La conversation d'un homme simple, du *Vicaire sa-*

« *voyard*, est plus poétique que les vers de Voltaire,
« écrivant à Frédéric (1). »

Le *Poëme sur la loi naturelle* est inférieur aux *Discours*, non-seulement pour la gravité du ton, mais
aussi pour le charme poétique. Il se divise en quatre
parties. La première établit l'existence et l'universalité de cette loi. En résumé, Dieu n'a parlé que par la
conscience, mais il a réellement parlé de cette manière :

> La morale, uniforme en tout temps, en tout lieu,
> A des siècles sans fin parle au nom de ce Dieu.
> C'est la loi de Trajan, de Socrate et la vôtre.
> De ce culte éternel la nature est l'apôtre ;
> Le bon sens la reçoit, et les remords vengeurs,
> Nés de la conscience, en sont les défenseurs ;
> Leur redoutable voix partout se fait entendre.
> .   .   .   .
> Cette loi, souveraine à la Chine, au Japon,
> Inspira Zoroastre, illumina Solon.
> D'un bout du monde à l'autre elle parle, elle crie :
> Adore un Dieu, sois juste, et chéris ta patrie.

La seconde partie est destinée à la solution de quelques difficultés. Bien des causes peuvent obscurcir
cette lumière naturelle, les passions surtout ; mais,

> De nos désirs fougueux la tempête fatale
> Laisse au fond de nos cœurs la règle et la morale.
> C'est une source pure : en vain dans ses canaux
> Les vents contagieux en ont troublé les eaux ;
> En vain sur sa surface une fange étrangère
> Apporte, en bouillonnant, un limon qui l'altère :
> L'homme le plus injuste et le moins policé
> S'y contemple aisément quand l'orage est passé.

(1) FONTANES, Traduction de l'*Essai sur l'homme*, de POPE. Discours préliminaire.

II.   4

Il réfute également l'objection tirée de la diversité des mœurs et des coutumes ; il montre qu'au travers de la divergence des applications, le principe reste le même invariablement.

La troisième partie renferme des plaintes contre l'intolérance des opinions et l'acharnement à poursuivre celles qu'on ne partage pas. La morale étant partout la même, personne ne devrait condamner son prochain pour des dogmes mystérieux et, selon Voltaire, incompréhensibles. De nouveau, sous le pli de cette idée, il s'élève contre la prétention d'ajouter le dogme à la morale. Nous ne reviendrons pas sur ce que nous venons de dire là-dessus. Au fond, la religion qu'est-elle autre chose qu'une morale ?

> A la religion discrètement fidèle,
> Sois doux, compatissant, sage, indulgent comme elle,
> Et, sans noyer autrui, songe à gagner le port :
> La clémence a raison, et la colère a tort.
> Dans nos jours passagers de peines, de misères,
> Enfants du même Dieu, vivons du moins en frères :
> Aidons-nous l'un et l'autre à porter nos fardeaux.
> Nous marchons tous courbés sous le poids de nos maux.
>
> . . . .
>
> Je crois voir des forçats dans un cachot funeste,
> Se pouvant secourir, l'un sur l'autre acharnés,
> Combattre avec les fers dont ils sont enchaînés.

Dans la quatrième partie, Voltaire examine les fonctions des gouvernements relativement à la religion, et décide que ceux-ci doivent calmer les disputes qui troublent la société. C'est, en un mot, la religion livrée au prince :

Malheur aux nations dont les lois opposées
Embrouillent de l'État les rênes divisées.
Le sénat des Romains, ce conseil de vainqueurs,
Présidait aux autels et gouvernait les mœurs,
Restreignait sagement le nombre des vestales,
D'un peuple extravagant réglait les bacchanales.

Il a développé cette doctrine dans son *Dictionnaire
philosophique* : « Dans une religion dont Dieu est re-
« présenté comme l'auteur, les fonctions des ministres,
« leurs personnes, leurs biens, leurs prétentions, *la
« manière d'enseigner la morale, de prêcher le dogme, de
« célébrer les cérémonies, les peines spirituelles, tout*, en
« un mot, *ce qui intéresse l'ordre civil*, doit être soumis
« à l'autorité du prince et à l'inspection des magis-
« trats (1). »

Le résumé de la morale de ces deux ouvages peut
s'enfermer dans ces quatre vers :

Sois juste, bienfaisant, contraire à tout extrême,
· Indulgent pour ton frère, indulgent pour toi-même;
D'où tu viens, où tu vas, renonce à le savoir,
Et marche vers ta fin sans crainte et sans espoir.

On est frappé de la vacillation que présente cette
morale. C'est tour à tour un morceau de tous les systèmes ; mais de tous les lambeaux de vérité qui pendent à toutes les erreurs, on ne fait pas la vérité. La
vérité est comme la tunique de notre Seigneur, elle
n'a pas de couture.

Mais la grande inconstance de Voltaire, l'incertitude
de ses opinions, l'empirisme achevé de ses doctrines,
si tant est qu'il ait des doctrines, s'explique par l'ex-

(1) *Dictionnaire philosophique.* Article *Droit canonique.*

trême frivolité de son caractère. Il était frivole par nature et par système; il a même fait l'éloge de la frivolité :

« Ce qui me persuade le plus de la Providence, di-
« sait le profond auteur de *Bacha Bilboquet*, c'est que,
« pour nous consoler de nos innombrables misères,
« la nature nous a faits frivoles... Si nous n'étions pas
« frivoles, quel homme pourrait demeurer sans frémir
« dans une ville où l'on brûle une maréchale dame
« d'honneur de la reine, sous prétexte qu'elle avait
« fait tuer un coq blanc au clair de la lune (1)?... »

Voltaire est celui des poëtes modernes qui ressemble
le plus à Horace, quoique le caractère de leur talent
soit différent; leur philosophie est la même, un épi-
curéisme mitigé. Leur manière aussi se ressemble :
tous deux ont la nonchalance gracieuse, spirituelle,
une négligence qui ne descend jamais à la trivialité;
mais, quoique plus parfait écrivain, Horace est moins
brillant, et il a de moins que Voltaire le charme d'une
sensibilité expansive.

Le sujet des *Discours sur l'homme* a de l'analogie
avec celui des épîtres de Boileau. Mais pour Voltaire la
vérité est affaire d'impression; il la représente comme
utile, belle, aimable, jamais comme vraie. Chez Boileau, la vérité est plus objective, et par là même elle
a plus de dignité. Cependant Boileau, plus vrai, plus
moral, a moins d'étendue et d'originalité; en général,
il sait moins que Voltaire s'approprier cette vérité à
laquelle il croit; la sienne est moins intimement unie

(1) *Dictionnaire philosophique*. Article *Frivolité*.

à lui; elle est un peu celle de tout le monde. Quelquefois, pourtant, il est supérieur à Voltaire par la profondeur des pensées; ainsi dans son épître sur *le Vrai*,
où il croit à la vérité pour son propre compte. Mais il
s'élève rarement à cette hauteur, et il n'a pas le charme
de Voltaire.

Pope, l'auteur de l'*Essai sur l'homme*, l'emporte sur
Voltaire soit par l'élévation des pensées, soit par le
mérite soutenu de la forme; il a la concision élégante
et précise, la noblesse, la force, la grandeur; mais la
grâce et la facilité demeurent la part de Voltaire. Du
moment où l'on se distrait du point de vue moral, où,
sous le rapport littéraire, on veut moins juger qu'on
ne cherche à jouir, on se sent toujours attiré du côté
de Voltaire, tandis qu'à la rigueur il mériterait plutôt
le dernier rang entre les poëtes que nous venons de
nommer. Horace, Pope, Boileau ont bien plus d'égalité; ils se maintiennent à une hauteur d'où Voltaire
descend souvent.

Les autres poëmes philosophiques appartiennent à
une autre époque.

Reste une nuée de poésies légères, fugitives, de petits discours philosophiques, qui ont la forme satirique
sans être pourtant des satires. Ce sont des poëmes
d'une morale en général très relâchée. On remarque
le Mondain, véritable apologie du luxe et des plaisirs
sensuels; *le Temple de l'Amitié*, petit poëme intéressant; *le Pour et le Contre* ou l'*Épître à Uranie*. Ce
morceau sceptique, où Voltaire semble d'abord présenter l'éloge du christianisme, pour en faire ensuite

une sanglante satire, valut l'exil à son auteur. On doit rappeler encore l'*Épître à Madame du Châtelet*, exposition des découvertes de Newton ; c'était un genre de poésie alors inconnu et véritablement créé par Voltaire ; l'*Épître à Rosalie*, adressée à Madame Denis, nièce de l'auteur, morceau classique et chef-d'œuvre du genre ; *les Vous et les Tu*, pièce délicieuse, mais d'une morale peu sévère ; enfin, les strophes charmantes qui commencent par ces mots :

> Si vous voulez que j'aime encore.

En résumé, il faut conclure que, dans la poésie fugitive, Voltaire a mis à la fois plus de poésie et plus de pensée que nul de ceux qui l'ont précédé.

La prose de Voltaire a été tout à la fois élevée et rabaissée au delà de sa juste valeur. Au fond, Voltaire n'a doté la prose française d'aucunes formes absolument nouvelles ; il n'a rien ajouté à la langue du dix-septième siècle, dont il a conservé, sinon toute la grâce, du moins la limpidité, la fluidité, la simplicité, en lui donnant un mouvement plus agile et des tours plus vifs. Cette prose est restée la même jusqu'à la fin de sa carrière, sans avoir rien de suranné.

Voltaire prosateur et Voltaire poëte sont deux hommes, Messieurs, ou plutôt c'est le prosateur qui est l'homme véritable, le Voltaire achevé. Il y a de la convention dans Voltaire poëte ; le talent y est plus que la personnalité. Cependant le poëte est bien du dix-huitième siècle ; il est moins pur, moins châtié ; son style, dans les sujets sérieux, n'est pas exempt de

redondance, et sonne creux de temps en temps. Le
prosateur ne tombe jamais dans ces défauts ; sa simplicité est inaltérable. S'il a laissé trop souvent la diction de la prose pénétrer dans sa poésie, c'est que
celle-ci tendait vers l'application et la vie réelle ; mais
jamais il n'a permis à la poésie de faire invasion dans
sa prose.

Cette prose, rapide, facile, brillante, sans cesse
remuée, a beaucoup de séduction. Elle donna des ailes
à des idées auxquelles elle était parfaitement assortie ;
elle est la plus purement française de toutes les proses.
Le tour, le mouvement en est nouveau, quoique la
substance en soit la même que celle de la prose du
dix-septième siècle. Les mêmes tendances n'avaient
pas jusque-là revêtu cette forme. Hamilton, Saint-
Évremond en ont quelque chose ; mais ils n'ont pas
appliqué cette manière à des sujets si variés. Dans les
sujets sérieux, au dix-septième siècle, on était ou plus
grave ou plus poétique. Voltaire n'est ni l'un ni l'autre ; sa prose arme à la légère une philosophie fort légère ; elle supplée à la force par la rapidité du mouvement, à la profondeur par la clarté.

Mais la pensée de Voltaire a-t-elle vraiment quelque
chose de philosophique ? Il en faut convenir ; oui, elle
renferme un élément de philosophie. Substituer la
nature à la convention, le bon sens à l'autorité, donner
la préférence aux faits moraux sur les faits extérieurs,
aux choses sur les mots, aux faits sur les personnes,
à l'ensemble sur le détail, rassembler ce que le vulgaire sépare, distinguer ce que le vulgaire confond,

tout cela est de la philosophie. Mais c'est toute celle de
Voltaire. Il ne s'élève pas plus haut. Il ne fait pas
droit aux plus nobles éléments de la nature humaine,
la foi, l'infini, la providence; il ne connaît de l'âme
que sa région inférieure et sa région moyenne; il n'a
connu que l'homme social; il ne sait ce que c'est que
l'homme en présence de soi-même, à plus forte raison
en présence de l'infini; il a manqué d'une vraie moralité; en morale, il a des instincts, des préjugés, des
habitudes, mais point de principes.

Son style ressemble à tout cela. Sa prose légère,
vive, brillante, manque, si l'on peut parler ainsi, de
corps. Elle est svelte, dégagée, mais mince, effilée,
maigre; elle n'a jamais de majesté :

Légère et court vêtue, elle marche à grands pas (1).

Mais on ne sent pas le sol trembler sous elle, et chaque
secousse rendre un bruit d'armure. Elle a la vivacité
qui vient de l'esprit, rarement la chaleur qui vient de
l'âme. Elle abrége, elle ne concentre pas; elle ne fait
pas sentir beaucoup plus qu'elle n'exprime; elle ne
descend jamais dans l'intérieur des choses comme celle
de Montesquieu. Elle me fait l'effet d'un objet en bois
qu'on veut enfoncer dans l'eau et qui remonte toujours. Elle n'a point de défauts, mais des qualités essentielles lui manquent.

Après tout, le type, l'idéal de la prose française a
été donné par Bossuet et Fénelon. Le sceptre de cette
prose reste aux mains du dix-septième siècle. Si la
prose de Voltaire ressemble à plusieurs égards à celle

(1) LA FONTAINE. *Fables,* livre VII, fable X.

de ses prédécesseurs, si l'on peut lui appliquer ce que
Voltaire lui-même disait d'autre chose : « Jamais sur-
« pris et toujours enchanté, » au fond elle en diffère
encore davantage. Elle a moins de substance, d'harmonie, de couleur. Nous l'avons déjà indiqué ; en
théorie et surtout en pratique, aucun écrivain n'a établi
une limite aussi tranchée entre la prose et la poésie.
Ce sont deux genres, ce sont deux hommes qui ne se
rencontrent jamais. Voltaire prosateur ne se souvient
plus qu'il est poëte ; il n'a pas besoin de se surveiller
à cet égard ; nulle part il ne laisse pénétrer dans sa
prose le moindre souffle de poésie. Il n'y a, dans la
littérature française, aucun exemple pareil. Sans doute
la prose qu'on appelle poétique est un genre faux en
soi ; mais il ne s'ensuit pas que le prosateur et le
poëte ne doivent rien avoir de commun. La poésie et
la prose ne sont pas deux substances, mais deux lan-
gages propres à l'homme. L'homme doit-il, peut-il se
diviser au point que jamais, dans sa prose, la moindre
image ne trahisse les impressions et la langue du
poëte ? Fénelon, Bossuet, Montaigne, J. J. Rousseau
ont souvent mêlé de la poésie à leur prose ; Voltaire
trouvait trop poétique la prose même de Massillon.

J'avoue, Messieurs, que, dans cette prose de Voltaire, le second plan, le lointain, la profondeur me
manquent. On me retient à la lisière, on me fait longer
le rivage. Voltaire est élégant, lumineux, doucement
entraînant ; mais il n'atteint jamais l'intimité de notre
être. Ceci n'est pas le défaut du langage seulement,
mais aussi celui de la pensée.

A entendre Montesquieu, Voltaire *n'est que joli* (1).
Ce mot trahit la pensée de Montesquieu. Bien compris,
il a sans doute un fond de vérité. Voltaire a mérité
ce jugement. Quand sa philosophie n'est pas laide,
on peut dire qu'elle est jolie.

Voltaire a abordé, pendant sa première période,
toutes sortes de sujets. J'omets plusieurs ouvrages
scientifiques spéciaux, destinés la plupart à populariser
la science. Voltaire est un génie vulgarisateur; il n'est
pas de ceux auxquels des esprits subalternes, des intelligences plus populaires viennent emprunter les
fortes idées qu'ensuite ils vont émietter à la multitude. Voltaire trouve le fond de ses idées, et il en invente lui-même la forme populaire; il produit et il met
à la fois en circulation. Sa manière vaut mieux que
celle de Fontenelle; il n'enjolive pas la science; il ne
cherche à la rendre ni imposante par l'emploi des
termes techniques, ni séduisante en les excluant.

En 1726 parurent les *Lettres sur les Anglais*, écrites
d'Angleterre, et répandues d'abord secrètement et en
manuscrit. Dès que Voltaire crut pouvoir le faire sans
danger, il les réunit et les publia sous le titre de *Lettres philosophiques*. Remarquons, en passant, quelle
influence ont exercée sur les temps qui les virent
naître trois ouvrages publiés sous forme de lettres. Au
dix-septième siècle, ce furent d'abord les *Provinciales*,
moins encore une discussion théologique et une lutte
contre les Jésuites qu'une manifestation de la liberté de

(1) Montesquieu. *Pensées diverses : Des modernes.*

la pensée; au dix-huitième, les *Lettres persanes* (1721),
et dix ans plus tard les *Lettres philosophiques*, qui en
étaient le pendant.

Le but de Montesquieu était simple : il voulait faire
connaître la France aux Français. Celui de Voltaire
était double; c'était tout à la fois la France et l'Angleterre qu'il voulait mettre sous les yeux du public.
Montesquieu avait, pour ainsi dire, découvert la France
en se servant des yeux d'un Asiatique. Voltaire se
sert de ses propres yeux, des yeux d'un Français,
pour découvrir l'Angleterre. Leur procédé est semblable au fond. Montesquieu prend son point de vue
en Perse pour juger de là la France et l'Europe. Voltaire se transporte en réalité en Angleterre; mais il lui
suffit presque de parler de l'Angleterre pour juger la
France, quoiqu'il n'affecte point de mettre l'Angleterre au-dessus de la France, et que, directement, il
ne parle point de celle-ci. Avant Montesquieu cependant, il vanta le gouvernement anglais. Voltaire,
jeune encore, fut plus hardi sur ces sujets et s'en
montra plus préoccupé qu'il ne le parut plus tard à
l'époque de sa maturité. Il aborda toutes sortes de
sujets : l'Église, la philosophie, la littérature, Bacon,
Locke, Shakspeare, l'inoculation. Voltaire, en effet,
est le premier qui ait révélé l'Angleterre à la France,
et l'entreprise était plus aventureuse et plus importante
qu'il ne semble. Ces deux nations voisines, rivales,
parentes, se contentaient de se haïr et ne se connaissaient pas.

Les *Lettres philosophiques* parurent plus hardies que

les *Lettres persanes*. Elles l'étaient réellement, quoique
à la superficie elles ne le parussent pas. L'expression
de Montesquieu est plus vive ; mais Voltaire, plus cir-
conspect dans la forme, l'est beaucoup moins dans le
fond. Ni le public, ni le gouvernement ne s'y trom-
pèrent. Les *Lettres persanes* firent tressaillir le pouvoir,
mais ce fut tout ; car, peu après, Montesquieu obtint
le fauteuil à l'Académie. Or, c'était là la sanction ou
l'absolution politique de la littérature. L'ouvrage de
Montesquieu, considéré comme une œuvre d'art et d'i-
magination, fut pris moins au sérieux que celui de
Voltaire, quoique plus sérieux peut-être. Celui de
Voltaire parut ce qu'il était, un pamphlet. C'était réellement *le pamphlet des pamphlets*. Dans un temps où
régnait le double despotisme du gouvernement et de
la mode, où le gouvernement prenait le parti de la
mode, où la musique même était officielle, Voltaire fut
hardi à un point dont nous ne pouvons plus nous
rendre compte. Aucun peuple ne se courbe plus volontiers sous le joug de la mode que le peuple français ; obéir à la mode est un devoir en France. Voltaire attaqua de front ces deux despotismes et les
réunit contre lui. Plus tard l'indépendance politique
alla diminuant chez lui, mais l'indépendance intellectuelle demeura la même.

Voltaire est spirituel d'une tout autre manière que
Montesquieu. Montesquieu a de l'esprit autant que qui
que ce soit, mais il a le tort d'en faire. Sans faire pa-
rade de sa supériorité, Montesquieu la laisse trop paraître. Voltaire dissimule la sienne ; il traduit son

esprit en bon sens, tandis que tant d'autres s'efforcent de traduire leur bon sens en esprit. Il est l'homme du monde qui a eu le plus d'esprit, mais l'homme du monde qui en a fait le moins. C'est ce qui assure le succès d'un grand nombre de ses ouvrages ; il a l'esprit de nous faire croire que nous avons de l'esprit, et même que nous en avons autant que lui.

Les *Lettres persanes* reposent sur une fiction que l'auteur a rajeunie ; les *Lettres philosophiques* n'ont point de cadre, pas même celui de la forme épistolaire malgré leur titre, et elles n'en sont pas moins piquantes. Leur style a moins de beautés et moins de défauts que celui des *Lettres persanes*. Quant aux sujets traités, s'ils ont rapidement vieilli, c'est que le talent de l'auteur les a rapidement vulgarisés. Les grands hommes travaillent contre leur propre gloire, en rendant commun et trivial ce qui était rare avant eux.

L'Histoire de Charles XII (1728) est l'histoire d'un soldat qui, par hasard, était roi. « Il ne se réglait point « sur la disposition actuelle des choses, mais sur un « certain modèle qu'il avait pris : encore le suivit-il « très mal. Il n'était point Alexandre ; mais il aurait « été le meilleur soldat d'Alexandre (1). » C'est une biographie, une épopée ; ce n'est même qu'une longue anecdote qui se détache de l'histoire sans y laisser de vide. Voltaire y fait à peine entrevoir le nouvel esprit, l'idée nouvelle dont il va doter l'histoire ; il n'a pas non plus la teinte ironique et fataliste qui domine dans

(1) Montesquieu, *Esprit des lois*, livre X, chapitre XIII.

ses autres écrits historiques. Cette narration rapide, lumineuse, élégante, écrite avec un remarquable bon sens, est une sorte de chef-d'œuvre; et cependant j'avoue que je ne puis l'admirer autant qu'on le fait. C'est un ouvrage classique sans doute, mais il y a peut-être un peu de convention dans le rang où on le place. Ici plus qu'ailleurs, la profondeur, la perspective font défaut. On a tout de suite tout ce qu'on peut avoir; une seconde lecture ne dit rien de plus. Voltaire a écrit cet ouvrage sans sentiment ni chaleur; il ne l'a écrit qu'avec son esprit. Je voudrais qu'on fût ou largement objectif, ou franchement subjectif. Souvent on aime autant à rencontrer dans un ouvrage l'auteur que le sujet. C'est peut-être un défaut dans un livre, mais c'est un charme. L'*Histoire de Charles XII* n'a pour moi ni beaucoup de charme, ni beaucoup de valeur.

Critique littéraire. — Conseils à un journaliste. — Voltaire écrit bien la critique littéraire, et il la pense bien. Il n'est pas profond, il n'a pas reculé les limites de ce genre de critique, mais il a infiniment de bon sens. C'est surtout dans le domaine de la critique théorique que le bon sens est rare. Ici les grands modèles deviennent des tyrans posthumes; il faut les imiter en tout, épouser leurs qualités et leurs défauts. En littérature, la France est le pays de la routine. Quand un homme se permet d'avoir du bon sens, il devient original, et puissant par cela même. Le bon sens est toujours original, car la convention et la tradition tendent

sans cesse à se substituer à lui. Voltaire a eu l'originalité et la puissance du bon sens.

Mais il a la manie de faire de soi la personnification
de ses théories littéraires, le type du bon et du beau.
Il a l'air de tout terminer en répétant : Vous n'avez
du reste qu'à étudier comment je m'en suis tiré. Il y
met un manque de délicatesse, une impudence même,
qui répugnent. Il rappelle la fable de l'*Abeille et la
Mouche* :

> L'abeille lui parla d'un miel qu'elle avait fait ;
>   C'était un miel exquis, parfait,
> A son gré préférable à celui de l'Hymette.
> Il faut, dit-elle, il faut que je vous en remette ;
> Pour vos maux de poitrine, il sera souverain.
>
> .   .   .   .
>
> Des vapeurs ! Ah ! ma sœur ! y seriez-vous sujette ?
>   J'ai pour ce mal une recette
> Excellente, et qu'en vain vous chercheriez ailleurs....
> D'un extrait de mon miel.......

DEUXIÈME PARTIE.

Lorsque nous comparons, Messieurs, la première
moitié du siècle qui nous occupe avec l'époque de
Louis XIV, il nous semble déjà qu'on se trouve en
plein dix-huitième siècle. Mais quand on passe à la
seconde moitié de cette grande période, on sent que
la première n'était que le prologue, l'exposition du
drame. L'explosion n'a pas encore eu lieu.

« Voltaire et Montesquieu, ai-je dit ailleurs, rem-
plissent de leur gloire et de leur influence la première

moitié du dix-huitième siècle ; mais l'action de Voltaire est plus immédiate, plus vaste et mieux sentie. Il correspond par toutes les parties de son talent à tous les côtés de l'esprit national ; il résume en soi toutes les plus vives tendances, toutes les impatiences de son époque. Cette époque, il veut l'instruire et l'amuser tour à tour, et sans relâche l'occuper. Les écrivains dont le nom perce l'universelle rumeur de son nom, ne disposent chacun que d'une partie du public, d'une opinion, d'un monde spécial ; Voltaire a des droits sur tous. Rollin, Louis Racine, d'Aguesseau, Massillon, Dubos, Fontenelle, La Motte, Destouches, Le Sage, Prévost, partagent inégalement avec lui l'attention publique, mais ne la lui disputent pas. Il a quelque chose de nouveau qu'aucun d'eux ne possède ; et seul parmi eux il paraît tout à fait du dix-huitième siècle. Ce qu'il a composé de 1718 à 1750 suffit à le mettre, sous le rapport de l'influence et de la célébrité, au-dessus de toute comparaison. Lorsque la seconde moitié du siècle s'ouvrit, et laissa paraître une nouvelle génération de talents, dont plusieurs du premier rang, et toute une puissante école, Voltaire était déjà l'auteur de presque tout ce qu'il y a de plus solide dans sa fortune littéraire. A partir de 1750, il fut encore le plus populaire et le plus puissant des écrivains ; toutefois les talents qu'avaient plus ou moins provoqués son exemple et préparés ses leçons, eurent une valeur propre, une existence indépendante ; et la seconde période du dix-huitième siècle leur dut un caractère où Voltaire ne reconnut pas toujours celui de ses opinions personnelles, ni l'impulsion de son esprit (1). »

Les événements politiques jusqu'en 1780 ne sont pas sans rapports avec le mouvement littéraire et philosophique de l'époque. La littérature ne fut pas sans doute étrangère à l'expulsion des Jésuites. L'exil des parlements fut une révolution intérieure importante en elle-même. La conclusion humiliante de la guerre de sept ans (1756-1762) donna une extension nouvelle à la philosophie et à la littérature. Elles ressortaient seules du fond terne de la situation politique ; sur leur terrain la France était conquérante encore. Plus tard, le partage de la Pologne et la guerre d'Amérique exercèrent une vive influence sur les esprits. Toutes ces circonstances contribuèrent sans doute à la prodigieuse fécondité intellectuelle de cette époque ; mais ce qui est surtout digne de remarque, c'est la soudaineté de l'explosion, l'accumulation dans un espace très borné de tous les éléments dont la présence devait caractériser le dix-huitième siècle. Il est des moments où tout éclate à la fois, et où les génies de toute nature semblent s'être donné rendez-vous.

Dix ou douze années, dans le milieu du dix-huitième siècle, virent se déployer plus de talents divers, s'accomplir plus de destinées littéraires, se consommer, en un mot, une révolution littéraire plus importante qu'il ne s'en est jamais vu peut-être en aucun pays, et dans un espace de temps beaucoup plus long.

(1) VINET, *Discours sur la littérature française*, pages XLVII-XLVIII.

Une simple notice bibliographique rendrait ce fait évident pour tout le monde (1).

C'est à partir de là que disparaissent toutes les nuances douteuses ou intermédiaires, et que le dix-huitième siècle prend toute sa couleur : le moment est venu de le caractériser. C'est le vrai dix-huitième siècle, c'est proprement l'époque ou le règne de la philosophie.

Le dix-septième siècle, celui que Vauvenargues appelait « le plus philosophique de tous les siècles, » avait sans doute philosophé, mais sous verre. La philosophie alors n'est pas une réaction, ou du moins elle ne veut pas l'être ; de fait, elle l'est plus qu'elle ne le pense, mais elle ne l'est pas d'intention. On ne la voit pas briser les liens qui l'attachent à la croyance publique ; elle cherche seulement à les allonger ; elle ap-

(1) Voir le *Discours de* M. VINET *sur la littérature française,* page XLVIII. — Pour ne rien omettre d'important, reportons-nous peu d'années seulement en deçà du point de départ indiqué, et nommons successivement :

1746. *Introduction à la connaissance de l'esprit humain,* par VAUVENARGUES.
— *Essai sur l'origine des connaissances humaines,* par CONDILLAC.
— *Pensées philosophiques,* de DIDEROT.
1749. *De l'Esprit des lois,* par MONTESQUIEU.
— Les premiers volumes de l'*Histoire naturelle* de BUFFON.
— *Lettre sur les Aveugles,* par DIDEROT.
1750. *Discours sur les sciences,* par J.-J. ROUSSEAU.
1751. *Considérations sur les mœurs,* par DUCLOS.
— *Discours préliminaire de l'Encyclopédie,* par D'ALEMBERT.
— *Siècle de Louis XIV,* par VOLTAIRE.
1753. *Discours de réception de* BUFFON *à l'Académie française.*
— *Discours de J.-J.* ROUSSEAU *sur l'inégalité des conditions.*
1754. *Traité des sensations,* par CONDILLAC.
1755. *Discours sur l'esprit philosophique,* par GUÉNARD.
1756. *Essai sur les mœurs des nations,* par VOLTAIRE.
1759. *De l'Esprit,* par HELVÉTIUS.

Il nous semble que cette nomenclature et ces dates ne manquent pas d'éloquence. (*Ibid.*)

plique, elle explique : elle ne détruit ni ne crée. Elle
ne bâtit pas une nouvelle maison ; il lui suffit de se
loger dans l'ancienne le plus commodément possible.
Si quelques mineurs creusent sous les fondements de
l'édifice, on entend à peine, soit du dedans, soit du
dehors, le bruit sourd de la sape.

La philosophie du dix-huitième siècle est une réaction. Elle reprend tout en sous-œuvre ; elle fait table
rase ; elle écarte toutes les traditions et toutes les autorités. Elle veut bâtir une demeure nouvelle ; mais
elle aimera encore mieux habiter en plein air, sous
la pluie et le vent, que de rentrer dans la vieille
maison. Elle est plus préoccupée de détruire que de
créer. Quel siècle a jamais voulu deux choses à la fois ?
Son caractère est essentiellement négatif.

Elle est négative ; mais elle se donne l'air positif.
Elle professe la recherche de l'origine de la pensée, et
elle réduit l'homme à l'organisme : pensée, sentiment,
vertu, tout n'est que sensation. Par une conséquence
inévitable, le principe désintéressé est aboli dans
l'homme, qui, n'ayant plus que des sens, n'a plus
que des intérêts ; le bonheur, qui n'est, pour cette
philosophie, que le plaisir en grand, devient la règle
et la mesure de tout. Locke avait produit Condillac,
Condillac inspire Helvétius, et plus tard Cabanis.

Pour tout ce qui, dans la science, est du domaine
des faits purement sensibles, ceci n'est pas un inconvénient. Une époque animée de cet esprit doit aimer
et peut étudier avec succès cet ordre de faits. Aussi
voit-on le dix-huitième siècle se livrer avec ardeur à

l'étude des sciences physiques et naturelles, à l'économie politique, science mixte entre les sciences naturelles et les sciences morales. On commence à parler
de la secte des *économistes*. Locke n'est pas plus invo-
qué que Bacon. On forme alors, d'après ce grand
homme, le dessein d'*organiser les sciences humaines*,
dessein prématuré, mais dont la conception peut caractériser une époque. De là ce grand ouvrage de l'*Encyclopédie*, pamphlet énorme, à la fois magasin et plan
de guerre.

Divisés sur tant de points, il en est un sur lequel
les philosophes sont d'accord : c'est la destruction du
christianisme, injustement enveloppé dans la juste
haine dont le sacerdoce est l'objet. Je ne puis me le
dissimuler : il y avait là, tout à côté d'une haine aveugle, le légitime besoin d'exhumer, du sein des éléments théocratiques, l'élément humain qui s'y trouvait enfoui, semblable à ces monuments de l'Égypte,
à moitié ou entièrement disparus sous les sables amon-
celés. Ce besoin correspondait à d'autres besoins, à
celui de retrouver la nature sous la convention, et la
justice sous l'entassement des lois positives. L'homme
se cherchait lui-même, se dérobait avec effort à cette
grande et vieille tyrannie de la vérité officielle. Malheureusement, alors, c'est en le dégradant qu'on le
réhabilite ; en même temps qu'on l'arrache au prêtre,
on l'enlève à Dieu. Les temps ne comportaient pas
un autre et plus réel affranchissement. On passait
d'Égypte en Égypte, d'une servitude dans une autre ;
et telle était la violence de la réaction, que, du même

coup supprimant Dieu et l'âme, on livrait l'homme à
ses sens, dont l'insolence n'était plus désormais répri-
mée que par les calculs de l'égoïsme. « Gorgez-vous
« de plaisirs, moi j'ai fait mon temps, » disait Voltaire. Ainsi parlaient les guides de l'humanité. Malheur
à l'époque qui prétend ébranler les préjugés sans affermir les mœurs dans la même mesure.

Une nation moins intellectuelle et moins sociable,
qui aurait adopté de telles maximes, se serait noyée
dans la fange. Le goût des jouissances de l'esprit, la
sociabilité, la vanité peut-être, quelques instincts difficiles à détruire, quelques traditions qui ne s'effacent
que lentement, prévinrent les derniers excès.

La haine des institutions religieuses ne s'étendait
pas aux institutions politiques. Du moins la seconde
était moins véhémente et moins unanime. Parmi ces
ennemis de la vieille religion, il y avait beaucoup de
conservateurs, par caractère, par position, par amour
d'une vie aisée, molle, élégante. Voyez Voltaire aux
pieds de Madame de Pompadour et de Madame du
Barry. Néanmoins la réaction s'opérait aussi de ce côté.
Quelques exaltés allaient dans ce sens aussi loin qu'il
est possible d'aller, témoin le mot fameux de Diderot :

> Et mes mains ourdiraient les entrailles du prêtre,
> A défaut d'un cordon pour étrangler les rois.

Ceci est cependant l'élan d'une imagination désordonnée, à laquelle il ne faut pas attacher trop d'importance.

La force de la littérature du dix-huitième siècle tenaît à l'esprit nouveau qui, dirigeant tout vers un même but, faisait pour la première fois des sciences, des lettres et des arts une masse homogène et compacte, et de tous les écrivains, sous le nom de *philosophes*, une phalange serrée. On admettait dans cette ligue tout ce qui était mécréant. Le mot de philosophe, au bout d'un certain temps, ne signifia plus que cela. L'Académie française était devenue le rendez-vous de cette ligue. Ses séances publiques furent longtemps autant de fêtes de la philosophie régnante, par les concours qu'elle ouvrit au bénéfice de cette même philosophie, et par le but qu'elle continua d'offrir à l'ambition des littérateurs. Divisée intérieurement en deux camps, gênée par les convenances d'une position officielle, elle n'en fut pas moins un théâtre éclatant où la pensée du siècle put s'étaler et triompher au grand jour.

Les femmes, que les mœurs françaises mêlent à tout, ne furent pas inutiles au maintien de cette ligue. Les salons de Mesdames Geoffrin, du Deffand, de Lespinasse en étaient les principaux centres; mais le quartier général était chez le baron d'Holbach. On s'appliqua à gagner la faveur des grands seigneurs et des princes; on essaya de la persécution contre les adversaires; on parvint quelquefois à armer le pouvoir contre eux. Saint-Lambert, qui n'oubliait pas qu'il était marquis, fait mettre en prison Clément, *l'inclément*, pour lui apprendre à mieux apprécier le poëme des *Saisons;* on réussit à jouer Fréron en plein théâtre. Voltaire se permet impunément contre ses adver-

saires ce qu'il avait trouvé affreux de la part de
J. B. Rousseau. Qu'on en juge par ce passage d'une de
ses préfaces :

« Un orgueil très méprisable, un lâche intérêt plus
« méprisable encore, sont les sources de toutes ces
« critiques dont nous sommes inondés : un homme de
« génie entreprendra une pièce de théâtre ou un autre
« poëme pour acquérir quelque gloire, un Fréron le
« dénigrera pour gagner un écu. Un homme qui fait
« un honneur infini à la littérature enrichit la France
« du beau poëme des *Saisons*... Qu'arrive-t-il? un
« jeune pédant de collége, ignorant et étourdi,
« pressé par l'orgueil et par la faim, écrit un gros
« libelle contre l'auteur et l'ouvrage ; il prétend, etc.

« Un homme de cette espèce, nommé Sabatier, na-
« tif de Castres, fait un dictionnaire littéraire et donne
« des louanges à quelques personnes pour avoir du
« pain. Il rencontre un autre gueux qui lui dit : Mon
« ami, tu fais des éloges, tu mourras de faim ; fais un
« dictionnaire de satires, si tu veux avoir de quoi
« vivre. Le malheureux travaille en conséquence et
« n'en est pas plus à son aise.

« Telle était la canaille de la littérature du temps de
« Corneille, telle elle est aujourd'hui, telle on la verra
« dans tous les temps. Il y aura toujours dans une
« armée des officiers et des goujats, et dans une grande
« ville des magistrats et des filous (1). »

L'ancienne foi a peu de défenseurs courageux, peu
d'habiles. Le christianisme vivant, évangélique, plus

---

(1) *Avertissement de* VOLTAIRE, *en tête de son édition de Corneille.*

philosophique que la philosophie du dix-huitième siècle, lui aurait tenu tête ; mais où était-il ? D'ailleurs,
de ce côté, il eût fallu agir, et l'on écrivait.

Il faut voir, en France et en Europe, l'état de la
société telle que les philosophes la trouvaient et telle
qu'ils l'avaient faite.

En France d'abord, « ce rapprochement met en regard deux faits contemporains et sans doute corrélatifs :
la faiblesse et la désorganisation de l'institution sociale, la vigueur au moins comparative de la littérature.
Tout, dans le premier ordre de faits, se montre faux,
contradictoire, précaire. Tout paraît tendre à sortir de
sa position et de son rôle. Il n'est pas un pouvoir, pas
un ordre dans l'État, qui, de même qu'une porte
disloquée, ne se soulève sur ses gonds. Il n'est système qui ne porte en soi sa propre négation. Au seuil
d'une révolution, le despotisme est sans limite, sans
pudeur, mais aussi sans énergie et sans prévoyance ;
il ronge les derniers restes des libertés anciennes, aux
approches d'une jeune et nouvelle liberté. Privé de la
décoration de la gloire, il l'est également de cette foi
en soi-même qui est une force et une excuse, et de
cette foi de la multitude, qui est l'unique droit du
pouvoir absolu. Au milieu de la libéralité des opinions
et des mœurs, il n'est plus qu'un scandaleux et stupide contre-sens. Les grands, dont la hauteur a tourné
en effronterie, et qui se sont fait une immunité de
l'éclat de leurs vices, affectent des lumières bour-
geoises, et se raillent publiquement des préjugés qui
les font être tout ce qu'ils sont. Ceux d'entre eux qui

voudraient maintenir les institutions du royaume, affichent l'irréligion, applaudissent aux entreprises de
l'impiété, sans se douter que toutes les choses qui ont
pris l'habitude d'exister ensemble finissent par adhérer, deviennent réciproquement solidaires, et qu'on
ne renverse pas une partie de l'édifice sans que les
autres ne croulent avec elle. La religion elle-même,
trahie par ses ministres, fait des avances à la philosophie, elle dont la condition et la force est de n'en faire
jamais. Les parlements, méconnaissant les temps, se
méconnaissent eux-mêmes, mais quelquefois, on peut
le croire, sortant de leur rôle par patriotisme, font de
l'opposition révolutionnaire, et prêtent, comme le
coursier de la fable, leurs épaules à leur futur ennemi. Les hommes de lettres, du moins, à qui semblaient
devoir profiter toutes ces inconséquences, étaient-ils
eux-mêmes plus conséquents? A notre avis, ils ne l'é-
taient pas lorsqu'aux maximes de Sparte ils unis-
saient les mœurs de Sybaris, aux indignations du
Portique les souplesses d'Aristippe, aux déclamations
du forum les adulations de la cour, lorsqu'ils paraient
à l'envi l'image d'une révolution dont ils devaient tous
un jour détester la réalité, lorsqu'ils ouvraient à leurs
contemporains la perspective insensée d'une société
sans croyances et d'une liberté sans mœurs. Le public,
unissant les goûts les plus disparates, obéissant aux
impulsions les plus diverses, épris de la vie sauvage
et raffinant toutes les jouissances de la civilisation,
ironique avec Voltaire et misanthrope avec Rousseau,
entêté de la France et s'engouant de l'étranger, avide

de connaissances positives et s'essayant à la rêverie
sentimentale, affectant de grandes passions dans des
cœurs blasés; le public, unissant en lui des éléments
de force et des symptômes de décrépitude, n'était,
comme chacune des classes et des pouvoirs de la société, que chaos et contradiction. Un torrent entraînait
toutes les volontés, comme il arrive partout où la pensée, vivement excitée, ne trouve pas son complément
et son contre-poids dans les mœurs. Ainsi se poussaient
les uns les autres, vers un dénoûment inconnu,
tous les ordres de la société; et cette marche, qui semble dictée par la fatalité, se révèle dans la littérature
française, sans nul point d'arrêt, de l'an 1750 à l'an
1780, époque où la publication complète de l'ouvrage
de Raynal est comme le dernier éclat d'un incendie à
qui rien ne reste à dévorer (1). »

Ajoutons que l'autorité, à moitié ennemie, à moitié
connivente, n'oppose aux philosophes que de faibles
barrières, et n'offre à leurs adversaires que de faibles
encouragements. Il faut voir Malesherbes concourant à
la publication de l'*Émile*. Il faut entendre ce même
Malesherbes, le jour de sa réception à l'Académie française, en 1775, reconnaître et en quelque sorte consacrer l'empire de l'opinion publique :

« Le public porte une curiosité avide sur les objets
« qui autrefois lui étaient le plus indifférents. Il s'est
« élevé un tribunal indépendant de toutes les puis-
« sances, et que toutes les puissances respectent, qui
« apprécie tous les talents, qui prononce sur tous les

(1) VINET, *Discours sur la littérature française*, pages LII à LIV.

« genres de mérite ; et dans un siècle éclairé, dans un
« siècle où chaque citoyen peut parler à la nation en-
« tière par la voie de l'impression, ceux qui ont le
« talent d'instruire les hommes et le don de les émou-
« voir, les gens de lettres, en un mot, sont, au mi-
« lieu du public dispersé, ce qu'étaient les orateurs
« de Rome et d'Athènes au milieu du peuple assem-
« blé. Cette vérité, que j'expose dans l'assemblée
« des gens de lettres, a déjà été présentée à des ma-
« gistrats, et aucun n'a refusé de reconnaître ce tri-
« bunal du public comme le juge souverain de tous les
« juges de la terre (1). »

Mais cette idée de la souveraineté de l'opinion publique est trop légèrement adoptée. On érige en droit
ce qui n'est qu'un fait. Le devoir de l'homme d'État
n'est pas seulement d'écouter l'opinion publique,
mais de la redresser au besoin ; on ne fait rien sans
elle, mais il ne faut pas lui laisser tout faire. On
commença bientôt à s'en apercevoir. Qu'on rapproche du discours de Malesherbes le discours non
moins remarquable de Rulhière, prononcé treize ans
après :

« Ce fut alors que s'éleva parmi nous ce que nous
« avons appelé *l'empire de l'opinion publique*. Les
« hommes de lettres eurent aussitôt l'ambition d'en
« être les organes et presque les arbitres. Un goût plus
« sérieux se répandit dans les ouvrages d'esprit ; le
« désir d'instruire s'y montra plus que le désir de
« plaire. La dignité d'*hommes de lettres*, expression

(1) *Choix de discours de réception*, tome II, pages 68-69.

« juste et nouvelle, ne tarda pas à devenir une ex-
« pression avouée et d'un usage reçu.

« Mais si, dans la période précédente, l'abus iné-
« vitable du bel esprit avait été ce luxe stérile, cette
« vaine subtilité de pensées et d'expressions, quel-
« quefois une servile complaisance et d'avilissantes
« flatteries, l'abus, dans ce nouveau période, fut
« une espèce d'emphase magistrale, une audace im-
« prudente, une sorte de fanatisme dans les opinions,
« et surtout un ton affirmatif et dogmatique, qui fai-
« sait dire à Fontenelle, alors dans sa centième année
« et témoin encore de cette révolution : Je suis effrayé
« de l'horrible certitude que je rencontre à présent
« partout (1). »

En Europe, le crédit des philosophes était immense.
« Le siècle était disposé à entendre des vérités que la
nouveauté de l'aspect faisait paraître neuves, et que
leur à-propos rendait hardies. La philosophie française
trouva des disciples parmi les rois, devenus tout à coup
plus philosophes que leurs sujets. Plusieurs princes
avaient à Paris des correspondants littéraires. Le roi
de Prusse et l'impératrice de Russie se disputaient la
possession de d'Alembert. Diderot, comblé des bienfaits de Catherine, était appelé à sa cour. Les souverains du Nord, voyageant en France, semblaient n'y
être venus que pour les philosophes. Il est vrai que
chez la plupart de ces souverains, l'admiration ne tirait pas à conséquence; mais ailleurs les principes
philosophiques opéraient d'importantes réformes; ils

(1) *Choix de discours de réception*, tome 1, page 375.

paraissaient guider, en Espagne et en Portugal, deux ministres célèbres, La Ensenada et le marquis de Pombal. A cette époque, où la majeure partie des nations européennes n'avaient point de littérature propre, les écrivains étrangers ne faisaient guère qu'imiter ou traduire les ouvrages français (1). » Tel était l'état des esprits et l'état des choses.

Mais tous les écrivains notables n'appartiennent pas ou ne se rallient pas à la secte ou au parti philosophique. Ceux qui lui appartiennent entièrement sont Voltaire, d'Alembert, Diderot, Helvétius, Raynal, d'Holbach et Grimm. Ceux qui marchent sous d'autres bannières ou qui font leurs réserves, sont Buffon, Duclos, Mably, Rousseau, Bonnet et Condillac.

Nous avons laissé Voltaire à Cirey, chez la marquise du Châtelet, où il passait le temps qu'il ne donnait pas au roi de Pologne, Stanislas. A la mort de cette femme, pour laquelle Voltaire paraît avoir éprouvé le seul profond sentiment de sa vie, il céda aux instances du roi de Prusse et se détermina à partir pour Berlin. Ce ne fut pas cependant sans quelques appréhensions : « On m'a cédé, ma chère enfant, en bonne « forme, au roi de Prusse, écrit-il à sa nièce. Mon ma-« riage est donc fait; sera-t-il heureux? je n'en sais « rien. Je n'ai pas pu m'empêcher de dire *oui*. Il fallait « bien finir par ce mariage, après des coquetteries de « tant d'années. Le cœur m'a palpité à l'autel (2). »

(1) VINET, *Discours sur la littérature française*, pages L-LI.
(2) *A Madame Denis*, 13 octobre 1750.

L'admiration semble avoir été sincère de la part de
Frédéric, qui ne cessa jamais de louer le génie de Voltaire. L'était-elle également du côté de Voltaire, qui
appelait déjà Frédéric le *Marc-Aurèle de l'Allemagne*,
lorsqu'il n'était que prince royal et n'avait rien fait
encore, et qui écrivait : « A l'égard des vers, je défie
« toute l'Allemagne et presque toute la France de faire
« rien de mieux que cette belle épître :

> « O vous en qui mon cœur tendre et plein de retour
> « Chérit encor le sang qui lui donna le jour !

« Cet *encor* me paraît une des plus grandes finesses
« de l'art et de la langue ; c'est dire bien énergique-
« ment, en deux syllabes, qu'on aime ses parents une
« seconde fois dans son frère (1). » — N'est-ce pas le
quoi qu'on die.

On connaît le premier enchantement de cette lune
de miel : « Ceci me paraît ressembler en tout à Marc-
« Aurèle, à cela près que Marc-Aurèle ne faisait point
« de vers et que celui-ci en fait d'excellents..... Il
« avait de bons courtisans qui lui disaient que tout
« était parfait ; mais ce qui est parfait, c'est qu'il aime,
« c'est qu'il sent la vérité. Il faut qu'il soit parfait en
« tout..... Sachez encore que c'est le meilleur de tous
« les hommes, ou bien je suis le plus sot (2). »

Malgré les avertissements de Frédéric contre les
tracasseries (« Ne me faites plus de tracasseries sur
« les *on dit ; on dit* est la gazette des sots »), les pi-
queries réciproques ne tardèrent pas à se manifester.
Frédéric avait le défaut d'abuser vis-à-vis des autres

(1) 1ᵉʳ janvier 1739.   (2) *A M. d'Argental,* 20 août 1750.

de la supériorité de son rang et de son intelligence.
Voltaire le lui reproche : « Le malheureux plaisir que
« vous vous êtes toujours fait, lui écrit-il, de vouloir
« humilier les autres hommes, de leur dire, de leur
« écrire des choses piquantes, plaisir indigne de vous,
« d'autant plus que vous êtes plus élevé au-dessus
« d'eux par votre rang et par vos talents uni-
« ques. »

D'autre part, le caractère de Voltaire était celui d'un
véritable enfant gâté. Sa vie est une suite de chefs-
d'œuvre et de chicanes. L'auteur de *la Henriade* se
dispute avec le roi de Prusse pour des bouts de chan-
delles. Nous ne répétons pas les anecdotes des bou-
gies, du linge à blanchir, le propos attribué à Frédéric
sur l'orange dont on jette l'écorce après en avoir exprimé le suc. Voltaire était généreux, mais il avait les
manies d'un avare, et il était dépourvu de ce respect
pour soi-même qui ferme les yeux sur les choses auxquelles on ne doit pas avoir l'air de prendre garde.
Ses démêlés plus sérieux avec Maupertuis, sa diatribe
d'*Akakia*, le parti que prit Frédéric en faisant brûler
ce pamphlet par la main du bourreau, déterminèrent
la rupture violente qui s'ensuivit. On connaît la fuite
de Voltaire à Francfort, son arrestation, les humilia-
tions qu'il y eut à subir. Il passa deux ans en Alsace,
puis il vint en Suisse, et s'établit d'abord près de Lausanne, à Monriond, ensuite aux Délices, à la porte de
Genève, et enfin à Ferney. En le voyant errer de lieu
en lieu, Montesquieu ne peut s'empêcher de dire :
« Voilà donc Voltaire qui ne sait où reposer sa tête !

« Le bon esprit vaut mieux que le bel esprit (1). »

A Ferney commence réellement une nouvelle période de la vie de Voltaire, dans laquelle il doit être soigneusement étudié. Il n'est plus l'homme d'espérance, il est l'homme d'action, qui veut moissonner ce qu'il a semé. Nous l'avons vu, dès l'entrée de sa carrière il s'était proposé un but social, humanitaire, pour me servir du terme d'aujourd'hui. Il attendait, pour sévir contre l'*infâme,* que Dieu lui eût ménagé une position sûre et tranquille. Il la trouva à Ferney. De ce château, devenu la Mecque des incrédules, pèlerinage fréquenté même par de grands personnages, Voltaire, exilé de fait sans être banni en forme, est sans cesse présent à Paris par son immense correspondance et par l'influence de son esprit. Il est le chef incontesté de la secte, qui en murmure quelquefois et qu'il cajole pour se l'assurer. Son activité redouble dans tous les sens : il est le Briarée de la fable, dont les cent bras atteignent à tout. Bons ou mauvais, honteux ou honorables, il emploie toutes sortes de moyens pour affermir son empire, flatteries, polémique, défense des opprimés, guerre impitoyable contre ses ennemis; nous allons partout le voir à l'œuvre. Il n'aurait pu choisir pour l'exécution de ses desseins une position plus distincte et plus éclatante. Mais pour lui, comme pour Madame de Staël, Paris seul était la patrie, Paris seul était la France ; et tant que vécut Louis XV, prince faible, mais clairvoyant, Voltaire n'en put obtenir l'entrée. Il ne pouvait y avoir deux

---

(1) MONTESQUIEU, *Lettre à l'abbé de Guasco,* 28 septembre 1753.

rois en France, pas plus que deux soleils dans le ciel.

L'autre objet de ses soins fut l'exploitation de sa fortune. Très considérable pour cette époque, elle lui servait à mener dans tous les sens une grande existence. Il fonda à Ferney une sorte de colonie et déploya envers les ouvriers qu'il y attira une libéralité qu'il faut reconnaître. A côté de bonnes œuvres publiques, il y a dans sa vie des bonnes œuvres secrètes.

Il n'est presque pas de question qu'il n'ait remuée; vingt fois il revient sur le même sujet. Les pamphlets, les brochures s'accumulent; mais il reste étranger à la politique. Sa maxime était de ménager les rois. Il écrivait à Damilaville : « Les prêtres, il est vrai, sont « odieux dans ce livre, mais les rois le sont aussi..... « Rien n'est plus dangereux ni plus maladroit; les « frères doivent toujours respecter la morale et le « trône. » La monarchie absolue lui plaisait mieux que toute autre forme de gouvernement, et c'est bien à tort que les révolutionnaires l'ont compté au nombre de leurs chefs. Il y a bien çà et là dans ses ouvrages quelques politesses aux États libres, mais elles ne tirent pas à conséquence. Il s'est montré peu ami des parlements en général et des pouvoirs intermédiaires :

> Ce sont nos parlements dont il s'agit ici;
> Lequel préférez-vous? Aucun d'eux, je vous jure.
> Je n'ai point de procès, et dans ma vie obscure,
> Je laisse au roi mon maître, en pauvre citoyen,
> Le soin de son royaume où je ne prétends rien (1).

Il cherche sans cesse à se ménager un retour de

---

(1) *Cabales.*

faveur auprès du roi. Il écrit au duc de Richelieu :
« Quel que soit l'auteur de ce livre (le *Système de la
« nature*), il faut l'ignorer ; mais il était pour moi de
« la plus grande importance, dans les circonstances
« présentes, qu'on sût que je n'approuve pas ses prin-
« cipes. J'aurais bien de l'obligation à mon héros, et
« il ferait une action fort méritoire, si, dans ses go-
« guettes avec le roi, il avait la bonté de glisser gaie-
« ment à son ordinaire, que j'ai réfuté ce livre qui
« fait tant de bruit. »

Une autre fois il lui dit : « Ne pourriez-vous pas
« avoir la bonté de représenter à Madame de Pom-
« padour que j'ai précisément les mêmes ennemis
« qu'elle, que je n'ai quitté la France que parce que
« j'y ai été persécuté par ceux qui la haïssent? » Après
Madame de Pompadour, il flatte également Madame
du Barry.

Il prodigue la flatterie aux souverains étrangers ; il
va même jusqu'à leur faire les honneurs de la France.
Nous avons entrevu ce qu'il est à l'égard de Frédéric ;
le voici auprès de Catherine :

« Madame, est-il bien vrai? Suis-je assez heureux
« pour qu'on ne m'ait pas trompé? Quinze mille Turcs
« tués ou faits prisonniers auprès du Danube ! Cette
« nouvelle vient de Vienne; puis-je y compter? Mon
« bonheur est-il certain?

« Je veux aussi, Madame, vous conter les exploits
« de ma patrie. Nous avons depuis quelques mois une
« danseuse excellente à l'Opéra de Paris. Le dernier
« opéra comique n'a pas eu grand succès, mais on en

« prépare un qui fera l'admiration de l'*univers;* il sera
« exécuté dans la première ville de l'*univers,* par les
« premiers acteurs de l'*univers.*

« Notre contrôleur général, qui n'a pas l'argent de
« l'*univers* dans ses coffres, fait des opérations qui lui
« attirent des remontrances et quelques malédictions.

« Notre flotte se prépare à voguer de Paris à Saint-
« Cloud.

« Nous avons un régiment dont on a fait la revue;
« les politiques en présagent un grand événement.

« On prétend qu'on a vu un détachement de Jé-
« suites vers Avignon, mais qu'il a été dissipé par un
« corps de Jansénistes, qui était fort supérieur; il n'y
« a eu personne de tué (1). »

Ailleurs : « Je ne croyais pas, il y a un mois, habi-
« ter encore le globe que vous étonnez. Je rends grâce
« à la nature, qui a peut-être voulu que je vécusse
« jusqu'au temps où vous serez établie dans la patrie
« d'Orphée et de Mars, c'est-à-dire dans quelques
« mois; mais ne me faites pas attendre plus longtemps.
« Il faut absolument que je parte pour le néant. Je
« mourrai en vous conservant le culte que j'ai voué à
« Votre Majesté Impériale. »

En même temps il écrivait à Madame de Choiseul :
« Pour Caton, je vous renvoie, Madame, à l'histoire
« turque, et je vous laisse décider si les sultans n'ont
« pas fait cent fois pis. Demandez surtout à M. l'abbé
« Barthélemy, si la langue grecque n'est pas préférable
« à la langue turque. »

(1) Août 1771.

A propos du partage de la Pologne, il dit à Catherine : « Une autre peste est celle des confédérés de
« Pologne. Je me flatte que Votre Majesté les guérira
« de leur maladie contagieuse (1). »

« Certainement, dit-il autre part en parlant de Ca-
« therine et de Marie-Thérèse, puisque ces deux braves
« dames se sont si bien entendues pour changer la
« face de la Pologne, elles s'entendront encore mieux
« pour changer celle de la Turquie (2). »

Avec ces deux idées-là, Voltaire ne se rendrait pas
populaire aujourd'hui parmi ses compatriotes.

La disposition actuelle de sa correspondance produit
le plus singulier effet : une page dément les louanges
de l'autre. Il a pour les gens de lettres des cajoleries
charmantes, qui se tournent en satires avec d'autres
interlocuteurs. En 1757, Frédéric, découragé du mauvais état de ses affaires, voulait se donner la mort.
Voltaire lui écrivit pour l'en détourner. Frédéric ne se
tua point et la fortune lui sourit de nouveau. Voltaire
s'excuse de cette bonne action : « Serait-il possible
« qu'on eût imaginé que je m'intéresse au roi de
« Prusse ? j'en suis pardieu bien loin (3) ! »

Ailleurs il en tire parti : « Je ne suis pas fâché que
« le Salomon du Nord ait quelques partisans dans Pa-
« ris, et qu'on voie que je n'ai pas loué un sot. Je
« m'intéresse à sa gloire par amour-propre, et je suis
« bien aise en même temps par raison et par équité
« qu'il soit un peu puni. Je veux voir si l'adversité le

(1) 1er janvier 1772.   (2) 2 novembre 1772.
(3) A M. d'Argental, 2 décembre 17..

« ramènera à la philosophie. Je vous jure qu'il y a un
« mois il n'était guère philosophe; le désespoir l'em-
« portait : ce n'est pas un rôle désagréable pour moi
« de lui avoir donné dans cette occasion des conseils
« très paternels (1). »

— « Luc est toujours Luc, très embarrassé et n'em-
« barrassant pas moins les autres, étonnant l'Europe,
« l'appauvrissant, l'ensanglantant, et faisant des vers,
« et m'écrivant quelquefois les choses du monde les
« plus singulières. M. le duc de Choiseul, qui a plus
« d'esprit que lui et un meilleur esprit, me fait tou-
« jours l'honneur de me donner des marques de bonté,
« auxquelles je suis plus sensible qu'au commerce de
« Luc (2). »

Il faut cependant le dire à sa louange, Voltaire resta
fidèle à M. de Choiseul, malgré la disgrâce de ce ministre. « J'espère, écrit-il au duc de La Vrillière, que
« vous voudrez bien protéger ma colonie comme M. le
« duc de Choiseul la protégeait. Je lui dois tout. Je
« serai pénétré jusqu'à la fin de ma vie de la recon-
« naissance respectueuse que je lui dois et de l'admira-
« tion que la noblesse de son caractère m'a toujours in-
« spirée (3). »

Il honora Turgot et lui dédia son *Épître à un homme.*

S'est-il prononcé contre les conquêtes et les guerres
injustes autre part que dans ses vers? On l'a nié. Mais
M. Destutt de Tracy a relevé cette allégation trop lé-

(1) *A M. d'Argental,* 8 novembre 1757.
(2) *A Madame de Fontaine,* novembre 1757.
(3) *A M. le duc de la Vrillière,* mai 1771.

gère. Voici, entre autres, une lettre de Frédéric et la
réponse de Voltaire :

« ... Si je vous disais que nous nous préparons avec
« grand soin à détruire quelques murailles élevées à
« grands frais, que nous faisons la moisson où nous
« n'avons point semé, et les maîtres où personne n'est
« aux portes pour nous résister, vous vous écrieriez :
« Ah! barbares! ah! brigands! inhumains que vous
« êtes! les injustes n'hériteront point du royaume des
« cieux. Puisque je prévois tout ce que vous me diriez
« sur ces matières, je ne vous en parlerai point. » (23
mars 1742.)

— « Je n'ai mis, répond Voltaire, qu'un pied sur
« le bord du Styx ; mais je suis très fâché, Sire, du
« nombre des pauvres malheureux que j'ai vu pas-
« ser. Ne cesserez-vous point, vous et les rois vos con-
« frères, de ravager cette terre que vous avez, dites-
« vous, tant d'envie de rendre heureuse? » (Avril
1742.)

Après une représentation de la *Clémence de Titus*,
il adressa à Frédéric, en faveur de quelques Français
enfermés à Spandau, les vers suivants :

> Génie universel, âme sensible et ferme,
> Quoi! lorsque vous régnez il est des malheureux!
> Aux tourments d'un coupable il vous faut mettre un terme,
> Et n'en mettre jamais à vos soins généreux.

> Voyez autour de vous les Prières tremblantes,
> Filles du Repentir, maîtresses des grands cœurs,
> S'étonner d'arroser de larmes impuissantes
> Les mains qui de la terre ont dû sécher les pleurs.

Ah! pourquoi m'étaler avec magnificence
Ce spectacle brillant où triomphe Titus?
Pour achever la fête, égalez sa clémence,
Et l'imitez en tout, ou ne le vantez plus.

« La requête était un peu forte; mais on a le privi-
« lége de dire ce qu'on veut en vers, » ajoute Voltaire
lui-même dans son *Commentaire historique.*

Ce qui honore incontestablement le plus la mémoire
de Voltaire, ce fut sa défense des opprimés, ses efforts
contre la persécution religieuse. On sait tout ce qu'il fit
dans les affaires des Calas, des Sirven, du chevalier de
Labarre. Brochures sans fin, démarches infatigables,
énorme correspondance, rien ne lui coûta. Tout cela,
sans doute, servait dans un sens son grand dessein,
et il le savait; mais il y était poussé par un sentiment
impérieux d'humanité et de justice. Qui ne reconnaît
ici l'accent de la sincérité? « ... Que d'horreurs, juste
« ciel! On enlève une fille à son père et à sa mère, on
« la fouette, on la met en sang pour la faire catho-
« lique, elle se jette dans un puits; et son père, sa
« mère, ses sœurs sont condamnés au dernier sup-
« plice! On est honteux, on rougit d'être homme,
« quand on voit que, d'un côté, on joue l'opéra comi-
« que, et que, de l'autre, le fanatisme arme des bour-
« reaux. Je suis à l'extrémité de la France, mais je
« suis encore trop près de tant d'abominations (1). » —
Il prenait, dit-on, tous les ans la fièvre à l'anniversaire
de la Saint-Barthélemi.

Il s'éleva de même contre la barbarie des lois, soit

(1) 23 mars 1765.

dans de grands ouvrages, soit dans des écrits d'occasion. Dans le *Précis du siècle de Louis XV*, dans les
Conspirations contre les peuples, se trouvent de beaux
passages. On en pourra juger par ces deux citations :

« Si un jour les lois humaines adoucissent en
« France quelques usages trop rigoureux, sans pour-
« tant donner des facilités au crime, il est à croire
« qu'on réformera aussi la procédure dans les arti-
« cles où les rédacteurs ont paru se livrer à un zèle
« trop sévère. L'ordonnance criminelle ne devrait-elle
« pas être aussi favorable que terrible au coupable? En
« Angleterre, un simple emprisonnement fait mal à
« propos est réparé par le ministre qui l'a ordonné;
« mais en France l'innocent qui a été plongé dans les
« cachots, qui a été appliqué à la torture, n'a nulle
« consolation à espérer, nul dommage à répéter contre
« personne, quand c'est le ministère public qui l'a
« poursuivi; il reste flétri pour jamais dans la société.
« L'innocent flétri! et pourquoi? parce que ses os ont
« été brisés! Il ne devrait exciter que la pitié et le
« respect. La recherche des crimes exige des rigueurs;
« c'est une guerre que la justice humaine fait à la mé-
« chanceté; mais il y a de la générosité et de la com-
« passion jusque dans la guerre. Le brave est compatis-
« sant; faudrait-il que l'homme de loi fût barbare (1)?»

— « Est-ce l'histoire des serpents et des tigres que
« je viens de faire? Non, c'est celle des hommes. Les
« tigres et les serpents ne traitent point ainsi leur es-
« pèce. C'est pourtant dans le siècle de Cicéron, de

(1) *Siècle de Louis XV*, chapitre XLII.

« Pollion, d'Atticus, de Varius, de Tibulle, de Virgile,
« d'Horace, qu'Auguste fit des proscriptions. Les phi-
« losophes de Thou et Montaigne, le chancelier de
« L'Hôpital vivaient au temps de la Saint-Barthélemi,
« et les massacres des Cévennes sont de l'époque la
« plus florissante de la monarchie française. Jamais les
« esprits ne furent plus cultivés, les talents en plus
« grand nombre, la politesse plus générale. Quels con-
« trastes ! quel chaos ! quelles horribles inconséquences
« composent ce malheureux monde ! On parle des
« pestes, des tremblements de terre, des embrase-
« ments, des déluges qui ont désolé le globe ; heu-
« reux, dit-on, ceux qui n'ont pas vécu dans le temps
« de ces bouleversements ! Disons plutôt : heureux
« ceux qui n'ont pas vu les crimes que je retrace !
« Comment s'est-il trouvé des barbares pour les ordon-
« ner, et tant d'autres barbares pour les exécuter ?
« Comment y a-t-il encore des inquisiteurs et des fa-
« miliers de l'Inquisition (1) ? »

On se souvient de Morangiès, de Montbailly, des serfs
mainmortables du Pays-de-Gex, dont Voltaire réussit à
déterminer l'affranchissement. En apprenant la réha-
bilitation de M. de Lally père, il écrit au fils : « Le mou-
« rant ressuscite en apprenant cette grande nouvelle ;
« il embrasse bien tendrement M. de Lally ; il voit
« que le roi est le défenseur de la justice ; il mourra
« content (2). »

Mais s'il fut aisément accessible à des sentiments
humains et généreux, nul ne fut plus impitoyable en-

---

(1) *Conspirations contre les peuples.*   (2) 1778.

vers ses adversaires. Il les traite constamment en ennemis. Voyez-le avec J.-J. Rousseau, La Beaumelle,
Fréron, Lefranc de Pompignan, et combien d'autres!
Il les rend ridicules et odieux, il les accable d'injures
grossières, il leur impute les crimes·les plus horribles ;
et cependant il y a un droit des gens dans la polémique.

« Le *Contrat social* a été brûlé à Genève dans le même
« bûcher que le fade roman d'*Émile*. Ce *Contrat social*,
« ou insocial, n'est remarquable que par quelques
« injures dites aux rois par le citoyen du bourg de Ge-
« nève, et par quatre pages insipides contre la religion
« chrétienne (1). »

— « Je n'aurais pas attribué à Jean-Jacques du génie
« et de l'éloquence. Je ne lui trouve aucun génie. Son
« détestable roman d'*Héloïse* en est absolument dé-
« pourvu, *Émile* de même, et tous ses autres ou-
« vrages sont d'un vain déclamateur (2). »

— « Il a cru ressembler à Diogène, et à peine a-t-il
« l'honneur de ressembler à son chien (3). »

Il en faut convenir, Messieurs, une sorte d'antipa-
thie naturelle devait exister entre Voltaire et Rousseau. La religiosité sentimentale de Jean-Jacques, ses
théories en fait de politique et de société devaient le
rendre incommode à la légèreté moqueuse et même au
bon sens de Voltaire. Mais si rien n'obligeait celui-ci
à admirer son rival, rien n'excuse l'indignité de ses
procédés. Le pire fut le rôle qu'il fit jouer à Rousseau
dans le poëme de *la Guerre de Genève*.

(1) *A Damilaville*, 25 juin 1762.   (2) *A Bordes*, 19 novembre 1766.
(3) *A Cideville*, mars 1765.

Voltaire descend jusqu'à reprocher à ses adversaires
leur nom et leur profession. « Comment peux-tu te
« plaindre, dit-il à Nonotte, que j'aie révélé que ton
« père était crocheteur, quand ton style prouve si évi-
« demment la profession de ton cher père? » Et de
Sabatier : « Il ne tenait qu'à lui d'être un bon perru-
« quier comme son père. » Ainsi de mille autres :

> Que si je vois un visage sinistre,
> Un front hideux, l'air empesé d'un cuistre,
> Un cou jauni sur un moignon penché,
> Un œil de porc à la terre attaché,
> (Miroir d'une âme à ses remords en proie,
> Toujours terni de peur qu'on ne le voie,)
> Sans hésiter je vous déclare net,
> Que ce magot est Tartufe ou Vernet (1).

Et Jacob Vernet était fort respectable !

Voltaire fit enfin dans une de ses lettres cet aveu
tardif : « J'ai tort ; mais ces messieurs m'ayant attaqué
« pendant quarante ans, la patience m'a échappé dix
« ans de suite. »

Il répond à d'Alembert, qui lui avait écrit au sujet
de Clément, mis au Fort-l'Évêque pour se former le
goût : « Détournez M. de Neufchâteau du dessein d'in-
« tenter un procès qui serait très ridicule. Il se peut
« très bien que Fréron et La Beaumelle aient fait une
« *Henriade* meilleure que la mienne ; rien n'est plus
« aisé. Il n'y a pas moyen de présenter requête au
« Conseil pour obtenir qu'on préfère ma *Henriade* à
« celle de Fréron : cette démarche serait d'ailleurs
« contraire aux principes de M. de Turgot, qui donne

(1) *L'Hypocrisie.*

« toute liberté aux marchands de livres comme aux
« marchands de blé (1). »

Cette débonnaireté venait bien tard. Ses adversaires
étaient livrés à une prévention qui dure encore ; leurs
noms obscurs sont embaumés dans le ridicule comme
des embryons dans de l'esprit-de-vin. Fréron, dont le
nom est devenu célèbre par la guerre de trente ans
qu'il livra à Voltaire, fut traité par lui avec une indignité sans exemple. A la face de tout Paris, Voltaire le
traduisit sur la scène comique, dans sa pièce de *l'Écos-
saise,* de manière à ne s'y méprendre, ni pour le nom,
ni sous d'autres rapports, et lui donna le rôle le plus
abominable.

Mais comment aurait-il bien traité le bois sec lorsqu'il ne ménageait pas le bois vert ? En général, il a
été accusé d'être jaloux de ses rivaux, d'avoir désigné
dans ses attaques Montesquieu et Buffon. Il n'en agit
guère mieux avec ses amis, témoin Hénault et Thibouville, abominablement traités dans *la Pucelle.* Il est
vrai qu'il se ménageait la ressource des désaveux :

« Je vous demande en grâce que je ne sois jamais
« l'auteur du *Portatif ;* les Fréron et les Pompignan
« crient qu'il est de moi, et par conséquent les hon-
« nêtes gens doivent crier qu'il n'en est pas (2). »

— « J'ai lu enfin. *Candide ;* il faut avoir perdu le
« sens pour m'attribuer cette coïonnerie (3). »

— « Je m'intéresse fort à cette pièce (*le Droit du
« Seigneur*) ; je sais qu'on me l'attribue, mais je vous

---

(1) *A d'Alembert,* 24 août 1775.   (2) *A d'Alembert,* 2 octobre 1764.
(3) *A M. Vernes,* 1758.

« jure qu'elle est d'un académicien de Dijon. Regar-
« dez-moi comme un malhonnête homme si je vous
« mens (1). »

Voyez encore le désaveu *officiel*, on peut dire *solen-
nel* de l'*Histoire du Parlement*, dans sa lettre du 5 juillet 1769 à M. Morin, secrétaire de la librairie.

Dans cette position choisie, au comble de sa popularité, présent partout par son immense correspondance,
recevant les hommages que les plus grands seigneurs
venaient en personne rendre au roi de l'opinion publique, Voltaire est sans cesse travaillé du désir de gagner les bonnes grâces de la cour et d'obtenir la permission de rentrer à Paris. A ce sujet il fit voir que
l'esprit sert souvent à faire hardiment des sottises.

Dans l'espoir de se remettre en faveur, il affecta
une apparence de retour à la religion, et cela dans le
temps où il lançait contre le christianisme ses plus audacieux pamphlets. Il raconte lui-même la chose dans
son *Commentaire sur la vie de l'auteur de la Henriade* :

« Le solitaire de Ferney étant malade (c'était en
« 1769), et n'ayant rien à faire, ne voulut se venger
« de cette petite manœuvre que par le plaisir de se
« faire donner l'extrême-onction par exploit. Il fit
« signifier par un huissier à son curé, que ledit curé
« eût à le venir oindre dans sa chambre, au 1er avril,
« sans faute. Le curé vint et lui remontra qu'il fallait
« d'abord commencer par la communion, et qu'en-
« suite il lui apporterait tant de saintes huiles qu'il
« voudrait. Le malade accepta la proposition; il se fit

(1) *A Thibouville*, 26 janvier 1762.

« apporter la communion dans sa chambre, le 1er avril,
« et là, en présence de témoins, il déclara par-devant
« notaire, qu'il pardonnait à son calomniateur, qui
« avait tenté de le perdre, et qui n'avait pu y réussir.»

Voici les raisons qu'il en donne à Saurin : « J'ai été
« sur le point de mourir il y a quelques jours. J'ai
« rempli, à mon dixième accès de fièvre, tous les de-
« voirs d'un officier de la chambre du roi très chré-
« tien, et d'un citoyen qui doit mourir dans la religion
« de sa patrie (1). »

Il écrit aussi à Madame du Deffand : « Je suis un
« vieux malade dans une position très délicate, et il
« n'y a point de lavements ni de pilules que je ne
« prenne tous les mois pour que la Faculté me laisse
« vivre et mourir en paix. »

C'était, de sa part, le dernier outrage, et il fut commis en vain. Personne ne se paya de ces raisons; cette
parodie fit horreur aux dévots et pitié aux philosophes;
la tourbe des incrédules en rit comme d'une nouvelle
insulte. D'Alembert lui en fit des reproches formels :
« Je ne saurais l'approuver (cette cérémonie) dans la
« situation où vous êtes... Avez-vous bien réfléchi à
« cette démarche?... Avez-vous cru faire prendre le
« change aux dévots par le parti que vous avez pris?...
« Ils ne regardent vos pâques que comme un scandale
« de plus... Que diront-ils au roi de l'espèce de profa-
« nation qu'ils vous attribuent? J'ai donc bien peur,
« mon cher ami, que vous n'ayez rien gagné à cette
« comédie, peut-être dangereuse pour vous. »

(1) Avril 1769.

Ce ne fut qu'en 1778, sous le gouvernement de Louis XVI, que Voltaire put obtenir la réalisation de ses désirs. Le jour de son entrée à Paris éclatèrent sa royauté intellectuelle et le triomphe de la philosophie. Ce jour-là furent couverts d'hommages les plus scandaleux attentats! Un des vivat qui retentirent dans cette journée annonça que le peuple venait de livrer à son idole le dernier trésor d'une nation, la pudeur publique. Ce mot : « *Vive l'auteur de la Pucelle!* » avait conscience de lui-même. Mœurs, religion, patriotiques souvenirs, tout était flétri dans ce cri. Une pareille apothéose ne s'était jamais vue, et nous ne pensons pas que cet enthousiasme littéraire se renouvelle jamais. Le dix-huitième siècle fut plus naïf qu'on ne se le représente généralement ; il était neuf sur bien des choses où nous ne le sommes plus.

Voltaire survécut peu à cette ovation. Il mourut cette même année, quelques mois avant l'auteur de l'*Émile*. Je ne sais rien de plus effrayant que ce triomphe suivi de cette mort. Il renouvela la scène qu'il avait donnée à Ferney en 1769. Voici sa dernière confession : « Je « soussigné déclare, qu'étant attaqué depuis quatre « jours d'un vomissement de sang, à l'âge de quatre- « vingt-quatre ans, et n'ayant pu me traîner à l'église, « M. le curé de Saint-Sulpice ayant bien voulu ajouter à « ses bonnes œuvres celle de m'envoyer M. l'abbé Gau- « thier, prêtre, je me suis confessé à lui, et que si « Dieu dispose de moi, je meurs dans la sainte religion « catholique où je suis né, espérant de la miséricorde « divine qu'elle daignera pardonner toutes mes fautes,

« et que si j'avais scandalisé l'Église, j'en demande
« pardon à Dieu et à elle. »

Les deux époques de la vie de Voltaire sont mar-
quées, nous l'avons déjà indiqué, d'un caractère différent. La première est plus littéraire, plus poétique
surtout; les chefs-d'œuvre s'y pressent. La seconde
appartient surtout à la prose, c'est-à-dire à l'action. Ici,
la quantité l'emporte sur la qualité. Les productions
courtes, les opuscules abondent. L'œuvre de Voltaire
n'est pas un livre, c'est une bibliothèque. Longtemps
cette collection a été la seule bibliothèque d'un grand
nombre d'hommes; c'était bien plus, c'était leur Bible.
Ceci mesure l'importance colossale de l'activité littéraire de Voltaire.

A partir de cette époque, Voltaire semble s'être consacré à son grand but; tout ce qu'il met au jour porte
l'empreinte de cette préoccupation. Cependant on y
sent encore l'artiste, ou du moins l'intention de l'artiste; mais peu à peu celui-ci se retire derrière l'homme.
Voltaire a cependant écrit pour la scène jusqu'à sa
mort; un des motifs de son ardent désir de retourner
à Paris, était d'assister à la représentation de ses dernières pièces de théâtre.

Rome sauvée, tragédie sans amour, parut en 1752.
Sémiramis avait paru en 1748, et le drame de *Nanine*,
sur lequel nous avons anticipé, en 1749. L'*Orphelin
de la Chine* est de 1755. Il renferme des beautés touchantes; et chacune de ces pièces est remarquable par
un véritable intérêt philosophique.

En 1760 parut *Tancrède*, écrit avec négligence, il est vrai, mais une des pièces les plus attendrissantes de la scène française. Gœthe l'a traduit : c'est là un véritable hommage. *Tancrède* possède un mérite, un attrait qu'on a bien senti ; ce sont les teintes vives sous lesquelles Voltaire fit revivre le moyen âge, alors si ignoré. C'est un tableau un peu arbitraire et fantastique, mais qui reste séduisant, même à présent que la vérité sur ce temps est mieux connue. Sans doute une partie du charme que l'auteur y sut répandre s'est évanouie à nos yeux : la fraîcheur en est ternie ; mais il reste toujours à Voltaire le mérite d'avoir senti l'attrait chevaleresque du moyen âge et d'en avoir fixé dans sa poésie les brillantes couleurs. *Tancrède* restera une des productions de Voltaire les plus agréables à lire. — *L'Ecossaise* est aussi de 1760.

La *Loi naturelle* et le *Désastre de Lisbonne* sont de **1756**. Nous avons déjà parlé de la *Loi naturelle*. L'auteur est bien plus poëte dans le *Désastre de Lisbonne*. Fontanes appelle ce dernier poëme « une élégie quel- « quefois sublime sur les malheurs du genre hu- « main (1). » Voltaire était vraiment sous la puissance d'une impression profonde en présence de cette catastrophe dont frémit toute l'Europe ; il en prit occasion de développer ses idées sur le mélange des biens et des maux de l'humanité. C'est la grande question endormie que tout réveille. Entre le pessimisme et l'optimisme le choix était embarrassant. Voltaire avait pro-

(1) FONTANES, tradu........ r *l'homme*, de POPE. Discours prélimi-naire.

fessé d'abord l'optimisme, car il a tout professé. Mais
lorsque d'autres auteurs, Pope entre autres, eurent
donné crédit à ce système, il passa au pessimisme,
un peu étourdiment peut-être, et fit la description du
désastre de Lisbonne en demandant *si tout était bien?*
Suivant son premier plan, il finissait ainsi :

> Que faut-il, ô mortels ? Mortels, il faut souffrir,
> Se soumettre en silence, adorer et mourir.

Voltaire vit bientôt qu'il fallait terminer son œuvre
d'une autre façon; il remplaça cette conclusion par
celle-ci :

> Le présent est affreux s'il n'est point d'avenir,
> Si la nuit du tombeau détruit l'être qui pense.
> *Un jour, tout sera bien,* voilà notre espérance;
> *Tout est bien aujourd'hui,* voilà l'illusion.

Il eût été trop bizarre de désespérer les gens à la
fin d'un poëme inspiré par la pitié. D'ailleurs, finir
ainsi c'était donner gain de cause aux optimistes. C'était
dire après eux que les malheurs individuels sont les
éléments, les moyens du bien général ; ou c'était dire
que l'univers n'est régi par aucune loi, que tout est
livré aux caprices du hasard. Or, comme les deux vers
cités disent l'une ou l'autre de ces deux choses, il a
bien fallu que Voltaire les changeât, et qu'il entrât,
tant bien que mal, dans le système chrétien. Car,
entre ce système et celui des optimistes, il n'y a que
l'absurde.

Les optimistes ne sont forts, ou ne le paraissent,
qu'en écartant Dieu du gouvernement des choses créées,
et en lui substituant la nature indifférente et insen-

sible. Ils disent que la nature se soucie des espèces et
nullement des individus. Et d'après cela les infortunes
partielles ou individuelles ne doivent point nous étonner ; car ces infortunes, disent-ils, n'atteignent jamais
les espèces ; moyennant quoi *tout est bien*. Même en
adoptant le point de départ de ces philosophes, nous
ne trouverons pas leur système inattaquable. Et d'a-
bord, qu'entendent-ils par *espèces* ? Il est fort possible
que telle espèce d'animal disparaisse un jour de dessus le globe, exterminée par une autre espèce, que la
nature elle-même a intéressée à cette extermination :
diront-ils alors que la nature s'est manqué à elle-même?
Mais laissons cette objection, et allons au vice principal du système.

Ce vice est dans le nom qu'on lui fait porter. Il ne
faudrait pas l'appeler *optimisme*, car il établit que tout
est nécessaire, et non pas que tout est bon. Il aura
beau nous montrer qu'à dater du point de départ,
l'enchaînement des effets est nécessaire et continu ;
s'en suit-il que tout soit bien? Il est singulier que
ces philosophes reprochent à leurs adversaires d'appliquer arbitrairement le mot *mal*, tandis qu'ils appliquent de la même façon le mot *bien*. Où prennent-ils
la mesure de ce bien? A quelle règle comparent-ils
l'ensemble de la création pour prononcer que cet ensemble est bon? Ce qui est bon, c'est ce qui est conforme au but ou aux vœux d'un être quelconque; cette
notion est nécessairement subjective. Pour qu'un objet
puisse être dit *bon*, il faut qu'il y ait quelqu'un qui le
trouve *bon*, c'est-à-dire correspondant à son but et à

ses vœux. Or, la nature a-t-elle un but, ou forme-t-elle des vœux ? Tout ce qu'on peut dire, c'est que la chaîne des effets qu'elle produit est conforme à sa première donnée ; mais de quel droit, et sur quel fondement dirons-nous que cette première donnée est bonne? Je trouve, je l'avoue, plus naturel de faire comme les pessimistes, de prendre dans la sensibilité individuelle la pierre de touche de l'ordre de choses, et de dire : Les êtres souffrent, donc tout n'est pas bon.

Les optimistes devraient abdiquer leur nom emprunté, et se contenter de dire : Autant que nous pouvons le voir, tout est nécessaire. Doctrine désolante, mais à laquelle on ne répond pas, et qu'on ne réfute point en étalant un long acte d'accusation contre la nature, qui ne s'en soucie point, qui ne nous entend pas même, et dont le char, roulant incessamment dans une orbite inflexible, vient écraser sous la même roue son accusateur et son défenseur. Mais si l'idée de Dieu, puisée dans la profondeur de la conscience humaine ; l'idée de Dieu, invincible croyance, inaliénable attribut de notre nature ; l'idée de Dieu, la première de nos idées dans l'ordre logique, vient se substituer, vivante et sensible, à l'idée morte de nature, si le *bon* plaisir de Dieu devient la nécessité suprême du monde, tout prend un nouvel aspect. Qu'importe que les effets nous apparaissent liés aux causes, les détails enchaînés à l'ensemble par une chaîne de diamant? Toute cette nécessité s'absorbe et se confond dans la volonté de Dieu. En face de cet Être éternel, pour qui tout est simultané, immense, à qui tout est présent,

infini, à qui tout est un, nous refuserions-nous à admettre que chaque événement est à la fois la suite
nécessaire d'une cause qu'il a préordonnée, et le résultat prochain d'un acte immédiat de sa volonté, en
sorte que la chose qu'il a commandée dès les siècles,
il la commande encore au moment qu'elle arrive? En
un mot, oserons-nous nier que la providence spéciale
et spécialissime soit compatible avec la providence générale? Non, Dieu a préparé dès l'éternité, ou plutôt
il a embrassé dans un seul acte de sa pensée, la chaîne
infinie de causes successives combinées, entrelacées,
qui font que, dans ce moment, un cheveu tombe de
ma tête, un soupir s'échappe de ma poitrine; mais
c'est par sa volonté expresse et immédiate que ces
deux accidents viennent d'arriver; il a voulu dès l'é-
ternité que ce cheveu tombât, que ce soupir s'exhalât;
il est libre et souverain à chaque moment, comme si,
à chaque moment, il recommençait l'œuvre de la création, comme si, au lieu de lois générales et fixes, il
agissait lui-même sans interruption pour chaque cas
particulier, ayant octroyé une constitution à l'univers,
et néanmoins monarque absolu. Également indépendant dans le gouvernement des créatures morales, il
applique à chacune, pour chaque moment, le régime,
la disposition qui lui convient, agit avec elle au jour
le jour, comme s'il suivait cette maxime qu'à chaque
jour suffit sa peine, prépare à l'âme l'épreuve, prépare
dans l'âme la prière qui doit vaincre, et se prépare à
l'exaucer. Une fois Dieu, le Dieu de l'éternité et le Dieu
de l'instant, mis ainsi à la place de la nécessité, nous

ne disons plus, comme les optimistes : *Tout est bien*,
ni comme les pessimistes : *Tout est mal;* mais nous
disons : Dieu règne. Nous souffrons, mais nous avons
péché; nous souffrons, mais l'éternité, qui est à Dieu,
est aussi à nous; le monde gémit, toute créature sou-
pire, il y a beaucoup de souffrance dans le monde;
mais Dieu, qui n'a pas fait le péché, n'a pas fait non
plus la souffrance; il y a là un mystère qu'il nous
expliquera un jour. Ce que nous savons, c'est que
toutes choses concourent au bien de ceux qui aiment
Dieu. Emparons-nous de cette parole, et renonçant à
des recherches ingrates, marchons au but qu'il a
marqué.

Dans cette seconde époque, entre 1760 et 1774,
parurent aussi les satires. Voltaire n'y a mis que sa
seule nature. Le génie satirique était son génie propre; ses tragédies sont les seuls ouvrages où il ne s'y
soit pas livré. Moins parfait que Régnier, moins pur,
moins châtié que Boileau, Voltaire a une méchanceté
joyeuse. Celle des autres en général ne l'est guère;
mais la méchanceté de Voltaire rit toujours: il est heureux de l'épanchement de sa bile satirique; l'effusion
de cette veine le soulage comme les larmes soulagent
un affligé. Ce n'est pas chez lui seulement cette malice esthétique qu'on remarque chez d'autres; Voltaire
donne essor à toutes ses haines, à tous ses mépris. Il
n'en veut pas proprement aux médiocrités, mais il
attaque ses ennemis. S'il rencontre des médiocrités
pacifiques, il passe outre; mais malheur à ceux qui

l'ont critiqué ou qui n'ont pas su dire de lui assez de
bien, quel que soit d'ailleurs le degré de leur talent.
Il est le contraire de Boileau, qui n'épargne aucune
médiocrité, mais qui ne mêle jamais à ses satires de
rancune personnelle. L'immortelle satire du *Pauvre
Diable* enveloppe dans le même mépris des hommes
de mérite fort différent. D'autres satires se rapportent
à la littérature en général, comme celle du *Russe à
Paris*. On distingue *la Vanité, les Cabales, les Systèmes,
Pégase, la Tactique* :

> J'ai, dit-il, par bonheur, un ouvrage nouveau,
> Nécessaire aux humains, et sage autant que beau.
> C'est à l'étudier qu'il faut que l'on s'applique ;
> Il fait seul nos destins ; prenez, c'est la *Tactique*.
> — La *Tactique ?* lui dis-je ; hélas, jusqu'à présent,
> J'ignorais la valeur de ce mot si savant.
> — Ce nom, répondit-il, venu de Grèce en France,
> Veut dire le grand art, ou l'art par excellence ;
> Des plus nobles esprits il remplit tous les vœux.
>
> J'achetai sa *Tactique,* et je me crus heureux ;
> J'espérais trouver l'art de prolonger ma vie,
> D'adoucir les chagrins dont elle est poursuivie,
> De cultiver mes goûts, d'être sans passion,
> D'asservir mes désirs au joug de la raison,
> D'être juste envers tous sans jamais être dupe ;
> Je m'enferme chez moi : je lis, je ne m'occupe
> Que d'apprendre par cœur un livre si divin :
> Mon ami, c'était l'art d'égorger son prochain !

Le Marseillais et le Lion est la satire de l'humanité :

> ... Le lion, qui rit peu, se mit pourtant à rire,
> Et voulant, par plaisir, connaitre cet empire,
> En deux grands coups de griffe il dépouille tout nu
> De l'univers entier le monarque absolu.

Il vit que ce grand roi lui cachait sous le linge
Un corps faible monté sur deux *jambes* de singe,
A deux minces talons deux grands pieds attachés
Par cinq doigts superflus dans leur marche empêchés,

. . . .

Un crâne étroit et creux, couvrant un plat visage,
Tristement dégarni du tissu de cheveux
Dont la main d'un barbier coiffa son front crasseux.
Tel était en effet ce roi sans diadème,
Privé de sa parure et réduit à lui-même.
Il sentit qu'en effet il devait sa grandeur
Au fil d'un perruquier, aux ciseaux d'un tailleur.

Ce pessimisme de Voltaire, ce mépris de l'homme, qui va jusqu'a dénigrer sa figure, a un but visible. Voltaire ne dégrade l'homme si profondément et si universellement que pour l'empêcher de se figurer qu'il puisse avoir des rapports avec Dieu; mais il en résulte aussi qu'une telle créature ne doit pas se piquer d'une bien haute ambition morale. Le point de départ est placé trop bas pour qu'il puisse songer à s'élever bien haut.

Toutes ces satires sont remarquables par le naturel de la composition. Le cadre en est toujours ingénieux et la diction incomparablement facile, quoique peut-être trop voisine de la prose. Horace a sans doute aussi des vers prosaïques, mais il est soutenu par le rhythme de sa belle langue. Quant à Voltaire, il a tant d'esprit et de naturel qu'on lui pardonne la forme négligée de ses vers. Son cachet particulier, d'ailleurs, nous l'avons déjà remarqué, c'est de faire entrer partout des idées générales. Sans philosophie, il n'y a pas de véritable poésie : sans philosophie, on peut faire de jolis vers ; mais, pour être réellement poëte, il faut jusqu'à un certain point être philosophe.

Les *Contes* en vers de Voltaire sont sous quelques rapports inférieurs, sous d'autres supérieurs à ceux de La Fontaine. Il y règne le même esprit. Aussi dangereux que La Fontaine pour le fond, Voltaire est en général plus retenu pour les détails. Le conte des *Trois Manières* est charmant : ce sont trois contes, chacun sur une mesure différente. On peut indiquer encore *les Filles de Minée*. Voltaire a manié le vers de dix syllabes comme personne ne l'avait fait depuis le seizième siècle.

La Pucelle fut livrée au public en 1755. C'est proprement l'œuvre de Voltaire, le résumé de sa philosophie ; c'est là qu'on le retrouve entier par ses mauvais côtés. Trente ans, nous le répétons, il a caressé le monstre. La faveur qui accueillit ce poëme répondit aux soins que lui avait donnés l'auteur : signe effrayant de l'esprit du temps, qui s'empressait vers ce livre infâme. L'esprit, la verve y abondent ; du reste, sous le point de vue littéraire, c'est un ouvrage fort imparfait, ou plutôt ce n'est pas un ouvrage fait ; c'est une suite mal cousue de lambeaux obscènes, effrontés, impies ; le style même en est de la dernière négligence. On s'est assez expliqué sur la flétrissure que Voltaire n'a pas craint d'imprimer à la mémoire de Jeanne d'Arc, pour que nous soyons dispensé d'y revenir. Choisir un pareil épisode pour en faire le cadre de la licence et de l'impiété est un trait caractéristique. Ce poëme est de plus une satire. Voltaire y accable ses

ennemis et n'y ménage pas même ses amis. Il écrit à
d'Alembert : « A propos, haïssez-vous toujours M. de
« Ximenès? Il y aura toujours place (dans *la Pucelle*)
« pour les gens que vous me recommanderez (1).» Or
voici un échantillon de ce qu'il appelle *faire place* dans
son livre :

Thibouville et Villars,
Imitateurs du premier des Césars;

et après leur avoir fait place ainsi, Voltaire écrit à ce
même Thibouville : « On y glisse des vers scandaleux
« contre les personnes auxquelles je suis le plus atta-
« ché (2) ; » et plus tard : « On m'avait écrit que vous
« étiez fourré dans cette rapsodie. Mais je n'avais point
« vu ce qui pouvait vous regarder ; c'est une abomi-
« nation qu'il faut oublier ; elle me ferait mourir de
« douleur (3). »

Nous passons aux écrits en prose de la seconde période.

Le *Siècle de Louis XIV* parut de 1751 à 1752. La
langue française ne possède pas d'écrit historique plus
brillant. Sous le double rapport de la composition générale et de la diction, il se distingue éminemment
par la grâce, l'élégance, la rapidité, la facilité séduisante. Tel est le mérite de cet ouvrage; mais ce n'est
pas un livre sérieux. Le premier élément du sérieux,
la loyauté, la vérité, lui manque. Il est le panégyrique,
non d'un homme, mais d'un siècle. Voltaire, au dix-

---

(1) *A d'Alembert,* 20 avril 1761.   (2) *A Thibouville,* 21 mai 1755.
(3) *A Thibouville,* 21 novembre 1755.

huitième siècle l'apôtre de l'humanité, ici l'a sacrifiée
à l'art et à la littérature. Les rapports de l'homme avec
Dieu lui échappent, témoin ses récits des guerres de
religion. Épris de la culture de l'esprit et de l'élégance
des mœurs, il pardonne tout à un prince qui plongea
la France dans un abîme de maux.

L'*Essai sur l'esprit et les mœurs des nations* (1756)
indique une nouvelle manière d'écrire l'histoire. C'est
la philosophie du siècle appliquée aux aventures de
l'humanité. Ce n'est pas une histoire proprement dite,
mais un discours. La narration historique ne s'y dé-
roule pas en des proportions larges et soutenues; ce
sont des traits généraux illustrés par des anecdotes. Il
y a des parties entières de la nature humaine qu'il n'a
pas comprises et qu'il a mieux aimé ridiculiser. Il
cherche le ridicule dans le sérieux, au lieu de chercher le sérieux dans le ridicule. De là l'ironie dont son
histoire est toute saupoudrée.

« Voltaire est comme les moines, dit Montesquieu ;
« il écrit pour son couvent (1). » La prophétie s'est
accomplie : la postérité n'accepte pas l'histoire dans
l'esprit de Voltaire. Voltaire a fait la contre-partie de
Bossuet : il abaisse ce que Bossuet avait élevé, il élève
ce que Bossuet avait abaissé, les causes humaines des
événements. Il est fataliste. Il exclut l'élément de la
Providence, il intronise le hasard, il supprime la
liaison des faits; tout est détaché; il laisse bien subsister les causes prochaines, mais les causes des causes

(1) MONTESQUIEU, *Pensées diverses : Des modernes.*

n'apparaissent pas. Dans aucun sens, sous sa main,
l'histoire ne se concentre en unité. C'est une suite
d'épisodes dans lesquels on dirait qu'il cherche à nous
étonner de deux choses : la bizarrerie des événements
et celle de l'esprit de l'homme.

Mais quand il n'est pas aveuglé par la passion, il a
un jugement exquis des choses et des personnes. Il a
secoué le joug de bien des préjugés. Ce qui l'intéresse
dans l'esprit de l'homme, c'est l'homme lui-même.
C'est dans ce sens qu'il a créé une nouvelle manière
d'écrire l'histoire : il écrit les mémoires de l'esprit humain. Autant qu'il est possible de connaître l'homme
sans connaître Dieu, Voltaire le connaît. Il a une foule
d'observations piquantes, de traits de lumière; son
érudition est moins fautive qu'on ne l'a cru. Peu de
lectures sont plus agréables et plus faciles.

Un grand ouvrage sans une idée, sans une passion,
est un ouvrage manqué. L'âme, le sentiment, la passion de l'*Essai sur les mœurs*, c'est la passion de l'humanité. Voltaire est venu sortir l'humanité de dessous
les ruines; il l'en retire, petite, mesquine, dégradée,
il est vrai, mais c'est encore l'humanité; et d'ailleurs,
la faute n'en est pas à lui seul. Entraîné par la réaction
antisacerdotale, il ne s'arrête pas à l'indignation,
mais il va jusqu'à la haine, qui est toujours injuste.
L'humanité amoindrie par Voltaire paraissait grande
alors. En la rabaissant dans un sens, il la relevait dans
un autre.

Les *Romans et contes*, en prose, de Voltaire ne sont

qu'un canevas léger sur lequel il brode ses idées favorites. Ils n'ont presque point de plan ; en commençant
chacun de ses récits, l'auteur est à peu près dans la
même ignorance que le lecteur sur ce qui va suivre.
Ce sont de véritables pièces à tiroir. Cette forme lui est
si naturelle qu'il y glisse à chaque instant ; même
dans des morceaux essentiellement didactiques, il
improvise une scène, un personnage, un fait. Mais il
ne nous intéresse à personne ; ses caractères ne sont
pas ridicules, mais extravagants ; il n'a point d'allégorie, ni presque de merveilleux, mais il y a quelque
chose de fantastique dans la manière dont il raconte la
vie : il fait abstraction de deux ou trois de ses principales conditions. L'action de ses contes n'a jamais pu
se passer en aucun temps ni en aucun lieu du monde.
Il a un but cependant ; il a toujours une idée ; mais il
ne s'y tient pas. Il la dépasse sans cesse. Il s'aventure
tellement qu'il arrive à soutenir des théories autres
que les siennes. Ses fictions ne sont pas des romans,
en ce sens qu'à l'opposé des romanciers ordinaires, il
ne cherche qu'à désenchanter la vie. C'est proprement
le roman satirique dans le sens de Rabelais et de
Swift. Mais la satire de Voltaire va directement à
l'homme ; ce n'est précisément ni un temps ni un
parti qu'il attaque, c'est l'homme tout entier qu'il
veut désillusionner. Encore le même contraste : celui
qui a recherché avec tant de soin les droits perdus de
l'humanité est celui qui a tout fait pour la forcer à se
mépriser elle-même.

La gaieté de ces contes est amère ou plutôt insul-

tante. On est honteux de s'égayer avec Voltaire; même
en riant, on a le cœur serré ; rien n'est à la fois plus
gai et plus triste que la plupart de ces opuscules : il y
a de l'enfer dans ce rire. Quelquefois, cependant, cette
gaieté est d'un autre caractère, folle, à demi ivre ; mais
cela est rare. En voici un exemple dans le début de
l'*Ingénu* :

« Un jour saint Dunstan, Irlandais de nation et saint
« de profession, partit d'Irlande sur une petite mon-
« tagne qui vogua vers les côtes de France, et arriva
« par cette voiture dans la baie de Saint-Malo. Quand
« il fut à bord, il donna la bénédiction à sa montagne,
« qui lui fit de profondes révérences, et s'en retourna
« en Irlande par le même chemin qu'elle était venue.»

Dans l'*Ingénu*, Voltaire oppose l'état sauvage à l'état
civilisé, et juge celui-ci du point de vue de celui-là.
Dans *Micromégas*, il nous transporte dans une autre
planète. Il part du principe que, pour bien voir une
chose, il faut la voir à distance. C'est un artifice semblable à la construction des géomètres, un procédé
dont la première idée est ingénieuse et philosophique,
quoique l'usage en puisse devenir puéril.

Zadig est presque le seul des contes où l'intérêt romanesque entre pour quelque chose. Il n'est pas susceptible d'analyse. L'auteur l'a intitulé aussi *la Destinée;* il y fait ressortir les caprices du destin, il y montre
combien nous sommes dupes des apparences, et, chose
étonnante, il s'y montre optimiste. On peut le lire sans
dégoût, de même que *Memnon* et *Babouc*. Quant au
style de tous ces contes, rien de plus léger, de plus

piquant, de plus rapide, de plus animé. Parmi les productions de Voltaire, les contes doivent, littérairement, prendre rang au nombre des plus parfaites.

Dans le poëme sur le *Désastre de Lisbonne*, nous avons vu Voltaire essayer une sorte de réfutation de l'optimisme, et tomber à la fin dans l'idée chrétienne. Mais dans *Candide* (1758) il n'y a plus de restriction. Il ne parle plus de *s'incliner en silence et d'adorer;* plus d'antidote au poison qu'il verse dans l'âme. Si la philosophie de *Zadig*, de *Memnon*, de *Babouc* est mondaine, elle est humaine du moins; si celle de l'*Ingénu* est la même que Voltaire a tant de fois reprochée à **J.-J.** Rousseau, s'il joint dans cet ouvrage l'irréligion à l'inconséquence, du moins il ne s'y montre pas athée. Mais un athéisme mal enveloppé est la doctrine de cet impur *Candide,* satire insolente de l'homme, insulte qui monte jusqu'à Dieu. L'ouvrage, dirigé contre l'optimisme de Pope, et peut-être de Leibnitz, réfute l'erreur par le blasphème. C'est le contraste entre l'idée du meilleur monde possible et ce qu'il y a de plus vil, de plus dégoûtant dans les vices et dans les souffrances de l'homme, pour qui en juge, ainsi que Voltaire, par la vue et non par la foi.

Le *Commentaire sur Corneille* fut publié en 1764 au profit de la petite-fille de Corneille, que Voltaire avait cru devoir à sa gloire de recueillir. On se figure aisément l'éducation que dut recevoir une jeune fille dans une maison pareille. Par-dessus le marché, il la maria fort mal.

L'injustice irrévérente de ce *Commentaire* rappelle l'exclamation : « Ah! tu me gâtes le *Soyons amis,* « *Cinna!* » Cependant, malgré son manque de respect pour le grand homme que Voltaire appelait *son géné-ral,* cet ouvrage contient une foule de remarques inté-ressantes sur la langue française et l'art dramatique. Quand Voltaire admire, c'est en homme de génie; du reste, nulle part il ne s'élève au-dessus des théories reçues.

Nous ne nous arrêterons pas à d'autres ouvrages de moindre importance, tels que le *Précis du siècle de Louis XV* (1757), les *Annales de l'Empire,* ouvrage de commande et fort négligé (1754), l'*Histoire du czar Pierre,* inférieure à celle de *Charles XII,* d'innombra-bles opuscules ou pamphlets qui se succédaient sou-vent l'un à l'autre à moins de quinze jours d'inter-valle. L'auteur avait un double but : se rendre sans cesse présent à la pensée du public, et détruire ce qui lui faisait obstacle ou ombrage. Quelquefois cependant, ce sont des écrits d'occasion, tels que la défense des opprimés, ou des questions de philosophie et de politique; ou bien encore des apologies de ses pro-pres ouvrages, données sous un autre nom pour ap-prendre au lecteur à admirer des beautés trop peu remarquées : témoin l'*Éloge de Crébillon,* le *Com-mentaire sur les œuvres de l'auteur de la Henriade.* Ja-mais Voltaire ne s'oublie : la pointe, la chute, l'accent, c'est toujours l'éloge de M. de Voltaire. Du reste, ses moindres facéties sont pleines de verve; mais la ven-geance et la haine ont, autant que l'orgueil, donné

naissance à la plupart de ses œuvres. On y compte
des satires, des libelles et pis encore. Rien de plus outrageant que ses *Mémoires sur le roi de Prusse*.

« Voltaire, nous venons de le voir, a philosophé
dans tous ses ouvrages et sous toutes les formes. Il se
rapproche le plus des formes de la discussion proprement dite dans son *Dictionnaire philosophique*, commencé en 1760 et fort augmenté depuis, ouvrage, ou
plutôt réunion de plusieurs ouvrages pleins d'esprit
et de vues intéressantes, mais où règnent trop souvent,
dans les idées une prévention obstinée, et dans le ton
une gaieté maligne et cynique. Métaphysique, morale,
histoire des religions, politique, littérature, tout se
rencontre dans ce recueil, où l'on dirait que Voltaire
exploite pour son seul amusement ce qui a fait le
tourment des plus hautes intelligences de tous les
temps. Et quel amusement (1)! »

Auprès du peuple, même auprès de ceux qui ne
l'ont pas lu, Voltaire passe pour le coryphée de l'impiété. Blâme chez les uns, louange chez les autres, le
rôle de destructeur lui est partout attribué. Quant aux
doctes, ils se partagent entre l'anathème et l'apothéose.
Ange de ténèbres aux yeux de plusieurs, il est pour
quelques-uns un ange à la fois d'extermination et de
lumière.

« L'admiration effrénée dont trop de gens entou-
« rent Voltaire, dit M. de Maistre, est le signe in-
« faillible d'une âme corrompue. Qu'on ne se fasse

(1) VINET, *Discours sur la littérature française*, page LVII.

« point illusion : si quelqu'un, en parcourant sa bi-
« bliothèque , se sent attiré vers les *OEuvres de Ferney*,
« Dieu ne l'aime pas.... Il a prononcé contre lui-même,
« sans s'en apercevoir, un arrêt terrible ; car c'est lui
« qui a dit :

> « Un esprit corrompu ne fut jamais sublime.

« Rien n'est plus vrai, et voilà pourquoi Voltaire,
« avec ses cent volumes, ne fut jamais que *joli* (1) ;
« j'excepte la tragédie, où la nature de l'ouvrage le
« forçait d'exprimer de nobles sentiments étrangers à
« son caractère.... N'avez-vous jamais remarqué que
« l'anathème divin fut écrit sur son visage? Après tant
« d'années, il est temps encore d'en faire l'expérience.
« Allez contempler sa figure au palais de l'Hermitage :
« jamais je ne la regarde sans me féliciter de ce qu'elle
« ne nous a point été transmise par quelque ciseau
« héritier des Grecs, qui aurait su peut-être y répandre
« un certain beau idéal. Ici tout est naturel. Il y a
« autant de vérité dans cette tête qu'il y en aurait
« dans un plâtre pris sur le cadavre. Voyez ce front
« abject que la pudeur ne colora jamais; ces deux cra-
« tères éteints, où semblent bouillonner encore la
« luxure et la haine; cette bouche (je dis mal peut-
« être, mais ce n'est pas ma faute), ce *rictus* épou-
« vantable, courant d'une oreille à l'autre, et ces
« lèvres pincées par la cruelle malice comme un res-
« sort prêt à se détendre pour lancer le blasphème ou

---

(1) M. de Maistre répète, sans le savoir peut-être, le mot de Montesquieu dans
ses *Pensées :* « Voltaire n'est pas beau, il n'est que joli. » (*Pensées diverses : Des
modernes.*)

« le sarcasme. Ne me parlez pas de cet homme, je ne
« puis en soutenir l'idée. Ah! qu'il nous a fait de mal!
« Semblable à cet insecte, le fléau des jardins, qui
« n'adresse ses morsures qu'à la racine des plantes
« les plus précieuses, Voltaire, avec son aiguillon, ne
« cesse de piquer les deux racines de la société, les
« femmes et les jeunes gens; il les imbibe de ses poi-
« sons, qu'il transmet ainsi d'une génération à l'au-
« tre.... Il ne saurait alléguer, comme tant d'autres,
« la jeunesse, l'inconsidération, l'entraînement des
« passions, et, pour terminer enfin, la triste faiblesse
« de notre nature. Rien ne l'absout : sa corruption est
« d'un genre qui n'appartient qu'à lui ; elle s'enracine
« dans les dernières fibres de son cœur et se fortifie
« de toutes les forces de son entendement. Toujours
« alliée au sacrilége, elle brave Dieu en perdant les
« hommes. Avec une fureur qui n'a pas d'exemple,
« cet insolent blasphémateur en vient à se déclarer
« l'ennemi personnel du Sauveur des hommes; il ose,
« du fond de son néant, lui donner un nom ridicule,
« et cette loi adorable que l'Homme-Dieu apporta sur
« la terre, il l'appelle *l'infâme*. Abandonné de Dieu
« qui punit en se retirant, il ne connaît plus de frein.
« D'autres cyniques étonnèrent la vertu, Voltaire
« étonne le vice. Il se plonge dans la fange, il s'y
« roule, il s'en abreuve; il livre son imagination à
« l'enthousiasme de l'enfer, qui lui prête toutes ses
« forces pour le traîner jusqu'aux limites du mal. Il
« invente des prodiges, des monstres qui font pâlir.
« Paris le couronna, Sodome l'eût banni. Profanateur

« effronté de la langue universelle et de ses plus grands
« noms, le dernier des hommes après ceux qui l'ai-
« ment! comment vous peindrais-je ce qu'il me fait
« éprouver? Quand je vois ce qu'il pouvait faire et ce
« qu'il a fait, ses inimitables talents ne m'inspirent
« plus qu'une espèce de rage sainte qui n'a pas de
« nom. Suspendu entre l'admiration et l'horreur,
« quelquefois je voudrais lui faire élever une statue...
« par la main du bourreau (1). »

Après cette appréciation, en voici une bien différente :

« Au commencement du dernier siècle, l'esprit de
« la philosophie qui méditait la conquête de la société,
« avait besoin d'associer à la gravité de Montesquieu
« quelque chose de plus actif, de plus vif, et je sup-
« pose qu'au pied du trône de l'Auteur des choses il
« se soit un jour incliné pour demander la venue d'un
« représentant convenable à ses desseins. Descartes,
« Malebranche, Spinosa, Locke, ont paru ; Leibnitz a
« déployé une paisible et profonde universalité ; mais
« le temps en réclame une autre, ardente, guerrière,
« insurrectionnelle. Dieu l'accordera au génie de la
« philosophie. Oh! mon Dieu! puisque ce jeune homme
« qui se produit en 1718 n'est pas un étourdi, un en-
« fant perdu, puisqu'il ne doit pas avorter dans une
« expédition que vous avez décrétée vous-même, com-
« blez-le de tous les dons, armez-le de toutes pièces ;
« car que de travaux et de labeurs l'attendent! Il ris-
« que, tant qu'il n'a pas entraîné le monde, d'en

(1) J. DE MAISTRE, *Soirées de Saint-Pétersbourg*, tome Ier.

« être écrasé lui-même. Mais Dieu ne l'abandonne
« pas sans l'avoir muni d'une invincible habileté à
« l'entreprise où il l'envoie (1). »

Nous ne voulons pas, Messieurs, à l'exemple des
gens sans conviction, nous former un jugement en bri-
sant les uns contre les autres, en émoussant les uns
par les autres, les traits les plus outrés d'un panégyrique et les traits les plus acérés d'une diatribe. L'effroi
mêlé de haine ne peut commander l'injustice à l'égard
de Voltaire.

Si nous n'avions ici qu'à résumer son caractère moral, notre tâche serait facile. Ce qui le rend effrayant,
ce qui grandit sa méchanceté, c'est son génie; il y a
là une illusion d'optique. Mais nous ne devons pas
prendre pour mesure de la méchanceté d'un homme
le mal qu'il a produit. Si l'on voulait évaluer Voltaire
comme homme, il faudrait écarter son talent et ses
œuvres, le prendre uniquement dans ses rapports
personnels, en un mot faire le départ entre l'écrivain
et l'individu. On verrait alors qu'il n'a pas été plus
méchant que beaucoup d'autres, mais que, chez lui,
tout s'est trouvé en saillie et s'est développé librement.
Sa vie n'a reçu de direction ni de la loi de Dieu ni de
sa conscience; il n'a eu que des instincts. Les uns
étaient décidément mauvais, les autres ne l'étaient
pas. Réduit à l'état de bourgeois ou d'artisan, Voltaire
eût été un homme comme il y en a tant, passionné,
sans frein, très vain, très irritable, capable de sympathie et capable de beaucoup de choses que la morale

(1) LERMINIER, *Philosophie du dix-huitième siècle*, page 53.

la plus vulgaire repousse vivement, redoutable, haïs-
sable, et auquel on aurait cependant accordé quelque
intérêt et quelque affection. Son talent et son siècle ont
imprimé à son être quelque chose de monstrueux, sans
qu'on puisse l'appeler un monstre.

Le caractère de Voltaire n'offre point la dignité des
existences harmonieuses, mais il a la force qui se joint
à l'irrégularité d'une nature vivement contrastée. Aucun homme n'a été composé d'antithèses plus répétées.
Les disparates se multiplient ; cette nature est comme
un buisson où les branches entrecroisées vous arrêtent
de toutes parts. Homme d'art dans le sens idéal du
mot, Voltaire eût connu le calme et l'accord intérieur.
Dans la philosophie, dans la littérature, on rencontre
des hommes systématiques. Ils peuvent l'être de deux
manières : les uns embrassent leur cercle d'idées avec
une largeur qui leur laisse comprendre celles d'autrui;
les autres s'attachent exclusivement à leurs idées propres, mais leur exclusisme est d'accord avec soi-même.
Toujours une unité domine. Mais de tout temps les
hommes d'action furent tissus de contrastes, et loin de
les affaiblir, ces contrastes ont été une condition de
leur force. La puissance d'un génie scientifique, synthétique, bienveillant, paisible, est bien plus bienfai-
sante et profonde ; mais elle n'agit qu'à distance : la
force prochaine a été exercée par des hommes à qui
l'harmonie intérieure manquait.

Il est difficile de refuser à Voltaire le nom de grand;
sa destinée a prononcé :

Être d'un siècle entier la pensée et la vie,

c'est être grand, et c'est là sa grandeur. *Tu regere imperio populos* (1). Mais cette grandeur n'est pas personnelle; la véritable grandeur ne se conçoit pas sans générosité, sans une certaine bonté : autrement le diable lui-même serait grand. « Nous voyons ici, dit Lavater, « un personnage plus grand, plus énergique que nous. « Nous sentons notre faiblesse en sa présence, mais « sans qu'il nous agrandisse; au lieu que chaque être « qui est à la fois grand et bon, ne réveille pas seule- « ment en nous le sentiment de notre faiblesse, mais « par un charme secret nous élève au-dessus de nous- « mêmes et nous communique quelque chose de sa « grandeur (2). » Il n'y a rien de sublime chez Voltaire, rien qui inspire le respect de l'humanité. Il n'a pas une grande pensée. Celle de la destruction du christianisme n'est pas grande, abstraction faite de notre foi à la divinité de notre croyance. La haine, selon son objet, peut faire un homme grand; mais celle de Voltaire était sans hauteur d'âme, sans loyauté. D'ailleurs, dépouiller sans indemnité l'espèce humaine de son avenir et de son Dieu, de sa dignité par conséquent, ce n'est pas de la grandeur. Étrange et première antithèse : il a pour l'humanité un amour ardent, mais dépouillé de respect; il l'aime comme une maîtresse et non comme une épouse légitime.

Conservateur par nature et par intérêt, Voltaire, en haine du christianisme, n'en passe pas moins sa longue vie à détruire. Il veut des améliorations dans le régime social, mais il rejette avec colère tout ce qui pour-

(1) Virgile, *L'Énéide*, livre VI, vers 852.   (2) Lavater, *sur Voltaire*.

rait atteindre à la racine des maux contre lesquels il
réclame. Renverser la religion positive de son temps et
de son pays et maintenir à peu près tout le reste, c'é-
tait son vouloir et le but de ses efforts. L'irrévérence,
la violence, la déloyauté ont signalé la guerre qu'il
avait déclarée au christianisme, ou du moins à ce qu'il
prenait pour le christianisme. La grossière indécence
de ses attaques est devenue proverbiale; il ne s'est fait
faute d'aucune ruse; ayant besoin d'autorités, il a été
jusqu'à supposer des livres qui n'existaient pas. Il fait
continuellement appel aux préjugés, au lieu d'élever
les esprits aux généralités où il avait pu parvenir lui-
même. Il présente le continuel sophisme des maux
produits par le christianisme. Pour les esprits superfi-
ciels, c'est un argument irrésistible; pour les esprits
cultivés, c'est un argument très faible. La question véritable doit se poser ainsi : « L'Évangile renferme-t-il
« quelque dogme fait pour autoriser les horreurs dont
« la religion chrétienne a été l'occasion? » — Suppo-
sons que Socrate, par exemple, se fût trouvé témoin
de la vie de Jésus-Christ, de ses miracles, de sa doctrine, de l'action de ses premiers disciples, il eût dit
sans doute : « Voilà une religion qui va bannir l'op-
« pression, l'injustice, les guerres; elle fera la félicité
« du monde. » Il eût parlé comme un sage du monde.
Un Dieu seul a pu dire : « Je suis venu mettre le feu
« sur la terre. Pensez-vous que je sois venu apporter
« la paix sur la terre? Non, vous dis-je, mais plutôt la
« division (1). » Sublime paradoxe, qu'un Dieu seul a

(1) Évangile selon saint Luc, XII, 49, 51.

pu proférer ! Un Dieu seul savait qu'il allait créer sur
la terre deux mondes ennemis. Il voyait tous les vices,
toutes les hypocrisies se réfugiant sous le manteau du
christianisme; il savait que la pire des corruptions est
celle des choses excellentes, et la pire des persécutions
celle des faux chrétiens sur les vrais. Oui, l'Évangile a
fait suer à la nature humaine toute sa méchanceté. Dira-
t-on pour cela que le christianisme a été funeste à la
société? Un mot suffit : vivons-nous pour le temps ou
pour l'éternité? L'objet direct du christianisme est-il
de mieux organiser la société de la terre, ou de prépa-
rer la société du ciel? Considérons-nous Jésus-Christ
seulement en qualité d'inventeur du principe de l'égalité et de la fraternité sociales? Rejetons alors une religion qui devient pour la société l'occasion de maux incontestables. Ou acceptons-la, mais comme l'éducateur
de l'âme pour le ciel, et dans ce cas, tenons-la pour
justifiée de tous les scandales qu'on se plaît à faire pe-
ser sur elle.

Voltaire fut toujours partisan du théisme. Il plaide
la cause de Dieu contre Diderot et la secte holbachique;
il la défend en prose et en vers (1). Mais il tient peu
aux dépendances de cette grande vérité. Toutes les
idées qui complètent l'idée de Dieu, sans lesquelles
l'idée de Dieu reste inerte dans l'âme, il ne s'en sou-

(1) « Si une horloge prouve un horloger, si un palais annonce un architecte,
« comment en effet l'univers ne démontre-t-il pas une intelligence suprême?
« Quelle plante, quel animal, quel élément, quel astre ne porte pas l'empreinte de
« celui que Platon appelait l'éternel géomètre? Il me semble que le corps du
« moindre animal démontre une profondeur et une unité de dessein qui doivent à
« la fois nous ravir et atterrer notre esprit, etc. » (Note de la *Satire sur les
Cabales.*)

cie pas. Il soutire de cette notion tout ce qui en fait la
substance. Si son Dieu est personnel ou impersonnel,
il s'en inquiète peu. Y a-t-il une rémunération? Il n'en
sait rien. Frédéric lui écrit « qu'un certain philosophe
« de sa connaissance est très persuadé que cette intel-
« ligence ne s'embarrasse pas plus de Moustapha que
« du Très-Chrétien, et que ce qui arrive aux hommes
« l'inquiète aussi peu que ce qui peut arriver à une
« taupinière de fourmis que le pied d'un voyageur
« écrase sans s'en apercevoir. » Voltaire lui répond :
« Votre abominable homme, qui est si sûr que tout
« meurt avec nous, pourrait bien avoir raison (1). »
Il a dit quelque part :

> Si Dieu n'existait pas, il faudrait l'inventer.

Robespierre s'est chargé de la paraphrase de ce vers,
Véritablement le Dieu de Voltaire est un Dieu inventé,
un Dieu imaginé pour les besoins de la société. Le
peuple ne peut se passer de cette croyance ; elle paraît
à Voltaire raisonnable, spécieuse ; l'idée de Dieu a de
l'importance : conservons l'idée de Dieu. Ce théisme-là
est une affaire de bon sens. C'est le bon sens de Voltaire, et non son âme, qui demande un Dieu. Quand
il l'a, il n'en sait que faire. Il n'avait pas l'étoffe d'un
panthéiste. Néanmoins ce théisme, tout annulé qu'il
fût, impatientait les philosophes ; on lui savait mauvais
gré de vouloir protéger Dieu, et il lui fallait du courage pour y persister.

Mais, au travers de tous ces contrastes, n'y a-t-il

---

(1) *Lettre au roi de Prusse*, 21 novembre 1770.

point d'unité chez Voltaire? Deux traits dominent et traversent tout.

D'abord le sens commun, le génie du bon sens. Ce génie-là est fort suffisant pour détruire. Sa philosophie ne s'est pas élevée au-dessus, et par là même il a nié la philosophie; car la philosophie consiste précisément à s'appuyer sur le sens commun pour le dépasser ensuite. Voltaire a fait du point d'appui le but; il fut l'apôtre de ce cercle d'idées reçues, et quelquefois de préjugés, qui est communément honoré du titre de bon sens. La force de Voltaire fut de donner la passion pour interprète au bon sens. Quant à son œuvre, une admirable convenance se rencontre entre ce qu'il a été et ce qu'il a fait. Il descend au lieu de monter; la forme de son esprit le met à la portée du vulgaire; il n'est point spéculatif; il en appelle sans cesse aux données courantes. Il recueille des faits, et c'est ce qui le caractérise. Voltaire a été, non pas savant, mais instruit. A la surface de toutes les sciences il fait provision de faits curieux. Jamais il ne raisonne sans alléguer des faits, toujours spirituellement racontés; c'est par des faits qu'il rend ses discussions intéressantes. Voltaire est un répétiteur de faits et d'idées; les hommes pénétrés comme lui de l'ardeur du prosélytisme sont conduits par l'habitude à redire les mêmes choses; mais nul ne l'a fait plus souvent que Voltaire, et en même temps avec une telle variété de formes. Jamais, chez lui, la répétition n'est fastidieuse. Voltaire fut le pamphlétaire par excellence. Ce mot l'exprime tout entier. Poëte épique, tragique, comique, satirique, Voltaire est pamphlétaire par-dessus tout.

En second lieu, Voltaire a eu le sentiment de la justice sociale, et plus généralement l'instinct de la civilisation. Il y a sans doute une civilisation plus noble que celle de Voltaire, mais c'est bien la civilisation qui est sa divinité. La morale de Voltaire est incomplète, peu élevée : elle se réduit à la justice et à la bienveillance ; cependant c'est une morale. Là-dessus il a peu raisonné ; il a mieux fait, il a répandu son cœur ; il en a appelé, non à des principes abstraits, mais à des instincts. « Il ne démontre pas, dit M. de Barante, il « sympathise. »

Si jamais Voltaire, qui n'est pas naturellement orateur, s'est élevé à l'éloquence, c'est en attaquant, comme nous l'avons vu, les abus des lois et surtout des lois criminelles. C'est peut-être le plus grand service qu'il ait rendu à l'humanité. Montesquieu, Rousseau ont dirigé leurs efforts du même côté ; mais Voltaire a mieux su mettre ses idées à la portée de tous. Rien, assurément, n'est plus universellement accueilli que le bon sens et la civilisation. C'est par ces deux choses, par la dernière surtout, que Voltaire fut populaire. On ne l'est pas, même dans les plus mauvais temps, sans faire appel à quelque vérité ou à quelque sentiment honnête. Mais cette popularité a aussi des bases moins nobles : le scepticisme, l'ironie. Malgré son intelligence prodigieuse, la raison de Voltaire demeura médiocre, si nous entendons par raison la faculté par laquelle l'homme embrasse la vérité. Voltaire juge avec une merveilleuse sagacité l'homme de la so-

ciété, il ne soupçonne pas même l'homme primitif.
Les grands traits de l'humanité lui échappent; il n'y a
rien en lui de naïf; il n'est pas même en état de comprendre la naïveté. La Fontaine lui a toujours été inexplicable.

Avec son incomparable intelligence, et dépourvu de
la supériorité de raison qui eût servi de guide à cette
intelligence, il devait naturellement être moqueur.
L'ironie abonde en France : Voltaire fut le prince de
l'ironie et le railleur du siècle. Son ironie porte sur
tout; elle flétrit, dessèche, brûle; il est l'esprit pro-
fane par excellence. Il se moque de l'humanité entière.
« Notre dignité lui est cachée; nos misères le frappent
et le divertissent; il se complaît dans leur énuméra-
tion; il en ajoute d'imaginaires; l'homme n'apparaît
à ses yeux que comme une bête manquée, comme le
produit d'une *sotte plaisanterie* du Créateur ; et il salue d'un rire éclatant et cruel cette honteuse parodie
de sa propre nature. Ainsi disposé, comment eût-il
atteint aux dernières profondeurs des questions philosophiques? En tout sujet de cet ordre, sa légèreté
spécifique le retient près de la surface. Il comprenait
tout ce qui se comprend avec l'esprit, et quand il rencontre le vrai, nul n'y tombe, il faut le dire, plus
perpendiculairement; mais ce qui se comprend avec
l'âme, c'est-à-dire en tout sujet ce qu'il y a de plus
profond et de plus sublime, lui a presque toujours
échappé. Les préjugés de la civilisation , les apparences
du sens commun, tels sont ses arguments en des
questions qui touchent à l'infini; c'en est assez pour

convaincre et subjuguer des esprits légers, déjà vaincus par le matérialisme. Mais avec un don de plus,
avec la philosophie de l'âme, Voltaire n'était plus Voltaire; il fut, ainsi que beaucoup d'autres, fort de ce
qu'il possédait et fort de ce qui lui manqua (1). »

Meilleur philosophe, plus parfait écrivain, peut-être
il eût moins dominé son siècle. Nous l'avons vu, rien
de plus superficiel, de plus hasardé que sa philosophie
de l'histoire. L'homme est un aventurier, un Gil Blas
dont il s'est chargé de rédiger les mémoires. Et cependant, c'est par ce côté peut-être qu'il fit le plus de
tort à la religion. Savant plus profond, il n'eût pas
entamé avec Buffon une ridicule controverse sur la
formation du globe. Le système de Buffon l'incommo-
dait, probablement à cause de quelques points de
contact avec celui de la Bible; il le couvrit de plaisanteries, qui lui réussirent mieux auprès de la foule
qu'auprès des esprits sérieux.

La popularité de Voltaire a encore une autre cause:
la licence de ses tableaux et de ses récits. La nation
française a toujours aimé le badinage sur ces matières;
ailleurs on met plus de sérieux dans le vice. Rien ne
marque mieux la faiblesse du pouvoir que son indulgence à cet égard ; c'est une compensation forcée par
laquelle un gouvernement usé cherche à remplacer
l'exercice des libertés de la pensée. On accordait l'im-
punité à l'auteur de *la Pucelle,* et l'on condamnait
à la mort un jeune homme qui s'était montré irré-
vérent envers le crucifix. Napoléon n'a pas permis

---

(1) VINET, *Discours sur la littérature française,* page LVII.

dans ce genre le quart de ce que Louis XV a toléré.

Enfin, une partie de cette popularité doit être attribuée à l'activité sans égale de Voltaire. Rien n'est plus populaire que la continuité, la rapidité du travail. Cela fait l'illusion de la puissance ; on est présent en plusieurs lieux à la fois, on ne donne point de relâche à l'attention, on remplit de son nom l'espace et le temps. La perfection est bien moins populaire ; le vulgaire ne comprend pas le travail médité, consciencieux, solitaire. Voltaire n'est point parfait, mais sa manière est facile, large, prompte, et pourtant toujours correcte.

Armé de tous ces moyens, Voltaire a fait l'œuvre pour laquelle peut-être il avait été *envoyé* (1). Voltaire a détruit. Il rappelle ces ravageurs des nations, recevant, comme Genséric, ce mot d'ordre : *Va vers les peuples où souffle le vent de la colère de Dieu.* Il a détruit le mal et le bien. Dans ce monde ils sont entrelacés ; on ne peut détruire l'un sans entamer l'autre. On fait d'ailleurs honneur à Voltaire de toute cette destruction, mais on ne prend pas garde que tout périssait, qu'il n'a tué qu'un mourant. Par voie de gangrène, cela eût duré plus longtemps et fini de même ; il a seulement hâté les temps et transformé en maladie aiguë une maladie chronique sans ressource.

Un symptôme infaillible du mal, c'était la faiblesse du bien. On dit que Voltaire a détruit la foi, la morale, le christianisme. Mais où étaient la foi et le christianisme ? Tout cela n'avait-il pas été frappé sous

(1) Allusion au mot de M. Lerminier cité plus haut. Voir page 117. (*Éditeurs.*)

Louis XIV? Faudra-t-il voir dans cette disette l'effet
de la volonté divine? Mais Dieu n'a jamais refusé un
organe à une foi ferme. Qu'on envisage l'état du parti
que Voltaire battait en brèche. Toute l'Église galli-
cane, toute l'Église réformée n'ont pu lui opposer un
homme. La science théologique ne s'était pas renou-
velée depuis Bossuet; la philosophie manquait aux
défenseurs de l'Évangile, qui est lui-même une philosophie; par-dessus tout, la vie manquait. C'est le *vir-
tutem videant* (1) qui importe. Des écrits n'auraient pas
changé le siècle; il y fallait l'énergie de l'action. La vie
d'un Oberlin eût parlé plus haut que cent volumes de
polémique. Après tout, il y avait une vengeance à
consommer, une justice à accomplir, des siècles entiers à expier. Le christianisme, en se faisant puissance de la terre, avait reçu en lui l'élément corrup-
teur et porté sa propre sentence. Il fallait qu'il fût
renvoyé au désert. Toute l'œuvre de Voltaire a été
une nécessité et une préparation.

Quel que soit le talent de Voltaire comme homme
d'art ou comme littérateur, et quoiqu'il ait excellé
dans certains genres, c'est moins comme artiste que
comme personnage politique ou historique qu'il doit
être envisagé. Sans magistrature officielle, il a été le
véritable tribun du peuple; plus qu'aucun autre, il a
popularisé la littérature. Mais il n'inventa ni en littérature ni en philosophie, et comme artiste on peut
dire que sa trace est effacée. Passé l'époque de l'Empire, où il eut quelques imitateurs dans la satire et la

(1) PERSE. Satire III, vers 38.

tragédie, Voltaire littérateur n'existe plus que dans l'histoire littéraire. Le siècle, en fait d'art, ne se réclame pas de lui. Personne ne le continue ; personne n'invoque son autorité. Corneille et Racine, ses prédécesseurs, sont bien plus vivants, bien plus actuels que lui. On entreprit, il y a vingt-cinq ou trente ans, une réimpression factieuse des œuvres de Voltaire (1) ; mais ce n'était pas à l'écrivain, c'était au pamphlétaire qu'on en appelait. Contre le retour des ennemis qu'il avait vaincus, on évoquait son ombre. C'était le cadavre du Cid, gagnant encore une bataille. Maintenant l'incrédulité même de Voltaire fait pitié à l'incrédulité savante de notre époque ; il a fallu creuser plus avant.

La disparition de l'influence littéraire de Voltaire amène naturellement quelques réflexions. L'art n'est pas incompatible avec la poursuite d'un but moral et social. L'époque de la littérature la plus littéraire fut aussi celle où elle était la plus sociale et la plus actuelle ; je parle des beaux temps de la Grèce. Mais ce qui n'est pas vrai, c'est que l'art, dans sa pureté, puisse être compatible avec des desseins trop particuliers et un but trop prochain, et par-dessus tout avec l'esprit de parti. Voltaire pouvait être artiste, ses travaux de critique le prouvent ; mais par ses préoccupations, il s'est enlevé le rang qu'il pouvait occuper dans l'art. Le blâmerons-nous d'avoir agi ainsi? Je serais tenté de l'en louer. Préoccupé, comme il l'était, de réformes sociales, et même, en dépit des apparences,

(1) Allusion au *Voltaire-Touquet*. (*Éditeurs.*)

de réformes morales, on ne peut que lui tenir à honneur d'avoir préféré de telles idées à l'idée exclusive de l'art.

Le sentiment qui demeure après tout ceci est un sentiment triste ; il en faut exclure la haine et ne conserver que la pitié. Personne n'a mieux servi la cause du prince des ténèbres que Voltaire ; mais si nous rentrons dans l'intérieur de son être, disons-le encore, Messieurs, nous n'y trouvons qu'un homme semblable à beaucoup d'autres hommes.

II.

D'ALEMBERT.

1717—1783.

Nous voici maintenant arrivés à ce qu'on peut appeler *la bande de Voltaire*. Ce groupe nombreux renferme des hommes éminents, véritables meneurs de
la faction philosophique dont ils étaient le noyau ;
hommes d'action, sans cesse à la brèche, qui ne firent
que détruire, et en qui les facultés spéculatives restèrent complétement subordonnées au but pratique.
Les plus illustres sont d'Alembert, Diderot, Helvétius,
Raynal, puis deux Allemands, le baron d'Holbach et
le baron de Grimm.

Toute cette école a été jugée par M. de Barante ; il
l'a dit avec justesse : ces hommes ne furent pas tant
les causes de la direction du siècle et des catastrophes
qui le terminèrent qu'ils ne sont le signe et l'effet de
l'esprit de cette mémorable époque. M. de Barante
est le premier qui ait reconnu cette vérité. Leur œuvre
a été fatale sans doute, mais ils n'en furent que les
causes secondes ; les causes premières existaient depuis longtemps. Ils ont suivi, en l'accélérant peut-être,
le courant des idées de leurs contemporains ; il est
possible que, sans eux, celles dont ils hâtèrent la cir-

culation n'auraient pas revêtu un caractère identique ;
mais ce point de vue est accessoire. Ce qui se fit avec
eux se serait fait sans eux ; ce qu'avait adoré le dix-
septième siècle avait péri avant eux, il ne s'agissait
plus que d'enlever le cadavre. Ce fut l'œuvre du dix-
huitième siècle.

Du reste, sauf Voltaire, d'Alembert, Diderot peut-
être, les chefs de ce mouvement sont des hommes
d'une médiocre valeur intellectuelle. Voltaire fut le
roi. A une grande distance nous trouvons Diderot.
D'Alembert était un mathématicien distingué ; mais
comme littérateur, sa place n'est pas très élevée. Le
nombre du parti fit sa force ; tous ensemble, par leurs
œuvres, leur conversation, leur influence, contribuèrent à la démolition. La destruction toute seule ne
demande pas tant de puissance.

Le dix-septième siècle compta bien plus d'hommes
supérieurs ; ils étaient nécessaires au travail de construction qui se faisait alors. Au dix-huitième cependant, quelques penseurs voulurent construire. Montesquieu édifiait ; Rousseau lui-même s'est acharné
contre les philosophes, afin de conserver quelques
points importants ; Buffon fut un homme de science
attaché à son édifice et qui ne se préoccupa jamais de
destruction. A sa manière aussi, Condillac chercha à
construire. Il y a bien plus d'hommes de génie du côté
de ceux qui édifient, protègent, conservent. Pour détruire, en effet, il n'est pas besoin de génie ; le talent
suffit. Mais il est bon de ménager les apparences, il
faut se piquer de bâtir. C'est ce que firent les grands

destructeurs du siècle dernier ; et nous-mêmes, nous
avons la prétention d'être un siècle organisateur.

Au fond, tous ces hommes, avec leurs différentes
aptitudes, n'étaient guère que la monnaie de Voltaire.

D'une naissance illégitime et honteuse, mais appar-
tenant par son père et par sa mère aux classes élevées
de la société, d'Alembert fut dès son bas âge abandonné aux soins de la femme d'un vitrier, pour laquelle il conserva toujours une tendre vénération.
Plus tard, quand, illustré par les succès, il fut réclamé
par sa véritable mère, il refusa de se rapprocher d'elle
et répondit : « La vitrière est ma mère. »

De cette situation résulta pour lui une certaine misanthropie, une acidité, pour ainsi dire, de pensée et
de langage. Il possédait des qualités estimables d'ailleurs, le désintéressement, la simplicité des mœurs ;
il était sincère et fidèle dans ses amitiés ; il paraît avoir
eu un cœur aimant, passionné même. Doué d'un
talent puissant pour les mathématiques, et déjà célèbre à vingt ans, il fit successivement partie de toutes
les Académies de l'Europe. Quoique moins illustre en
qualité de littérateur, d'Alembert s'est approché des
grands écrivains dans le *Discours préliminaire de l'En-*
cyclopédie. Ce discours est mis au rang des chefs-
d'œuvre de l'époque, et seul entre tous, au dix-huitième siècle, d'Alembert était peut-être capable de
l'écrire. Il n'a ni la couleur de Buffon, ni la passion de
Rousseau; mais il est lucide, grave, et il possède admirablement son sujet. « Il trace l'ordre généalogique

des connaissances humaines, indique les limites de
chacune et ses rapports avec les autres, les caractères
qui les distinguent dans notre esprit, et il élève l'arbre
encyclopédique des sciences, distinct de l'ordre historique de leur développement ; après quoi il expose
l'histoire de la culture intellectuelle en Europe depuis
la renaissance des lettres. Ce discours est écrit d'un
style austère sans roideur et noble avec simplicité ;
et, sans jamais sortir du langage propre que réclame
la philosophie, l'auteur rend parfaitement claires, et
l'on peut dire palpables, les idées les plus abstraites (1). »

Il existait alors une catégorie de gens de lettres,
sans analogues sous Louis XIV. Le dix-septième siècle
eut des poëtes, des philosophes, des savants, des critiques, mais pas un homme qui fût tout cela à la fois.
Sous le rapport de l'éminence intellectuelle, les Bossuet, les Fénelon, d'autres encore, sont loin d'être
surpassés par les hommes du dix-huitième siècle ; mais
parmi ces grands esprits, la plupart s'appliquent à
une spécialité et généralisent peu ; les autres généralisent sans avoir précisément de spécialité propre.
C'est là une différence de mœurs et d'époque. Au
dix-septième siècle, les branches différentes de la culture restent isolées, ou ne se visitent que passagère-
ment ; on entrevoit çà et là quelques hommes dont
l'esprit porte en soi quelque chose d'universel, mais
l'idée de mettre en rapport toutes les formes de la
culture humaine n'arrive à personne. Ce sera une

(1) VINET, *Discours sur la littérature française*, page LVI.

des idées propres à l'ère nouvelle, à l'ère qui réalisera les vues de Bacon.

Dans les temps antiques, au début de la science, il existe une sorte d'universalité, facile parce qu'elle est superficielle. Les esprits éminents sont alors plus ou moins encyclopédistes; mais chacun de leurs chapitres est court, et bientôt se fait sentir la nécessité des cultures spéciales. Plus tard, la tendance à l'universalité reparaît, mais enrichie des acquisitions des siècles. Chez quelques-uns la science est comparable à un archipel; c'est l'assemblage d'un nombre infini d'îlots rapprochés, mais séparés. Chez d'autres, elle ressemble à un continent où tout communique. Ce ne sont plus des connaissances proprement dites; c'est la connaissance de la connaissance, c'est véritablement la *science*, aspiration à cette unité qui ne se manifeste qu'en Dieu, mais vers laquelle l'homme gravite sans cesse. D'Alembert avait l'idée de cette science universelle; il concevait déjà l'espoir d'atteindre à ce principe unique, et, sous ce point de vue, il était peut-être l'homme de son temps le plus propre à écrire le *Discours préliminaire de l'Encyclopédie.* "

Ce *Discours* est en effet son vrai titre de gloire; mais en outre, il a mis au jour plusieurs œuvres qui ont du prix, entre autres « ses *Éléments de philosophie*, où chaque science est caractérisée dans son objet et dans son esprit, et où les règles qui doivent présider à leur étude sont tracées d'une main ferme et prudente. Ce livre, où chaque page révèle un très grand esprit, et dont le style n'est orné que de sa clarté, mais d'une clarté si vive qu'elle en est brillante, mérite à d'Alembert, trop peu apprécié par les littérateurs, une place distinguée au milieu d'eux. L'*Essai sur les gens de lettres*, plein d'observation et de traits piquants, peut sembler écrit avec un peu de rudesse; mais il constate chez l'auteur une indépendance de caractère dont l'exemple n'était point alors assez commun pour la rendre peu méritoire chez d'Alembert(1).»

Dans ses *Éloges des membres de l'Académie française,* dont il était le secrétaire perpétuel, d'Alembert donna carrière à son humeur caustique. L'ironie, le persifflage, trop d'anecdotes entassées, une certaine sécheresse de style diminuent le plaisir de cette lecture. Néanmoins elle reste encore amusante, instructive; on en peut détacher plusieurs pensées de grande valeur. Ce qui impatiente, c'est l'idée fixe de l'auteur. Il ne cherche pas tant à faire justice à ses héros qu'à battre en brèche les idées reçues et les traditions. Il a pourtant des morceaux vraiment sérieux et exquis : ainsi les éloges de Bossuet, de Fénelon, de Massillon, qui sont des morceaux classiques. En résumé, d'Alembert est un esprit distingué, un écrivain remarquable; mais il demeure cependant au second rang.

Son action sur le dix-huitième siècle fut considérable. Célibataire, sans liaisons de famille, pauvre et sobre, d'Alembert mit au service de la philosophie de son temps une puissance réelle, mais moins active par ses talents que par son caractère. Lieutenant de Voltaire, propagateur le plus hardi et le plus habile des

(1) Vinet, *Discours sur la littérature française,* page lvi.

pensées du maître, en l'absence de Voltaire il le re-
présentait à Paris; et, au-dessous de lui, il fut en effet
le personnage le plus influent du mouvement philosophique. C'est merveille de voir cet esprit, d'ailleurs si
indépendant, obéir aux impulsions de Voltaire. Il avait
repoussé les offres les plus séduisantes des princes
étrangers; à toutes ces brillantes entraves il avait préféré sa pauvreté libre. Il n'avait peur ni de l'opinion,
ni de la disgrâce; mais il avait deux frayeurs : celle
des souffrances et celle de la mort. Cette crainte donna
à ses derniers moments une couleur tout opposée à sa
vie; abandonnant le drapeau qu'il avait servi, il réclama sincèrement les secours de la religion.

III.

DIDEROT.

1713—1784.

Diderot fut l'acolyte de d'Alembert. Au fond, qu'est-ce que Diderot n'est pas? Espèce de logogriphe personnifié, écrivant moins, à ce qu'il semble, pour apprendre quelque chose à ses lecteurs que pour les dérouter, sentimental et cynique, enthousiaste et matérialiste, mêlant aux exclamations pathétiques les juremens de la populace, fougueux provocateur de réformes sociales et apologiste effronté de la torture, portant la ferveur dans l'athéisme, parlant de vertu avec une ardeur inouïe et enrichissant la littérature d'horreurs et de turpitudes sans nom, esprit dans un état perpétuel d'incandescence, homme dont la parole eût remué un monde s'il eût eu ce que demandait Archimède, un point d'appui seulement, mais qui n'avait de point d'appui ni dans la raison ni dans la conscience, Diderot est un phénomène à étudier, plutôt qu'un auteur à analyser.

Ainsi que d'Alembert, il eut en partage l'universalité. Sa science immense, et sur certains sujets profonde, n'est superficielle presque sur aucun. Diderot fut capable de servir d'auxiliaire à une foule d'écrivains. Fallait-il quelque part une page audacieuse, brûlante, paradoxale, on la demandait à Diderot. On ne sait pas encore tous les ouvrages auxquels il a participé. Près d'un tiers de l'*Histoire philosophique* de Raynal lui appartient; il a coopéré au *Système de la nature* et au livre *De l'Esprit*. Aussi fut-il le principal ouvrier de l'*Encyclopédie;* la conception générale de l'ouvrage, l'esprit qui l'anime, un nombre considérable d'articles importants, tout cela revient à Diderot. Critique original et neuf, romancier, poëte dramatique, philosophe enfin, il est tout cela ensemble, et il doit être étudié sous tous ces rapports.

Comme critique, il a beaucoup travaillé; mais son influence ne fut pas proportionnée à ses efforts. Dans l'examen des œuvres de poésie et de beaux-arts, il est lui-même créateur; il ne voit pas seulement les défauts, mais l'absence des beautés. Ses théories littéraires firent sensation, mais rien de plus : on n'alla pas jusqu'à les admettre. Elles étaient plus conformes aux vues de notre siècle qu'à celles du sien. Il était romantique; mais ses idées n'étaient ni fort nettes, ni fort achevées, ni même fort justes. Il voulait secouer le joug des conventions et ramener l'art à la nature ; mais à quelle nature! La réalité, Diderot ne la connaissait pas; elle était surtout pour lui une réalité de convention, aussi bien que la poésie de convention contre laquelle il s'insurgeait. De plus, il voulait à toute force introduire la morale dans la littérature. Mais ici surtout, quelle morale! Pour lui elle était le développement naturel de la volonté humaine, et c'est en saturant de cette sorte de morale toutes les branches de la littérature qu'il prétendait régler les mœurs. Jamais lui-même n'a réussi dans ses compositions qu'en oubliant ses théories, pour être purement et simplement artiste. Parmi ses écrits de critique littéraire, on doit remarquer ses *Lettres sur les sourds-muets adressées à ceux qui entendent et qui parlent*, et ses *Recherches philosophiques sur l'origine et la nature du Beau*. Sur la peinture, on a de lui les *Salons de 1765 et 1767*.

Comme poëte dramatique, Diderot a été l'un des prôneurs et des modèles d'un genre à peu près nouveau de son temps, quoique inauguré par Voltaire et par La Chaussée. C'étaient les grandes vicissitudes, les grandes passions du drame, transportées sous le toit d'une famille bourgeoise. L'idée de la famille obsédait Diderot; et pourtant, contradiction flagrante, Diderot ne fut ni bon mari, ni bon père. Mais il avait le sentiment profond de ce que pouvait être la famille, et c'est à la réhabiliter qu'il a consacré ses œuvres dramatiques, *le Père de famille* et *le Fils naturel*. Ces drames sont conçus avec génie plutôt que composés avec talent. Le talent est le papier-monnaie du génie; le génie seul n'est pas un effet aisé à négocier. Partout et surtout en France, le talent est nécessaire au génie. M. de Chateaubriand remarque quelque part qu'à l'étranger on rencontre un assez grand nombre de ces hommes de génie qui ont passé sans déballer. Chez Diderot, le talent n'est pas proportionné au génie; avec le talent de Racine il eût été le premier écrivain du dix-huitième siècle; mais ses pièces pèchent par l'exécution ; il s'alourdit, il laisse trop peu d'air et d'espace autour de ses personnages; même dans *le Père de famille*, le meilleur de ses deux drames, on sent que l'auteur est dominé par son sujet bien plus qu'il ne le domine.

Comme romancier, Diderot s'est montré beaucoup plus artiste; mais ses deux romans, *la Religieuse* et *Jacques le Fataliste*, sont des œuvres pernicieuses et condamnables; l'auteur s'y arrête avec une criminelle complaisance sur les images les plus dangereuses. Ceci bien entendu, et en nous occupant de ces livres uniquement au point de vue de l'art, il faut convenir qu'ils sont écrits avec un talent réel. Rousseau n'aurait rien pu faire d'aussi vrai, d'aussi objectif que *la Religieuse*. C'est le voile levé sur les mystères les plus odieux de la vie monastique. Diderot n'y a rien épargné, et est allé jusqu'aux dernières limites du hideux. Une religieuse échappée de son couvent raconte elle-même son histoire; un autre aurait cru devoir donner à ce personnage une physionomie intéressante, quelque chose de marqué du moins. Diderot n'en a rien fait; sa religieuse est un caractère tout ordinaire, et d'autant plus vrai. Mais encore un coup, il faut trancher le mot, le livre mérite le titre d'infâme.

Jacques le Fataliste, d'une aussi mauvaise morale que *la Religieuse*, est une suite d'épisodes où se rencontrent des pages sublimes; on y remarque entre autres l'histoire de Madame de La Pommeraie. Ce livre, du reste, est écrit dans l'esprit des romans de Voltaire.

Les contes de Diderot sont fort connus; on les trouve partout, et notamment à la suite d'une édition des poésies de Gessner. Admirablement écrits, ils sont d'ailleurs lisibles, et le morceau intitulé *le Danger de se mettre au-dessus des lois* mérite une mention particulière.

Voyons maintenant le philosophe. C'est par ce côté surtout que Diderot est connu, et cependant c'est comme philosophe qu'on a le plus de peine à le caractériser, tant il y eut en lui de variations et d'inconsistance.

L'*Essai sur le mérite et la vertu*, librement traduit, ou plutôt imité de l'anglais, de lord Shaftesbury, parut en 1745; il témoigne de quelques sentiments auxquels on peut donner le nom de religieux. Dans son discours préliminaire, Diderot s'exprime ainsi : « Le but de cet ouvrage est de montrer que la vertu est presque « indivisiblement attachée à la connaissance de Dieu, « et que le bonheur temporel de l'homme est insépa- « rable de la vertu. Point de vertu sans croire en Dieu, « point de bonheur sans vertu : ce sont, ajoute-t-il, « les deux propositions de l'illustre philosophe dont je « vais exposer les idées. » Dans le cours de l'ouvrage, on trouve en note cette pensée : « La vraie piété, « qualité presque essentielle à l'héroïsme, étend le « cœur et l'esprit (1). » Et plus loin, en note également : « L'athéisme laisse la probité sans appui. Il fait « pis, il pousse indirectement à la dépravation (2). »

Les *Pensées philosophiques* (1746) ont déjà une cou-

---

(1) *Œuvres*, édition Naigeon, tome I, page 85.   (2) Tome I, page 96.

leur plus prononcée. Elles furent condamnées, puis réimprimées sous le titre d'*Étrennes aux esprits forts*. En voici quelques échantillons :

« Les passions sobres font les hommes communs (1). »

— « Il y a des gens dont il ne faut pas dire qu'ils « craignent Dieu, mais bien qu'ils en ont peur (2). »

— « La superstition est plus injurieuse à Dieu que « l'athéisme (3). »

— « Le déiste seul peut faire face à l'athée ; le su-« perstitieux n'est pas de sa force (4). »

Un athéisme déguisé se trahit dans la pensée XXI, sur les diverses chances du hasard dans l'origine et le bel arrangement de l'univers, une fois le mouvement accordé à la matière. A la pensée suivante, au contraire, on rencontre cette parole : « Je plains les vrais « athées ; toute consolation me semble morte pour « eux. » Et plus loin, pensée XXVI :

« On n'insiste pas assez sur la présence de Dieu. « Les hommes ont banni la Divinité d'entre eux ; ils « l'ont reléguée dans un sanctuaire ; les murs d'un « temple bornent sa vue ; elle n'existe point au delà. « Insensés que vous êtes! détruisez ces enceintes qui « rétrécissent vos idées ; élargissez Dieu, voyez-le par-« tout où il est, ou dites qu'il n'est point. Si j'avais « un enfant à dresser, moi, je lui ferais de la Divinité « une compagnie si réelle, qu'il lui en coûterait peut-« être moins pour devenir athée que pour s'en dis-

---

(1) Tome I, page 220.   (2) Tome 1, page 223.
(3) Tome 1, page 224.   (4) Tome 1, page 225.

« traire… Je multiplierais autour de lui les signes
« indicatifs de la présence divine. S'il se faisait, par
« exemple, un cercle chez moi, j'y marquerais une
« place à Dieu, et j'accoutumerais mon élève à dire :
« Nous étions quatre, Dieu, mon ami, mon gouverneur
« et moi. »

A quelques pages de là on rencontre une attaque
indirecte contre les miracles. Il est question du retour
d'Élie : « Élie peut revenir de l'autre monde quand
« il voudra ; les hommes sont tels qu'il fera de grands
« miracles s'il est bien accueilli dans celui-ci. » (Pensée XLI.) Et encore : « Tout Paris m'assurerait qu'un
« mort vient de ressusciter à Passy, que je n'en croi-
« rais rien. Qu'un historien nous en impose, ou que
« tout un peuple se trompe, ce ne sont pas des pro-
« diges. » (Pensée XLVII.)

On sent qu'un grand nombre des pensées de Diderot, qui étaient fortes alors ou spécieuses, le sont bien
peu aujourd'hui ; et c'est à lui qu'on le doit. Ses attaques et celles de ses amis ont fait recourir à des preuves plus solides, à des notions plus précises.

Ce qui ressort des *Pensées philosophiques*, à travers
leur incohérence, c'est le scepticisme envisagé comme
l'état supérieur de la raison humaine. Dans les *Addi-
tions aux Pensées*, l'auteur fait un pas de plus, et se
prononce tout à fait contre le christianisme. Il qualifie
les chrétiens d'*atroces*. Il a commencé par dire :
« Prouver l'Évangile par un miracle, c'est prouver une
« absurdité par une chose contre nature. » (Pensée XXI.) Dans une autre pensée (Pensée LXVIII), tout

en niant la vérité, il l'effleure de bien près : « Si
« l'homme est malheureux sans être né coupable, ne
« serait-ce pas qu'il est destiné à jouir d'un bonheur
« éternel, sans pouvoir, par sa nature, s'en rendre
« jamais digne (1).? »

Trois ans après, en 1749, Diderot soutenait dans
sa *Lettre sur les aveugles, à l'usage de ceux qui voient,*
que nos idées morales ne sont qu'un produit de notre
organisation. A la suite de cette lettre il fut enfermé
à Vincennes.

En 1751, parurent les deux premiers volumes de
l'*Encyclopédie;* l'idée de l'œuvre appartenait à Diderot
et à d'Alembert. Diderot en traita presque seul plusieurs parties, comme l'histoire de la philosophie ancienne. La *Lettre à mon frère,* contenue dans le premier
tome de ses œuvres, devint l'article *Intolérance.* Après
la publication des sept premiers volumes de l'*Encyclopédie,* le privilége fut révoqué ; d'Alembert se retira,
et Diderot continua seul l'entreprise. L'ouvrage fut
dès lors plus hardi et plus mal soigné.

Dans le *Supplément au voyage de Bougainville* (2),
anéantissant les idées morales, Diderot invite l'homme
social à s'emparer de la liberté des brutes; il affran-
chit de toute règle le commerce des deux sexes, et
proscrit le mariage. Il s'écrie : « Que le code des na-

(1) On eût désiré plus de développement à la réfutation des *Pensées* de Diderot;
mais le temps manqua à M. Vinet à la fin du cours sur les moralistes, et quoiqu'il
eût préparé les notes desquelles une partie de ces pages sont tirées, il ne put que
mentionner ce philosophe. A Lausanne, en 1846, le point de vue littéraire devant
naturellement l'emporter, il ne fut question des *Pensées* qu'en passant et pour
les nommer. (*Éditeurs.*)

(2) *Œuvres de Diderot,* tome III.

« tions serait court, si on le conformait rigoureuse-
« ment à celui de la nature ! » Et ailleurs : « Voulez-
« vous savoir l'histoire abrégée de presque toute notre
« misère ? Il existait un homme naturel : on a introduit
« au dedans de cet homme un homme artificiel, et il
« s'est élevé dans la caverne une guerre civile qui
« dure toute la vie (1). »

Les *Pensées sur l'interprétation de la nature* (1754)
présentent, à côté de passages extravagants, de beaux
traits de style, une abondance d'idées et des élans
d'imagination admirables. Ce livre, dédié aux jeunes
gens, commence par ces mots : « Jeune homme,
« prends et lis. » En voici quelques paroles remarquables :

« La grande habitude de faire des expériences donne
« aux manouvriers d'opération les plus grossiers, un
« pressentiment qui a le caractère de l'inspiration....
« Voilà ce que l'on peut appeler l'art de procéder de
« ce qu'on ne connaît point à ce qu'on connaît moins
« encore. C'est cette habitude de déraison que pos-
« sèdent dans un degré surprenant ceux qui ont ac-
« quis ou qui tiennent de la nature le génie de la phy-
« sique expérimentale ; c'est à ces sortes de rêves
« qu'on doit plusieurs découvertes..... Le service le
« plus important qu'ils aient à rendre à ceux qu'ils
« initient à la philosophie expérimentale, c'est bien
« moins de les instruire du procédé et du résultat,
« que de faire passer en eux cet esprit de divination

---

(1) On peut voir dans le système de Fourier la lourde et systématique mise
en œuvre des principes monstrueux de Diderot. (*Éditeurs.*)

« par lequel on *subodore*, pour ainsi dire, des procé-
« dés inconnus, des expériences nouvelles, des résul-
« tats ignorés (1). »

Diderot fournit l'exemple avec le précepte ; il développe lui-même parfois cet esprit de divination.

En 1765, l'impératrice Catherine acheta la bibliothèque de Diderot. En 1773 celui-ci se rendit auprès
d'elle à Pétersbourg. Il revint à Paris et y mourut
en 1784.

Diderot fut athée, si ce n'est convaincu, du moins
fervent. Il prêcha l'athéisme avec ardeur, avec enthousiasme. L'athéisme et l'enthousiasme ! c'est bien
là vraiment une contradiction dans l'objet et dans les
termes. Mais l'athéisme de Diderot n'est pas un athéisme ordinaire : il n'est pas purement négatif ; c'est plutôt
une sorte de culte de la nature, affaire chez lui de
tempérament encore plus que de système. En effet, le
naturisme, dans le vrai sens de ce mot forgé de notre
temps, convenait à la constitution robuste, aux larges
épaules, au dos arrondi de Diderot. Cette constitution
le rendait plus sensible aux forces de la nature ; elle
le mettait, pour ainsi dire, en harmonie avec elle,
considérée comme puissance active et créatrice. Pour
lui, la nature était une divinité ; il croyait à l'éternité
de la matière, et cette matière impérissable, et selon
lui toujours agissante, lui inspirait une sorte d'adoration.

Mais l'enthousiasme de Diderot n'est ni l'enthousiasme sérieux et calme de la conviction, ni le tendre

(1) Tome III, page 288-291.

enthousiasme du cœur ; c'est plutôt l'ivresse, disons
même le cynisme d'une pensée que rien ne fixe ni ne
contient, d'une imagination vagabonde qui ne connaît
point de frein. La spécialité de Diderot c'est d'exprimer avec audace tout ce qui lui passe dans l'esprit. Il
a dit lui-même : « J'ai dit assez d'absurdités en ma
« vie pour m'y connaître. » Il dit vrai ; il a roulé un
vrai torrent de boue et de cailloux. Et cependant,
toute son exaltation ne touche pas ; on dirait qu'elle
est méditée à froid ; son exagération sur des sujets qui
n'en valent pas la peine atteint jusqu'au ridicule. C'est
ainsi qu'il dit quelque part qu'il maudira ses propres
enfants s'ils ne goûtent pas la lecture de *Clarisse Har-
lowe*. Voici comment il célèbre l'auteur de ce roman :

« O Richardson ! Richardson ! homme unique à mes
« yeux, tu seras ma lecture dans tous les temps.
« Forcé par des besoins pressants, si mon ami tombe
« dans l'indigence, si la médiocrité de ma fortune ne
« suffit pas pour donner à mes enfants les soins néces-
« saires à leur éducation, je vendrai mes livres, mais
« tu me resteras sur le même rayon avec Moïse, Ho-
« mère, Euripide et Sophocle, et je vous lirai tour à
« tour (1) ! »

Rien de réglé dans sa marche ; ses livres, même les
plus sérieux, ne sont pas des livres ; ce n'est, de son
propre aveu, qu'une simple conversation : « Je ne
« compose point, je ne suis point auteur, je lis ou je
« converse, j'interroge ou je réponds (2). » Dans ces
improvisations fixées sur le papier, il est parfois plein

_____

(1) *Œuvres*, tome IX.   (2) *Essai sur les règnes de Claude et de Néron.*

de verve, d'abondance, d'originalité, il est vrai ; mais
cela n'empêche pas que la méthode ne soit mauvaise.
On ne doit pas écrire comme l'on parle. Diderot a
beaucoup d'idées sans doute, beaucoup d'idées en
germe aussi ; mais ces idées ne forment pas une
chaîne, elles ne sont pas terminées, ce sont des fruits
morts en bouton. Cet homme aurait pu être un philosophe, se dit-on ; il a le commencement de ses idées,
il n'en a pas la fin. Certains esprits semblent prédes-
tinés à l'avortement. Diderot fut mauvais économe
d'une grande fortune intellectuelle.

Comme écrivain, il a de belles phrases et de belles
pages ; mais, en somme, ce n'est pas un des grands
écrivains de la langue, excepté dans ses narrations
fictives, où il est excellent et vraiment classique. Dans
ses œuvres didactiques il reste au-dessous de sa réputation ; il est dépourvu de cette éloquence didactique,
gloire et triomphe de la littérature française. Gilbert,
dans sa *Satire du dix-huitième siècle*, a dit de lui :

> Et ce lourd Diderot, docteur en style dur,
> Qui passe pour sublime, à force d'être obscur.

Aujourd'hui, que reste-t-il de Diderot ? Son nom
seulement et un vague souvenir. On accole ce nom à
celui de Voltaire, et on résume en lui les tendances
les plus outrées du matérialisme. On ne le lit plus.
Qui lirait, par exemple, l'*Essai sur les règnes de Claude
et de Néron*, deux gros volumes d'une apologie paradoxale, où il s'efforce de faire de Sénèque une sorte
de saint du paganisme ? Le faux de l'entreprise donne
une impatience qui va à l'irritation, malgré l'abon-

dance des idées et les beautés réelles de plusieurs morceaux.

Nous avons dit que Diderot avait plutôt du génie que du talent. Oui, si le génie est la fécondité de l'intelligence, nul doute que Diderot ne fût doué d'une intelligence très féconde. Mais si nous entendons par génie une spécialité prononcée de l'esprit, une aptitude particulière qui dépasse de loin le degré accoutumé, nous ne pouvons l'appeler un homme de génie. Redisons-le, le génie édifie ; les hommes de génie sont, avant tout, appelés à construire. Je dis *édifie*, et non pas *conserve*. Pour édifier, il est souvent nécessaire de renverser ce qui existe. Pour détruire, le talent seul peut suffire.

En qualité d'homme, je ne saurais aimer ni haïr Diderot. Comparé à Voltaire, il est à la fois moins bon et moins méchant. Il est tout corps et intelligence, tête puissante unie à une charpente énergique ; le cœur a manqué. Souvent, il faut l'avouer, il est touchant dans ses œuvres ; mais c'est quand il invente en qualité d'artiste.

IV.

HELVÉTIUS.

1715—1771.

Helvétius était issu d'une famille hollandaise, probablement suisse d'origine, car le nom allemand de
son bisaïeul était *Schweizer*. Né en France, il y acquit
une fortune considérable en qualité de fermier général.
Ainsi ce philosophe, chose assez peu rare à cette époque, avait exploité les abus mêmes contre lesquels il
s'insurgeait. D'une constitution robuste et né pour
vivre longtemps, il abrégea sa vie par ses excès.
Homme du monde et homme d'esprit, vivant parmi
les philosophes, s'enrichissant de leurs idées, à force
de les écouter il en vint à faire un livre, et à acquérir
ainsi ce qu'il ambitionnait, sa part de célébrité.

Le livre *De l'Esprit* parut en 1759. C'est une analyse de la nature de l'homme, où tous les phénomènes
intellectuels et moraux sont ramenés à l'action des
humeurs et au jeu des organes. « Son objet est de prouver que la sensibilité physique est la source de toutes
nos pensées, que l'intérêt est le principe de tous nos
jugements et de toutes nos actions, que les forces intellectuelles sont les mêmes chez tous les hommes bien
organisés, que les passions sont l'unique moyen de

tout développement, d'où il suit, selon Helvétius, qu'élever un homme, c'est cultiver ses passions (1). »

On s'étonne qu'il ait intitulé *De l'Esprit* un livre qui n'est que matière. C'est la première fois qu'en France on professait franchement le matérialisme. Dans son ensemble, cet ouvrage n'a aucune valeur; il n'est point conçu dans l'esprit d'une véritable philosophie; cependant on y rencontre quelques parties philosophiques. « Il renferme des vues grandes, qui, pour être utiles et salutaires, n'auraient besoin que d'être séparées de la base que l'auteur leur a donnée. Le *quatrième Discours* présente une analyse méthodique et pleine de sagacité, des différentes formes ou facultés de l'esprit. Le style d'Helvétius est ingénieux et brillant, mais ordinairement sans chaleur, excepté dans la peinture des sensations. Les ornements du langage sont presque toujours empruntés à cet ordre d'idées; il y a un rapport remarquable entre la doctrine d'Helvétius et son style. Peut-être le livre *De l'Esprit* dut une partie de son succès au grand nombre d'anecdotes piquantes, bien amenées et encore mieux racontées, dont l'auteur a semé son ouvrage (2).

Helvétius a beaucoup emprunté sans doute; il s'est aidé de l'esprit des autres, mais on l'a répété trop exclusivement. Il avait beaucoup d'esprit lui-même et il s'en est servi.

Son livre, à son apparition, causa un scandale immense. L'auteur voulait du bruit; il atteignit et dépassa son but; il encourut même le blâme des modé-

---

(1) VINET, *Discours sur la littérature française,* page LV.   (2) *Ibid.*

rés du parti. Voltaire lui en sut mauvais gré ; il ne voulait pas qu'on allât trop vite ni trop loin. Enfin, le résultat de l'œuvre fut une suite d'ennuis et de chagrins pour Helvétius. Aujourd'hui, que d'autres l'ont dépassé en fait de matérialisme et de cynique audace, il n'exciterait plus d'émotion ; son livre se trouverait tout naturellement rangé parmi les œuvres médiocres.

Helvétius mit encore au jour d'autres ouvrages conçus dans le même esprit ; ils ne valent pas la peine d'être mentionnés.

V.

RAYNAL.

1713—1796.

Raynal fut un des plus fougueux destructeurs qu'ait enfantés le dix-huitième siècle ; à l'audace de la pensée, il joignait celle du caractère. Né pauvre, cet abbé qui ne croyait pas en Dieu, qui attaqua l'Église et la religion sans mesure et avec un emportement brutal, retirait de l'établissement religieux de son temps cinquante ou soixante mille livres de rente. Quand il vit en face la révolution que ses écrits avaient aidé à précipiter, quand la ruine atteignit ce riche possesseur d'abbayes, il ouvrit les yeux et en vint à douter d'une philosophie qui maltraitait si cruellement lui et tant d'autres. Il avait survécu à tous ses amis. Qu'auraient-ils fait, si, comme lui, ils avaient assisté au spectacle de la Terreur ? Probablement ils auraient, comme lui, abjuré leurs opinions ; et qui sait si Voltaire n'en fût pas venu à se faire couper le cou ?

Raynal s'occupa de travaux historiques. Son premier ouvrage fut une *Histoire du stathoudérat*, où il fit preuve de beaucoup d'érudition, d'une recherche patiente et laborieuse, mais de peu de talent de style.

Son œuvre importante est l'*Histoire du commerce et des établissements des Français dans les deux Indes*. L'édition complète est de 1780. C'est un livre estimé pour le nombre des faits, pour la richesse des renseignements; mais c'est un livre fort mal fait. Les documents les plus précieux y sont enfouis sous un tas de déclamations passionnées, diffuses, vagabondes, sans rapport avec le sujet. Raynal avait fait de son ouvrage le thème de ses attaques contre l'ordre de choses alors existant; il convoqua à cette fête plusieurs confrères en philosophie, entre autres Diderot. « Intercalez, leur « disait-il, intercalez dans mon livre tout ce que vous « voudrez contre Dieu, contre la religion, contre le « gouvernement. » Aussi cette œuvre bigarrée est-elle un réceptacle de toutes les obscénités et les impiétés du dix-huitième siècle, véritable monstre littéraire, de quelque côté qu'on la prenne. De fait, Raynal s'y constitua l'éditeur responsable de ses amis. Aujourd'hui cet ouvrage est livré au mépris le plus complet, si ce n'est comme document à consulter.

VI.

D'HOLBACH ET GRIMM.

1723 — 1789.   1723 — 1809.

Nous réunissons sous un même chef ces deux hommes, tous deux d'origine allemande et nés à la même époque. L'un finit à la veille des grands orages; l'autre prolongea sa carrière assez tard pour avoir parcouru les quatre saisons de la vie, et vu passer jusqu'aux fruits qu'il avait contribué à semer.

Le baron d'Holbach fut amené en France à l'âge de douze ans et y demeura jusqu'à sa mort. Possesseur d'une grande fortune, il employa son temps à l'étude des sciences et il y réussit. Il développait ses idées par le commerce des philosophes dont sa maison était le rendez-vous. Les soupers où il les réunissait firent sa véritable importance; ils consolidaient la position du parti en lui fournissant un noyau d'agglomération. D'Holbach ne se contenta pas de cette célébrité, il voulut écrire, et il publia de nombreux ouvrages sous le voile de l'anonyme ou du pseudonyme. Le métier d'auteur était dans les mœurs du temps; pour être à la mode, chacun voulait faire son livre. Le plus célèbre de ceux du baron d'Holbach, le *Système de la nature*, parut en 1770, sous le nom de Mirabaud. Cet ou-

vrage est le plus scandaleux manifeste, mais aussi le
plus franc et le plus complet de la philosophie du dix-
huitième siècle. Point de voile, point de périphrases
ni de détours ; le matérialisme, l'athéisme, le cynisme
y sont professés, non pas avec enthousiasme, mais
avec une froideur lourde, un dogmatisme pesant.
L'auteur le plus sévère n'aurait pu prendre un ton
plus sérieux. Long et ennuyeux réquisitoire contre
toutes les vérités qui élèvent l'homme au-dessus de la
brute, ce livre est un crime de lèse-humanité. Il excita
un vif déplaisir parmi la fraction modérée des philosophes ; la correspondance de Voltaire ne cesse de s'en
plaindre. Cette fois-ci, du moins, nous voyons Voltaire,
oubliant ses propres attaques, prendre enfin la défense de l'humanité outragée. Il est vrai que l'odieux
des doctrines forçait l'attention.

Le baron de Grimm était originaire de Bavière,
mais issu d'une famille pauvre et ignorée. Il fit en
Allemagne d'excellentes études, puis il vint de bonne
heure en France, où il se fixa. Il y était arrivé en
qualité de gouverneur d'un jeune seigneur allemand ;
lié avec les philosophes, il obtint une petite position
diplomatique ; puis il devint le correspondant littéraire de plusieurs princes étrangers, de la cour de
Gotha entre autres, et même de l'impératrice de Russie. Cette correspondance dura près de quarante ans,
et ne finit qu'en 1791. Grimm y eut la plus forte
part, mais il y fut cependant aidé par Diderot et par
un Zuricois nommé Henri Meister. C'est à ce dernier

qu'il faut attribuer presque toute la troisième partie de
ce recueil, composé de quinze volumes, retrouvé et
publié en 1812. Sans cette correspondance, qui a jeté
tant de jour sur le dix-huitième siècle, nous ne con-
naîtrions guère le baron de Grimm que par les *Confessions* de J. J. Rousseau, qui, après avoir vécu avec
lui dans une sorte d'intimité, finit par une brouille-
rie. Ces lettres nous révèlent l'influence que Grimm
dut exercer dans le cercle dont il faisait partie ; elles
nous instruisent d'une foule d'événements et de détails importants pour la connaissance philosophique et
littéraire du règne de Louis XV.

Nous y voyons d'ailleurs un critique fort distingué,
éminent par son savoir, la force de son esprit, l'indépendance de ses jugements. Tout en faisant partie de
la coterie philosophique, Grimm apprécie ses amis
avec sévérité et justesse ; Voltaire même n'est pas
épargné. Grimm avait trop d'esprit et des connaissances trop solides pour acquiescer à toutes les extravagances du parti. Comme critique, il a des aperçus
remarquables sur l'esthétique et la théorie de l'art.
Au total, cette correspondance, quoique parfois dégoû-
tante à lire, est un précieux document de l'époque.

VII.

BUFFON.

1707 — 1788.

Il nous reste maintenant, Messieurs, à parler en premier lieu des écrivains qui, tout en suivant la pente négative du siècle, ne s'y livrèrent pourtant qu'avec modération, ensuite de ceux qui s'efforcèrent de s'y opposer (1).

Buffon, sujet imposant par ses travaux, la nature de son esprit, la grandeur de son talent, mourut à la veille de la révolution. « L'un des quatre grands prosateurs du dix-huitième siècle, il s'élève de toute sa hauteur au-dessus du reste des écrivains de son époque, sans pouvoir s'égaler, quant à l'influence, aux trois génies dont il partage les honneurs. Il eut toute la puissance que peut avoir un talent sans passion, qui ne veut régner que par l'intelligence et que sur les intelligences. Il ne fut pourtant pas étranger aux tendances de son siècle, puisqu'il fit aboutir volontiers les spéculations de la science aux intérêts de la vie et aux besoins de la société; il fut encore de son siècle en

(1) Ce plan n'a pu être entièrement exécuté par M. Vinet, son cours ayant été interrompu, ainsi que nous l'avons dit dans l'*Avertissement*, par l'aggravation de maladie à laquelle il a succombé le 4 mai 1847. (*Éditeurs.*)

appliquant à la science les résultats de la philosophie et les ressources de l'éloquence (1). »

Né à Montbard, non loin de Dijon, d'une famille de robe, aisée, ancienne, honorée, Buffon se trouva de bonne heure maître du choix de sa carrière. En dépit des traditions paternelles, il se voua sans hésiter à la science, et d'abord aux mathématiques et à la physique générale. Après avoir accompagné en Italie, puis en Angleterre, un jeune Anglais et son gouverneur, il commença à se faire connaître par la traduction de deux ouvrages scientifiques, la *Statique des végétaux* de Hales (1735) et le *Traité des flexions* de Newton (1740). En 1739, nommé à l'intendance du Jardin du Roi, il n'avait guère jusque-là cultivé les sciences naturelles ; ce fut donc par occasion, et en quelque sorte officiellement, que Buffon devint naturaliste.

En 1749 parurent les premiers volumes de son *Histoire naturelle générale*, travail séculaire, qui semblait dépasser les forces d'un seul homme. Buffon, qui s'y appliqua avec une suite infatigable, se fit aider par divers collaborateurs, entre autres par Daubenton pour la partie anatomique, et ses choix furent si heureux que plusieurs morceaux traités par les aides se trouvent dignes du maître. Au fait, un écrivain supérieur peut être égalé dans sa forme par des écrivains d'un talent fort au-dessous du sien. La grande affaire c'est de créer un style neuf ; une imitation quelconque n'est jamais très difficile. Mais si le style se transporte, la diction proprement dite ne se transporte pas ;

(1) VINET, *Discours sur la littérature française*, page LIX.

l'original possédera toujours une grâce, un coloris, une fraîcheur de nouveauté que l'imitation ne saurait égaler (1).

L'ouvrage de Buffon se compose, en premier lieu, d'une *Théorie de la terre* et d'une *Histoire des minéraux;* il aborde ensuite les mammifères, à commencer par l'homme, et enfin les oiseaux, traités complétement, mais d'une manière moins saillante. Quelques-unes pourtant de ses plus belles pages appartiennent à cette série. Son plan était le tableau achevé de notre globe depuis la masse jusqu'aux moindres détails; mais il n'a pu parvenir au terme de la tâche gigantesque qu'il s'était prescrite. En 1776, après la publication du plus grand nombre de ses volumes, il reprend, pour ainsi dire, son œuvre par le commencement, et écrit les *Époques de la nature,* livre magnifique, « de tous les livres du dix-huitième siècle, « celui qui a peut-être le plus élevé l'imagination des « hommes, » dit M. Flourens.

Le premier volume de l'*Histoire naturelle générale* contribua au caractère d'une grande époque; il parut en même temps que l'*Esprit des lois.* Quarante années d'une persévérance que rien ne put distraire furent consacrées à la construction de cette œuvre illustre. « Le génie, a dit Buffon, c'est le travail. » Le travail se sent chez lui, mais non d'une manière pénible, moins ce qu'il a coûté que ce qu'il a valu.

(1) On pourrait dire de la différence entre le *style* et la *diction,* que l'un consiste plutôt dans l'arrangement des mots, affaire d'habitude, de jugement et de goût; l'autre dans l'invention des termes, œuvre avant tout d'imagination et de spontanéité. (*Éditeurs.*)

La carrière de Buffon offre peu d'événements; elle fut paisible, digne et glorieuse; son temps se partageait entre le Jardin du Roi et sa terre de Montbard; aucune époque littéraire ne nous présente de vie pareille. Il est des existences savantes aussi calmes, parées d'autant et de plus de gloire, témoin celle de Newton; mais Buffon fut littérateur autant que savant, forte chance d'émotion et de trouble. Cependant, soigneux à la fois de son repos et de sa dignité, il sut éviter tout conflit. Il avait deux passions : la science et la gloire; la conscience de son talent le mettait au-dessus de la vanité. Il eut peu d'ennemis, quoi qu'en dise Le Brun; il fut critiqué sans doute, mais non déchiré. Objet d'un hommage universel, les rois se firent ses tributaires; sa statue fut dressée, de son vivant, avec l'inscription suivante :

Majestati naturæ par ingenium.

Créé comte par lettres patentes, il fut reçu à l'Académie française en 1753. On trouvera difficilement une carrière plus digne d'envie. Toutefois représenter n'est pas être; le soin de sa gloire et de sa paix lui coûta sans doute, et sous ce rapport on l'oppose à d'Alembert qu'on a surnommé l'esclave de la liberté. Une tache d'ailleurs altère cette noble tranquillité : il ne sut pas cacher la jalousie que lui inspirait la gloire de Linnée.

Son livre pèche par l'amour immodéré des hypothèses. L'hypothèse, à la vérité, est un instrument scientifique, une manière de scruter la nature avec laquelle on découvre bien des choses. Buffon, sans

doute, a trop souvent abusé de ce moyen ; il force à
se ranger sous ses hypothèses des faits qui d'eux-
mêmes ne s'y rangeraient pas, et transforme par là
celles-ci en thèses et en systèmes. Mais dans ses erreurs mêmes éclate son génie, et cette grandeur d'imagination, qui parfois l'égare, lui a fait faire aussi de
belles découvertes. Des vérités ont été devinées par lui
à l'aide d'un petit nombre de données ; et la science,
qui dès lors a rectifié une partie des résultats auxquels Buffon était arrivé, a rendu justice à plusieurs
de ses théories.

Un reproche plus grave à lui faire, c'est le mépris
de la méthode. Sa méthode à lui c'est celle du peuple,
c'est proprement l'absence de méthode ; par exemple,
dans sa classification des animaux, il met d'une part
les *sauvages*, et de l'autre les *domestiques*. Ce défaut de
méthode est un tort essentiel que nous n'avons ni le
droit ni la volonté d'atténuer ; mais on ne peut s'empêcher de se demander quelquefois s'il est toujours
bon de dédaigner le point de vue populaire, plus synthétique par là même, si quelques vérités ne sont
point cachées à la base de certains préjugés, et sous la
forme irrationnelle dont les a revêtues l'instinct des
masses ?

Le premier parmi les modernes, Buffon a mis en
contact l'histoire naturelle et l'éloquence. Linnée est
éloquent sans doute, et il prouve ainsi que le respect
des méthodes n'exclut pas l'éloquence ; mais le point
de vue de Buffon reste beaucoup plus littéraire. La
science se présentait à lui sous un aspect synthétique.

Les naturalistes, amis de la méthode, sont analytiques;
leur œuvre est une sorte d'anatomie. Celle de Buffon
est véritablement philosophique; le caractère de son
esprit c'est la capacité de saisir les plus grands rapports et d'analyser les plus petits, d'ennoblir les détails les plus vulgaires par la grandeur des vues qu'il
y rattache habituellement. Ses articles les plus particuliers sont pleins de considérations générales; il s'é-
lève dans la science à une hauteur que rien n'égale.
Buffon étale la nature dans toute sa magnificence;
elle paraît plus grande après qu'on l'a lu; mais c'est
dans les matières générales qu'il est dans toute sa
beauté. Toutes les parties du talent de Buffon sont ras-
semblées dans le morceau intitulé : *Première vue sur la
nature.* Il faut indiquer aussi l'histoire de l'*Homme*,
et en particulier les pages où il traite de ses premières
fonctions.

Quant au caractère de l'éloquence de Buffon, il en
a lui-même tracé les règles dans son *Discours de réception à l'Académie française* : « Le ton du philosophe
« pourra devenir sublime toutes les fois qu'il parlera
« des lois de la nature, des êtres en général, de l'es-
« pace, de la matière, du mouvement et du temps,
« de l'âme, de l'esprit humain, des sentiments, des
« passions; dans le reste, il suffira qu'il soit noble et
« élevé. »

Ce ton noble et élevé semble avoir été inspiré à Buffon par son sujet même. « Le ton, dit-il, n'est que la
« convenance du style à la nature du sujet; » le ton
résulte surtout de l'impression que l'âme reçoit du

sujet. Le trait le plus frappant du style de Buffon c'est la plénitude, une abondance d'expression qui répond à l'abondance des choses ; il semble partout inspiré par la majesté de la nature.

Cette majesté soutenue a fait dire que Buffon n'avait pas le style naturel. Critique injuste ; on n'est quelque chose dans le monde qu'à la condition de n'être pas faux, cela est évident. Buffon est naturel ; il n'est pas naïf. Son style représente : en le lisant, on s'étonne peu d'apprendre qu'il n'écrivait qu'en toilette, manchettes au poignet et épée au côté. Lui qui, dans la conversation, restait vulgaire et même trivial, qui mettait la dignité hors de la vie ordinaire, redevenait majestueux seul à seul. Il se sentait pour soi-même un respect profond ; dans son style il ne se fût pas permis ce qu'il eût envisagé comme la plus légère négligence.

A cette majesté Buffon joint un talent extraordinaire de description. Ce talent, alors nouveau, va jusqu'à la magie. Il se pénètre à tel point du caractère des objets que jamais personne n'en a épuisé l'idée comme lui. Rien de minutieux cependant, rien d'isolé ; il réunit les trois genres de description : l'une reproduisant l'objet ; la seconde, le caractère de l'objet ; la troisième, l'impression excitée par l'objet dans l'âme du peintre. Chez d'autres l'observation, la méditation, l'imagination agissent chacune à part ; chez Buffon, tout va à l'ensemble, tout est ensemble. Ce caractère est dû à une profonde méditation. Qu'est-ce que la méditation, cette incubation lente et passionnée d'une idée ? C'est

l'identification toujours plus intime de l'écrivain avec
son sujet, surtout pour en réunir toutes les parties et
pour les placer sous un point de vue général. Buffon
généralise à la fois pour l'œil et pour la pensée; mais
sous ce dernier rapport, il a poussé le goût de la gé-
néralisation jusqu'à l'excès; il prétend qu'on ne doit
employer dans la description que des termes généraux, ce qui est faux manifestement.

On a dit, non sans raison, que la passion et la
sensibilité manquent à Buffon. Quant à la sensibilité
cependant, il la possédait en grand, sans quoi il n'aurait pu atteindre à l'éloquence. Mais il avait peu cette
sensibilité de détail, au moyen de laquelle on se
trouve subitement remué par la présence de l'objet.
Une fois pourtant, vers la fin de sa carrière, Buffon
s'est montré ému d'un sujet particulier; il a regretté
la fable attendrissante du chant du cygne :

« Au reste, les anciens ne s'étaient pas contentés
« de faire du cygne un chantre merveilleux; seul
« entre tous les êtres qui frémissent à l'aspect de leur
« destruction, il chantait encore au moment de son
« agonie, et préludait par des sons harmonieux à son
« dernier soupir. C'était, disaient-ils, près d'expirer
« et faisant à la vie un adieu triste et tendre, que le
« cygne rendait ces accents si doux et si touchants, et
« qui, pareils à un léger et douloureux murmure d'une
« voix basse, plaintive et lugubre, formaient son chant
« funèbre. On entendait ce chant lorsque, au lever
« de l'aurore, les vents et les flots étaient calmés;
« on avait même vu des cygnes expirant en musique

« et chantant leurs hymnes funéraires. Nulle fiction
« en histoire naturelle, nulle fable chez les anciens,
« n'a été plus célébrée, plus répétée, plus accréditée ;
« elle s'était emparée de l'imagination vive et sensible
« des Grecs : poëtes, orateurs, philosophes même,
« l'ont adoptée comme une vérité trop agréable pour
« vouloir en douter. Il faut bien leur pardonner leurs
« fables ; elles étaient aimables et touchantes ; elles va-
« laient bien de tristes, d'arides vérités ; c'étaient de
« doux emblèmes pour les âmes sensibles. Les cygnes,
« sans doute, ne chantent point leur mort ; mais tou-
« jours, en parlant du dernier essor et des derniers
« élans d'un beau génie prêt à s'éteindre, on rappel-
« lera avec sentiment cette expression touchante : *C'est*
« *le chant du cygne* (1) ! »

Buffon avait approfondi la théorie de l'art d'écrire,
et senti plus qu'un autre toute son importance. Il n'est
pas, peut-être, de style plus profond que le sien.
Qu'on lise son *Discours de réception à l'Académie fran-*
çaise, et qu'on médite des pensées comme celles-ci :

« Rien ne s'oppose plus à la chaleur que le désir de
« mettre partout des traits saillants ; rien n'est plus
« contraire à la lumière qui doit faire un corps et se
« répandre uniformément dans un écrit que ces étin-
« celles qu'on ne tire que par force en choquant les
« mots les uns contre les autres, et qui ne vous
« éblouissent pendant quelques instants que pour vous
« laisser ensuite dans les ténèbres. »

— «Pour bien écrire il faut posséder pleinement

(1) *Histoire naturelle des oiseaux : Le cygne.*

« son sujet, il faut y réfléchir assez pour voir claire-
« ment l'ordre de ses pensées, et en former une suite,
« une chaîne continue, dont chaque point représente
« une idée ; et lorsqu'on aura pris la plume, il faudra
« la conduire successivement sur ce premier trait,
« sans lui permettre de s'en écarter, sans l'appuyer
« trop inégalement, sans lui donner d'autre mouve-
« ment que celui qui sera déterminé par l'espace
« qu'elle doit parcourir. »

— « Les connaissances, les faits et les découvertes
« s'enlèvent aisément, se transportent, et gagnent
« même à être mises en œuvre par des mains plus
« habiles. Ces choses sont hors de l'homme, le style
« est l'homme même. Le style ne peut donc ni s'en-
« lever, ni se transporter, ni s'altérer ; s'il est élevé,
« noble, sublime, l'auteur sera également admiré dans
« tous les temps ; car il n'y a que la vérité qui soit
« durable et même éternelle. Or, un beau style n'est
« tel, en effet, que par le nombre infini des vérités
« qu'il présente. »

« L'extrême attention que Buffon donnait à son style
n'était pas précisément grammaticale ; on s'étonne de
rencontrer chez l'un de nos plus parfaits écrivains
plus de constructions brisées que chez aucun autre ;
son attention portait sur le rapport de l'expression
avec l'idée. Les articulations de la phrase arrêtaient
moins son regard que la cohésion logique de ses parties
et sa correction substantielle. La phrase de Buffon,
riche et touffue, semble avoir crû d'un seul jet dans
son esprit, tant les détails se serrent contre l'idée prin-

cipale, tant l'idée principale embrasse avec force les
accessoires, tant est sensible l'unité de pensée et d'effet. Ce caractère du style de Buffon ne se borne pas
à la phrase : la même unité lie les phrases dans le pa-
ragraphe, et les paragraphes dans le discours. Aucun
écrivain n'est plus compacte ; aucun pourtant n'est
moins dur, n'est plus abondant. Les disconvenances
grammaticales qu'il offre çà et là sont peut-être un
témoignage de sa préoccupation pour un style solide
et plein : l'écrivain aime mieux briser sa phrase que
sa pensée, ou plutôt, sans qu'il s'en aperçoive, le
large flot de sa phrase emporte ou surmonte les règles
d'une syntaxe commune. Madame Necker, qui a conservé de précieuses traditions sur les procédés de ce
grand artiste, observe « qu'il ne pouvait rendre raison
« d'aucune des règles de la langue française, mais
« qu'il n'a pas mis dans ses ouvrages un mot dont il
« ne pût rendre compte (1). »

Sous le point de vue philosophique, Buffon est bien
de son temps ; ce n'est pas un homme du dix-septième
siècle : il s'enquiert de la vérité sans s'embarrasser
de l'autorité. Il n'est pas de la postérité de Malebranche. La théocratie ne s'y trompa guère, et tout prudent
qu'il était, il eut maille à partir avec la Sorbonne. Son
Histoire naturelle encourut la censure, plusieurs de ses
propositions furent condamnées, et lui-même fut appelé à se justifier. Il montra de la condescendance,
mais une condescendance ironique.

La place réelle de Buffon est dans le second groupe,

(1) VINET, *Chrestomathie française*, tome II, page 165.

celui des hommes modérés. D'intention il ne coopérait nullement avec les démolisseurs ; s'il eut des connivences avec la secte, elles furent involontaires. C'est ainsi qu'il se rencontre assez fréquemment avec Condillac. Il entrait dans un champ où l'on n'aboutit à rien si l'on ne se met en pleine liberté. Sur plusieurs points, au contraire, il se sépare nettement des mineurs du dix-huitième siècle, et souvent il se montre ouvertement spiritualiste.

Quant à ses vues religieuses, il serait téméraire de prononcer sur ce que Buffon entendait par le mot *Dieu*, qui revient souvent sous sa plume. Il recevait de son sujet l'impression que doit faire la présence continuellement et universellement sentie d'une puissance mystérieuse, d'un principe caché de vie et d'ordre. Était-ce pour lui un Dieu personnel? ou ne lui donnait-il ce grand nom que par accommodation? Mais la nature n'a de majesté que pour celui qui reconnaît en elle son auteur; et ne peut-on pas dire que dans le cas où l'esprit de Buffon eût exclu Dieu, son âme involontairement le sentait? C'était une sorte d'adoration intellectuelle.

Tenons-nous-en, Messieurs, à conclure que Buffon était loin d'être matérialiste comme le furent nombre de ses contemporains.

VIII.

DUCLOS.

1704—1772.

Duclos, natif de Bretagne, était, comme tant d'autres, venu chercher fortune à Paris par la voie du talent. C'est un moraliste d'un tout autre genre que
Vauvenargues, homme du monde, homme d'esprit,
mais surtout d'un esprit de société. « Nul n'en avait
« plus que lui dans un temps donné, » disait d'Alembert. Effectivement, il possédait au plus haut degré cet
esprit d'à-propos si propre à l'avancement de ses affaires, et il y joignait une probité vraiment estimable.
Rousseau l'aima et, dans sa défiance universelle, sem-
bla faire exception pour lui. C'était, dit-il, un caractère *droit* et *adroit*. Duclos réalisait dans sa vie ce
qu'il a réduit en maxime : « On peut joindre beaucoup
« d'habileté à beaucoup de droiture (1). — Il y a une
« intelligence fine aussi contraire à la fausseté qu'à
« l'imprudence (2). »

Quant à sa tendance générale, nous pouvons l'appeler un philosophe de température moyenne. Il n'a
point fait de système, il n'a pas attaqué les systèmes
d'autrui. Il voyait avec déplaisir les philosophes ses

---

(1) *Considérations sur les mœurs,* chapitre III.   (2) Chapitre V.

amis saper les fondements de la morale en niant la religion; cependant il ne s'élève pas avec force contre
leur philosophie, il attaque plutôt leur manière d'agir
que leurs théories. Il disait quelquefois : « Ils en feront
« tant qu'ils me feront aller à la messe. » S'il regarde
la religion de l'Église comme un préjugé, il la respecte
du moins comme un préjugé salutaire.

« Les préjugés nuisibles à la société ne peuvent être
« que des erreurs, et ne sauraient être trop combat-
« tus... A l'égard des préjugés qui tendent au bien de
« la société, et qui sont des germes de vertus, on peut
« être sûr que ce sont des vérités qu'il faut respecter et
« suivre (1). «

— « Je ne puis me dispenser de blâmer les écrivains
« qui, sous prétexte ou voulant de bonne foi attaquer
« la superstition, sapent les fondements de la morale,
« et donnent atteinte aux liens de la société : d'autant
« plus insensés qu'il serait dangereux pour eux-mêmes
« de faire des prosélytes. Le funeste effet qu'ils pro-
« duisent sur leurs lecteurs est d'en faire dans la jeu-
« nesse de mauvais citoyens, des criminels scandaleux,
« et des malheureux dans l'âge avancé; car il y en a
« peu qui aient alors le triste avantage d'être assez per-
« vertis pour être tranquilles. L'empressement avec
« lequel on lit ces sortes d'ouvrages, ne doit pas flatter
« les auteurs qui d'ailleurs auraient du mérite. Ils ne
« doivent pas ignorer que les plus misérables écrivains
« en ce genre partagent presque également cet honneur
« avec eux. La satire, la licence et l'impiété n'ont ja-

(1) Chapitre II.

« mais seules prouvé l'esprit. Les plus méprisables
« par ces endroits peuvent être lus une fois : sans leurs
« excès, on ne les eût jamais nommés; semblables à
« ces malheureux que leur état condamnait aux ténè-
« bres, et dont le public n'apprend les noms que par
« le crime et le supplice (1). »

Duclos s'est essayé en divers genres : il a été gram-
mairien, romancier, historien, voyageur, et dans tous
ces genres observateur fin, écrivain ferme, précis et
piquant. Il possède un grand talent d'analyse; mais la
vie du talent, la sensibilité, lui a manqué.

La sensibilité et la bonté ne doivent point se confondre. Un auteur de mérite, M. de Gérando, dans son
livre sur le *Perfectionnement de soi-même*, en a clairement établi la distinction. Duclos, qui avait peu de
sensibilité naturelle, Duclos, qui disait, en parlant de
la tragédie, que « ça lui tordait la peau, » possédait
une bonté d'âme réelle. Les actes de sa bienfaisance,
connus seulement après sa mort, ont donné lieu de
penser que quand un bienfaiteur n'a d'autre confident
que l'obligé, son secret pour l'ordinaire est bien en
sûreté.

L'ouvrage dont nous avons à parler est celui que
Duclos a intitulé : *Considérations sur les mœurs de ce
siècle* (2). Le précepte y est mêlé à la description, et
cette description est plus une analyse qu'une peinture,
mais une analyse très juste. L'auteur part dans tous ses

(1) Chapitre II.
(2) Cette étude est tirée du cours sur les moralistes, dans lequel M. Vinet n'était
pas appelé à s'occuper des autres ouvrages de Duclos. (*Éditeurs.*)

sujets d'une définition rigoureuse. Les siennes sont de
vrais modèles en ce genre, ainsi que ses synonymies.
Il était né définisseur. Il se donnait pour but « de dé-
« mêler dans la conduite des hommes quels en sont
« les principes, et peut-être de concilier leurs contra-
« dictions (1). »

Ce n'est pas dans les actes extérieurs qu'il nous
montre les faits moraux; il en cherche les mobiles in-
ternes. Malgré cela, on ne peut dire qu'il en vienne à
nous révéler les profondeurs de notre être. C'est moins,
dit-il, *l'homme* que *les hommes* qu'il a voulu faire connaître, c'est-à-dire moins l'âme solitaire que l'âme
dans son contact avec d'autres âmes. C'est ce que montrent, à quelques exceptions près, les titres de ses différents chapitres : *Les Mœurs; l'Éducation et les préjugés; la Politesse et les louanges; la Probité, la vertu et
l'honneur; la Réputation, la célébrité, la renommée et la
considération; les Grands seigneurs; le Crédit; les Gens
à la mode; le Ridicule, la singularité et l'affectation;
les Gens de fortune; les Gens de lettres; la Manie du bel
esprit; le Rapport de l'esprit et du caractère; l'Estime et
le respect; le Prix réel des choses; la Reconnaissance et
l'ingratitude.*

En effet, Duclos connaissait mieux *les hommes* que
l'homme. Sur ce dernier sujet, ses vues sont vagues et
chancelantes. Il dit par exemple :

« En voulant trop éclairer certains hommes, on ne
« leur inspire quelquefois qu'une présomption dange-
« reuse. Eh! pourquoi entreprendre de leur faire pra-

(1) Introduction.

« tiquer par raisonnement ce qu'ils suivaient par sen-
« timent, par un préjugé honnête? Ces guides sont
« bien aussi sûrs que le raisonnement. Qu'on forme
« d'abord les hommes à la pratique des vertus; on en
« aura d'autant plus de facilité à leur démontrer les
« principes, s'il en est besoin (1). »

Ailleurs, au contraire : « Pour rendre les hommes
« meilleurs, il ne faut que les éclairer; le crime est
« toujours un faux jugement (2). »

Répétons, de notre côté, que le crime ne vient pas
seulement d'un jugement plus ou moins faux; que si,
dans le vice, le jugement est de la partie, le mal a cependant sa racine dans le cœur; que celui-ci a séduit
l'esprit; que c'est l'absence ou la fausse direction du
sens moral qui détermine le faux raisonnement.
L'homme n'a pas sa base dans le raisonnement, mais
dans le sentiment. La plupart des crimes se commet-
tent sans jugement, ou contre le jugement du coupable.

La distinction que fait Duclos : « Il y a une grande
« différence entre la connaissance de l'homme et la
« connaissance des hommes, » est suivie de ces mots :
« Pour connaître l'homme, il suffit de s'étudier soi-
« même; pour connaître les hommes, il faut les prati-
« quer (3). » Je n'admets ni la première de ces propositions, ni la seconde. Je crois qu'au fond ces deux
connaissances ne sont pas si distinctes. L'une est nécessaire à l'autre, l'une complète l'autre; et je ne puis
mieux appuyer ce que je dis ici qu'en rappelant cette

(1) Chapitre II.   (2) Chapitre I.   (3) Introduction.

maxime de Vauvenargues : « Nous découvrons en nous-
« mêmes ce que les autres nous cachent, et nous re-
« connaissons dans les autres ce que nous nous cachons
« nous-mêmes (1). »

Voici, par contre, de belles pensées ; celle-ci est
même d'une grande noblesse :

« Il n'y a personne qui n'ait quelquefois occasion de
« faire une action honnête, courageuse, et toutefois
« sans danger. Le sot la laisse passer, faute de l'aper-
« cevoir ; l'homme d'esprit la sent et la saisit. L'expé-
« rience prouve cependant que l'esprit seul n'y suffit
« pas, et qu'il faut encore un cœur noble pour em-
« ployer cet art heureux (2). »

Ailleurs encore :

« Dans les matières où nous avons intérêt, les idées
« ne suffisent pas à la justesse de nos jugements. La
« justesse de l'esprit dépend alors de la droiture du
« cœur et du calme des passions (3). »

Le livre des *Considérations* est un faisceau serré des
observations les plus fines. Chaque phrase est une sentence qui se tient debout sans appui. Nul homme n'a
renfermé plus d'esprit dans moins d'espace. Et en général, ces idées sont aussi justes que leur expression
est saillante. Chez d'autres écrivains, le style est de la
peinture ; chez Duclos, c'est du bas-relief. C'en est le
mérite et le défaut. On n'a pas ce mérite gratis.

On peut ranger ces pensées en deux classes : pensées psychologiques et pensées morales. Voyons d'a-
bord quelques-unes des premières :

..) VAUVENARGUES, *Maxime* 106.   (2) Chapitre V.   (3) Chapitre XIV.

« Il règne à Paris (dans le grand monde) une cer-
« taine indifférence générale qui multiplie les goûts
« passagers, qui tient lieu de liaison, qui fait que per-
« sonne n'est de trop dans la société, que personne n'y
« est nécessaire : tout le monde se convient, personne
« ne se manque (1). »

Dans le chapitre sur *la Politesse* :

« L'amour-propre persuade grossièrement à chacun
« que ce qu'il fait par décence, on le lui rend par jus-
« tice (2). »

Dans le même chapitre, au sujet des louanges :

« Il n'y a guère d'éloge dont on pût deviner le hé-
« ros, si le nom n'était en tête (3). »

Dans le chapitre sur *la Réputation* :

« L'orgueil fait faire autant de bassesses que l'inté-
« rêt (4). »

Dans celui du *Crédit* :

« On n'accorde qu'à regret au mérite ; cela ressem-
« ble trop à la justice, et l'amour-propre est plus flatté
« de faire des grâces (5). »

Dans le chapitre sur *le Ridicule* :

« La crainte puérile du ridicule étouffe les idées, ré-
« trécit les esprits, et les forme sur un seul modèle,
« suggère les mêmes propos peu intéressants de leur
« nature et fastidieux par la répétition. Il semble qu'un
« seul ressort imprime à différentes machines un mou-
« vement égal et dans la même direction. Je ne vois que
« les sots qui puissent gagner à un travers qui abaisse

---

(1) Chapitre I. (2) Chapitre III. (3) Chapitre III.
(4) Chapitre V. (5) Chapitre VII.

« à leur niveau les hommes supérieurs, puisqu'ils sont
« tous alors assujettis à une mesure commune où les
« plus bornés peuvent atteindre (1). »

Dans le chapitre sur *l'Esprit et le caractère* :

« Le plus grand avantage pour le bonheur est une
« espèce d'équilibre entre les idées et les affections,
« entre l'esprit et le caractère (2). »

Dans le chapitre sur *l'Éducation* :

« On forme des savants, des artistes de toutes es-
« pèces : on ne s'est pas encore avisé de former des
« hommes, c'est-à-dire de les élever respectivement les
« uns pour les autres (3). »

— « On devrait, dans tous les États, inspirer les
« sentiments de citoyen, former des Français parmi
« nous, et pour en faire des Français, travailler à en
« faire des hommes (4). »

Cette idée aussi saine que belle, a été développée
par M. Jouffroy.

Duclos n'est pourtant pas exempt de préventions
nationales. Il est fort épris de la France, dont ses confrères disaient moins de bien. Il loue beaucoup le caractère français, duquel il dit d'ailleurs des choses très
vraies :

« Le Français est l'enfant de l'Europe (5). »

Mais voycz ailleurs :

« Les vertus de cette nation partent du cœur, ses
« vices ne tiennent qu'à l'esprit (6). » — Ici l'auteur
oublie ce qu'il a fait entendre autre part, que les

---

(1) Chapitre IX.   (2) Chapitre XIII.   (3) Chapitre II.
(4) Chapitre II.   (5) Chapitre I.   (6) Chapitre VIII.

défauts de l'esprit tiennent bien souvent à ceux du caractère (1).

— « C'est le seul peuple dont les mœurs peuvent se « dépraver, sans que le fond du cœur se corrompe (2). »

— « Un peuple très éclairé et très estimable à beau- « coup d'égards, se plaint que la corruption est venue « chez lui au point qu'il n'y a plus de principes d'hon- « neur, que les actions s'y évaluent toutes, qu'elles « sont en proportion exacte avec l'intérêt, et qu'on y « pourrait faire *le tarif des probités...* Cela n'est pas « heureusement ainsi parmi nous (3). »

Un homme de grand sens (4) avait fait avant moi sur ce passage la note suivante : « Si la forme du gou- « vernement donnait à l'autorité royale en France le « même besoin et la même faculté de corrompre qu'à « celle d'Angleterre, qui peut douter qu'on n'y pût « faire aussi le tarif des probités ? »

L'observation qui se présentera à ceux qui étudient l'histoire des deux États, c'est qu'en Angleterre l'hon- neur n'a jamais eu la même influence qu'en France. Chez les Anglais on voit, d'une part, s'étaler la gros- sièreté, l'impudence dans le mal, et, de l'autre, on admire l'austérité et l'élévation dans le bien. L'intérêt et la conscience y mesurent tout. Il n'y a pas d'inter- médiaire entre les deux mobiles.

En France, au contraire, la lacune entre l'intérêt et la conscience est admirablement comblée par l'hon-

---

(1) Chapitre XIII.   (2) Chapitre I.

(3) Chapitre I. — C'était le ministre anglais Robert Walpole qui se vantait d'avoir ce tarif dans sa poche. (*Éditeurs.*)

(4) **Le père de M.** Vinet. (*Éditeurs.*)

neur. Il faut le dire, ce principe peut conduire à mille choses funestes et mauvaises; néanmoins, à son origine, l'honneur avait pour fonction de remplacer la conscience. Où elle faisait défaut, se présentait l'honneur, héritier, parent éloigné de la conscience. Puis, la moralité s'étant séparée de la conscience et la vertu se retirant, l'honneur est resté presque seul. Mais l'honneur même va s'affaiblissant; Duclos se plaint déjà que de son temps il n'est plus ce qu'il était au dix-septième siècle, et nous pouvons, à notre tour, remarquer depuis lors dans ce mobile une diminution de vigueur. Si cette progression continue, il finira par s'éteindre. Mais qui deviendra alors l'héritier de l'honneur? Sera-ce l'intérêt ou la conscience?

Les réflexions morales sont remarquables dans le livre de Duclos, la justesse et la finesse des observations n'en sont pas le seul mérite. Cet ouvrage respire la droiture, l'amour du bien, la vertu. Qu'on lise, pour s'en convaincre, les chapitres sur *la Politesse*, sur *la Probité et la Vertu*, sur *la Reconnaissance*. Ce dernier sujet inspire à Duclos des pensées d'une élévation particulière :

« L'ingratitude afflige plus les cœurs généreux « qu'elle ne les ulcère (1). »

— « Les cœurs nobles pardonnent à leurs inférieurs « par pitié, à leurs égaux par générosité (2). »

Et ailleurs :

« On ne doit ni offenser ni tromper les hom- « mes (3). »

(1) Chapitre XVI.   (2) Chapitre XVI.   (3) Chapitre III.

— « Le peuple doit être le favori d'un roi (1). »

— « Les grands qui écartent les hommes à force de
« politesse sans bonté, ne sont bons qu'à être écar-
« tés eux-mêmes à force de respects sans attache-
« ment (2). »

— « On pourrait dire que le cœur a des idées qui
« lui sont propres..... Qu'il y a d'idées inaccessibles à
« ceux qui ont le sentiment froid (3) ! »

— « Aujourd'hui on a des ménagements, même
« sans vue d'intérêt, pour l'homme le plus décrié. Je
« n'ai pas, vous dit-on, sujet de m'en plaindre per-
« sonnellement; je n'irai pas me faire le réparateur
« des torts. Quelle faiblesse ! C'est bien mal entendre
« les intérêts de la société, et par conséquent les siens
« propres. Pourquoi les malhonnêtes gens rougiraient-
« ils de l'être, quand on ne rougit pas de leur faire
« accueil? Si les honnêtes gens s'avisaient de faire
« cause commune, leur ligue serait bien forte. Quand
« les gens d'esprit et d'honneur s'entendront, les sots
« et les fripons joueront un bien petit rôle. Il n'y a
« malheureusement que les fripons qui fassent des
« ligues; les honnêtes gens se tiennent isolés. Mais la
« probité sans courage n'est digne d'aucune considé-
« ration; elle ressemble assez à l'attrition, qui n'a
« pour principe qu'une crainte servile (4). »

Duclos combat de toute la force d'un sens juste et
élevé ce persiflage, ce tour d'esprit recherché, cette
méchanceté à la mode, dont *le Méchant* de Gresset

(1) Chapitre V.   (2) Chapitre III.
(3) Chapitre IV.   (4) Chapitre IV.

nous donne l'idée la plus complète. Ce travers, si particulier à la société française d'alors, que Frédéric le Grand, cet impitoyable railleur, avouait lui-même ne rien comprendre à la comédie de Gresset, a disparu de nos jours. Nous ne savons heureusement plus grand'chose de la méchanceté considérée comme mode de sociabilité :

« La méchanceté n'est aujourd'hui qu'une mode.
« Les plus éminentes qualités n'auraient pu jadis la
« faire pardonner, parce qu'elles ne peuvent jamais
« rendre autant à la société que la méchanceté lui fait
« perdre, puisqu'elle en sape les fondements, et
« qu'elle est par là, sinon l'assemblage, du moins le
« résultat des vices. Aujourd'hui la méchanceté est
« réduite en art ; elle tient lieu de mérite à ceux qui
« n'en ont point d'autre, et souvent leur donne de la
« considération. Voilà ce qui produit cette foule de pe-
« tits méchants subalternes et imitateurs, de causti-
« ques fades, parmi lesquels il s'en trouve de si inno-
« cents ; leur caractère y est si opposé, ils auraient
« été de si bonnes gens, en suivant leur cœur, qu'on
« est quelquefois tenté d'en avoir compassion, tant le
« mal leur coûte à faire. Aussi en voit-on qui aban-
« donnent leur rôle comme trop pénible ; d'autres
« persistent, flattés et corrompus par les progrès qu'ils
« ont faits (1). »

On a remarqué que, dans ce livre sur les mœurs du dix-huitième siècle, le mot de *femme* n'est pas même prononcé. C'est La Harpe qui a fait cette remar-

(1) Chapitre VIII.

que. Le mot de *femme* s'y trouve pourtant dans le chapitre sur *la Réputation* (1). Et dans le chapitre sur *l'Estime* (2), il est question d'amour, ce qui est faire allusion aux femmes. Mais malgré cela, il est certain que ce grand élément de la vie sociale du dix-huitième siècle peut être considéré comme passé sous silence par Duclos, quoique les femmes aient alors possédé une influence qu'elles n'avaient pas obtenue auparavant: une femme gouvernait la France. Ce silence ne peut pas avoir été une omission involontaire.

Du reste, quant au livre de Duclos, il est une preuve de plus que bien faire n'est pas le tout, mais qu'il faut surtout venir à propos, comme l'a dit Voltaire. Les *Considérations sur les mœurs* parurent en 1750, l'année même où fit explosion le génie ardent de J. J. Rousseau, et l'ouvrage du penseur qui n'était que spirituel, tranquille et fin, fut naturellement jeté de côté.

(1) Chapitre V.   (2) Chapitre XIV.

IX.

J. J. ROUSSEAU.

1711—1778.

PREMIÈRE PARTIE.

« Le dix-huitième siècle avait atteint son milieu ; l'école philosophique était dans sa force, les esprits dans toute la ferveur d'un protestantisme nouveau, lorsqu'un homme de quarante ans, inconnu jusqu'alors, jouet de toutes les vicissitudes, transfuge de toutes les conditions, après une vie incohérente, désordonnée, et quelquefois honteuse, mais dont les orages avaient étendu la pensée et embrasé le génie, se lance dans cette arène où se pressent les combattants, et par quelques pages éloquentes annonce un rival aux grands écrivains de son siècle (1). »

J. J. Rousseau jeta un tel éclat que Voltaire seul put tenir devant lui ; et encore se sentit-il menacé, car Rousseau devint l'objet de prédilection de sa haine. L'irritation qu'il éprouvait s'adressait-elle uniquement aux torts prétendus de Rousseau, aux vices de son système, ou à sa gloire ? Dans tous les cas, il faut avouer que rien ne ressemble tant à l'envie.

(1) VINET, *Discours sur la littérature française*, page LXI.

L'esprit universel de Voltaire s'était emparé des
éléments les plus saillants du dix-huitième siècle ;
mais il avait laissé d'assez vastes friches dans des val-
lons obscurs et profonds, que son œil même ne visita
pas. Homme de son siècle, assorti à la civilisation et
même à la civilisation corrompue, pathétique dans la
fiction seulement, il n'était pas l'homme des esprits
recueillis, intérieurs, mélancoliques, épris de la nature, y retournant par leurs regrets, cherchant sans
cesse l'énigme d'eux-mêmes et l'interprète qui la leur
expliquera. Cet interprète fut Rousseau. Toute une
classe d'hommes, pour qui les sources d'émotions intimes et graves s'étaient taries avec le christianisme,
demandaient quelque chose qui leur remplaçât ce que
l'incrédulité leur enlevait ; le retrait de la sève, le
desséchement de l'arbre social contraignait à chercher
un autre terrain. L'idée sociale, chez Voltaire et chez
les hommes de son école, dominait tyranniquement,
absorbait la morale ; l'homme individuel, l'homme intime réclamait ses droits ; l'instinct de religiosité, nié,
éconduit de la vie avec ignominie, exigeait un ali-
ment. Rousseau atteignit aux profondeurs de l'âme,
il rouvrit de nouvelles sources de jouissances, il fut
pathétique en parlant de l'homme, de soi-même, il
est vrai, mais enfin de l'homme dans ses rapports les
plus intimes ; au delà des intérêts sociaux, il éleva nos
regards vers une autre sphère plus digne encore de
nos pensées, et que la société nous ferme, parce qu'elle
nous distrait de nous-mêmes. Il sentit le besoin d'un
Dieu et la lacune du déisme terne et artificiel de Vol-

taire; mais il trompa plus qu'il ne satisfit le besoin
religieux par son déisme affectueux et sentimental. Il
s'occupa de morale, mais il la dénatura, en substituant
des sentiments vagues à l'idée positive du devoir.

Voltaire, Montesquieu lui-même, avaient laissé en
politique une lacune plus étonnante encore. Voltaire
accepte la société telle qu'il la trouve, et ce n'est pas
nous qui le blâmerons de n'avoir pas voulu toucher
aux bases sur lesquelles elle repose; mais les fondements de la religion une fois sapés, il était aisé de
prévoir que la société allait être ébranlée; il est même
inconcevable que certaines questions délicates et dangereuses n'eussent pas encore été soulevées. Rousseau
les développa le premier avec toute l'impétuosité de
son éloquence. Il trouva le terrain prêt; le germe de
l'insurrection contre la société en dissolution était au
fond de toutes les âmes ardentes; le moment était venu
de protester contre elle. Entendons-nous, Messieurs,
ce moment n'est jamais venu, car une telle protestation est insensée; mais l'état des esprits devait la faire
accueillir. On croyait n'avoir de choix qu'entre la société et la nature; mais où trouver cette nature? Le
monde se jeta avec ardeur dans la voie où il crut en
découvrir les traces; on creusait sous la société pour y
retrouver quoi? la nature humaine corrompue, source
de la société corrompue. Faute de pouvoir parvenir à
la nature divine ou divinisée de l'homme, on préco-
nisa l'existence sauvage.

Vous voyez combien de besoins divers faisaient
appel à Rousseau. En les satisfaisant, il ne fut pas

moins que Voltaire l'homme de son siècle. Que pouvaient, dans un certain sens, les voix de Voltaire, de
Montesquieu, de Buffon, sortant de leurs châteaux ?
Celle de Rousseau sortit d'un grenier. Aussi fut-il dans
une dimension ce que Voltaire était dans une autre.
Mais en remplissant le vide, il donna le premier élan
au mouvement qui faillit précipiter la société dans l'a-
bîme. Son rôle, rôle non choisi, car on ne s'acquitte
bien que des rôles qu'on ne choisit pas, se compose
de tous les éléments que nous venons d'indiquer.
C'est à apprécier ce rôle, et à vous faire connaître
l'homme auquel il est échu, que nous allons d'abord
nous appliquer.

Avant de passer à l'étude de la morale de Rousseau,
jetons un coup d'œil sur sa vie. L'importance en est
grande; elle donne de l'intérêt à ses écrits, et ceux-ci
en rendent à sa vie. Ici l'homme en excite pour le
moins autant que l'écrivain. Ce n'est pas tout de venir
du désert, et même avec la ceinture de cuir autour
des reins et un habit de poil de chameau ; il faut avoir
« la vérité pour ceinture (1), » et être « revêtu de
« l'homme nouveau (2). » De quoi Jean-Jacques était-il
ceint et vêtu ? C'est ce que sa vie nous apprendra.

Apologistes et détracteurs se sont tour à tour occupés
à élever la statue de Rousseau et à l'abattre. Nous
chercherons d'abord à être juste, ensuite à retirer
quelque profit, pour la connaissance de l'homme, du
miroir grossissant de cette vie. Nous pouvons dire avec

(1) Épître aux Éphésiens, VI, 14.   (2) Épître aux Colossiens, III, 10.

Bossuet : « Je veux dans un seul malheur déplorer
« toutes les calamités du genre humain (1). » Et nous
ajouterons volontiers :

> Veuillent les immortels, conducteurs de ma langue,
> Que je ne dise rien qui doive être repris (2).

Rousseau ne connut pas sa mère, circonstance qui
ne resta point sans influence sur sa vie. Il nous peint
son père comme une âme élevée et un esprit enthousiaste. Presque entièrement livré à lui-même, Jean-
Jacques grandit sans culture ; les fictions, qui furent
l'unique pâture de ses jeunes ans, développèrent la
tendance sentimentale et romanesque de son esprit.
Les *Hommes illustres* de Plutarque, qui tombèrent ensuite entre ses mains, firent sur lui une grande impression. Il dit dans ses *Confessions* : « Mon enfance ne
« fut point d'un enfant ; je sentis, je pensai toujours
« en homme. Ce n'est qu'en grandissant que je suis
« rentré dans la classe ordinaire ; en naissant, j'en
« étais sorti (3). » Et dans sa correspondance : « A
« douze ans, j'étais un Romain ; à vingt, j'avais couru
« le monde, et n'étais plus qu'un polisson (4). »

L'antithèse est moins forte que Rousseau ne se le
figure. L'enthousiasme pour ce qui est grand est au
fond de notre nature, et ne se fait jamais sentir aussi
vivement que dans l'enfance. C'est la fleur et la poésie
de la vertu qui remplit l'imagination des enfants et
qui les ravit. Plus tard, la fleur tombe pour laisser

---

(1) Bossuet, *Oraison funèbre de Henriette d'Angleterre.*
(2) La Fontaine, *Fables.* Livre XI, fable VII.
(3) *Confessions,* livre II.   (4) *A M. Tronchin,* 27 novembre 1758.

place au fruit, la poésie devient prose. Les beaux rêves
de vertu sont comme ces hautes montagnes dont les
formes hardies attirent nos regards et au sommet desquelles l'imagination s'élève sans effort. Mais quand
il s'agit de les gravir en réalité, lentement et pénible-
ment, nous sommes bientôt découragés. La vie ne se
passe pas sur les hauteurs où s'accomplissent les actions grandes et sublimes ; la vertu se compose d'une
série longue et non interrompue de petits sacrifices,
et demande cette résolution tranquille et ferme, qui
ne court pas après le devoir, mais qui se tient prête à
tout ce que Dieu imposera. Je pense donc que, lors
même que Rousseau n'eût pas couru le monde, il eût
subi les expériences de tous et ressenti en soi la même
transition.

Un larcin de peu de valeur commis chez son maître,
trait peu d'accord avec l'enthousiasme de ses jeunes
romans, l'engagea à quitter Genève. Cette fuite fut le
commencement de la vie errante à laquelle il attribue
la plupart de ses défauts, et il faut convenir que le besoin de cette carrière aventureuse devint si impérieux
chez lui, que plus tard, lorsqu'il eût pu jouir d'une
existence tranquille, il lui fut impossible de s'y faire.
Je crois que cette instabilité dans ses habitudes tenait
plus à son caractère qu'à ce qu'il appelait *la fatalité de
sa vie*. Il eût dit avec plus de raison : *la fatalité de mon
caractère ;* car, s'il existe une fatalité, elle est ici.

Rencontré en Savoie par un curé, le jeune échappé
fut recommandé par lui à Madame de Warens, qui l'a-
dopta et l'éleva. Il assure, dans ses *Confessions*, que

cette femme lui forma l'esprit et le cœur, et il la récom-
pense en la livrant à une triste et honteuse célébrité.
Après l'avoir quittée, sa vie continue à être vagabonde
comme son esprit. Il se livre à différentes études, et
passe d'un état à un autre. Employé comme valet dans
plusieurs maisons, ses *Confessions* nous révèlent des
traits honteux : l'abandon de son ami Le Maître, au
moment où une grave indisposition saisissait celui-ci
dans une rue de Lyon ; le vol d'un ruban qu'il laisse
imputer à une jeune fille ignominieusement chassée à
sa place. Le souvenir de cette dernière action le pour-
suivit toujours. Plus tard, placé en qualité de précepteur chez M. de Mably, frère de l'abbé de ce nom et
du célèbre Condillac, il y commet encore des infidé-
lités. Ce penchant au vol nous semble étrange chez un
homme tel que Rousseau ; et cependant ce ne doit pas
être pour nous un motif de le placer plus haut ou plus
bas que la masse des hommes. Beaucoup d'entre eux,
sans doute, ne sont pas tentés d'actes aussi vils ; mais,
pour cela, nous ne déciderons point qu'en eux-mêmes
ils soient moins pervers que les autres. Nous jugeons
d'ordinaire les fautes ou les vices qui nuisent directement à la société beaucoup plus sévèrement que ceux
dont les individus seuls semblent avoir à souffrir, parce
que nous partons du point de vue de l'intérêt général,
dans lequel le nôtre est compris. La plupart des hommes, dans cette partie étroite, qui est au fond celle de
leur moi, ne réfléchissent pas qu'au point de vue de l'É-
vangile, un simple acte d'égoïsme peut se trouver plus
grave qu'un vol ; car il contient le germe de tous les cri-

mes, et il n'a pas pour excuse la nécessité matérielle.

Ce fut néanmoins à cette époque peu brillante de sa vie, que Jean-Jacques commença à réfléchir sur lui-même, et à tirer de ses observations des règles de conduite qui révèlent une portée d'esprit très remarquable :

« J'en ai tiré, dit-il à propos d'une observation sur
« la conduite de son père, cette grande maxime de mo-
« rale, d'éviter les situations qui mettent nos devoirs
« en opposition avec nos intérêts, et qui nous montrent
« notre bien dans le mal d'autrui, sûr que, dans de
« telles situations, quelque sincère amour de la vertu
« qu'on y porte, on faiblit tôt ou tard sans s'en aper-
« cevoir; et l'on devient injuste et méchant dans le fait,
« sans avoir cessé d'être juste et bon dans l'âme (1). »

Et c'est, ajoute-t-il, pour être demeuré fidèle à cette maxime, qu'il a paru bizarre et qu'on l'a accusé de vouloir être original et faire autrement que les autres. Cette maxime, se généralisant dans son esprit, le conduisit à une idée dont il se proposa plus tard de faire la matière d'un livre : *La morale sensitive* (2). Selon lui, la juste température de l'âme peut être trouvée dans la sagesse qui rend la vertu superflue parce qu'elle remet l'être dans son équilibre :

« La vertu ne nous coûte que par notre faute ; et,
« si nous voulions être toujours sages, rarement au-
« rions-nous besoin d'être vertueux (3). »

(1) *Confessions*, livre II.
(2) Le manuscrit de ce livre s'est perdu. Voyez les *Confessions*, livre XII.
(3) *Confessions*, livre II.

— « La vertu n'est que la force de faire son devoir
« dans les occasions difficiles ; et la sagesse, au con-
« traire, est d'écarter la difficulté de nos devoirs. Heu-
« reux celui qui, se contentant d'être homme de bien,
« s'est mis dans une position à n'avoir jamais besoin
« d'être vertueux (1) ! »

Passant du principe à sa réalisation, Rousseau crut
s'être assuré par de nombreuses observations « qu'on
« sauverait beaucoup d'écarts à la raison, qu'on em-
« pêcherait beaucoup de vices de naître, si l'on savait
« forcer l'économie animale à favoriser l'ordre moral
« qu'elle trouble si souvent. Les climats, les saisons,
« les sons, les couleurs, l'obscurité, la lumière, les élé-
« ments, les aliments, le bruit, le silence, le mouve-
« ment, le repos, tout agit sur notre machine, et sur
« notre âme par conséquent ; tout nous offre mille
« prises presque assurées pour gouverner, dans leur
« origine, les sentiments dont nous nous laissons
« dominer (2). »

Après avoir quitté M. de Mably, Rousseau se rendit
à Paris avec un mémoire sur une nouvelle manière de
noter la musique. Il le lut à l'Académie ; mais ce fut
tout. Successivement maître de musique, commis,
copiste, rédacteur d'un journal, sa vie est un vrai dé-
dale, au milieu duquel se place l'épisode de son séjour
à Venise comme secrétaire de l'ambassadeur. Mais cet
emploi dura peu, et à son retour à Paris, Rousseau,
qui s'occupait principalement à composer des opéras,
se trouva jeté au sein d'une société brillante et vicieuse,

M. l'abbé de ***, 6 janvier 1764.   (2) _Confessions,_ livre IX.

où les idées étaient aussi corrompues que les mœurs.
De cette époque, 1745 ou à peu près, date sa rencontre avec une femme indigne de lui. Les difficultés
où le placèrent ses relations avec elle n'excusent pas
celle de ses actions dont l'aveu dut lui être le plus pénible, l'abandon de ses cinq enfants, qu'il fit mettre
aux Enfants-Trouvés.

De tels faits n'ont pas besoin de commentaire ; mais
il est instructif d'assister à l'étrange combat qui se livre
dans l'âme de Jean-Jacques au sujet de ce *crime*,
car c'est bien le mot. Tantôt il cherche à pallier sa
faute :

« Jamais un seul instant de sa vie Jean-Jacques n'a
« pu être un homme sans sentiment, sans entrailles,
« un père dénaturé. J'ai pu me tromper, mais non
« m'endurcir..... Ma faute est grande, mais c'est une
« erreur (1). »

« Quel parti les barbares ont tiré de ma conduite !
« Avec quel art ils l'ont mise dans le jour le plus
« odieux ! Comme ils se sont plus à me peindre
« en père dénaturé, parce que j'étais à plaindre !
« Comme ils ont cherché à tirer du fond de mon ca-
« ractère une faute qui fut l'ouvrage de mon mal-
« heur (2) ! »

Il se félicite même de n'être pas connu de ses enfants :

« J'aime mieux qu'ils vivent du travail de leurs
« mains sans me connaître que de les voir avilis et

(1) *Confessions,* livre VIII.
(2) *A M. de Saint-Germain,* 26 février 1770.

II.   13

« nourris par la traîtresse générosité de mes ennemis,
« qui les instruiraient à haïr, peut-être à trahir leur
« père (1). »

— « Ce que Mahomet fit de Séide n'est rien auprès
« de ce qu'on aurait fait d'eux à mon égard (2). »

Mais toutes ces extravagantes suppositions sont une
dépense inutile pour assouvir ses remords. Cette plaie
ne guérit jamais ; son cœur resta plus fort que ses sophismes. Un peu plus loin il ajoute :

« Quand ma raison me dit que j'ai fait dans ma si-
« tuation ce que j'ai dû faire, je l'en crois moins que
« mon cœur qui gémit et qui la dément (3). »

Si son cœur n'est pas tranquille, sa conscience l'est
encore moins; sans cesse elle est effarouchée par des
allusions, réelles ou prétendues; la moindre piqûre la
fait saigner de nouveau :

« L'article le plus long et le plus recherché de
« l'*Éloge de Madame Geoffrin* roulait sur le plaisir
« qu'elle prenait à voir les enfants et à les faire
« causer : l'auteur (d'Alembert) tirait avec raison de
« cette disposition une preuve de bon naturel; mais
« il ne s'arrêtait pas là, et il accusait décidément
« de mauvais naturel et de méchanceté tous ceux
« qui n'avaient pas le même goût, au point de dire
« que si l'on interrogeait là-dessus ceux qu'on mène
« au gibet ou à la roue, tous conviendraient qu'ils
« n'avaient pas aimé les enfants...... Je compris ai-

_____

(1) *A M. de Saint-Germain.* — Les mêmes mots se trouvent dans la lettre à Madame B , du 17 janvier 1770.

(2) *Les Rêveries du promeneur solitaire.* Neuvième promenade.

(3) *A Madame B,* 17 janvier 1770.

« sément le motif de cette affectation vilaine (1). »

Ailleurs même, la conscience prend le dessus, et demande une satisfaction :

« En méditant mon *Traité de l'éducation,* je sentis
« que j'avais négligé des devoirs dont rien ne pouvait
« me dispenser. Le remords enfin devint si vif, qu'il
« m'arracha presque l'aveu public de ma faute, au
« commencement de l'*Émile;* et le trait même est si
« clair, qu'après un tel passage il est surprenant qu'on
« ait eu le courage de me la reprocher (2). »

Voici sans doute ce passage :

« Il n'y a ni pauvreté, ni travaux, ni respect humain,
« qui dispensent un père de nourrir ses enfants et de
« les élever lui-même. Lecteurs, vous pouvez m'en
« croire. Je prédis à quiconque a des entrailles et né-
« glige de si saints devoirs, qu'il versera longtemps
« sur sa faute des larmes amères, et n'en sera jamais
« consolé (3). »

Jusqu'à l'âge de trente-huit ans, Jean-Jacques n'a-
vait pas connu sa force ; avant cette époque, et c'est un
grand phénomène psychologique, rien ne peut faire
présumer ce qu'il sera plus tard. Ce fut en 1750 qu'i.
éclata soudainement, et que la France connut un grand
écrivain de plus.

Quelque chose d'accidentel entra dans la direction
de son talent. L'Académie de Dijon avait mis au concours cette question : *Si le rétablissement des sciences et*

---

(1) *Rêveries,* neuvième promenade.
(2) *Confessions,* livre XII.   (3) *Émile,* livre I.

des arts a contribué à épurer les mœurs ? Ce programme
tomba fortuitement sous les yeux de Rousseau et fut
pour lui une soudaine illumination. Il se coucha sur
l'herbe, nous raconte-t-il, et conçut à l'instant une partie de l'œuvre qui fonda sa renommée. Cette circonstance a été contestée, et l'origine du *Discours sur les
sciences* expliquée d'une manière différente : Diderot
prétend que Rousseau allait se décider pour l'affirma-
tive, et que lui Diderot indiqua la négative comme idée
neuve et moyen d'attirer l'attention.

Il y a si peu de rapport apparent entre la vie anté-
rieure de Jean-Jacques et son *Discours,* qu'on est tenté
d'abord de regarder comme arbitraire le parti qu'il
prit dans cette question. Mais si cette supposition, peu
digne du caractère de Rousseau, semble favorisée par
son histoire avant sa *conversion* (ce n'est pas lui qui
nous fournit ce mot, mais c'est lui qui nous en fournit
l'idée), sa vie, à partir de cette époque, est plus propre
à la démentir qu'à la confirmer ; car il est bien certain que, malgré toutes ses disparates, dont la plupart
sont choquantes, cette vie réfléchit habituellement et
distinctement une même idée ; et je trouve difficile
d'admettre qu'une idée entièrement factice puisse dominer toute une vie, et que, par simple point d'honneur, on s'engage envers soi-même à persévérer dans
une carrière où l'on n'est poussé ni par la conviction,
ni par la nature. Il est plus probable que, comme
beaucoup d'autres génies, J. J. Rousseau, porteur
d'une idée puissante, n'en obtint la conscience qu'assez tard et après de longs tâtonnements. Ceux qui n'ont

jamais connu les transports de l'imagination et les joies
de l'intelligence lorsqu'elle croit saisir une grande
vérité ne comprennent rien à l'enthousiasme et aux
révélations naïves de Jean-Jacques. Mais rappelons-
nous qu'il s'agit ici d'un homme qui n'aborda jamais
froidement aucune question, et il nous paraîtra naturel
qu'à l'instant où une circonstance fortuite provoqua
l'explosion de cette pensée, il ait éprouvé tout ce qu'il
a décrit : une secousse terrible, un transport mêlé
d'effroi, un tumulte de toutes ses facultés, se rassem-
blant de toutes les parties de son âme à cet appel puissant et inattendu, et se portant avec impétuosité vers
un point unique, pour y allumer l'étoile de sa destinée
et le phare de sa vie.

C'est que déjà ce premier ouvrage renferme impli-
citement toute sa pensée. Il n'y parle que des sciences
et des arts, et de leur influence sur la moralité et le
bonheur des peuples ; mais les sciences et les arts n'é-
tant eux-mêmes qu'un développement social, un résultat de la société telle qu'elle s'est constituée, c'est,
à proprement parler, contre la société qu'est dirigée
la mauvaise humeur de Rousseau. Il ne le dit pas,
mais il le pense ; en attaquant un ouvrage extérieur
de la place, c'est contre la place même que sont tournés ses efforts ; déjà toute sa doctrine est formée, déjà
son parti est pris. *L'homme naît bon, la société le déprave* : cette maxime devient la pensée dominante de
sa vie ; et si les occasions lui manquent de la développer tout entière, il les appellera, il saura les créer.
Trois ans après, parut le *Discours sur l'Inégalité.*

On se demande comment une telle idée a pu trouver un sol nourricier dans une tête saine d'ailleurs, bien organisée et puissante ; mais on s'en étonne moins en revenant sur la véhémence des sentiments de Rousseau. Il est vrai, le monde offre à tous les hommes, et surtout à ceux qui observent assidûment et qui sentent profondément, de nombreux sujets de scandale et d'affliction. Tout le monde convient, avec l'ami d'Alceste, qu'on voit

> Cent choses, tous les jours,
> Qui pourraient mieux aller, prenant un autre cours (1).

Mais après cet aveu, qui réunit à peu près tous les hommes, deux opinions ou deux sentiments les divisent. Les uns, gaiement ou non, en prennent leur parti, répétant après Philinte :

> Je prends tout doucement les hommes comme ils sont (2).

Il en est d'autres, au contraire, qui ne s'y peuvent résoudre. La perversité humaine ne les laisse pas en repos ; c'est un mystère qui les persécute ; ils veulent en avoir le cœur net, et ils ne s'arrêteront que dans un système qui, bien ou mal, leur donnera la clef de ce désordre moral dont ils sont à la fois les témoins, les victimes et les complices. On sait quelle solution présente le christianisme ; et cette solution ne vient pas seule : elle amène à sa suite la réparation du mal qu'elle explique. Quant à ceux qui ne l'acceptent pas, et qui toutefois veulent une solution, il n'y a guère de choix ; et la disette des moyens d'explication les pousse presque inévitablement vers le système de Rousseau :

---

(1) Molière, *Le Misanthrope*, acte I, scène I.   (2) *Ibid.*

La nature a créé l'homme bon, la société le déprave ;
il faut donc, autant que possible, retourner à la nature.

Ce système a dicté à Jean-Jacques d'étranges asser-
tions et même d'étranges conseils. Il a voulu le soutenir par sa conduite et l'a souvent poussé à l'extrava-
gance. On a ri de lui, on a ri de son système; peut-être
il y avait de quoi ; mais il faudrait savoir si la doctrine
des rieurs était beaucoup moins ridicule. Le système
de Philinte ne me paraîtra spécieux que quand ses
partisans feront preuve, dans la pratique, de toute la
résignation dont se pavane leur théorie, et lorsque,
blessés par un des mille aiguillons de la méchanceté
humaine, leur contenance fera voir,

> *Que leur* esprit enfin n'est pas plus offensé
> De voir un homme fourbe, injuste, intéressé,
> Que de voir des vautours affamés de carnage,
> Des singes malfaisants, et des loups pleins de rage (1).

Il y a certainement plus de profondeur, plus d'humanité dans le système de Rousseau, dût-il conduire à
des extravagances, que dans cet optimisme frivole, et
souvent immoral, qui se décore du nom de *philosophie
pratique*, lors même que le côté pratique est celui dont
il a le moins à se vanter.

Mais Rousseau, dira-t-on, pouvait-il être juge intè-
gre? Se trouvait-il assez bien de la société pour en dire
du bien? Dans son hostilité permanente contre son
siècle et contre cette société n'y eut-il pas, ainsi qu'on
l'a pensé, moins d'indignation que d'humeur personnelle? Cette humeur elle-même ne s'aigrit-elle pas de

(1) MOLIÈRE, *Le Misanthrope*, acte I, scène I.

la lutte cachée entre les inclinations de l'homme et les principes de l'écrivain? Tout cela échappe à la démonstration; mais quant à nous, nous sommes porté à croire à la sincérité de Rousseau à l'égard de son système.

Quoi qu'il en soit, ayant dans ce premier ouvrage récité un symbole, il tint à honneur et à devoir de mettre sa pratique extérieure d'accord avec sa foi. Il sentit qu'il ne suffit pas de soutenir une thèse, que le livre et l'homme doivent être un, et qu'il fallait que sa conduite devînt le calque fidèle de son opinion. L'austérité de sa vie devait répondre à l'austérité de ses maximes. Pauvre qu'il était, il semble qu'il devait avoir peu de choses à réformer; il en trouva pourtant la matière dans les superfluités de son indigence. Son costume avertit les autres, sa table frugale l'avertit lui-même, qu'il était devenu un autre homme.

L'était-il devenu?

Non, le système avait enveloppé tout son esprit; mais son cœur était resté en dehors. Il avait réformé l'extérieur, réforme dont les commencements peuvent paraître faciles; mais l'intérieur était resté le même. Il n'y avait pas de proportion entre ses affections et ses pensées; par conséquent, il n'y eut pas d'unité dans sa vie; et plus il professait des maximes élevées, plus le manque d'unité éclatait: en adoptant, et surtout en affichant son système, il s'était condamné à l'inconséquence.

Tout le monde, au même titre, est inconséquent, parce que tout le monde a des principes qui sont assez hauts, et une conduite qui l'est beaucoup moins. Chacun souffre intérieurement de cette désharmonie ; et chacun y porte remède, soit en haussant sa conduite jusqu'à ses principes, soit en abaissant ses principes jusqu'à sa conduite, ce qui est beaucoup plus facile, et partant beaucoup plus commun. Jamais pourtant les deux termes qu'il s'agit de rapprocher n'arrivent à se toucher; l'inconséquence est l'état permanent, on croirait même normal, de tous les hommes qui ont des principes ; mais en général elle ne frappe que peu chez la plupart des hommes, soit parce que le dernier procédé étant le plus utile, la distance n'est pas d'ordinaire très grande entre la profession et la pratique, soit parce que la plupart des gens n'affichent pas leurs maximes.

Mais quand Rousseau eut élevé son étendard, on chercha sous ses plis l'homme qui le portait. Malgré sa louable intention d'être un avec son livre, on vit que le livre et l'homme étaient deux ; on connut que « celui dont le cœur est partagé est inconstant dans « toutes ses voies (1) ; » on le vit, inhabile à distribuer également ses forces sur tous les points de sa vie, tantôt descendre au niveau des hommes qu'il censurait, tantôt, pour faire la balance, heurter de front, au nom de la vertu, les bienséances les plus raisonnables, et jusqu'aux devoirs les plus positifs. Ses goûts mêmes n'étaient pas d'accord entre eux ; nouvelle source d'inconséquences. Ainsi l'amour de la solitude et le besoin du monde, le mépris des hommes et un

(1) Épître de saint Jacques, I, 8.

immense prix attaché à leur opinion, le sentiment du
beau moral et point de principe de conduite. Il brus-
que les grands et vit sous leur tutelle; il blâme le théâtre, et il travaille pour le théâtre; précepteur du genre
humain, Hercule de la vertu, il s'abaisse, hélas! à
des vices extraordinaires. Ce caractère frappa tout le
monde; on ne s'en rendit pas compte; on n'honora
pas, comme on l'aurait dû peut-être, ces brusques
élans vers un idéal que l'esprit de Rousseau poursuivait sans cesse, et l'on ne sut voir dans ce grand phénomène moral que les singularités d'un homme de
génie.

Quelle différence si J. J. Rousseau eût saisi par le
cœur ce qu'il concevait par l'esprit, si le système en lui
se fût élevé à l'affection, s'il eût aimé ce qu'il croyait!
C'est là, en effet, tout le secret de l'unité morale, et
c'est pour cela que le divin fondateur du christianisme
s'est mis en mesure, par des moyens qui n'apparte-
naient qu'à lui, de nous faire aimer ce qu'il voulait
nous faire croire.

Et ce n'est pas seulement l'unité qui manque dans
la position morale où nous croyons Rousseau placé,
c'est aussi la mesure et le discernement. En matière
de morale, notre âme est notre œil; nous ne voyons
les objets, nous ne les mesurons que par elle. On peut,
par des moyens artificiels, donner une voix au sourd-
muet; mais comme il ne s'entend point, qu'il ne connaît point l'effet du jeu d'organe qu'on lui a enseigné,
sa voix est sans accent et ses inflexions sont sans
justesse. Il en est ainsi de l'application d'un système à

la conduite morale. Privé de l'avertissement du sens
moral, des indications délicates du cœur, on est réduit
au raisonnement, à l'induction, guide grossier et dangereux ; on tâtonne, on se heurte à tout bout de champ,
on a des procédés sans nuance ; tour à tour on agit ou
l'on s'abstient, on se tait ou l'on parle hors de propos;
on n'est jamais averti par une voix intérieure de l'é-
cueil dont on approche ; on n'est jamais sûr de la valeur
de ce qu'on a dit, ni de la portée de ce qu'on a fait;
on est comme une figure géométrique, toute en trian-
gles et en carrés, qui cherche à s'appliquer aux molles
ondulations d'un terrain, et tantôt laisse un vide entre
elle et le sol, tantôt y enfonce avec dureté et profondeur ses angles déchirants. Le sentiment seul est assez
souple et assez intelligent pour toucher également tous
les points, et couvrir toutes les parties de cette surface
inégale que la nature humaine soumet à sa pression.

Le ton qu'avait pris Rousseau dans ses deux premiers ouvrages, il fallait le soutenir dans le monde.
Ce ton appris devint bientôt naturel et vrai par l'impression continuelle d'une situation fausse, par des
mécontentements domestiques, et enfin par les tristes
expériences que la pratique du monde fit faire à Jean-
Jacques. Cependant il ne nous cache pas que, dans le
principe, sa misanthropie eut quelque chose d'affecté.
Ses aveux confirment tout ce que nous venons de
dire :

« Jeté malgré moi dans le monde sans en avoir le
« ton, sans être en état de le prendre et de m'y pou-
« voir assujettir, je m'avisai d'en prendre un à moi

« qui m'en dispensât. Ma sotte et maussade timidité
« que je ne pouvais vaincre, ayant pour principe la
« crainte de manquer aux bienséances, je pris, pour
« m'enhardir, le parti de les fouler aux pieds. Je me
« fis cynique et caustique par honte ; j'affectai de mé-
« priser la politesse que je ne savais pas pratiquer. Il
« est vrai que cette âpreté, conforme à mes nouveaux
« principes, s'ennoblissait dans mon âme, y prenait
« l'intrépidité de la vertu ; et c'est, je l'ose dire, sur
« cette auguste base qu'elle s'est soutenue mieux et
« plus longtemps qu'on n'aurait dû l'attendre d'un ef-
« fort si contraire à mon naturel (1). »

Remarquez-vous, Messieurs, ce défaut qu'on n'a pu
éviter, et que, faute de savoir corriger, on prend le
parti de transformer en vertu? Sont-ce là ou non, les
ingénieuses ruses de l'orgueil humain?

Mais qu'est-ce donc que cette sotte et mauvaise timidité qui, par un étrange contre-coup, produit son extrême opposé, la grossièreté et le cynisme? « La par-
« faite charité bannit la crainte (2); » elle doit aussi
bannir la honte, qui n'est qu'une espèce de crainte.
Si J. J. Rousseau eût aimé son système, il n'aurait pas
été timide, ou sa timidité eût été moins grande. L'a-
mour aurait vaincu les obstacles ; l'amour aurait produit une douce et tranquille hardiesse, exempte à la
fois de mollesse et de dureté. Mais on est toujours mal
à son aise dans un rôle emprunté ; il faut le renier ou
l'outrer; on ne se sauve de l'inconséquence que dans
l'exagération ; on reste immobile, ou l'on ne se meut

_____

(1) *Confessions*, livre VIII.   (2) Première Épître de saint Jean, IV, 18.

que par un violent effort ; en vain le système est vrai,
on est toujours dans le faux. Ceci rappelle ce jeune
Allemand à qui ses amis reprochaient l'excès de son
flegme et de son indolence. Ils le surprirent un jour se
disposant à sauter par la fenêtre. « Je me fais vif, »
leur dit-il.

M. de Fontanes a donc bien jugé Rousseau lorsqu'il
a dit : « Qu'on ouvre les *Confessions* de J. J. Rousseau ;
« toutes les fautes dont il s'accuse naissent de la mau-
« vaise honte (1). » J'ajoute, les fautes en apparence
les plus opposées. Lorsque par timidité il avait trahi la
vérité, alors, pour faire la balance, il commettait quelque brutalité hors de propos. Si l'on veut des exemples
de ces conséquences diverses de la mauvaise honte,
Rousseau ne nous en laissera pas manquer. Les faits
ne sont pas graves, mais ils sont caractéristiques.

L'abbé, depuis chevalier de Boufflers, avait fait le
portrait de Madame de Luxembourg. « Ce portrait était
« horrible. Elle prétendait, nous dit Rousseau, qu'il
« ne lui ressemblait point du tout, et cela était vrai.
« Le traître d'abbé me consulta ; et moi, comme un
« sot et un menteur, je dis que le portrait ressem-
« blait (2). »

Dira-t-on que presque tout le monde en eût fait de
même ? Peut-être ; mais Jean-Jacques n'était pas libre
de faire comme tout le monde ; il s'était engagé à être
plus inflexiblement vrai que tout le monde.

---

(1) FONTANES, Traduction de l'*Essai sur l'homme*, de POPE. Discours
minaire.

(2) *Confessions*, livre XI.

Ailleurs : « J'avais un chien qu'on m'avait donné
« tout jeune, presque à mon arrivée à l'Hermitage, et
« que j'avais alors appelé *Duc*. Ce chien, non beau,
« mais rare en son espèce, duquel j'avais fait mon com-
« pagnon, mon ami, et qui certainement méritait
« mieux ce titre que la plupart de ceux qui l'ont pris,
« était devenu célèbre au château de Montmorency,
« par son naturel aimant, sensible, et par l'attachement
« que nous avions l'un pour l'autre; mais par une pu-
« sillanimité fort sotte, j'avais changé son nom en celui
« de *Turc*, comme s'il n'y avait pas des multitudes de
« chiens qui s'appellent *Marquis*, sans qu'aucun mar-
« quis s'en fâche. Le marquis de Villeroy, qui sut ce
« changement de nom, me poussa tellement là-dessus,
« que je fus obligé de conter en pleine table ce que
« j'avais fait. Ce qu'il y avait d'offensant pour le nom
« de duc, dans cette histoire, n'était pas tant de le lui
« avoir donné, que de le lui avoir ôté. Le pis fut qu'il
« y avait là plusieurs ducs; M. de Luxembourg l'était,
« son fils l'était (1). »

Honteux de ces faiblesses qui peuvent sembler petites, mais que Jean-Jacques devait trouver grandes,
il tardait à sa vertu de prendre sa revanche; mais il
n'avait pas toujours la patience d'attendre l'occasion,
et n'était pas toujours heureux à la choisir. Témoin
sa conduite avec le prince de Conti, le plus puissant
et le plus généreux de ses amis. Ce prince, tandis que
Rousseau habitait sur ses terres, lui avait deux fois

---

(1) *Confessions*, livre XI. — Rousseau était alors logé près de M. de Luxembourg et protégé par lui.

envoyé des paniers de gibier : « A quelque temps de
« là, il m'en fit envoyer un autre, et l'un de ses offi-
« ciers des chasses écrivit par ses ordres, que c'était
« de la chasse de Son Altesse, et du gibier tiré de sa
« propre main. Je le reçus encore ; mais j'écrivis à
« Madame de Boufflers que je n'en recevrais plus.
« Cette lettre fut généralement blâmée, et méritait de
« l'être. Je ne l'ai jamais relue dans mon recueil sans
« en rougir et sans me reprocher de l'avoir écrite (1). »
Voici quelques fragments de cette lettre :

  « Recevez mes justes plaintes, Madame : j'ai reçu
« de la part de M. le prince de Conti un second pré-
« sent de gibier, dont sûrement vous êtes complice....
« Je n'enfreindrai plus mes maximes, même pour
« lui. Je leur dois peut-être en partie l'honneur qu'il
« m'a fait ; c'est encore une raison pour qu'elles me
« soient toujours chères. Si je pensais comme un autre,
« eût-il daigné me venir voir ?... Ces dons ne sont
« que du gibier, j'en conviens ; mais qu'importe ? Ils
« n'en sont que d'un plus grand prix, et je n'y vois
« que mieux la contrainte dont on use pour me les
« faire accepter (2). »

Quelquefois cependant il fut plus heureux à trouver
le milieu entre la complaisance et la rudesse. En voici
un exemple intéressant :

  « Le prince de Conti voulut que j'eusse l'honneur
« de faire sa partie aux échecs. Je savais qu'il gagnait
« le chevalier de Lorenzy, qui était plus fort que moi.
« Cependant, malgré les signes et les grimaces du

---

(1) *Confessions*, livre **X.**   (2) *A Madame de Boufflers*, 7 octobre 1760.

« chevalier et des assistants, que je ne fis pas sem-
« blant de voir, je gagnai les deux parties que nous
« jouâmes. En finissant, je lui dis d'un ton respec-
« tueux, mais grave : Monseigneur, j'honore trop
« Votre Altesse Sérénissime, pour ne la pas gagner
« toujours aux échecs (1). »

Une circonstance dont les biographes de Rousseau
n'ont peut-être pas suffisamment tenu compte, a dû
augmenter la gêne et la difficulté du rôle qu'il s'était
imposé. Le don de la parole manquait à ce grand écrivain. Il nous dit lui-même :

« Deux choses presque inalliables s'unissent en moi
« sans que j'en puisse concevoir la manière ; un tem-
« pérament très ardent, des passions vives, impétueu-
« ses, et des idées lentes à naître, embarrassées, et
« qui ne se présentent jamais qu'après coup. On dirait
« que mon cœur et mon esprit n'appartiennent pas au
« même individu. Le sentiment, plus prompt que l'é-
« clair, vient remplir mon âme ; mais au lieu de m'é-
« clairer, il me brûle et m'éblouit... Qu'on juge de ce
« que je dois être dans la conversation, où, pour parler
« à propos, il faut penser à la fois et sur-le-champ à
« mille choses. La seule idée de tant de convenances,
« dont je suis sûr d'oublier au moins quelqu'une,
« suffit pour m'intimider. Je ne comprends pas même
« comment on ose parler dans un cercle (2). »

— « Comment se conduire, dénué de tout impromptu
« dans l'esprit ? Si je me force à parler aux gens que
« je rencontre, je dis une balourdise infailliblement ;

(1) *Confessions*, livre X.   (2) *Confessions*, livre III.

« si je ne dis rien, je suis un misanthrope, un animal
« farouche, un ours. Une totale imbécillité m'eût été
« bien plus favorable ; mais les talents dont j'ai man-
« qué dans le monde ont fait les instruments de ma
« perte, des talents que j'eus à part moi (1). »

Pour le dire en passant, voilà de grandes exceptions
à l'axiome de Madame de Staël, qui veut que tout
homme de génie sache parler : ce don, nous l'avons
déjà dit, paraît avoir manqué à Buffon, à Montesquieu,
à Rousseau. Je serais tenté de m'expliquer l'incapacité des deux derniers, non-seulement par leur timidité naturelle, mais par les qualités mêmes de leur
esprit. Il est aisé de faire passer une baguette à travers
une haie, mais non pas un faisceau. Or chaque pensée,
chez ces deux écrivains, est un faisceau de pensées,
avec cette différence que chez Montesquieu domine le
besoin de les réduire à une seule, et souvent de les
presser dans un mot ; et chez Rousseau celui de les
grouper avec force autour de l'idée qui leur a donné
naissance, sans renoncer pourtant à les exprimer
toutes. Je me les figure l'un et l'autre arrêtés dans
leur chemin par une affluence d'idées, qui tendent à
se distribuer et à s'ordonner, qui cherchent leur centre, et n'ont pas de repos qu'elles ne l'aient trouvé ;
cela fait à l'écrivain un style étincelant, nerveux et
nourri ; mais cette habitude laborieuse de l'esprit, si
elle ne le quitte pas au moment de la conversation,
le gêne alors plus qu'elle ne le sert ; il arrive toujours
trop tard ; il se prépare encore quand tout est dit ;

(1) *Confessions,* livre X.

il ne sait pas, embarrassé qu'il est de sa richesse, marcher de front avec l'esprit des autres ; c'est l'affaire d'un Voltaire, dont la pensée, toujours pressée d'arriver, ne se charge pas d'accessoires, et, moins substantielle, moins forte, armée à la légère, est pour cela même plus prompte et plus agile.

Peut-être aussi la condescendance, que de très grands esprits ont connue et pratiquée, manqua-t-elle à ces deux écrivains. Il pouvait leur en coûter de se prêter aux caprices de la conversation, et d'errer dans cette salle *des pas perdus,* à la suite des parleurs frivoles. Mais en France, à Paris, au dix-huitième siècle, on n'était pas impunément privé de ce talent ; et l'on peut se représenter ce que devait souffrir Rousseau lorsque cette incapacité l'avait empêché de donner jour à quelqu'une des pensées qui l'oppressaient, et quelle irritation s'amassait dans son cœur lorsque le silence où il s'était vu réduit, avait laissé douter de sa vraie opinion sur quelque sujet où il ne lui était pas permis de n'en point avoir :

« Longtemps je me suis abusé moi-même sur la « cause de cet invincible dégoût que j'ai toujours « éprouvé dans le commerce des hommes ; je l'attri- « buais au chagrin de n'avoir pas l'esprit assez présent « pour montrer dans la conversation le peu que j'en « ai, et, par contre-coup, à celui de ne pas occuper « dans le monde la place que j'y croyais mériter (1). »

Il revint plus tard de cette opinion, nous dit-il ; il découvrit à son dégoût pour la société une autre source ;

_____

(1) *Première lettre à M. de Malesherbes,* 4 janvier 1762.

mais ce qui reste vrai, c'est que cette incapacité le rendait malheureux, qu'elle ne dut pas contribuer à lui faire goûter la société, et qu'il en aima davantage la solitude, où ce genre de mortification ne pouvait l'atteindre, et où la gloire, en échange, savait bien le trouver.

S'il en faut croire l'exposé qu'il nous fait des motifs de sa conduite dans ses remarquables lettres à M. de Malesherbes, ce ne serait point ce qu'il appelle misanthropie, encore moins l'affectation, qui lui firent chercher la solitude, mais un amour indomptable de la liberté, la peur que faisaient à sa paresse les prétendus devoirs de la société, et l'expérience qu'il avait faite que ses *prétendus amis* ne l'aimaient pas comme il voulait être aimé, ou pour mieux dire, qu'ils ne l'aimaient pas.

Mais n'oublions pas que si ces lettres, écrites dans un des moments les plus lucides de la vie de Rousseau, rendent avec beaucoup de vivacité et de fraîcheur les impressions sous le charme desquelles il se trouvait alors, il est fort douteux qu'elles rendent un compte fidèle du fond de son caractère. « Passant ma vie avec « moi, je dois me connaître (1), » dit-il. Cette raison est loin d'en être une ; pour se méconnaître, on n'a nul besoin de vivre dans le monde. D'ailleurs, un homme qui vous dit qu'*il s'est toujours cru le meilleur des hommes* (2), et que *malgré le sentiment de ses vices il a pour lui-même une haute estime* (3), cet homme, à

(1) *Première lettre à M. de Malesherbes,* 4 janvier 1762.
(2) *Confessions,* livre X.
(3) *Quatrième lettre à M. de Malesherbes,* 28 janvier 1762.

coup sûr, est possédé d'un orgueil inouï. Et quelle
garantie qu'un tel orgueil quant aux jugements portés
sur soi-même !

Les lettres à M. de Malesherbes ne seraient-elles
donc point une belle hypothèse, une complaisance de
l'imagination, dont la puissance rétroactive transforme
les motifs de nos actions, et nous conte à son gré l'histoire de nos sentiments? Cependant il y a trop de
vérité, trop d'intimité dans le tableau que Jean-Jacques
nous trace de ses voluptés contemplatives au sein de
la nature, pour faire douter qu'il ne fût né, comme il
le dit, « avec un amour naturel pour la solitude (1), »
et que l'attrait de la nature n'ait déterminé sa retraite,
autant que les déplaisirs de la vie sociale. Son style,
qui, à force de plénitude, se trouve quelquefois tendu,
est tout différent dans ces admirables lettres; il possède une grâce, un naturel extrêmes; l'auteur y jouit
pleinement et de lui-même et des objets dont il est
entouré ; il s'y plonge en entier, il ne souffre point
de tiers entre la nature et lui. Citons quelques-uns de
ces beaux passages :

« Oh ! que le sort dont j'ai joui n'est-il connu de
« tout l'univers, chacun voudrait s'en faire un sem-
« blable; la paix régnerait sur la terre ; les hommes
« ne songeraient plus à se nuire, et il n'y aurait plus
« de méchants quand nul n'aurait intérêt à l'être. Mais
« de quoi jouissais-je enfin quand j'étais seul ? De moi,
« de l'univers entier, de tout ce qui est, de tout ce
« qui peut être, de tout ce qu'a de beau le monde

(1) *Première lettre à M. de Malesherbes,* 4 janvier 1762.

« sensible, et d'imaginable le monde intellectuel : je
« rassemblais autour de moi tout ce qui pouvait flatter
« mon cœur ; mes désirs étaient la mesure de mes
« plaisirs. Non, jamais les plus voluptueux n'ont connu
« de pareilles délices, et j'ai cent fois plus joui de
« mes chimères qu'ils ne font des réalités.

« Quand mes douleurs me font tristement mesurer
« la longueur des nuits, et que l'agitation de la fièvre
« m'empêche de goûter un seul instant de sommeil,
« souvent je me distrais de mon état présent, en son-
« geant aux divers événements de ma vie ; et les re-
« pentirs, les doux souvenirs, les regrets, l'attendris-
« sement, se partagent le soin de me faire oublier
« quelques moments mes souffrances. Quel temps
« croiriez-vous, monsieur, que je me rappelle le plus
« souvent et le plus volontiers dans mes rêves ? Ce ne
« sont point les plaisirs de ma jeunesse ; ils furent
« trop rares, trop mêlés d'amertume, et sont déjà
« trop loin de moi. Ce sont ceux de ma retraite, ce
« sont mes promenades solitaires, ce sont ces jours
« rapides, mais délicieux, que j'ai passés tout entiers
« avec moi seul, avec ma bonne et simple gouvernante,
« avec mon chien bien-aimé, avec ma vieille chatte,
« avec les oiseaux de la campagne et les biches de la
« forêt, avec la nature entière et son inconcevable au-
« teur. En me levant avant le soleil pour aller voir,
« contempler son lever dans mon jardin, quand je
« voyais commencer une belle journée, mon premier
« souhait était que ni lettres, ni visites, n'en vinssent
« troubler le charme. Après avoir donné la matinée à

« divers soins que je remplissais tous avec plaisir,
« parce que je pouvais les remettre à un autre temps,
« je me hâtais de dîner pour échapper aux importuns,
« et me ménager un plus long après-midi. Avant une
« heure, même les jours les plus ardents, je partais
« par le grand soleil avec le fidèle Achate, pressant le
« pas dans la crainte que quelqu'un ne vînt s'emparer
« de moi avant que j'eusse pu m'esquiver ; mais quand
« une fois j'avais pu doubler un certain coin, avec
« quel battement de cœur, avec quel pétillement de
« joie je commençais à respirer en me sentant sauvé,
« en me disant : Me voilà maître de moi pour le reste
« de ce jour ! J'allais alors d'un pas plus tranquille
« chercher quelque lieu sauvage dans la forêt, quel-
« que lieu désert où rien ne montrant la main des
« hommes n'annonçât la servitude et la domination,
« quelque asile où je pusse croire avoir pénétré le
« premier, et où nul tiers importun ne vînt s'inter-
« poser entre la nature et moi. C'était là qu'elle sem-
« blait déployer à mes yeux une magnificence toujours
« nouvelle. L'or des genêts et la pourpre des bruyères
« frappaient mes yeux d'un luxe qui touchait mon
« cœur ; la majesté des arbres qui me couvraient de
« leur ombre, la délicatesse des arbustes qui m'envi-
« ronnaient, l'étonnante variété des herbes et des fleurs
« que je foulais sous mes pieds, tenaient mon esprit
« dans une alternative continuelle d'observation et
« d'admiration.

« ... Mon imagination ne laissait pas longtemps dé-
« serte la terre ainsi parée. Je la peuplais bientôt

« d'êtres selon mon cœur, et chassant bien loin l'opi-
« nion, les préjugés, toutes les passions factices, je
« transportais dans les asiles de la nature des hommes
« dignes de les habiter. Je m'en formais une société
« charmante, dont je ne me sentais pas indigne ; je
« me faisais un siècle d'or à ma fantaisie, et remplis-
« sant ces beaux jours de toutes les scènes de ma vie
« qui m'avaient laissé de doux souvenirs, et de toutes
« celles que mon cœur pouvait désirer encore, je m'at-
« tendrissais jusqu'aux larmes sur les vrais plaisirs de
« l'humanité, plaisirs si délicieux, si purs, et qui sont
« désormais si loin des hommes. Oh ! si dans ces mo-
« ments quelque idée de Paris, de mon siècle, et de
« ma petite gloriole d'auteur, venait troubler mes
« rêveries, avec quel dédain je la chassais à l'instant
« pour me livrer, sans distraction, aux sentiments ex-
« quis dont mon âme était pleine ! Cependant au mi-
« lieu de tout cela, je l'avoue, le néant de mes chimères
« venait quelquefois la contrister tout à coup. Quand
« tous mes rêves se seraient tournés en réalités, ils ne
« m'auraient pas suffi ; j'aurais imaginé, rêvé, désiré
« encore. Je trouvais en moi un vide inexplicable, que
« rien n'aurait pu remplir, un certain élancement de
« cœur vers une autre sorte de jouissance dont je
« n'avais pas d'idée, et dont pourtant je sentais le
« besoin. Hé bien, monsieur, cela même était jouis-
« sance, puisque j'en étais pénétré d'un sentiment très
« vif, et d'une tristesse attirante, que je n'aurais pas
« voulu ne pas avoir.

« Bientôt de la surface de la terre j'élevais mes

« idées à tous les êtres de la nature, au système uni-
« versel des choses, à l'être incompréhensible qui
« embrasse tout. Alors l'esprit perdu dans cette im-
« mensité, je ne pensais pas, je ne raisonnais pas, je
« ne philosophais pas ; je me sentais, avec une sorte
« de volupté, accablé du poids de cet univers, je me
« livrais avec ravissement à là confusion de ces gran-
« des idées, j'aimais à me perdre en imagination dans
« l'espace ; mon cœur resserré dans les bornes des
« êtres s'y trouvait trop à l'étroit ; j'étouffais dans l'u-
« nivers ; j'aurais voulu m'élancer dans l'infini. Je
« crois que si j'eusse dévoilé tous les mystères de la
« nature, je me serais senti dans une situation moins
« délicieuse que cette étourdissante extase à laquelle
« mon esprit se livrait sans retenue, et qui, dans l'agi-
« tation de mes transports, me faisait écrier quelque-
« fois : O grand Être ! ô grand Être ! sans pouvoir dire
« ni penser rien de plus (1). »

Mais nous touchons à l'époque où des sentiments,
certainement différents de ceux dont nous venons de
lire la peinture, s'emparent de l'âme de Rousseau, où
sa défiance, de plus en plus ombrageuse, mettra le
genre humain en état de prévention, où ses plus dé-
voués amis lui paraîtront impliqués dans un vaste
complot dont le but est de le perdre en le déshonorant,
où il enchaînera tout à cette idée dominante, où il
cherchera ceux qui l'évitent et fuira ceux qui le cherchent, parce que les premiers seulement seront à l'abri

(1) *Troisième lettre à M. de Malesherbes,* 26 janvier 1762.

de ses soupçons ; l'époque enfin qui fournira la preuve
de ce qu'il écrivait à M. de Malesherbes, « qu'il avait
« une imagination déréglée, prête à s'effaroucher sur
« tout et à porter tout à l'extrême (1). »

Déjà auparavant il en avait donné des preuves. Le
soupçon avait de bonne heure empoisonné ses relations avec ses amis ; bien longtemps avant l'époque des
lettres à M. de Malesherbes, ses mémoires nous le
montrent habile à interpréter les moindres démarches,
et jusqu'aux regards et aux gestes. Né confiant, et
pendant sa jeunesse ayant vécu dans l'illusion, s'étant
arrangé par la pensée un monde imaginaire, assorti
à cette belle nature qu'il avait besoin de peupler d'êtres
dignes d'elle, il se trouva tout à coup jeté de cette at-
mosphère chaude et veloutée dans une eau glaciale ;
son cœur se resserra d'autant plus qu'il avait été plus
ouvert ; il fut défiant à proportion de sa confiance
passée ; et toujours dévoré du besoin de la sympathie,
il la repoussa constamment ; le cœur le plus naturellement aimant devint le plus farouche. Avec un cœur
comme celui-là, il faut être chrétien pour voir sans se
désoler le monde tel qu'il est.

Et dans quel monde était-il tombé ? Je veux qu'au
fond Rousseau ne fût pas meilleur que ses nouveaux
amis ; mais s'il était aussi mauvais, c'était du moins
d'une autre manière. Il avait les vices de la nature ;
les hommes de la coterie holbachique avaient ceux de
la société. Ils étaient rusés et intrigants ; Rousseau était
simple et droit. Enfin, ils reniaient toutes les doctri-

(1) *Première lettre à M. de Malesherbes*, 4 janvier 1762.

nes qui font la dignité de l'homme ; Rousseau était naturellement religieux. S'il eût appris leur art et se fût
fait à leurs mœurs, son génie était perdu ; car il ne put
jamais écrire que sous la dictée de l'émotion ; il aurait
figuré tout au plus parmi les médiocrités littéraires de
l'époque, et n'aurait pas même écrit *la Nouvelle Héloïse.*

Sa retraite sauva donc son génie, mais non pas son
bonheur. Il emporta dans la solitude ce monde qui
l'avait blessé. A d'immenses besoins moraux il n'avait
à offrir que sa propre substance, qu'à la vérité il mul-
tipliait, pour ainsi dire, par l'orgueil, mais sans réussir à satisfaire la faim d'une âme à qui Dieu seul pouvait suffire. Son orgueil avait beau contrepeser le
souvenir de ses fautes ; il avait beau se dire : « Ma
« vie est pleine de fautes, car je suis homme; mais
« voici ce qui me distingue des hommes que je con-
« nais, c'est qu'au milieu de mes fautes, je me les
« suis toujours reprochées (1) ; » ces reproches mêmes,
ces remords, bien propres à creuser le cœur, ne le
sont pas à le remplir. D'ailleurs, ce bonheur simple et
naturel que Jean-Jacques avait rêvé dès sa jeunesse,
et que peut-être il aurait su goûter, il y manquait par
sa faute plusieurs éléments. Il avait corrompu à son
dam toutes les douceurs de l'existence; il ne s'était
pas créé un intérieur qui pût le satisfaire ; « il traî-
« nait partout, a dit un de ses biographes, la plus
« cruelle ennemie de son repos, » et quoique, à la fin,
il eût fait son épouse de celle avec laquelle il avait

(1) *A Madame d'Houdetot,* 25 mars 1758.

formé une liaison illégitime, il put éprouver que, si le respect de la morale publique ne suffit pas pour donner le bonheur, le mépris de cette même morale manque rarement de l'ôter.

Il ne faut pas le croire sur parole lorsqu'il nous dit que « tous ses malheurs ▓▓▓▓▓ent de cette ardente « haine de l'injustice ▓▓▓▓▓ais pu dompter (1). » En le disant, il le ▓▓▓▓ sans doute; mais je pense qu'il eût été en peine de le prouver. Les torts qu'eurent avec lui ses amis ont peu de rapport à cette explication; et ces torts eux-mêmes furent bien grossis par son imagination. Il fut persécuté pour les doctrines d'un de ses ouvrages, et il y eut dans cette persécution des circonstances qui durent l'indigner; mais tous ses malheurs ne dérivent pas de cette poursuite, qui eût laissé bien des moyens de bonheur à un autre caractère que le sien. Lorsque l'*Émile,* à cause de la *Profession de foi du vicaire savoyard,* fut brûlé par ordre du parlement, son auteur, décrété de prise de corps à Paris et à Genève, et forcé de quitter cette douce solitude de Montmorency, où la plus généreuse amitié avait su le contraindre à être heureux, il put gémir sans doute, et quelque amertume se put mêler à la douleur de l'écrivain, qui se croyait frappé pour avoir servi la cause de l'humanité, « le défenseur, disait-il, « de la cause de Dieu, des lois, de la vertu (2). » Mais cette même idée eût dû le consoler; et si toujours il eût trouvé au fond de son cœur les belles paroles qui

(1) *A M. de Mirabeau,* 31 janvier 1767.
(2) *A M. de Gingins,* 22 juin 1762.

coulèrent un jour de sa plume : « J'ai rendu gloire à
« Dieu, j'ai parlé pour le bien des hommes ; ô ami!
« pour une si grande cause, ni toi ni moi ne refu-
« serons jamais de souffrir (1), » l'injustice des hommes
eût fait involontairement le bonheur de sa vie.

Plusieurs de mes au...... l'ouïe de ces dernières
paroles, se demander...... ...eau pût être sincère
en les prononçant. Quant à ....e crois. Si le *Vicaire
savoyard* attaque la révélation, il défend d'un autre
côté la religion naturelle; et Jean-Jacques était beaucoup plus frappé du second fait que du premier. Il y a
plus ; il croyait même, comme nous le verrons plus
tard, servir la cause du christianisme en le dégageant
de quelques formules arbitraires. Quant au théisme, il
le défendait avec la double chaleur d'une conviction
profonde et d'un bien acquis par de longs combats,
qu'il nous a retracés dans ses *Rêveries.* Il estimait être
bien plus coupable envers la coterie holbachique qu'envers l'Église chrétienne; et en effet, la *Profession de foi
du vicaire*, qui le fit taxer d'impiété par les uns, le fit
traiter de bigot par les autres.

Sous l'inspiration de ces pensées, ses premières impressions, en quittant son asile, furent mêlées de beaucoup de douceur. Il n'y avait même dans son cœur
plus de place que pour la joie, lorsqu'il arriva aux
frontières de la Suisse : « En entrant sur le territoire de
« Berne, je fis arrêter; je descendis, je me prosternai;
« j'embrassai, je baisai la terre, et m'écriai dans mon
« transport : Ciel ! protecteur de la vertu, je te loue, je

_____

(1) *A M. Moultou*, 7 juin 1762.

« touche une terre de liberté (1) ! » Cet enthousiasme
n'était pas destiné à durer longtemps. A peine avait-il
touché cette terre de liberté que le sénat de Berne lui
envoya l'ordre de la quitter. C'est dans ce même temps
que Genève, sa patrie, lançait un mandat d'amener
contre lui, pour un crime commis loin d'elle, et qui,
au même titre, aurait bien pu être atteint par
tous les gouvernements de l'Europe. Il faut un peu
rappeler ces temps, pour prendre en patience le temps
actuel.

Ce dernier coup accabla Rousseau. Il aimait tendrement sa patrie. Il avait cherché à l'honorer par ses
écrits, dont l'un des plus célèbres avait été dédié au
gouvernement genevois; il se parait du titre de *citoyen
de Genève;* il avait écrit le plus parfait de ses ouvrages,
sa *Lettre à d'Alembert,* pour garantir sa patrie des dangers dont l'établissement d'un théâtre lui semblait la
menacer. Tous ces souvenirs aigrissaient sa douleur.
C'est dans cette disposition d'âme qu'il alla s'établir à
Motiers-Travers, éprouvant peut-être une satisfaction
amère à obtenir dans une monarchie l'asile que les ré-
publiques refusaient à l'apôtre de l'égalité. Il faut lire
ici la noble lettre par laquelle il prévint de son arrivée
le roi de Prusse et lui demanda l'hospitalité :

« J'ai dit beaucoup de mal de vous; j'en dirai peut-
« être encore : cependant, chassé de France, de Ge-
« nève, du canton de Berne, je viens chercher un asile
« dans vos États. Ma faute est peut-être de n'avoir pas
« commencé par là : cet éloge est de ceux dont vous

(1) *Confessions,* livre XI.

« êtes digne. Sire, je n'ai mérité de vous aucune
« grâce, et je n'en demande pas; mais j'ai cru devoir
« déclarer à Votre Majesté que j'étais en son pouvoir,
« et que j'y voulais être; elle peut disposer de moi
« comme il lui plaira (1). »

Je ne puis me priver ██████ laisir de communiquer, à
la suite de cette lettre, ██████ue, peu de temps après,
il écrivit au même roi de Prusse, qui lui semblait s'em-
presser trop peu de faire jouir ses sujets des bienfaits
de la paix après tant de guerres. Il ne faut pas oublier
que Frédéric faisait offrir une pension à J. J. Rousseau :

« Sire, vous êtes mon protecteur et mon bienfai-
« teur, et je porte un cœur fait pour la reconnaissance;
« je viens m'acquitter avec vous, si je puis.

« Vous voulez me donner du pain; n'y a-t-il aucun
« de vos sujets qui en manque? Otez de devant mes
« yeux cette épée qui m'éblouit et me blesse; elle
« n'a que trop fait son devoir, et le sceptre est aban-
« donné. La carrière est grande pour les rois de votre
« étoffe, et vous êtes encore loin du terme : cependant
« le temps presse, et il ne vous reste pas un moment à
« perdre pour aller au bout. Sondez bien votre cœur,
« ô Frédéric ! Pourrez-vous vous résoudre à mourir
« sans avoir été le plus grand des hommes?

« Puissé-je voir Frédéric, le juste et le redouté, cou-
« vrir enfin ses états d'un peuple heureux dont il
« soit le père ! et Jean-Jacques Rousseau, l'ennemi des
« rois, ira mourir au pied de son trône (2). »

(1) *Au Roi de Prusse,* juillet 1762.
(2) *Au Roi de Prusse,* 30 octobre 1762.

Établi à Motiers au sein d'une population protestante, J. J. Rousseau éprouva le besoin de se rattacher
à elle par la communion du culte. Nous avons omis de
dire que, pendant son séjour en Savoie, il était devenu
catholique. A cette époque de sa vie, la croyance avait
déjà trouvé des obstacles dans sa raison; mais il y avait
suppléé par la bonne volonté; il s'était fait une foi plus
qu'enfantine; il nous apprend lui-même que la crainte
de la damnation l'agitant souvent alors, il avait recours
à de singuliers expédients pour sortir d'incertitude sur
son sort à venir : « Un jour, rêvant à ce triste sujet, je
« m'exerçais machinalement à lancer des pierres contre
« les troncs des arbres, et cela avec mon adresse ordi-
« naire, c'est-à-dire sans presque en toucher aucun.
« Tout au milieu de ce bel exercice, je m'avisai de
« m'en faire une espèce de pronostic pour calmer mon
« inquiétude. Je me dis : Je m'en vais jeter cette pierre
« contre l'arbre qui est vis-à-vis de moi; si je le tou-
« che, signe de salut; si je le manque, signe de dam-
« nation. Tout en disant ainsi, je jette ma pierre d'une
« main tremblante et avec un horrible battement de
« cœur, mais si heureusement, qu'elle va frapper au
« beau milieu de l'arbre; ce qui véritablement n'était
« pas difficile, car j'avais eu soin de le choisir fort gros
« et fort près. Depuis lors, ajoute Rousseau, je n'ai
« plus douté de mon salut (1). »

Dans les jours de sa gloire, ayant fait un séjour à
Genève, il rentra formellement dans le sein de la religion qui proteste ; je m'exprime ainsi pour marquer

(1) *Confessions,* livre VI.

dans quel sens Rousseau entendait le christianisme
protestant. A Motiers il s'en souvint :

« Après ma réunion solennelle à l'Église réformée,
« vivant en pays réformé, je ne pouvais, sans manquer
« à mes engagements et à mon devoir de citoyen, né-
« gliger la profession publique du culte où j'étais
« rentré.... Toujours vivre isolé sur la terre me pa-
« raissait un destin bien triste, surtout dans l'adver-
« sité. Au milieu de tant de proscriptions et de persé-
« cutions, je trouvais une douceur extrême à pouvoir
« me dire : Au moins je suis parmi mes frères ; et
« j'allai communier avec une émotion de cœur et des
« larmes d'attendrissement, qui étaient peut-être la
« préparation la plus agréable à Dieu qu'on y pût
« porter (1). »

Je prie mes auditeurs de se rappeler la communion
de Voltaire ; ce rapprochement peut servir dans un
parallèle de ces deux hommes. La communion de
Rousseau avait bien des défauts, mais elle n'était pas
une farce impie ; elle était un acte plein de gravité et
de sentiment. « Le respect s'en va, » disait avec profondeur une femme d'esprit du dix-huitième siècle ;
Rousseau, parmi beaucoup de torts et de faiblesses,
savait respecter.

On avait cru pouvoir, sans difficulté ni examen
préalable, accorder la communion à l'auteur du *Vicaire savoyard;* on crut devoir la refuser à l'auteur des
Lettres de la montagne, écrites par J. J. Rousseau pendant son séjour à Motiers. Il aurait pu s'en plaindre

(1) *Confessions,* livre XII.

comme d'une inconséquence ; mais ce n'était pas assez pour son génie, ami de l'exagération et friand de sophismes. Il s'écria qu'il avait été, dans les *Lettres de la montagne*, « le défenseur de la religion protestante ; » que si on ne lui avait point refusé la communion après l'*Émile*, on en avait bien moins le droit après ces *Lettres* : « C'est alors qu'on pouvait m'ôter la commu- « nion ; mais c'est à présent qu'on devrait me la « rendre (1). »

Or, il faut savoir que, dans les *Lettres de la montagne*, J. J. Rousseau renverse les doctrines capitales de nos confessions de foi. Il est vrai qu'il prétend le faire avec des passages mêmes de l'Évangile ; mais si un partisan du polythéisme réclamait la communion chrétienne, se fondant sur ce que les livres des chrétiens renferment ce passage : *Il y a plusieurs dieux et plusieurs seigneurs* (2), je doute fort qu'aucune communauté chrétienne le reçût dans son sein. Rousseau oubliait que le protestantisme, à prendre ce mot dans son sens propre, n'est pas une religion ; qu'on n'a pas une religion pour le seul fait d'en avoir abjuré une autre ; et que, à côté du principe négatif qui nous a séparés de l'Église romaine, il y a un principe positif qui nous réunit les uns aux autres ; que ce principe positif n'est autre qu'une croyance commune ; que c'est en vertu de ce principe que nous formons des Églises, attendu qu'une Église qui ne croirait rien serait une chose absurde et contradictoire. Autour de quoi se

---

(1) *Au consistoire de Motiers*, 29 mars 1765.
(2) Première Épître aux Corinthiens, VIII, 5.

réunit-on, si ce n'est autour d'une croyance ou d'une idée commune ?

Les *Lettres écrites de la montagne* avaient soulevé contre J. J. Rousseau, non-seulement le pouvoir, mais aussi les masses. Il en eut bientôt la preuve. Il fut attaqué dans sa maison par ses nouveaux combourgeois. On a beaucoup raisonné sur cet événement; on l'a exténué jusqu'à le réduire à rien. L'imagination de Rousseau a pu l'exagérer, mais elle ne l'a pas créé; et, toute peur mise à part, on n'a pas besoin encore de recourir à l'inconstance et au caprice pour expliquer la nouvelle migration de Jean-Jacques. Il trouva, dans l'île de Saint-Pierre, la plus chérie de ses retraites et l'avant-goût d'un bonheur parfait. On le savoure avec lui, quand on lit la description qu'il en a faite deux fois, dans ses *Confessions* et dans ses *Rêveries*. Et lorsqu'un arrêt du pouvoir l'expulsa, dans les vingt-quatre heures, de cette charmante solitude, dont il désirait ardemment qu'on lui fît une prison, on se sent, pour ainsi dire, frappé du même coup, et l'on comprend que cette violence inattendue, inconcevable, ait porté une dernière et fatale atteinte à sa raison déjà ébranlée.

De ce moment, en effet, il est impossible de méconnaître chez Rousseau l'héritier de l'infortune du Tasse. Et l'on doute si les circonstances qui suivirent ce dernier exil ont accéléré les progrès de cet égarement intellectuel, ou si cet égarement n'a pas lui seul donné à ces circonstances leur sinistre caractère. Le malheureux Rousseau, qui devait pour jamais être en

garde contre la société holbachique, accepte les offres
de service et d'hospitalité d'un des affidés de cette
coterie, David Hume, le célèbre historien anglais. Il
part avec lui pour l'Angleterre, et à peine arrivé dans
ce pays, tout plein de ses admirateurs, il se croit livré
par son ami à la haine et à la risée publiques. Un
éclat s'ensuit des deux parts, et la France apprend
bientôt de J. J. Rousseau que Hume est un traître, de
Hume que Jean-Jacques est un scélérat. Qu'on nous
dispense de retracer les détails affligeants et presque
incroyables d'une rupture, où Rousseau mit, pour sa
part, la susceptibilité la plus outrée, les plus étranges
écarts d'imagination, mais où son hôte ne brilla point
par la délicatesse et la générosité.

Toujours poursuivi par la pensée qu'il était le point
de mire d'une vaste conspiration contre son honneur,
Rousseau prit alors le parti de déconcerter ses ennemis en disant de lui-même plus de mal que ses ennemis n'en savaient et n'en pouvaient imaginer (1). Mais
son dessein, vous le sentez bien, n'était pas de s'avilir. Il pensait que le mal qu'il disait de lui avec une
sincérité sans exemple, forcerait à croire le bien qu'il
se proposait d'en dire aussi ; et il était persuadé que
le bien surpassait tellement le mal, que le produit net
de ses aveux, dans l'esprit de ses lecteurs, serait l'admiration et la sympathie. Telle est l'idée dominante
et peut-être unique du livre des *Confessions;* si quelque

(1) Il paraît, par une lettre de Rousseau du 30 janvier 1763, à M. Moultou, que
ce dessein était formé dès longtemps.

autre espoir plus désintéressé se joignit à son principal dessein, son âme s'y arrêta peu. S'il dit une
fois : « L'histoire d'un homme qui aura le courage de
« se montrer *intus et in cute* peut être de quelque in-
« struction à ses semblables (1), » vingt fois il indique
l'intérêt de sa réputation comme le véritable objet de
son entreprise : « Je dirai tout, le bien, le mal, tout
« enfin ; je me sens une âme qui se peut montrer (2). »
— « Sentant que le bien surpassait le mal, j'avais
« mon intérêt à tout dire, et j'ai tout dit (3). » Mais
le passage le plus remarquable est le début même de
son livre ; nous le citerons encore, quoiqu'il soit bien
connu :

« Que la trompette du jugement dernier sonne
« quand elle voudra, je viendrai, ce livre à la main,
« me présenter devant le souverain juge. Je dirai hau-
« tement : Voilà ce que j'ai fait, ce que j'ai pensé, ce
« que je fus... Je me suis montré tel que je fus ; mé-
« prisable et vil quand je l'ai été ; bon, généreux,
« sublime, quand je l'ai été : j'ai dévoilé mon inté-
« rieur, tel que tu l'as vu toi-même, Être éternel.
« Rassemble autour de moi l'innombrable foule de mes
« semblables ; qu'ils écoutent mes confessions (4)... »

Représentez-vous, Messieurs, le genre humain
tenant séance devant le trône de l'Immortel et dans
l'attente de ses arrêts, pour entendre les récits grave-
leux que J. J. Rousseau prolonge dans ses *Confessions*

(1) *A M. Moultou,* 30 janvier 1763.
(2) *A Milord Maréchal,* 20 juillet 1766.
(3) *Rêveries,* quatrième promenade.   (4) *Confessions,* livre 1.

avec une complaisance trop visible ; certes, le moment
et le lieu sont bien choisis !

« Qu'ils gémissent de mes indignités, qu'ils rou-
« gissent de mes misères. Que chacun d'eux découvre
« à son tour son cœur au pied de ton trône avec la
« même sincérité, et puis qu'un seul te dise, s'il l'ose :
« Je fus meilleur que cet homme-là (1). »

Ce ne sera aucun de nous, Messieurs, j'ose m'en
porter garant, nous, élevés à l'école de cet apôtre qui,
ne portant dans sa conscience que des souvenirs honorables selon le monde, ne s'en regardait pas moins
comme *le premier des pécheurs* (2). Le chrétien a dés-
appris à mépriser ; le chrétien ne songe guère à se
mettre en parallèle avec son frère, et à se faire, par
comparaison, un sujet de gloire de la honte de son
prochain. Une égalité fondamentale de misère et de
péché ne lui permet pas de faire beaucoup d'attention
aux inégalités que d'autres yeux peuvent apercevoir,
et dont nous-mêmes, dans un sens, nous ne nions
point la réalité. J. J. Rousseau, qui croit nous étonner
par une apostrophe hardie, a manqué son but quant à
nous ; sans marchander un moment, nous refusons le
défi, nous consentons à ne point passer pour meilleurs
que lui.

Quoi qu'il en soit, Messieurs, Rousseau nous épargne
la peine de choisir entre les suppositions sur le vrai
but de son livre. Ce livre, intitulé *Confessions*, est bien
une apologie, on pourrait dire presque un monument
à sa gloire morale. Qu'il ait dit de lui-même tout le

(1) *Confessions*, livre 1.   (2) Première Épître à Timothée, I, 15.

mal qu'il en savait, je n'en fais nul doute; je ne sais
quel aveu aurait pu lui coûter après ceux qu'il a faits.
Il a confessé, non-seulement ce qui est *criminel*, mais
ce qui est *ridicule et honteux*, et il observe avec raison
que « c'est ce qui coûte le plus à dire (1). » Outre cela,
le vice le plus difficile à avouer est peut-être l'envie,
sentiment que Rousseau ne semble pas avoir éprouvé.
L'orgueil qui, selon Pascal, contre-pèse toutes nos
misères, contre-pèse aussi toutes nos confessions,
même l'aveu de ce qui est ridicule et honteux.

Que faisait, d'ailleurs, au but des *Confessions* le
détail de tant de folies, de tant d'égarements, dont
l'indication sommaire eût suffi? Quel a pu être le dessein de l'auteur dans ces peintures complaisantes, plus
dignes d'un poëte érotique que d'un philosophe et d'un
moraliste? Est-ce ainsi qu'au déclin de l'âge devait
occuper ses loisirs l'apôtre d'une doctrine austère,
celui qui se vante d'avoir formé « le dessein le plus
« grand peut-être, ou du moins le plus utile à la vertu,
« que mortel ait jamais conçu (2)? »

Ensuite, si l'on a le droit, sous de certaines réserves, de faire ses confessions, a-t-on également le droit
de faire celles d'autrui? Oui peut-être, quand la défense de son propre honneur en fait une nécessité,
quand on ne peut se justifier qu'en accusant. Mais
quand ce motif manque, on n'a pas le droit, même
pour s'accuser, d'accuser autrui; combien moins d'accuser et de flétrir ses bienfaiteurs. Or, quelle place
occupe l'infortunée Madame de Warens dans les mé-

(1) *Confessions*, livre I.   (2) *Confessions*, livre VIII.

moires de J. J. Rousseau, chacun le sait. On a voulu
pallier ce tort ; mais cette tentative elle-même est un
tort. On ne peut pas alléguer la charité ; comment y
aurait-il de la charité à justifier l'infraction la plus
grave aux lois de la charité ? Rousseau, en parlant
comme il l'a fait de sa bienfaitrice, fut bien ingrat ou
bien insensé. Ses mémoires, dit-on, ne devaient paraître qu'en 1800, époque où il ne pouvait plus exister
personne de la famille de Madame de Warens. Mais
qui lui répondait qu'ils ne paraîtraient pas longtemps
auparavant ? Et c'est, en effet, ce qui arriva.

A partir de ce moment, nous ne pourrions suivre le
cours de la vie de Rousseau et les lieux différents qu'il
habita que pour recueillir les traits et signaler les
symptômes du mal qui dévora sa vieillesse, et dont,
chose étonnante, il avait la conscience sans être en
état d'en guérir. En 1770, il écrivait à Du Belloy :
« Ma défiance est d'autant plus déplorable, que,
« presque toujours fondée (et je n'ajoute *presque* qu'à
« cause de vous), elle est toujours sans bornes, parce
« que tout ce qui est hors de la nature n'en connaît
« plus (1). » On en pourra juger par quelques traits.

En 1750, il avait soutenu une polémique toute littéraire contre M. Bordes, de Lyon. Celui-ci fait un
voyage en Angleterre, dix ans après. Rousseau, sans
examen, ne doute pas que M. Bordes n'ait fait le
voyage de Londres exprès pour lui nuire (2).

Du Belloy, lui-même, lui envoie une tragédie, le
Siége de Calais; il lui répond :

(1) *A Du Belloy,* 12 mars 1770.　　(2) *Confessions,* livre VIII.

« A ma seconde lecture je suis tombé sur un vers
« qui m'avait échappé dans la première, et qui par
« réflexion m'a déchiré :

> « Que de vertu brillait dans son faux repentir!.
> « Peut-on si bien la peindre et ne la pas sentir ?

« J'y ai reconnu, non, grâces au ciel, le cœur de
« Jean-Jacques, mais les gens à qui j'ai affaire, et que,
« pour mon malheur, je connais trop bien (1). »

Il écrit à M. de Saint-Germain : « Enfin nulle atten-
« tion n'a été omise pour me défigurer de tout point,
« jusqu'à celle qu'on n'imaginerait pas, de faire dis-
« paraître les portraits de moi qui me ressemblent,
« et d'en répandre un à très grand bruit, qui me
« donne un air farouche et une mine de cyclope (2). »

Écoutez encore ce trait raconté dans ses *Rêveries*,
ouvrage de la dernière année de sa vie, monument
d'un talent plein de vigueur et d'une âme brisée. Il
rencontre dans une de ses promenades un enfant dont
la physionomie l'intéresse : « Je demandai à l'enfant
« qui était son père. Il me le montra qui reliait des
« tonneaux. J'étais prêt à quitter l'enfant pour aller
« lui parler, quand je vis que j'avais été prévenu par
« un homme de mauvaise mine, qui me parut être
« une de ces mouches qu'on tient sans cesse à mes
« trousses : tandis que cet homme lui parlait à l'oreille,
« je vis les regards du tonnelier se fixer attentivement
« sur moi d'un air qui n'avait rien d'amical. Cet objet
« me resserra le cœur à l'instant, et je quittai le père

---

(1) *A M. Du Belloy*, 19 février 1770.
(2) *A M. de Saint-Germain*, 26 février 1770.

« et l'enfant avec plus de promptitude que je n'en
« avais mis à revenir sur mes pas (1). »

On sait que, pendant un temps (2), il accompagna
la date de chacune de ses lettres des quatre vers suivants :

> Pauvres aveugles que nous sommes !
> Ciel ! démasque les imposteurs,
> Et force leurs barbares cœurs
> A s'ouvrir aux regards des hommes !

Mais ce qu'il y a de plus frappant, c'est son opinion
au sujet d'une strophe du Tasse, avec lequel l'unissait
une si triste conformité. Il croyait fermement que,
dans la soixante-dix-septième strophe du douzième
chant de la *Jérusalem délivrée*, le Tasse avait pensé à
lui, ou du moins avait, sans le vouloir, prophétisé son
sort. La strophe, sans cela, n'eût été à ses yeux qu'un
hors-d'œuvre inexplicable, un non-sens. Or, cette
strophe, en voici la traduction :

> Seul avec mes pensers, implacables furies,
> Je trainerai partout leur cortége abhorré.
> J'aurai peur de la nuit : ses ombres ennemies
> Représentent ma faute à mon cœur déchiré.
> J'aurai peur du soleil : sa perfide lumière
> A mes regards troublés révéla mon destin.
> J'aurai peur de moi-même ; et toujours, ô misère !
> A moi-même enchaîné, je fuirai, mais en vain (3).

---

(1) *Rêveries,* neuvième promenade.　　(2) En 1770 et 1771.

(3)　　Vivrò fra i miei tormenti e fra le cure,
　　　　Mie giuste furie, forsennato, errante,
　　　　Paventerò l'ombre solinghe e scure,
　　　　Che 'l primo error mi recheranno avante :
　　　　E del sol, che scopri le mie sventure,
　　　　A schivo ed in orrore avrò il sembiante.
　　　　Temerò me medesmo, e da me stesso
　　　　Sempre fuggendo, avrò me sempre appresso.

Après avoir lu ces vers, ne saurons-nous pas, Messieurs, le vrai nom des fantômes qui persécutaient Rousseau? N'étaient-ce pas, sous mille noms supposés, d'anciens et incurables remords? Sa vie, ses agitations antérieures n'avaient-elles pas été en procès continuel avec sa conscience? N'est-ce pas en vue de l'apaiser ou de la venger qu'il avait écrit ses *Confessions?* Cette préoccupation de sa valeur morale, ce soin d'établir la balance entre ses vertus et ses vices, cette évocation anticipée du jugement suprême, ne sont-ils pas des symptômes de ce trouble intérieur dont les vers du Tasse sont une expression si terrible? Nous ne voulons pas prononcer.

Rousseau semblait n'avoir conservé toute la vigueur de son intelligence que pour la mettre au service de son idée fixe. Il a lui-même, sans y songer, rendu compte, à l'occasion d'un fait plus ancien, de ce singulier état de son esprit. Je ne sais plus quelle bizarre idée il s'était mise dans la tête; il dit à ce sujet : « Il « est étonnant quelle foule de faits et de circonstances « vint dans mon esprit se calquer sur cette folie, et « lui donner un air de vraisemblance, que dis-je! « m'y montrer l'évidence et la démonstration (1). »

Il eût été bien difficile, en l'observant dans toute autre sphère, d'apercevoir, de soupçonner en lui le plus léger symptôme de cette cruelle maladie. C'est au contraire à cette époque que se rapporte la partie la plus intéressante de sa correspondance. Il y a même une morale plus saine, une sagesse plus modérée, une

(1) *Confessions,* livre XI.

plus juste appréciation de la vie et de la société dans
ses lettres d'alors que dans la plupart de ses ouvrages;
il s'y montre, surtout pour les jeunes gens, homme
d'excellent conseil; insensé pour lui-même, il est admirablement sage pour autrui.

Au milieu de ce noir délire, il revint à Paris, se
jeta de nouveau dans le monde, se montra partout,
puis se retira à Ermenonville en 1776. Il regardait sa
carrière littéraire comme terminée; il avait pris avec
lui-même l'engagement de ne rien écrire désormais
pour le public. Nous n'apprenons plus de lui que des
anecdotes, et l'on rapporte à cette époque beaucoup de
traits d'aliénation. Ce fut alors néanmoins que, l'âme
brisée, non l'orgueil brisé, il écrivit ses *Rêveries*, monument du talent le plus admirable et de la plus
étrange perversion d'idées.

Voici un passage remarquable d'une lettre écrite
par Rousseau peu de mois avant sa mort :

« L'hirondelle est naturellement familière et con-
« fiante; mais c'est une sottise dont on la punit trop
« bien pour ne l'en pas corriger. Avec de la patience,
« on l'accoutume encore à vivre dans des appartements
« fermés, tant qu'elle n'aperçoit pas l'intention de l'y
« tenir captive : mais sitôt qu'on abuse de cette con-
« fiance (à quoi l'on ne manque jamais), elle la perd
« pour toujours. Dès lors elle ne mange plus, elle ne
« cesse de se débattre et finit par se tuer (1). »

On a voulu voir un suicide dans la mort de Rousseau. Sans discuter cette opinion, nous ferons observer

(1) *A Madame de C.*, 9 janvier 1778, en note.

que les indices fournis à l'appui de ce fait ont assez
peu de poids en eux-mêmes, pour que, sans la disposition d'esprit de Rousseau, la pensée n'en fût pas
venue. Il est bon de rappeler à ce propos une lettre
qu'il écrivait à sa femme quelques années auparavant :

« Je ne vais pas faire un voyage bien long ni bien
« périlleux ; cependant la nature dispose de nous au
« moment que nous y pensons le moins. Vous connais-
« sez trop mes vrais sentiments pour craindre qu'à
« quelque degré que mes malheurs puissent aller, je
« sois homme à disposer jamais de ma vie avant le
« temps que la nature ou les hommes auront marqué.
« Si quelque accident doit terminer ma carrière, soyez
« bien sûre, quoi qu'on puisse dire, que ma volonté
« n'y aura pas eu la moindre part (1). »

Jean-Jacques Rousseau mourut à Ermenonville, le
4 juillet 1778, deux mois après Voltaire. Ces deux
morts si rapprochées présentent un contraste saisis-
sant : Rousseau finit ses jours dans la solitude, l'a-
bandon, presque l'indigence ; Voltaire, au milieu des
fanfares de la renommée et « comme enseveli dans son
« triomphe. » Tous deux vivent encore par la puissante influence qu'ils ont exercée sur les esprits.

Quoique, dans cet aperçu de la vie de Rousseau,
nous ayons tâché de faire ressortir surtout ce qui le
caractérise, il n'est guère possible d'arriver, sous ce
rapport, à des conclusions bien positives. Il en vau-

(1) *A Madame Rousseau*, 12 août 1769.

drait cependant la peine, soit à cause du jour que,
mieux connu, le caractère de l'écrivain répandrait sur
ses ouvrages, soit parce que pour l'homme il n'existe
pas d'étude plus intéressante que celle de l'homme.
Un livre est toujours le produit de l'art ; un homme
est l'œuvre de la nature et des circonstances ; la lumière qui vient de lui nous est plus proche et plus sûre
que celle des livres.

Il n'est, du reste, pas facile, avec tous les matériaux
en main, de bien établir un caractère. Un caractère,
c'est le produit collectif, l'unité morale résultant d'une
réunion de dispositions dans le même sujet : humanité, nation, individu. Je sais bien que l'idée la plus
commune est de déterminer le caractère d'après les
actions; il semble naturel, au premier coup d'œil, de
reconnaître l'arbre à son fruit. Cette méthode, cependant, peut ne pas conduire à la vérité, tant est considérable sur nos actes l'influence des circonstances extérieures. Le caractère ne peut se conclure immédiatement des actions que moyennant certaines réserves
et certaines règles. L'ensemble des actions, la vie, en
un mot, est semblable à une ample draperie jetée sur
une statue ; elle en accuse les formes d'une manière
générale; toutefois il faudrait bien de la réflexion et
de l'art pour dessiner avec exactitude le corps qu'elle
recouvre. Mais les vices et les vertus, dira-t-on, ne
peuvent-ils pas faire juger du caractère? Eh bien,
non, pas d'une manière absolue. Considérés à nu et
en eux seuls, ils ne sont pas le caractère ; des vices
peuvent avoir été contractés et des vertus aussi, par

des influences qui ne dérivent point uniquement du caractère.

Le caractère se compose des traits distincts, saillants, permanents, qui se révèlent dans toute la durée d'une vie, qui en déterminent et en expliquent l'ensemble. Ces traits sont des affections, mais des affections simples, élémentaires, qui ne sont ni composées ni dérivées. Pour retrouver ces éléments primordiaux, il faudrait, je crois, les étudier et les surprendre au vif chez les petits enfants. Combien, par la suite, la vie ne transforme-t-elle pas ces propensions naturelles ! Pour saisir l'exemple le plus proche, la défiance n'était point, chez Rousseau, une disposition de sa jeunesse; alors, au contraire, nous l'avons vu confiant à l'excès. La défiance appartient à une portion de sa vie, la confiance à une autre ; il faut donc nécessairement supposer entre deux quelque chose de primitif, une qualité à laquelle nous nous trouvons forcés de remonter.

L'intensité, la combinaison, la proportion de ces affections naturelles suffisent pour expliquer toute l'immense variété des caractères individuels. Mais on ne conçoit pas, on ne se représente pas un caractère, quand on ne voit les traits qui le composent que juxtaposés; il y a attraction et réaction mutuelle comme dans le système de Newton. Les choses les plus indépendantes tendent à s'organiser lorsqu'elles sont rapprochées ; de même les forces naturelles se modifient et se pénètrent ; souvent l'une d'entre elles devient dominante et subjugue celles qui lui étaient primiti-

vement associées. Le caractère est un organisme d'affections qui agissent les unes sur les autres, de telle
sorte que l'ensemble, l'unité qui naît de leur rapprochement, ne soit pas une somme, mais un résultat.
Il en est comme de la chimie, dont les éléments se ré-
duisent à un fort petit nombre de substances simples,
qui, par leur mélange, créent d'autres substances
neuves, individuelles, mais qui ne sont plus des éléments. Nous comprendrons mieux le mode d'alliage
des caractères individuels en observant un caractère
national, celui des Anglais, par exemple. Nous y retrouvons sans doute plusieurs traces du caractère particulier des races diverses dont ce peuple est composé;
mais cet amalgame a produit une race nouvelle. Un
caractère ne saurait purement consister dans les forces
primitives de l'être; c'est ce qui rend difficile l'explication d'un caractère. Les éléments donnés, on n'a
pas pour cela le résultat; le résultat donné, il n'est
pas aisé de remonter aux éléments.

A ces observations générales, il en faut joindre de
plus particulières.

L'esprit ne fait pas le caractère; mais la forme et le
degré de l'intelligence ayant une si forte influence sur
la teneur de la vie, il est impossible de ne pas compter
les qualités intellectuelles parmi les éléments du caractère.

Les opinions ne sont pas non plus le caractère.
Quelques-unes y sont même opposées; l'éducation, la
société, l'intérêt arrivent à former chez l'individu des
opinions contraires à ses dispositions naturelles. Ce-

pendant lorsque celles-là persévèrent, il faut chercher dans quelque recoin du caractère l'explication de leur présence dans l'esprit.

Certains événements développent à l'excès certaines données du caractère. Il faut donc tenir compte des circonstances extérieures ; mais quand les événements ont semblé changer un ou plusieurs de ces éléments, il ne faut pas se hâter de croire à un changement de naturel. Il faut croire que le caractère était susceptible de donner à l'âme deux directions opposées.

Le caractère peut renfermer en lui-même des éléments contradictoires, et c'est là ce qui nous embarrasse le plus dans l'appréciation des individualités diverses. Nous ne disons pas que la nature ait placé dans leur principe le *oui* et le *non* à côté l'un de l'autre ; mais nous disons qu'elle unit parfois des qualités, dont les résultats mènent à des contradictions formelles. Si le combat dure jusqu'à la fin, si, par exemple, l'esprit se trouve en contradiction avec les qualités morales, l'homme est en lui-même un orage continuel, et il est pour les autres une énigme. Je ne dis rien des orages du dehors qui peuvent laisser l'intérieur dans le calme.

Mais quelquefois le caractère est vaincu et neutralisé en certains points au moyen du caractère même. Il peut l'être aussi par l'influence d'un fait qui produit une affection dominante. On peut faire l'application de ceci au phénomène de la conversion. Je ne parle pas ici de la conversion de l'esprit, mais de la conversion véritable, de celle du cœur, résultat d'une affection

qui donne à l'âme une nouvelle vie. Cette conversion
ne peut être accomplie que par un fait, non par une
idée. Le pardon de Dieu, accepté par le cœur, peut
seul produire une telle révolution. Cependant les forces
primitives de l'être moral subsistent autant que cette
affection le comporte. Si l'idée absorbait l'homme et
se l'identifiait, il n'y aurait plus de caractère individuel. Une créature parfaitement sainte n'aurait point
de caractère dans le sens ordinaire du mot. Son âme
entière tendrait à Dieu, tout son être serait disposé à
s'identifier à la nature divine. La sainteté est le caractère même de Dieu ; Jésus-Christ n'a point de caractère ;
son individualité, si j'ose employer ce terme, est nulle
hors des perfections que nous attribuons à la divinité.
Il n'en est plus ainsi des apôtres ; nous retrouvons
déjà chez eux de l'individualité. Elle est, ce me semble, moins prononcée chez Jean. Dans un sens, peut-
être, il n'est pas plus près de la sainteté parfaite que
ses collègues ; dans un autre cependant, son caractère
individuel s'est comme perdu, absorbé, annulé dans
l'impression vivante de Jésus-Christ. Mais ceci e st un
sentiment personnel que d'autres pourront fort bien
ne pas partager.

Si une affection nouvelle est capable de modifier si
puissamment le caractère, on comprendra jusqu'où
peut aller l'action de la première éducation, des impressions premières. Elles ne font pas le caractère,
mais elles influent sur les matériaux qu'elles rencontrent, et quand elles agissent dans le sens du caractère, elles y jettent des éléments qui ne dispa-

raissent plus. Rousseau va nous en fournir la preuve.

A ce point de vue, l'analyse bien faite d'un caractère donnerait une couleur de nécessité à tous les faits
dominants d'une vie, même à ceux qui semblent une
déviation de nature, pour autant qu'ils ont pu se
soustraire à l'action des circonstances extérieures. Tous
les grands traits de la vie répondent aux grands traits
du caractère. Mais l'extrême difficulté d'une telle analyse, combinée avec la juste appréciation de l'influence
extérieure, condition des individualités saillantes, est
ce qui rend si difficile aux poëtes la création d'un caractère vrai. Cette création cependant est le but de la
poésie ; elle seule donne vie et réalité à des idées et à
des sentiments qui, sans elle, sommeilleraient dans
la région de l'abstraction. Le poëte doit réussir à com-
biner, non-seulement des caractères généralement humains, mais des personnages parfaitement individuels.
Dans ce genre encore, les individualités les plus vraies
paraissent souvent peu vraisemblables ; et pour en revenir à Rousseau, avec quels reproches d'invraisem-
blance n'accueillerait-on pas un caractère tel que le
sien, s'il était le fruit d'une conception poétique !

D'après ces indications générales, lorsque nous re-
cherchons les traits principaux du caractère de J. J. Rousseau, nous trouvons d'abord en lui, comme élément
premier et principal, « une imagination déréglée (1), »
tantôt active, tantôt rêveuse. Rappelons-nous que c'est
à lui-même que nous avons emprunté cette épithète

(1) *Première lettre à M. de Malesherbes*, 4 janvier 1762.

déjà citée. Cette imagination parfois s'acharne aux événements, les exagère, les dénature, les transforme; ailleurs, lorsque nul événement ne la sollicite, elle se laisse aller à la pente de la rêverie, que l'esprit de Rousseau, naturellement paresseux, préfère toujours au travail réglé de la pensée. Il convient lui-même que « cet esprit de liberté lui vient moins d'orgueil que de « paresse; mais, ajoute-t-il, cette paresse est incroya- « ble; tout l'effarouche; les moindres devoirs de la vie « civile lui sont insupportables; un mot à dire, une « lettre à écrire, une visite à faire, dès qu'il le faut, « sont pour moi des supplices (1). » — « La rêverie « me délasse et m'amuse, dit-il ailleurs; la réflexion « me fatigue et m'attriste. Penser fut toujours pour « moi une occupation pénible et sans charme (2). »

Cette imagination l'a habituellement tenu hors de la réalité; il s'est fait de bonne heure un monde à lui, un monde de roman :

« Bientôt forcé de m'occuper malgré moi de ma « triste situation, je ne pus plus retrouver que bien ra- « rement ces chères extases qui, durant cinquante ans, « m'avaient tenu lieu de fortune et de gloire.... Quel- « quefois mes rêveries finissent par la méditation, mais « plus souvent mes méditations finissent par la rêverie; « et, durant ces égarements, mon âme erre et plane « dans l'univers sur les ailes de l'imagination, dans « des extases qui passent toute autre jouissance (3). »

---

(1) *Première lettre à M. de Malesherbes*, 4 janvier 1762. — Voyez encore les *Confessions*, livre XII.

(2) *Rêveries*, septième promenade.   (3) *Ibid.*

Cette imagination, qui lui avait si fort embelli la vie, la lui noircit prodigieusement après qu'il eut fait quelques expériences. Incapable, à cause d'elle, de rester dans le vrai, c'est elle qui, sur la fin, le poussa à cette défiance, proportionnée à la confiance de ses premières années. Le même principe produisit des résultats directement opposés ; il lui façonna ce monde idéal que, dans sa jeunesse, il crut rencontrer en dehors de lui, et plus tard, il lui exagéra les vices et les dangers du monde réel. Il n'avait vu que des amis ; il ne vit que des ennemis. Cependant cette disposition fantastique adoucissait parfois les blessures qu'elle avait faites : « Sentant que je ne trouverais point au milieu de mes « contemporains une situation qui pût contenter mon « cœur, je l'ai peu à peu détaché de la société des « hommes, et je m'en suis fait une autre dans mon « imagination (1). » — « La comparaison de ce qui « est à ce qui doit être m'a donné l'esprit roma- « nesque et m'a toujours jeté loin de tout ce qui se « fait (2). »

Cette humeur rêveuse et déréglée fut nourrie par la jeunesse désordonnée de Rousseau. Rien ne règle l'esprit comme une vie intérieurement réglée, quelque agitée que les événements la puissent faire au dehors. L'âme peut conserver son aplomb au milieu des secousses et des traverses ; mais elle le perd infailliblement dans le vagabondage d'une existence sans but, à laquelle l'éducation n'a point mis de frein, et dont

(1) *Deuxième lettre à M. de Malesherbes,* 12 janvier 1762.
(2). *Au prince de Wirtemberg,* 10 novembre 1763.

les irrégularités ont donné plein essor aux caprices de
l'imagination.

Lorsque l'imagination de Rousseau s'attache à un
objet donné, elle trouve un puissant auxiliaire dans les
habitudes dialectiques de son esprit. Second élément
de sa nature, cette dialectique est toujours parfaite,
sur quelque sujet qu'elle s'exerce. La base peut être er-
ronée, illusoire même, ne reposant que sur ce cerveau
ardent; mais une fois le premier point concédé, cette
vigueur d'argumentation rend tout possible ou plutôt
tout nécessaire. C'est pourquoi J. J. Rousseau demande
à être lu avec une extrême précaution ; il est peut-être
le plus dangereux des sophistes, parce qu'il est sophiste de bonne foi. Il dit lui-même : « Si mes prin-
« cipes sont vrais, tout est vrai ; s'ils sont faux, tout
« est faux ; car je n'ai tiré que des conséquences rigou-
« reuses et nécessaires (1). » En effet, un examen un
peu attentif démontre que le plus souvent il est parti
d'une donnée toute gratuite. Esprit absolu, il ne voit
jamais qu'une chose à la fois, et il ne voit chaque chose
que dans son idée abstraite, c'est-à-dire dans une
réalité artificielle. C'est à Rousseau surtout que peut
s'appliquer ce mot de Benjamin Constant : « Rien n'est
« terrible comme la logique dans la déraison. »

Le troisième trait caractéristique de Rousseau c'est
l'alliance de sa puissante imagination avec un naturel
passionné : « J'ai, dit-il, des passions très ardentes,
« et tandis qu'elles m'agitent, rien n'égale mon impé-
« tuosité : je ne connais plus ni ménagement, ni res-

(1) *A M. Moultou*, 4 juin 1763.

« pect, ni crainte, ni bienséance; je suis cynique,
« effronté, violent, intrépide : il n'y a ni honte qui
« m'arrête, ni danger qui m'effraye; hors le seul objet
« qui m'occupe, l'univers n'est plus rien pour moi (1). »

Sans l'ardeur de ses passions, sa paresse l'eût peut-
être emporté sur son génie. Il n'écrivait que contraint,
pour ainsi dire, par la force de l'inspiration; il en était
remué à fond, malade presque : « J'ai pensé quelque-
« fois assez profondément, mais rarement avec plaisir,
« presque toujours contre mon gré et comme par
« force (2). » La passion l'a donc fait auteur, mais
auteur passionné, moins écrivain qu'orateur, et pa-
radoxal, parce qu'on ne passionne guère la vérité sans
l'exagérer.

Du reste, si chez Rousseau nous voyons réunis la
passion et l'imagination, souvenons-nous qu'il n'en
est pas toujours ainsi. L'opinion la plus générale admet volontiers l'existence simultanée de ces deux éléments et la force mutuelle qu'ils se prêtent; pour ma
part, je pense, au contraire, qu'il existe des gens
passionnés presque totalement dépourvus d'imagination, et que leurs passions n'en sont que plus ef-
frayantes. L'imagination, dira-t-on, fournit sans cesse
à la passion un renouvellement de combustible; mais
j'estime moins dangereuses les passions nourries d'éléments imaginaires, que celles qui, dans la disette
d'idées, en sont réduites à se replier sur elles-mêmes
ou à chercher leur pâture dans le positif de la vie.

En contraste avec cette impétuosité de passion, il

_____

(1) *Confessions*, livre 1.   (2) *Rêveries*, septième promenade.

faut signaler chez Rousseau une disposition contemplative très prononcée. Gardons-nous de confondre la contemplation avec l'observation. Cette dernière est une activité qui s'empare de son objet, qui l'analyse et le dissèque; dans la contemplation, au contraire, on pourrait dire que c'est l'objet même qui s'empare de l'âme et qui la modifie. La faculté contemplative domine Rousseau; la nature pénètre son âme, elle s'y mêle en quelque sorte; il est amoureux de ses harmonies, et ce sentiment même s'élève jusqu'à la religiosité : « Je sens des extases, des ravissements inex-« primables, à me fondre, pour ainsi dire, dans le « système des êtres, à m'identifier avec la nature « entière (1). » Mais cette religiosité, qui n'est guère que la contemplation de la nature, ressemble fort au panthéisme. En y ajoutant le culte du beau moral, nous aurons, je pense, tous les ingrédients de la religion de Jean-Jacques. Et lequel d'entre nous présumerait qu'une telle religion pût suffire aux besoins éternels de l'homme?

En poursuivant notre analyse, et tout près de ces facultés contemplatives, nous rencontrons dans notre sujet une sensibilité réfléchie, une volupté des sentiments intimes, qui, sous le nom trop discrédité de sentimentalité, a donné naissance à toute une direction dans la littérature. C'est à Rousseau que nous devons la première expression de cette vie intérieure du cœur qui demande un retour attentif en soi-même; il sait la poésie des petits objets, de la vie domestique. Si les

(1) *Rêveries*, septième promenade.

passions s'emparent de la vie en grand, la sentimentalité s'attache aux petits incidents de chaque journée ;
elle les cultive avec amour et les revêt de poésie. Neuf
pour la France à cet égard, Rousseau est demeuré
longtemps unique. Nul auparavant n'avait aussi bien
compris la nature, nul n'avait plongé si avant dans
certains mystères du cœur ; il était naturellement ce
que d'autres s'efforçaient de paraître, et s'il a rendu
dans sa naïveté et dans son charme le plus pénétrant
tout un monde que personne n'avait ni peint ni senti,
c'est qu'il n'avait pour cela qu'à peindre ses propres
goûts et à raconter son âme. Sa pauvreté même peut
avoir influé sur son intimité avec la nature ; elle fut,
je pense, très favorable à son talent poétique. Eût-il
été riche, il n'aurait pu rêver dans son château comme
il l'a fait dans une chaumière au milieu d'un pré. Au
lieu de ses ravissantes peintures des champs et des
bois, il nous eût peut-être laissé la description de son
parc. Lisez, par exemple, le récit de son séjour à
l'île de Saint-Pierre, l'épisode charmant des lapins,
et tâchez de vous représenter Voltaire dans une pareille situation.

Nous retrouvons cette passion de la nature jusque
dans ce qu'a de particulier la manière dont Rousseau
cultivait la botanique. L'esprit scientifique y entrait
pour peu de chose. Il nous dit lui-même : « C'est la
« chaîne des idées accessoires qui m'attache à la bota-
« nique. Elle rassemble et rappelle à mon imagination
« toutes les idées qui la flattent davantage ; les prés,
« les eaux, les bois, la solitude, la paix surtout, et le

« repos qu'on trouve au milieu de tout cela, sont re-
« tracés par elle incessamment à ma mémoire (1). »

Deux qualités essentielles de Rousseau nous restent
à signaler.

L'une est le sentiment du beau moral. Ce sentiment
n'est pas la vertu ; on serait même étonné quelle
faible dose de vertu peut suffire à cette admiration. Il
peut sembler étrange, il est certain cependant, que la
même disposition qui nous pousse à admirer, ralentit
quelquefois en nous le pouvoir actif qui nous fournirait
le moyen de mériter l'admiration. L'homme le plus
ébloui et charmé de l'éclat d'un diamant n'est pas
pour cela le plus disposé à s'ensevelir, le pic à la
main, dans la mine d'où ce trésor est tiré. Le diamant
est beau, mais la mine est sombre. Le sentiment du
beau moral n'est que l'imagination appliquée à la face
poétique de la vertu. Il peut exister à côté des plus
honteux écarts (2). Rousseau fait preuve, entre mille,
que la sensibilité n'est pas la vertu. Nul pourtant n'a
mieux senti, ni plus tendrement adoré le beau moral.
De quelle vénération n'a-t-il pas entouré ceux qu'il en
estimait les types accomplis, Abauzit, Mylord Maréchal ! Il était comme à genoux devant eux, dit-il dans
une de ses lettres.

Et s'il aima le beau moral, il aima aussi la justice.
Il en eut le sentiment profond ; témoin ses éloquentes réclamations en faveur des victimes de l'injustice, lors même que celle-ci ne l'atteignait pas, ou

(1) *Rêveries,* septième promenade.
(2) Voyez MACKINTOSH, *Histoire de la philosophie morale,* pages 278 et 433

qu'il n'aimait pas ceux qui s'en trouvaient les objets.

Mais sa vie ! Regardons sa vie, bien qu'elle ne soit pas rigoureusement le portrait de son caractère. Elle ne fut pas sans vertus, non plus que ce caractère sans bons éléments. Rousseau fut désintéressé; sa conduite put lui donner le droit de dire : « Rien de vigoureux, « rien de grand ne peut partir d'une plume toute vé- « nale (1). » Dans sa pauvreté, il fut bienfaisant ; souvent il a fait l'aumône de son nécessaire ; longtemps il continua une pension à une parente âgée. Sa sincérité aussi, qui n'était pas toujours de la rudesse, ne fut pas quelquefois sans mérite, si l'on considère les personnages auxquels il s'adressait, et surtout lorsqu'il savait dire la vérité de ce ton qui marque aussi l'intention de faire du bien. Quand il rend des vérités pour des compliments, il croit rendre plus qu'il ne reçoit (2).

Mais comme il a transgressé la loi du devoir ! que de taches grossières dans l'immoralité de cette vie ! Sans rappeler ses fautes, disons qu'il a aimé la règle choisie, non la règle imposée. Or, la vertu consiste à accepter la règle qu'on ne se donne point ; elle est un acte de soumission de la conscience d'abord, du cœur ensuite. Une vertu choisie n'est pas une vertu.

Voici, dans une lettre à M. de Malesherbes, un aveu naïf de ce que Rousseau sentait lui manquer : « L'intime amitié m'est si chère parce qu'il n'y a plus « de devoir pour elle; on suit son cœur, et tout est « fait. Voilà encore pourquoi j'ai toujours tant redouté « les bienfaits; car tout bienfait exige reconnaissance,

---

(1) *Confessions*, livre IX.   (2) Voir la lettre à Mlle D. M., 7 mai 1764.

« et je me sens le cœur ingrat, par cela seul que la
« reconnaissance est un devoir (1). » Ces paroles sont
caractéristiques ; elles sont faites pour donner à réfléchir à chacun de nous. C'est encore une manière d'é-
conduire la conscience. Rousseau a pourtant beaucoup
parlé de la conscience ; mais sous ce nom il entend,
soit le miroir intérieur où chacun peut se reconnaître,
soit le sentiment moral, mais non la reconnaissance
de la règle. Cette lacune constitue une grande différence ; cette conscience-là n'est plus la chaîne de diamant qui rattache l'homme au devoir.

Rousseau avoue qu'il était ingrat : il n'en a donné,
hélas ! que trop de preuves. Il le fut de bien des manières et envers beaucoup de personnes. Rappelons
seulement Madame de Warens, et les remords que
cette ingratitude enfonça dans le cœur de Jean-Jacques.
Après vingt années de séparation, il la retrouve dans
un état de misère, de dégradation même, et il ne s'efforce pas de l'en arracher : « Ah ! c'était alors le mo-
« ment d'acquitter ma dette. Il fallait tout quitter pour
« la suivre, m'attacher à elle jusqu'à sa dernière
« heure, et partager son sort, quel qu'il fût. Je n'en
« fis rien. Distrait par un autre attachement, je sentis
« relâcher le mien pour elle, faute d'espoir de pouvoir
« le lui rendre utile. Je gémis sur elle, et ne la suivis
« pas. De tous les remords que j'ai sentis en ma vie,
« voilà le plus vif et le plus permanent. Je méritai par
« là les châtiments terribles qui depuis lors n'ont
« cessé de m'accabler : puissent-ils avoir expié mon

(1) *Première lettre à M. de Malesherbes*, 4 janvier 1762.

« ingratitude ! Elle fut dans ma conduite ; mais elle a
« trop déchiré mon cœur pour que jamais ce cœur ait
« été celui d'un ingrat (1). »

Nous avons déjà indiqué ailleurs, à propos de ses
enfants, le parti pris par Rousseau de croire une faute
effacée, non avenue, quand il se l'est reprochée.
« Jamais un seul instant de sa vie, l'avons-nous en-
« tendu dire dans cette pensée, Jean-Jacques n'a pu
« être un homme sans sentiment, sans entrailles, un
« père dénaturé (2). » Mais la faute en a-t-elle moins
été commise ? Est-elle effacée pour cela ? Peut-il faire
que ce qui fut n'ait pas été ? Non, l'homme ne peut
ôter à la faute qu'il déplore toute sa réalité, ni même
toute sa force. Celui qui commet un acte d'ingratitude,
peut bien n'être pas toujours ingrat, mais il faut cependant que son cœur recèle une complicité avec les
circonstances qui l'ont poussé à cet acte. On cherche
en vain par de tels sophismes à détacher complétement
l'homme de ses actions ; elles font partie de nous-
mêmes, et quoiqu'elles n'aient pas toujours la même
valeur vis-à-vis du fond de nature qu'elles expriment,
nous ne pouvons cependant pas les en abstraire.

Du reste, Madame de Warens ignorait que Jean-
Jacques lui rendait ce qu'il en avait reçu. C'est auprès
d'elle, et sous son inspiration, qu'il s'était pénétré de
l'idée que le sentiment est tout, et la règle rien.

Les dernières paroles que nous avons citées de
J. J. Rousseau ont dû réveiller le souvenir de plusieurs
autres mots du même genre, inspirés par un orgueil

_____

(1) *Confessions*, livre VIII.   (2) *Confessions*, livre VIII.

exalté; elles nous conduisent à signaler ce dernier trait de son caractère.

Cet orgueil, qu'il tenait de la nature, ayant été longtemps refoulé, jaillit avec d'autant plus de force dès les premiers succès de l'écrivain. Il a passé, je crois, toutes les bornes connues. La prétention d'être un exemplaire à part de l'humanité en est un échantillon. Nous ne parlons point de l'admiration de ses propres ouvrages. Entre les hommes supérieurs, il n'est certes pas le seul qui ait apprécié ou surfait son génie; plusieurs d'entre eux connaissent seuls ce qu'ils valent, et nous ne prétendons pas leur en faire ici des reproches; mais ce qui distingue l'orgueil de Rousseau, c'est qu'il se nourrit surtout de l'excellence de sa nature morale : « Oh! Moultou, la Providence « s'est trompée; pourquoi m'a-t-elle fait naître parmi « les hommes, en me faisant d'une autre espèce « qu'eux (1) ? » Il a dit crûment : « Moi qui me suis « cru toujours, et qui me crois encore, à tout prendre, « le meilleur des hommes (2). » Et encore : « Vous « m'avez accordé de l'estime sur mes écrits; vous « m'en accorderiez encore plus sur ma vie, si elle « vous était connue; et davantage encore sur mon « cœur, s'il était ouvert à vos yeux : il n'en fut jamais « un plus tendre, un meilleur, un plus juste; la mé- « chanceté ni la haine n'en approchèrent jamais (3). »

Cet orgueil se montra, dès son premier ouvrage, dans la prétention à un rôle extraordinaire, analogue

---

(1) *A M. Moultou,* 15 juin 1762.   (2) *Confessions,* livre X.
(3) *A Madame B.,* 16 mars 1770.

à celui d'un fondateur d'empire ou de religion ; dans le ton impérieux, péremptoire de ses écrits. Dès le commencement, quel mépris pour ses adversaires ! comme il traite du haut de sa grandeur les critiques qu'on lui présente, bien qu'elles fussent sérieuses ! Il oublie qu'une critique sincère et sérieuse est obligeante par cela même, ainsi que nous en fîmes l'autre jour la remarque.

L'orgueil se retrouve aussi dans ses duretés qui ne ménagent personne, qu'il réservait surtout pour ses meilleurs amis, sans cesse fatigués de ses rudesses et de son humeur sombre. Sa correspondance avec Madame de la Tour-Franqueville en est un exemple ; on se sent choqué de la manière dont il traite la plus obligeante et la plus aimable des femmes.

Cet orgueil vraiment ivre avait pour fondement l'égoïsme. L'égoïsme peut prendre mille directions différentes. Chez les hommes qui manquent d'idées élevées, il cherche à se satisfaire en choses puériles ; il tourne à la sensualité ; il se transforme en vanité. Chez Rousseau, il devient orgueil. Rousseau aurait voulu, et c'est le principal but de ses *Confessions,* se créer une société faite surtout pour l'admirer ; de là ses continuelles imprécations contre la société telle qu'elle est. L'orgueil respire dans ses paradoxes outrés, dans sa maladie de parler sans cesse de lui, de rapporter tout à lui, véritable enthousiasme de l'égoïsme. D'autres grands écrivains aussi, Montaigne par exemple, ont parlé d'eux-mêmes sans mesure ; mais personne n'a porté l'excès aussi loin que Rousseau.

Rousseau est l'inventeur du genre *égotiste*, malheureusement si commun de nos jours. Chacune de ses œuvres est un éloge, une description, une apologie de sa personne; et même le mal qu'il se plaît à en dire. Souvent, on le sait, nous aimons mieux dire du mal de nous-mêmes que de n'en pas parler, et ce raffinement se mêle jusque dans notre humilité. Oui, l'humilité même, jusqu'à ce que Dieu l'ait épurée, n'est proprement qu'un égotisme de bon goût.

Enfin, la croyance de Rousseau à une trame universelle dirigée contre lui, la folie qui désola la fin de sa vie, ne fut que le délire de l'orgueil. Elle manifeste seulement le degré suprême de cette importance attachée à tout ce qui touche sa personne, qui éclate partout, et jusque dans ses maximes outrées sur l'honneur et dans le soin excessif de sa réputation.

C'est peut-être néanmoins à cet orgueil qu'il faut rapporter deux bons effets. L'un, qu'il n'a point connu l'envie; nous l'avons indiqué déjà. On n'en trouve nulle trace dans ses écrits. Il a rendu justice avec une sincérité parfaite à tous les grands hommes de son temps, même à ceux desquels il avait à se plaindre. L'autre, qu'il a porté dans la polémique une dignité et une élévation qui ont manqué à tant d'autres. Voici, à ce sujet, la fin d'une lettre à Voltaire :

« Je ne vous aime point, Monsieur ; vous m'avez fait
« les maux qui pouvaient m'être les plus sensibles,
« à moi votre disciple et votre enthousiaste. Vous avez
« perdu Genève pour le prix de l'asile que vous·y
« avez reçu ; vous y avez aliéné de moi mes conci-

« toyens, pour le prix des applaudissements que je
« vous ai prodigués parmi eux : c'est vous qui me
« rendez le séjour de mon pays insupportable ; c'est
« vous qui me ferez mourir en terre étrangère, privé
« de toutes les consolations des mourants, et jeté, pour
« tout honneur, dans une voirie ; tandis que tous les
« honneurs qu'un homme peut attendre vous accom-
« pagneront dans mon pays. Je vous hais, enfin,
« puisque vous l'avez voulu ; mais je vous hais en
« homme encore plus digne de vous aimer, si vous
« l'aviez voulu. De tous les sentiments dont mon cœur
« était pénétré pour vous, il n'y reste que l'admiration
« qu'on ne peut refuser à votre beau génie, et l'amour
« de vos écrits. Si je ne puis honorer en vous que vos
« talents, ce n'est pas ma faute. Je ne manquerai
« jamais au respect qui leur est dû, ni aux procédés
« que ce respect exige (1). »

Après tout cela, il sera naturel de revenir sur la religiosité de J. J. Rousseau, dont nous avons indiqué
les deux sources, l'amour de la nature et le sentiment
du beau moral, et de nous demander quelle influence
cette religion a obtenue sur sa vie. Nous ne pouvons
mieux faire que de citer ici le mot de M. de Barante :
« En examinant Rousseau, on voit qu'il y a de l'ana-
« logie entre une religion sans culte et une morale sans
« pratique (2). »

Nous voici arrivé à la fin de notre analyse. Nous
avons constaté les divers éléments de ce caractère :

(1) *A Voltaire*, 17 juin 1760. (*Confessions*, livre X.)
(2) BARANTE, *Tableau de la littérature française au dix-huitième siècle.*

imagination déréglée, tantôt active, tantôt rêveuse, passions ardentes et impérieuses, habitudes dialecti- ques de l'esprit, dispositions contemplatives, sensi- bilité tendre et intime, vif sentiment du beau moral, orgueil exalté jusqu'à l'ivresse. Je crois qu'en étudiant les ouvrages de J. J. Rousseau, on reconnaîtra facile- ment ces traits divers. Mais il est bien plus difficile de construire dans sa pensée l'être qui les réunit. Les éléments restent épars, et une vie nouvelle ne circule pas de l'un à l'autre. Le poëte, à la suite d'une créa- tion laborieuse et puissante, à la vue de l'être fictif que son génie a produit, ressemble à la femme de l'É- vangile, « qui ne se souvient plus de ses douleurs, « dans la joie qu'elle a de ce qu'un homme est né « dans le monde (1). » L'analyste, voué à la dissection, ne saurait prétendre à retirer de son œuvre cruelle un être vivant et palpitant.

Il reste à parler des ouvrages de Rousseau. Le temps nous manque ; et nous avons à craindre de tomber dans la disproportion entre la biographie et la critique.

DEUXIÈME PARTIE.

Rousseau s'était formé de lui-même et sans secours à son métier d'auteur ; ce fut sa force et sa faiblesse : de là son originalité ; de là, en partie, la fausse direc- tion de son système et le mépris outrageant des faits qui le caractérise. Il a mis à la tête de ses ouvrages

(1) Évangile selon saint Jean, XVI, 21.

cette devise : *Vitam impendere vero*, parole dont il nous
donne lui-même la traduction dans le début de son
*Discours sur l'origine et les fondements de l'inégalité
parmi les hommes* : « Commençons par écarter tous les
« faits. »

Le *Discours sur les sciences et les arts* (1750) se divise
en deux parties. Dans la première, l'auteur s'applique
à la preuve par les faits, qu'il choisit et établit comme
bon lui semble. Dans la seconde, abandonnant les
faits et partant d'une idée philosophique, il entame et
poursuit une argumentation qui se résumera à prouver
que ce qui est, doit être.

Le prélude de ce rhéteur est une déclamation contre
les rhéteurs. On a d'abord peine à comprendre comment le sophiste qui venait contester à la société tous
les fruits de son développement naturel, fut si faiblement réfuté. Mais du point de vue où l'on envisa-
geait l'auteur et ses doctrines, il n'était guère possible
de les combattre avec succès. On donna fort peu d'attention à des critiques dont Rousseau eut bon marché;
on se charma l'imagination de sa prose, à la fois magnifique et passionnée. A vrai dire, le premier instant
était mal choisi pour la défense; il eût fallu laisser
refroidir cette lave avant d'y toucher. Voyez, par exemple, la prosopopée de Fabricius :

« O Fabricius! qu'eût pensé votre grande âme, si,
« pour votre malheur, rappelé à la vie, vous eussiez
« vu la face pompeuse de cette Rome sauvée par votre
« bras, et que votre nom respectable avait plus illus-
« trée que toutes ses conquêtes? — Dieux ! eussiez-

« vous dit, que sont devenus ces toits de chaume et
« ces foyers rustiques qu'habitaient jadis la modéra-
« tion et la vertu? Quelle splendeur funeste a succédé
« à la simplicité romaine? quel est ce langage étranger?
« quelles sont ces mœurs efféminées? que signifient
« ces statues, ces tableaux, ces édifices? Insensés,
« qu'avez-vous fait? Vous, les maîtres des nations,
« vous vous êtes rendus les esclaves des hommes fri-
« voles que vous avez vaincus! Ce sont des rhéteurs
« qui vous gouvernent! C'est pour enrichir des archi-
« tectes, des peintres, des statuaires et des histrions,
« que vous avez arrosé de votre sang la Grèce et l'Asie!
« Les dépouilles de Carthage sont la proie d'un joueur
« de flûte! Romains, hâtez-vous de renverser ces am-
« phithéâtres ; brisez ces marbres, brûlez ces tableaux,
« chassez ces esclaves qui vous subjuguent, et dont les
« funestes arts vous corrompent. Que d'autres mains
« s'illustrent par des vains talents; le seul talent digne
« de Rome est celui de conquérir le monde, et d'y
« faire régner la vertu. Quand Cynéas prit notre sénat
« pour une assemblée de rois, il ne fut ébloui ni par
« une pompe vaine, ni par une élégance recherchée ;
« il n'y entendit point cette éloquence frivole, l'étude
« et le charme des hommes futiles. Que vit donc Cynéas
« de si majestueux? O citoyens! il vit un spectacle
« que ne donneront jamais vos richesses ni tous vos
« arts; le plus beau spectacle qui ait jamais paru sous
« le ciel : l'assemblée de deux cents hommes ver-
« tueux, dignes de commander à Rome et de gouverner
« la terre?

« Mais franchissons la distance des lieux et des
« temps, et voyons ce qui s'est passé dans nos contrées
« et sous nos yeux ; ou plutôt, écartons des peintures
« odieuses qui blesseraient notre délicatesse, et épar-
« gnons-nous la peine de répéter les mêmes choses
« sous d'autres noms. Ce n'est point en vain que j'é-
« voquais les mânes de Fabricius ; et qu'ai-je fait dire
« à ce grand homme, que je n'eusse pu mettre dans
« la bouche de Louis XII ou de Henri IV ? Parmi nous,
« il est vrai, Socrate n'eût point bu la ciguë ; mais il
« eût bu, dans une coupe encore plus amère, la rail-
« lerie insultante, et le mépris pire cent fois que la
« mort (1). »

Rousseau commence par établir un fait sans preuve :
le bonheur plus grand des nations barbares. On aurait
pu lui nier le fait et le principe. Le fait, en le défiant
d'établir la supériorité morale des peuples ignorants ;
le principe, en lui niant que cette supériorité, si elle
se rencontre, soit l'effet de l'ignorance.

Et quand on lui aurait accordé que les sciences
corrompent la société, on aurait pu lui demander
pourquoi. Vous n'allez pas à la racine du mal, pouvait-
on lui dire. Ce que vous donnez pour sa cause n'est
qu'un de ses effets. Ici Rousseau se trouve en face d'un
dilemme inévitable. Impossible à lui de montrer comment le savoir, en tant que savoir, pourrait corrompre
l'âme, s'il ne la trouvait déjà corrompue ou en train
de se corrompre. De deux choses l'une : ou le désir
de connaître est péché, ou il ne l'est pas. S'il est péché,

(1) Première partie.

dites-le ; s'il ne l'est pas, comment le deviendrait-il ?
Pour nous rendre méchants, il faut que la science
nous trouve déjà méchants. L'homme pourrait-il être
poussé au mal par une cause extérieure s'il ne rencontrait en lui une correspondance intérieure, un fond
secret qui l'empoisonne ?

Un vase impur aigrit la plus douce liqueur.

Non, l'homme est corrompu virtuellement avant de
l'être actuellement ; si la civilisation nous rend mauvais, c'est qu'elle trouve un complice en nous-mêmes.
Mais nous connaissons déjà l'opinion de Rousseau sur
la bonté originelle de la nature humaine.

Voici, sur d'autres questions, quelques passages
assez curieux du *Discours sur les sciences :*

« Le voile épais dont la sagesse éternelle a couvert
« toutes ses opérations, semblait nous avertir assez
« qu'elle ne nous a point destinés à de vaines re-
« cherches. Tous les secrets qu'elle nous cache sont
« autant de maux dont elle nous garantit (1). »

— « Jusque alors les Romains s'étaient contentés
« de pratiquer la vertu ; tout fut perdu quand ils com-
« mencèrent à l'étudier (2). »

— « L'astronomie est née de la superstition ; l'élo-
« quence, de l'ambition, de la haine, de la flatterie,
« du mensonge ; la géométrie, de l'avarice ; la physi
« que, d'une vaine curiosité ; toutes, et la morale
« même, de l'orgueil humain (3). »

En lisant ce premier ouvrage, on ne peut se défendre

(1) **Première partie.**   (2) Première partie.
(3) **Deuxième partie.**

d'une sorte d'indignation contre un abus si insolent de la pensée ; mais elle augmente encore à la lecture du second.

Le *Discours sur l'origine et les fondements de l'inéga-lité parmi les hommes* parut en 1753. Une fois entré dans cette route où la résistance l'engage toujours plus avant, Rousseau poursuit le développement de son idée.

Ce *Discours*, admirable de style, est divisé en deux parties. La première est la peinture de l'état de l'homme avant l'établissement de l'inégalité. L'inégalité ! lisez : la société ; car c'est bien celle-ci que l'auteur attaque sous le nom d'inégalité.

Ce premier état, qui n'est autre que l'état de bru-talité, mais d'une brutalité qui porte en soi le germe du progrès, paraît à Rousseau l'état normal de l'huma-nité, celui dont elle n'aurait jamais dû sortir. Je ne sais vraiment où il a été prendre ce type ; il avoue du moins qu'il ne l'a jamais trouvé dans l'histoire. On parle de l'homme antédiluvien ; mais ceci est l'homme pré-adamite. C'est ici, surtout, que les paradoxes fourmil-lent. Nous avons vu qu'il commence par écarter tous les faits ; cela met bien à l'aise. Aussi ne serons-nous étonnés de rien, et quand l'auteur viendra nous dire : « J'ose presque assurer que l'état de réflexion est un « état contre nature, et que l'homme qui médite est « un animal dépravé (1), » nous lui demanderons seu-lement à quoi bon ce *presque*, sans lequel la phrase

(1) Première partie.

serait bien plus belle. Nous pourrions lui demander
aussi ce que c'est que la nature. Nous prouvera-t-il
qu'un gland est plus dans la nature qu'un chêne ? La
preuve serait plaisante : l'un, la nature développée ;
l'autre, le germe du développement.

La description de cet état de nature est le plus lugubre roman qu'on puisse imaginer :

« Le premier qui se fit des habits et un logement,
« se donna en cela des choses peu nécessaires, puisqu'il
« s'en était passé jusqu'alors (1). » — Il devait donc
naître vêtu.

— « Un espace immense dut se trouver entre le pur
« état de nature et le besoin des langues (2). »

— « La mère allaitait d'abord ses enfants pour son
« propre besoin ; puis l'habitude les lui ayant rendus
« chers, elle les nourrissait ensuite pour le leur (3). »

— « C'est la raison qui engendre l'amour-pro-
« pre (4). » — D'autres ont dit, avec aussi peu de
vérité, que c'est l'amour-propre qui engendre la raison.

— « Il serait triste pour nous d'être forcés de conve-
« nir que cette faculté distinctive et presque illimitée
« (la perfectibilité) est la source de tous les malheurs
« de l'homme ; que c'est elle qui le tire à force de
« temps de cette condition originaire dans laquelle il
« coulerait des jours tranquilles et innocents ; que c'est
« elle qui, faisant éclore avec les siècles ses lumières
« et ses erreurs, ses vices et ses vertus, le rend à la
« longue le tyran de lui-même et de la nature (5). »

(1) Première partie. (2) *Ibid.* (3) *Ibid.*
(4) *Ibid.* (5) *Ibid.*

Enfin, on sort de ce bienheureux état de nature. Et comment? Nous disons, nous, qu'on en sort parce qu'on en devait sortir, ou plutôt qu'on n'en est jamais sorti, parce qu'on n'y a jamais été. Lui, Rousseau, affirme que l'homme en est sorti par hasard, par des circonstances fortuites :

« Après avoir montré que la *perfectibilité*, les vertus « sociales, et les autres facultés que l'homme naturel « avait reçues en puissance, ne pouvaient jamais se dé- « velopper d'elles-mêmes; qu'elles avaient besoin pour « cela du concours fortuit de plusieurs causes étrangè- « res, qui pouvaient ne jamais naître, et sans lesquel- « les il fût demeuré éternellement dans sa condition « primitive, il me reste à considérer et à rapprocher « les différents hasards qui ont pu perfectionner la « raison humaine en détériorant l'espèce, rendre un « être méchant en le rendant sociable, et d'un terme « si éloigné, amener enfin l'homme et le monde au « point où nous les voyons (1). »

Détériorer l'espèce! Mais que pouvait-elle donc perdre? Elle n'avait rien. Je me trompe : pour tout attribut moral, elle avait la commisération, et la société la lui a fait perdre. Quant à la religiosité, elle n'en avait point. L'homme est né irréligieux; la religion ne lui vient qu'avec la corruption : apparemment qu'elle est en lui un des résultats mauvais de la société. L'homme sans Dieu, c'est, selon le *Discours sur l'inégalité*, l'homme normal et parfait.

La grande arme de Rousseau dans cette discussion ,

(1) Première partie.

c'est de ne voir et ne montrer que l'individu, être de raison qui n'existe jamais. La Bible, au contraire, dès l'aurore du monde, nous montre la famille. « Il n'est « pas bon que l'homme soit seul, » a dit la Sagesse éternelle en lui donnant une compagne (1). Jamais l'homme ne se rencontra dans l'état d'isolement complet que dépeint Rousseau ; il trouve en naissant une famille, une société, une patrie. Quel contraste entre la noble et naïve tradition biblique et la fiction noire et glacée de Rousseau ! Son monde est un monde athée ; car ce n'est pas un Dieu qui, ayant mis dans le cœur de l'homme le germe et les conditions de la société, a voulu en même temps que la société le dépravât et l'avilît. Pour nous, nous disons avec la Bible, avec Montesquieu, avec le bon sens, que l'homme naissant dans la famille naît associé. Et cela nous servira plus tard à soutenir contre le même Rousseau (2) que, dans un sens, le gouvernement est antérieur à la société. Or, toute la triste fiction de Rousseau s'écroule par là.

Dans la seconde partie, Rousseau décrit l'origine et les progrès de l'état qui suivit l'ère de la pure nature. Il indique la propriété comme point de départ de l'inégalité. Mais cette propriété, qui, dit-il, a perdu l'espèce humaine, et qui, d'après lui, a été fortuitement amenée, n'a pu s'établir qu'après une longue série de faits, qui, à mon avis, la supposent. Habitation des maris, des femmes et des enfants dans un domicile commun ; réunion des différentes familles devant leurs maisons pour des chants et des danses ; déjà quelque

(1) Genèse, II, 18.   (2) Voir le *Contrat social*, livre I, chapitre V.

prix attaché aux jouissances délicates de l'opinion ; —
et après tout cela, la propriété ! Tout cela eût-il existé
si le fruit des travaux des hommes ne leur avait été
plus ou moins assuré ? Cette série de faits prouve, en
outre, contrairement à ce qu'établit la première partie,
que le développement social n'est pas dû à des circonstances fortuites. Quand l'auteur aurait voulu se
réfuter, il n'aurait pu mieux choisir.

Encore une contradiction singulière. A la suite de
tous ces faits, vous trouvez une époque passagère, qui
est celle du plus grand bonheur de l'humanité ; et cependant ce bonheur est le résultat d'un développement
dont le principe est vicieux ! Pourquoi l'humanité ne
s'est-elle pas arrêtée dans ce bonheur ? Quel est le hasard qui l'en a fait sortir ? L'auteur n'en dit rien. Nulle
part je n'ai pu découvrir la faute mère.

Mais voici le moment décisif :

« Dès l'instant qu'un homme eut besoin du secours
« d'un autre, dès qu'on s'aperçut qu'il était utile à un
« seul d'avoir des provisions pour deux, l'égalité dis-
« parut, la propriété s'introduisit, le travail devint
« nécessaire, et les vastes forêts se changèrent en des
« campagnes riantes qu'il fallut arroser de la sueur des
« hommes, et dans lesquelles on vit bientôt l'esclavage
« et la misère germer et croître avec les moissons...
« Pour le poëte c'est l'or et l'argent, mais pour le phi-
« losophe ce sont le fer et le blé qui ont civilisé les
« hommes et perdu le genre humain (1). »

Et nous disons, nous, qu'il est bien plus naturel

(1) Deuxième partie.

d'admettre que l'homme est la propre cause de sa corruption. C'est le péché, le péché qui tourne tout,
même les meilleures choses, à son profit et au mal de
l'humanité, qui a entraîné notre espèce dans les misères où elle est plongée. Convenez-en donc une fois.

Non, Rousseau aime mieux dire : *L'homme est bon,
les hommes sont méchants;* ce qui signifie que l'homme
n'a qu'à toucher son semblable pour que le péché
naisse incontinent. Et comment naîtrait-il du contact
de deux hommes, s'il n'existait en germe dans chacun?
Les hommes sont méchants parce que l'homme est
méchant.

Rousseau poursuit les progrès de l'inégalité, laquelle
a, selon lui, trois époques : l'institution de la propriété ; l'institution de la magistrature ; le changement
du pouvoir légitime en pouvoir arbitraire. Alors le
mal a été consommé.

Au milieu des erreurs générales dont ce livre est
rempli, il y a beaucoup de vérités particulières, beaucoup d'observations judicieuses. Par exemple, l'auteur
dit, qu'en fait de jouissances, « la volonté parle encore
« quand la nature se tait (1). »

Ailleurs : « Le politique le plus adroit ne viendrait
« pas à bout d'assujettir des hommes qui ne vou-
« draient qu'être libres (2). »

Enfin : « Les dissensions affreuses, les désordres
« infinis qu'entraînerait nécessairement ce dangereux
« pouvoir (le droit du peuple de renoncer à la dépen-
« dance), montrent, plus que toute autre chose, com-

(1) Première partie.   (2) Deuxième partie.

« bien les gouvernements humains avaient besoin
« d'une base plus solide que la seule raison, et com-
« bien il était nécessaire au repos public que la volonté
« divine intervînt pour donner à l'autorité souveraine
« un caractère sacré et inviolable qui ôtât aux sujets
« le funeste droit d'en disposer. Quand la religion
« n'aurait fait que ce bien aux hommes, c'en serait
« assez pour qu'ils dussent tous la chérir et l'adopter,
« même avec ses abus, puisqu'elle épargne encore
« plus de sang que le fanatisme n'en fait couler (1). »

Le *Discours sur l'inégalité* est dédié à la république
de Genève, et cette dédicace fait pleinement contraste
avec l'ouvrage. C'est un morceau admirable, qui respire à la fois un noble esprit de liberté et une sage
disposition à l'obéissance.

Le *Contrat social* (1760) forme le complément naturel de l'ouvrage précédent. Il fut publié deux ans
avant l'*Émile*.

L'auteur débute ainsi :

« Je veux chercher si, dans l'ordre civil, il peut y
« avoir quelque règle d'administration légitime et
« sûre, en prenant les hommes tels qu'ils sont, et les
« lois telles qu'elles peuvent être (2). »

Pour ne pas juger trop sévèrement le *Contrat social,*
il faut se rappeler l'époque où il parut. La royauté
avait longtemps été populaire par comparaison. Elle
l'était surtout devenue en abattant un pouvoir plus
impopulaire qu'elle-même. L'aristocratie renversée,

---

(1) Deuxième partie.   (2) Livre I. Introduction.

le rôle de la royauté consommé, celle-ci se trouva sans
popularité propre. Loin de travailler à s'en faire une,
elle s'appropria tous les torts de la noblesse, et pesa
sur le peuple comme la noblesse l'avait fait. Tous les
maux ou les plus grands maux du peuple venant
désormais de la royauté, comme d'une source authen-
tique, il n'y eut plus moyen de se faire illusion. On
connut que la royauté avait moins écarté les fléaux du
peuple que ses propres compétiteurs, et qu'elle avait
moins corrigé un mal qu'elle ne l'avait remplacé. La
tradition, les souvenirs, le besoin d'un pouvoir reconnu, la soutinrent quelque temps encore ; mais ces
appuis s'usèrent, ou plutôt elle-même les usa. Le mépris se mit de la partie quand un poëte put dire, sans
crainte d'être démenti :

> La monarchie entière est en proie aux Laïs (1);

quand les plus honnêtes gens purent se demander si
la qualité de bon sujet n'était pas incompatible avec
celle de bon citoyen. Alors la royauté, qui s'était entièrement déchaussée en détruisant ou avilissant les
corps intermédiaires ; la royauté ne tenant plus au sol
que par son poids, n'ayant plus, pour ainsi dire, de
raison d'être, tomba au premier souffle de la tempête
populaire. J. J. Rousseau l'avait prévu. Il était donc
clair pour les esprits pénétrants que l'État était sans
base. On en chercha une. De là le *Contrat social*, qu'on
peut définir en deux mots : *L'Évangile de la souveraineté du peuple*.

L'ensemble, le système, c'est surtout la partie

(1) GILBERT. Satire I : *Le dix-huitième siècle.*

faible de l'œuvre. Brisez ce système, vous verrez que
la moitié de ces grains de poussière sont des diamants.
On rencontre dans cet ouvrage d'admirables morceaux,
des opinions fort saines, des pensées fort belles. Je le
reconnais d'avance, d'autant plus volontiers que le
temps nous manquera pour apprécier en détail ces
fragments dignes de notre sympathie, et que la critique à laquelle je me sens obligé paraîtra peut-être
sévère.

Il faut aussi tenir compte, à propos de cette expression *souveraineté du peuple*, de ceci : Chaque nom
abstrait, chaque nom de relation signifie autre chose
suivant les circonstances, emprunte des intentions et
du caractère de ceux qui le prononcent une autre valeur. Ce n'est plus la chose même qu'on voit, ce sont
les hommes qui la nomment. Ni Algernon Sidney,
ni Rousseau lui-même n'ont vu s'attacher à leurs théories toutes les impressions que le seul nom de ces
doctrines éveille aujourd'hui. Les esprits de leur temps
s'en émurent proportionnellement très peu.

Plus tard, ces mêmes idées apparaissant de nouveau
au milieu d'un entourage de faits extraordinaires, font
une tout autre impression sur les esprits. On ne les
voit, on ne les juge plus qu'à travers ces faits; elles
sont colorées ou souillées par eux; rarement une idée
saine qui a donné lieu à quelque abus, peut être envisagée avec impartialité. Les doctrines teintes de sang
prennent un aspect sinistre; comme les mains de Lady
Macbeth, elles ne peuvent se défaire de leurs taches
De nos jours, les principes de Rousseau ont acquis une

signification bien grave. Qu'ils impliquassent ou non
leurs conséquences, nous n'en répétons pas moins
qu'aux yeux de leur auteur et des hommes de son
temps, ils ne présentaient pas le sens que nous y
attachons aujourd'hui.

Ce qui est non moins certain et plus singulier, c'est
que là on aime mieux le mot que la chose, tandis
qu'ici la chose est admise et le mot repoussé. Ne serait-
il pas étrange que le mot de souveraineté du peuple
fût en grande défaveur chez tel peuple qui exerce ce
droit dans toute sa plénitude et sa réalité, et qu'on vît
toutes les bouches et toutes les oreilles remplies de ce
mot chez tel autre peuple qui n'a de ce même droit
que la formule et la pantomime ?

Sans entrer dans une discussion, périlleuse si elle a
de l'effet, oiseuse si elle n'en a pas, élevons quelques
vérités au-dessus de toute contestation.

La première, c'est que les individus réunis et vivant
sous les mêmes lois forment ensemble une société,
dans ce sens qu'aucun d'eux ne peut exister uniquement pour les autres, ni uniquement pour soi. *Un
pour tous, tous pour un,* cette devise de notre confédération devrait véritablement être la devise de toute
société civile. Écrit ou non écrit, l'acte social se retrouve dans la conscience.

Une seconde vérité, c'est que, dans un État quelconque, les gouvernés sont tenus à l'obéissance, les
gouvernants à la justice. Cette vérité peut être envisagée de deux points de vue.

Du point de vue religieux d'abord : de l'accomplis-

sement de ces obligations, chaque partie est responsable à Dieu, le maître des sujets et le maître des maîtres, et l'infraction de l'une des deux n'autorise pas
celle de l'autre. Bien observé des deux parts, ce principe devrait mettre le peuple à couvert de la tyrannie,
le pouvoir à l'abri des séditions. Toujours, en défini-
tive, c'est *par la grâce de Dieu* que dominent les souverains; et ce mot devrait servir de garantie aux gouvernants et aux gouvernés. S'il fut appliqué surtout
au profit des premiers, c'est qu'entre les deux maux
de l'anarchie et du despotisme il a fallu choisir le
moindre, que toute forme de gouvernement a été jugée
préférable à l'anarchie, et que le caractère sacré de
ceux qui gouvernent est la seule digue assurée contre
celle-ci.

Du point de vue civil, les gouvernements et les peuples sont obligés les uns envers les autres. Ce second
contrat s'est écrit quelquefois; mais ne le fût-il pas, il
n'en serait ni moins réel, ni moins respectable. N'ayant
ni sanction ni arbitre sur la terre, il trouve ses conditions dans les besoins de la société. Il est tacitement
convenu des deux parts que si l'on s'avance au delà
d'une certaine limite, qui est pour le peuple celle de
la patience, pour le pouvoir celle de la nécessité, il y
aura infailliblement conflit et rupture. Dans les deux
cas, c'est toujours la société, qui, soigneuse de sa con-
servation, y pourvoit par une secousse violente et s'arrache ainsi à ses dangers, de quelque part qu'ils lui
viennent.

Voilà pour le principe; voici pour le fait : un peuple,

terme qui enveloppe les gouvernants avec les gouvernés, peut se comparer à l'alphabet, qui renferme quelques voyelles et beaucoup de consonnes. Les voyelles
sont les gouvernants, les consonnes sont les gouvernés.
Et de même que la parole humaine, avec sa puissance
et sa vie, ne naît que de l'union intime et de l'entre-
lacement continuel des consonnes avec les voyelles, de
même la vie d'un peuple ne résulte que du concours
actif et réel et de l'union organique des gouvernés avec
ceux qui les dirigent. Quand nous aurions la plus forte
envie de nier ces vérités, il nous semble que cela nous
serait totalement impossible.

Mais Rousseau les dépasse de loin. Il est vraiment
le père du système moderne, de celui qui a produit
les révolutions de notre époque. Le monde a pris d'a-
bord l'esprit de ses doctrines; ensuite il est allé jusqu'à la lettre.

Voici donc maintenant cette théorie, telle qu'elle est
développée dans le *Contrat social*. Les contradictions
ne nous échapperont pas.

Un État, suivant Rousseau, n'existe régulièrement et
légitimement que par l'association volontaire de tous
les individus qui le composent. Il faut qu'au moins une
fois il y ait eu l'unanimité. Ceux à qui les clauses du
contrat ne conviennent pas doivent se retirer.

Mais dans une société déjà formée, comment s'intro-
duira sans anarchie l'exercice de la souveraineté du
peuple? Presque partout le peuple trouve le gouvernement tout fait. Ne faudra-t-il pas que des autorités con-
stituées, ou des autorités improvisées convoquent les

assemblées primaires? Et voilà déjà un cercle vicieux.

Ensuite, quelles sont les clauses de ce contrat?
Rousseau n'en dit rien. Ce qui prouve que dans ce
contrat primitif rien n'a été réglé sur la constitution,
c'est que l'auteur, reconnaissant « qu'une multitude
« aveugle, qui souvent ne sait ce qu'elle veut, parce
« qu'elle sait rarement ce qui lui est bon, ne peut
« exécuter d'elle-même une entreprise aussi grande,
« aussi difficile qu'un système de législation (1), » évo-
que un législateur, c'est-à-dire un sage qui fasse, à lui
seul, l'office d'une assemblée constituante.

L'œuvre du sage consommée, la forme de gouvernement choisie, le peuple rentre, ou plutôt entre dans
l'exercice de la souveraineté. Pour tous ses actes, la
pluralité des voix suffit, et représente la volonté générale. Cependant, dit Rousseau, « ce qui généralise la
« volonté est moins le nombre des voix que l'intérêt
« commun qui les unit (2). » Aveu remarquable; mais
si nous prouvons que l'addition des intérêts individuels
ne forme pas nécessairement l'intérêt commun, que
restera-t-il du système de Rousseau? Comment cet intérêt commun sera-t-il saisi par la majorité d'une multitude qui tout à l'heure était aveugle, et qui ne sait
que rarement ce qui lui est bon? L'auteur ne répond
pas à cette objection. Sur la question : *Si la volonté générale peut errer*, il se contente de dire : « On veut tou-
« jours son bien, mais on ne le voit pas toujours (3). »

---

(1) Livre II, chapitre VI.   (2) Livre II, chapitre IV.
(3) Livre II, chapitre III.

Mais si la volonté générale ne voit pas toujours son bien, elle peut donc errer, elle erre, et la distinction de Rousseau ne repose que sur un jeu de mots.

Continuons. Les chefs élus par cette majorité font les lois primitives, lesquelles doivent être, l'une après l'autre, soumises à la ratification du peuple réuni en assemblées primaires, dont toutes les voix sont additionnées. Du reste, dans ce cas comme dans tous les autres, l'auteur déclare qu'une loi n'est véritablement loi que lorsque chaque citoyen a opiné d'après soi-même. Cela serait bon en théorie ; en pratique, cela est impossible (1). Souvent les principes de Rousseau ne sont pas tant des erreurs que des vérités boiteuses. Donnez-leur le pied qui leur manque, elles marcheront à merveille.

Nous n'avons rien dit encore de la forme du gouvernement. L'auteur déclare que telle forme de gouvernement, la meilleure en certains cas, est la pire en d'autres. (Il n'a pas l'air de se douter que cette observation puisse s'appliquer aussi à l'exercice direct de la souveraineté du peuple.) Il est peu favorable à la démocratie pure ; il condamne presque absolument la monarchie, qu'il juge néanmoins inévitable dans les grands États, et arrête sa préférence sur l'aristocratie élective, qu'il ne faut pas confondre avec la démocratie représentative, telle qu'elle existe dans la plupart des cantons de la Suisse. Rousseau est l'ennemi juré de toute représentation ; elle amènerait, suivant lui, iné-

(1) Nous l'avons vu de reste. — N'oublions pas que ceci a été écrit en 1833. (*Éditeurs.*)

vitablement, la mort de la liberté; il ne veut rien entre
le peuple et le pouvoir. Et puis, « tout bien examiné,
« il ne voit pas qu'il soit désormais possible au souve-
« rain (c'est-à-dire au peuple) de conserver l'exercice
« de ses droits, si la cité n'est très petite (1). »

Ainsi donc ce principe universel, inaliénable, la
souveraineté du peuple, n'est applicable qu'à de très
petits États. De la dignité de vérité absolue, le voilà
donc descendu à l'humble condition de vérité relative.
Aussi Rousseau ne veut-il, en effet, que de très petits
peuples. Mais comme de tels États risqueraient d'être
subjugués, il les agglomère en confédérations. D'où il
suit que le système fédératif est la seule situation nor-
male des sociétés politiques.

On ne peut s'empêcher de répéter ici le mot connu
de Voltaire : « Il fait bon venir à propos. » Les cendres de Voltaire et celles de Rousseau furent transportées en pompe au Panthéon. La révolution qui les
canonisa morts, n'aurait eu qu'à les trouver vivants,
elle les eût tous deux guillotinés, l'un comme aris-
tocrate et l'autre comme fédéraliste.

Je passe à l'*Émile* (1762). Ce livre est Rousseau lui-
même. Il s'ajoute aux deux ouvrages dont nous venons
de parler, et se coordonne naturellement avec eux.
L'auteur voulait régénérer la société; or, une société
se compose d'hommes, et tire son caractère du leur.
Il fallait former des hommes.

Le temps exigeait une réforme dans l'éducation. Le

(1) Livre III, chapitre XV.

spontané, le naturel étaient comprimés; on ne tirait pas de l'enfant même l'éducation de l'enfant, on la lui imposait du dehors; ce n'était pas vraiment *éducation*. Les préceptes de Fénelon et de Locke étaient mis en oubli.

Mais, se demande-t-on, Rousseau était-il appelé à cette tâche? Plus qu'un autre peut-être il était appelé à faire ressortir les vices et la déraison du système suivi. Il savait, jusqu'à un certain point, ce que voulait la nature. Il redit avec passion et souvent avec éloquence ce que Montaigne, Locke, Fénelon avaient dit avant lui; et comme le vrai moyen de passionner les autres est de se passionner soi-même, Rousseau influa sur l'opinion beaucoup plus que ces écrivains ne l'avaient fait. Il eut la satisfaction de voir le public, en France et même dans les pays étrangers, accueillir ses vues en grande partie. La forme de son livre, légèrement dramatique et romanesque, ajouta à l'intérêt de ses idées. Pour savoir ce qui lui manquait, nous n'avons qu'à analyser l'*Émile*.

Avertissons d'abord ceux qui, sur le titre de l'œuvre, seraient tentés d'y puiser des directions pour l'éducation de leurs enfants, que ce livre n'est pas pour tout le monde. Disons-leur pour qui il n'est pas; ils nous diront, s'ils le peuvent, pour qui il peut être.

Sont-ils pauvres, ou seulement d'une aisance médiocre, le livre n'est pas pour eux. L'auteur a choisi pour élève un riche, et il nous apprend que « le pauvre « n'a pas besoin d'éducation; celle de son état est

« forcée; il n'en saurait avoir d'autre (1). » Une telle pensée se juge d'elle-même; nous ne faisons pas à nos auditeurs l'injure de la réfuter.

Ont-ils un état, des devoirs civils, une tâche à remplir, le livre n'est pas non plus pour eux : « Il n'y a « ni pauvreté, ni travaux, ni respect humain, qui « dispensent un père d'élever lui-même ses enfants... « Que fait cet homme riche, ce père de famille si af- « fairé, et forcé, selon lui, de laisser ses enfants à « l'abandon? Il paye un autre homme pour remplir ces « soins qui lui sont à charge. Ame vénale! crois-tu « donner à ton fils un autre père avec de l'argent? « Ne t'y trompe point; ce n'est pas même un maître « que tu lui donnes, c'est un valet. Il en formera « bientôt un second (2). »

Mais nous avons l'éducation publique, diront ces parents. Non, vous ne l'avez pas, répond Rousseau : « L'institution publique n'existe plus, et ne peut plus « exister (3). »

Que faire alors si, pour une raison ou pour une autre, il est impossible d'élever soi-même son enfant? Rousseau y pourvoit. Il fait sortir de terre, ou plutôt tomber du ciel un *gouverneur*, comme le législateur dans le *Contrat social*. Quoi! un gouverneur? c'est-à-dire un *valet*; ne l'a-t-il pas dit tout à l'heure? N'importe; mais, comme un bon gouverneur est un *prodige*, « vous mettriez plus de peine à l'acquérir qu'à le de- « venir vous-même (4). »

D'où il suit clairement pour moi que vous ne le

(1) Livre I.   (2) Livre I.   (3) Livre I.   (4) Livre I.

trouverez point, et que, selon Rousseau, votre fils restera sans éducation. Vous voyez donc que son livre
n'est pas fait pour vous.

Et notez bien que dans ce système d'éducation tout
est nécessaire, toute faute irréparable, tout mal sans
remède ; il ne faut jamais se tromper. C'est ce dont
vous avertit l'auteur par son éternel refrain : *Tout est
perdu*, appliqué à tout bout de champ. Madame Necker
de Saussure, qui puise à une autre source, ne parle
pas ainsi. Elle pense, au contraire, qu'en éducation
peu de fautes sont hors de la portée du remède que
leur prépare le plus souvent une providence toute
paternelle.

Ce n'est pas tout ; la condition indispensable au succès du système, c'est, pendant plusieurs années, un
isolement absolu :

« Où placerons-nous cet enfant ? demande Rousseau.
« Le tiendrons-nous dans le globe de la lune, dans
« une île déserte ? L'écarterons-nous de tous les hu-
« mains ? N'aura-t-il pas continuellement dans le
« monde le spectacle et l'exemple des passions d'au-
« trui ? Ne verra-t-il jamais d'autres enfants de son
« âge ? Ne verra-t-il pas ses parents, ses voisins, sa
« nourrice, sa gouvernante, son laquais, son gou-
« verneur même, qui, après tout, ne sera pas un
« ange ? — Cette objection, continue-t-il, est forte et
« solide. Mais vous ai-je dit que ce fût une entreprise
« aisée qu'une éducation naturelle ? O hommes, est-ce
« ma faute si vous avez rendu difficile tout ce qui est
« bien ? Je sens ces difficultés, j'en conviens : peut-être

« sont-elles insurmontables ; mais toujours est-il sûr
« qu'en s'appliquant à les prévenir, on les prévient
« jusqu'à un certain point. Je montre le but qu'il faut
« qu'on se propose : je ne dis pas qu'on y puisse ar-
« river ; mais je dis que celui qui en approchera da-
« vantage aura le mieux réussi (1). »

Mais alors il ne faut pas, toutes les quatre ou cinq
pages, nous accabler de ce mot désespérant : *Tout est
perdu*. D'ailleurs, le système de Rousseau ne se laisse
pas facilement entamer ; il est plus aisé de lui refuser
ou de lui accorder tout, que de lui refuser quelque
chose.

Enfin, avez-vous à élever un enfant maladif, le livre
n'est point fait pour vous : « Je ne me chargerais pas
« d'un enfant maladif et cacochyme, dût-il vivre qua-
« tre-vingts ans. Qu'un autre, à mon défaut, se charge
« de cet infirme, j'y consens, et j'approuve sa charité ;
« mais mon talent à moi n'est pas celui-là : je ne sais
« point apprendre à vivre à qui ne songe qu'à s'em-
« pêcher de mourir (2). »

Après tout cela, il est permis de conclure que l'ouvrage de Rousseau est le roman de l'éducation, si l'on
ne veut pas y voir la démonstration indirecte de l'im-
possibilité de toute autre éducation que celle du hasard. Supposer seul véritable et exclusivement bon un
système applicable à un nombre de cas infiniment
borné, ce serait calomnier la divine sagesse, qui
ne veut pas que la route impossible soit la seule
bonne.

(1) Livre II.   (2) Livre I.

Donnons maintenant une idée du livre, ou plutôt
du système.

L'éducation est une œuvre d'avenir, une préparation.
Mais Rousseau ne veut point que le présent soit sacrifié
à l'avenir. Le présent a ses droits comme l'avenir. Tout
en se préparant à vivre, il faut vivre. Mais la préparation varie selon le but ; et voici comment Rousseau
l'entend : « Il faut opter entre faire un homme ou un
« citoyen ; car on ne peut faire à la fois l'un et l'au-
« tre (1). » Conciliez, si vous pouvez, ceci avec ce
qu'il dit ailleurs, que tout père « doit à la société des
« hommes sociables et des citoyens à l'État (2). »

On élève aussi un enfant en vue de quelque état
particulier auquel il est destiné. Mais, « qu'on destine
« mon élève à l'épée, à l'Église, au barreau, peu
« m'importe. Avant la vocation des parents, la nature
« l'appelle à la vie humaine. Vivre est le métier que je
« lui veux apprendre. En sortant de mes mains, il ne
« sera, j'en conviens, ni magistrat, ni soldat, ni
« prêtre, il sera premièrement homme (3). » Parole
retentissante sans doute, et qui renferme une vérité
trop négligée ; mais on peut se former pour la vie humaine en général, sans négliger les formes diverses
que revêt cette vie. La vocation future de l'enfant en
est une. L'oublier, c'est traiter l'enfant comme on trai-
terait le globe de la terre en lui contestant l'un de ses
deux mouvements.

Ayant donc partagé en deux l'homme général et
l'homme spécial, cela ne suffit pas à Rousseau : il va

(1) Livre I.   (2) Livre I.   (3) Livre I.

dépecer l'homme général en trois hommes successifs : l'être sensitif, l'être intellectuel, l'être moral. Ce sont donc trois éducations de trois hommes superposés, ou emboîtés les uns dans les autres. Une double idée domine de toute sa hauteur cette œuvre triple ; selon l'auteur, l'homme naît bon, et il naît sans caractère individuel ; c'est la société qui, à la fois, le déprave et l'individualise. Jusque vers la quinzième année, Rousseau ne voit que l'espèce. « Ici (entre quinze et dix-« huit ans) commence l'infinie division des carac-« tères (1). »

Ainsi donc il n'y aura qu'à laisser agir la nature, à écarter toutes les influences qui pourraient troubler son action. La tâche de l'éducation dans la première période sera essentiellement « négative, » et la règle capitale sera de savoir « perdre du temps (2). »

C'est l'homme physique que nous élevons d'abord ; nous faisons l'éducation des sens. Gardons-nous d'intervertir les temps, et de vouloir élever l'enfant au moyen de la raison. « Le chef-d'œuvre d'une bonne « éducation est de faire un homme raisonnable : et l'on « prétend élever un enfant par la raison ! C'est com-« mencer par la fin, c'est vouloir faire l'instrument de « l'ouvrage (3). »

Il y a du vrai dans l'exclamation de Rousseau ; ceci est sans doute un cercle vicieux ; mais la vie est remplie de ces cercles vicieux, et Rousseau lui-même s'y heurte à toute heure. Il rentre dans celui-ci lorsqu'il s'applique à maintenir son élève dans la seule dépen-

(1) Livre IV.   (2) Livre II.   (3) Livre II.

dance des choses, repoussant toutes les autres, et cherchant seulement à lui inculquer un principe unique :
la proportion de ses désirs à ses forces. Par là il deviendra un homme libre ; car « l'homme vraiment libre
« ne veut que ce qu'il peut, et fait ce qu'il lui plaît...
« Votre enfant ne doit rien faire par obéissance, mais
« seulement par nécessité; les mots d'obéir et de com-
« mander seront proscrits de son dictionnaire... Ne lui
« commandez jamais rien, quoi que ce soit au monde,
« absolument rien. Ne lui laissez pas même imaginer
« que vous prétendiez avoir aucune autorité sur lui.
« Qu'il sache seulement qu'il est faible et que vous
« êtes fort (1). » Mais ceci est un raisonnement, et
comment l'enfant le fera-t-il s'il n'use pas de sa raison?
Retranchez l'autorité, il faudra bien que l'enfant
obéisse à sa propre raison.

Rousseau va plus loin encore en fait d'indépendance
Il ajoute : « On doit être sûr que l'enfant traitera de
« caprice toute volonté contraire à la sienne (2). » Cela
n'est pas vrai. L'enfant, avant que vous l'ayez dénaturé, croit à ses parents, et n'est pas disposé à juger
mauvaise toute volonté contraire à la sienne. En cou-
pant les liens qui attachent un fils à son père, vous
coupez les racines de la morale. Ce rapport si noble, si
doux, si saint de l'amour filial n'existe pas pour Rousseau; la nature, dans ce qu'elle a de plus sacré, est
foulée aux pieds. Il est vraiment prodigieux, vraiment
insensé d'élever pendant vingt ans un être humain
dans l'ignorance de toutes les relations morales pour les

(1) Livre II.   (2) Livre II.

lui faire, après cet âge, connaître et aimer. La Providence aurait-elle donné à l'enfant ce doux instinct de
confiance, pour que l'éducation s'appliquât à détruire
le premier en date et le plus naturel des rapports?

Dans une telle éducation, il va sans dire qu'il ne
saurait être question de châtiments. L'enfant ne doit
être châtié que par le mauvais succès de ses tentatives. Il ne doit point « savoir ce que c'est qu'être en
« faute (1). » Il n'aura jamais l'intention de nuire;
« faisant seulement ce que la nature lui demande, il
« ne fera rien que de bien (2). »

L'intérêt est son seul guide, j'allais dire son seul
maître; Rousseau le déclare expressément. « L'intérêt
« présent, voilà le grand mobile, le seul qui mène
« sûrement et loin (3). »

Mais comme les leçons de l'expérience ne seraient
pas d'elles-mêmes assez fréquentes, ni assez distinctes, c'est au gouverneur à les faire naître, et, pour
ainsi dire, à les articuler; et comme il ne lui est pas
permis de se montrer à côté de l'expérience, il est
réduit à une foule de ruses, de comédies, de menson-
ges. Voyez, par exemple, l'histoire du jardinier Robert (4), celle du bateleur (5), l'accès de colère donné
comme une crise de maladie (6), et combien d'autres
encore. Tout cela est entièrement contraire à l'esprit
du christianisme. Mais serez-vous moins surpris que
moi en lisant, après de tels épisodes, ce qui suit :
« On ne peut apprendre aux enfants le danger de

(1) Livre II.   (2) Livre II.   (3) Livre II.
(4) Livre II.   (5) Livre III.   (6) Livre II.

« mentir aux hommes, sans sentir, de la part des
« hommes, le danger plus grand de mentir aux en-
« fants. Un seul mensonge avéré du maître à l'élève
« ruinerait à jamais tout le fruit de l'éducation (1). »

L'intérêt présent sera donc le seul mobile de cette
première période de l'éducation. Ce n'est que matérialisme et égoïsme combinés. Excellente préparation
pour former l'homme intellectuel et l'homme moral,
dont le tour doit enfin venir ! Rousseau met tous ses
soins pour que, jusqu'à douze ans, « l'enfant ne fasse
« rien de son âme, » parce que, selon lui, il n'en doit
rien faire, « jusqu'à ce qu'elle ait toutes ses facul-
« tés (2). » Ne vous étonnez donc pas qu'arrivé « à
« douze ans, Émile sache à peine ce que c'est qu'un
« livre (3). » Et s'il était possible, il ne le saurait jamais, car son Mentor hait les livres : « Ils n'appren-
« nent qu'à parler de ce qu'on ne sait pas (4) »
Cependant comme Émile n'est pas un sauvage à
reléguer dans les déserts, mais un sauvage fait pour
habiter les villes, il faut bien le sortir de la forêt et
développer les facultés dont l'homme social fait usage.
On l'instruira puisqu'il le faut ; mais Rousseau s'en
dispense : « Vous donnez la science, à la bonne heure ;
« moi je m'occupe de l'instrument propre à acquérir
« la science (5). » Combien son élève est plus heureux
que tous les autres ! Combien tous les autres sont à
plaindre ! Examinez l'un d'eux au moment où l'étude
vient l'arracher du milieu de ses jeux :

(1) Livre IV.   (2) Livre II.   (3) Livre II.
(4) Livre III.   (5) Livre II.

« L'heure sonne, quel changement ! A l'instant son
« œil se ternit, sa gaieté s'efface ; adieu la joie, adieu
« les folâtres jeux. Un homme sévère et fâché le prend
« par la main, lui dit gravement : *Allons, Monsieur*,
« et l'emmène. Dans la chambre où ils entrent j'en-
« trevois des livres. Des livres ! quel triste ameuble-
« ment pour son âge ! (Dix ou douze ans.) Le pauvre
« enfant se laisse entraîner, tourne un œil de regret
« sur tout ce qui l'environne, se tait, et part les yeux
« gonflés de pleurs qu'il n'ose répandre, et le cœur
« gros de soupirs qu'il n'ose exhaler. O toi qui n'as
« rien de pareil à craindre, viens, mon heureux, mon
« aimable élève, nous consoler par ta présence du
« départ de cet infortuné (1). »

Savoir est le but avoué de la plupart des éducations.
Rousseau, plus volontiers, apprendrait à son élève à
ignorer ; mais du moins ce qu'il croit le principal
objet de la culture intellectuelle, c'est de lui apprendre à ne pas se tromper. « Quand il ne saurait
« rien, peu m'importe, pourvu qu'il ne se trompe
« pas (2). »

Dans les autres éducations on donne la science toute
faite ; dans la sienne, on apprend à l'élève à se la
donner. L'auteur va très loin dans ses applications ; il
faudrait, à l'entendre, qu'Émile refît toute l'œuvre du
genre humain : « Il ne saura ce que c'est qu'un mi-
« croscope et un télescope. Vos doctes élèves se mo-
« queront de son ignorance. Ils n'auront pas tort ; car,
« avant de se servir de ces instruments, j'entends

(1) Livre II.   (2) Livre III.

« qu'il les invente, et vous vous doutez bien que cela
« ne viendra pas sitôt (1). »

Quels seront les mobiles de l'éducation intellectuelle
dans cette période? Les mêmes, à peu près. A l'âge
de quinze ans, Émile « se considère sans égard aux
« autres (2); » et pour nous servir de l'expression de
l'auteur, il n'est presque encore « qu'un être physi-
« que, il faut donc le traiter comme tel (3). »

La seule différence, et elle n'est pas essentielle,
c'est que, dit le Mentor, au lieu que jusqu'ici nous
n'avons connu de loi que celle de la nécessité, maintenant nous avons égard à ce qui est utile : « *A quoi*
« *cela est-il bon?* voilà désormais le mot sacré, le mot
« déterminant entre lui et moi dans toutes les actions
« de notre vie (4). »

Le précepteur doit toujours avoir une réponse prête
à cette question; n'en a-t-il point, il faut l'obtenir.
Mais l'exemple que Rousseau en donne est déjà une
incursion dans le domaine de la morale et, par le fait,
une inconséquence de plus.

Nous passons sur le détail de la culture des différentes facultés. Cette partie de l'*Émile* contient cependant des points de vue intéressants. Quant à la direction dans laquelle l'auteur prétend que ces facultés
soient exercées, nous ajouterons seulement un mot. Il
a découvert «qu'avec l'habitude de l'exercice du corps
« et du travail des mains, on donne insensiblement
« à son élève le goût de la réflexion et de la médita-
« tion (4). » Par cette raison, et par une autre encore,

(1) Livre III.   (2) Livre III.   (3) Livre III.   (4) Livre III.

celle des vicissitudes possibles de la fortune, il veut
qu'Émile apprenne un métier, et il choisit celui de
menuisier. Si cependant une aptitude marquée portait
l'élève vers les sciences mathématiques, on en pourrait
faire un fabricant de télescopes. Nous pensons au contraire que l'expérience dément cette influence favorable du travail matériel sur les facultés supérieures
de l'esprit. Et d'ailleurs, nous ne comprenons pas trop
comment Rousseau combine et accumule toutes ces
occupations dans la même époque, ni comment on y
pourrait joindre l'indispensable préparation à une vocation future, et nous nous demandons à quoi en défi-
nitive Émile pourra être bon?

N'attendez-vous pas avec une certaine impatience
que ce nouveau Prométhée achève l'œuvre de sa création, et qu'il lui souffle une âme vivante? Dieu s'y
prit moins tard; mais, pardonnez-nous l'expression,
tout le livre de Rousseau semble destiné à prouver que
Dieu s'est trop hâté. N'aurait-il pas dû, le céleste artisan, après avoir créé l'homme, « commencer par
« exercer le corps, puis les facultés intellectuelles, puis
« enfin compléter son œuvre en lui donnant le sens
« moral, qui en fait un être aimant et sensible? » C'est
ainsi du moins que s'y prend Rousseau en procédant
à ce qu'il appelle « la seconde naissance » de son
élève (1).

Avant cette époque, Émile ne connaissait ni bienveillance ni affection ; mais rien de plus facile que de
les faire éclore ; les éléments, les forces sont données :

_____
(1) Livre IV.

de l'amour de soi bien entendu naît l'amour. La nature y pourvoit, d'ailleurs, au moment convenable.
Du besoin d'une compagne naît le besoin d'un ami :
« Toutes ses relations avec son espèce, toutes les af-
« fections de son âme, naissent avec celle-là (1). »

Quoi ! c'est du moment qu'Émile songera à se marier qu'il s'avisera d'aimer son père, sa mère, son
gouverneur ! Ce gouverneur se verra obligé d'attendre que son élève ait atteint sa dix-huitième année
pour recueillir quelque fruit de ses soins ! Jusque-là
tout sentiment de reconnaissance, et jusqu'au mot lui-
même, a dû rester étranger à Émile.

Après cela, nous étonnerons-nous qu'il n'ait pas
encore été question d'une reconnaissance plus haute
et plus juste? Le nom de Dieu n'a pas été prononcé
devant Émile pendant dix-huit ans; l'idée lui en est
restée inconnue; car, dit Rousseau, « tout enfant qui
« croit en Dieu est nécessairement idolâtre; » puis il
ajoute : « ou du moins anthropomorphite (2). » Mais
il oublie que tout homme l'est aussi, et même, en un
sens, qu'il doit l'être. Tout homme suppose à l'Être
suprême les qualités morales dont il reconnaît en lui
le germe, ou qu'il reconnaît dans les êtres moraux
dont il est entouré; il ajoute seulement à chacune
d'elles l'idée et l'auréole de la perfection. Ce n'est
point là, selon nous, ce qui dénature le culte du Dieu
éternel. Comment serions-nous capables de concevoir
sa bonté, son amour, sa sainteté même, si les reflets
de ces divins attributs ne brillaient parmi les hommes?

(1) Livre IV.　　(2) Livre IV.

Oui, dans ce sens, nous faisons Dieu à notre image ;
mais c'est parce qu'il a commencé par nous faire à la
sienne.

Quoi qu'il en soit, si l'être moral prend racine dans
la sexualité, je ne vois pas, du moins, comment la
religion en découle, la religion qui est aussi une affection de l'âme. Quant à Émile, une fois son existence complétée par l'idée de Dieu, comme il s'est fait
à lui-même toutes ses idées, il se fera aussi sa religion.
Tout le soin de son guide sera « de le mettre en état
« de la choisir (1). » Il y a du vrai dans cette pensée;
c'est une triste et pauvre foi que celle qui n'est pas le
résultat de notre propre examen. Mais Rousseau prétend davantage. Tout comme il a voulu faire inventer
à son élève les arts et les sciences, et faire ainsi recom-
mencer à cette chétive individualité l'ouvrage du genre
humain, l'ouvrage de six mille ans, de même lui im-
pose-t-il encore l'œuvre de soixante siècles pour la
religion qu'elle doit découvrir ou inventer. C'est ce
que nous révèle la *Profession de foi du Vicaire savoyard*.

Cette remarquable fiction, dont le fond est un épisode de la vie de J. J. Rousseau, renferme les plus
belles pages de son livre, et peut-être de toutes ses
œuvres. C'est une hache à deux tranchants, l'un
tourné contre les matérialistes et les athées, l'autre
contre les chrétiens. Dans la première division de cet
écrit, Rousseau défend contre des négations impies la
plus noble partie de notre être et l'existence de Dieu.

(1) Livre IV.

Dans la seconde, il attaque le principe de la révélation en général et l'autorité du christianisme en particulier.

La première partie fait un singulier contraste avec
l'ensemble de l'ouvrage; c'est tout une autre philosophie. Vraie, haute et saine, elle est comme une large
rature passée sur tout le reste. Je n'ai pas besoin de
dire qu'il s'y trouve des morceaux sublimes :

« Plus je rentre en moi, plus je me consulte, et
« plus je lis ces mots écrits dans mon âme : *Sois juste,*
« *et tu seras heureux.* Il n'en est rien pourtant, à con-
« sidérer l'état présent des choses ; le méchant pros-
« père, et le juste reste opprimé. Voyez aussi quelle
« indignation s'allume en nous quand cette attente est
« frustrée ! La conscience s'élève et murmure contre
« son auteur ; elle lui crie en gémissant : Tu m'as
« trompé.

« Je t'ai trompé, téméraire ! et qui te l'a dit ? Ton
« âme est-elle anéantie ? As-tu cessé d'exister ? O Bru-
« tus ! ô mon fils ! ne souille point ta noble vie en la
« finissant ; ne laisse point ton espoir et ta gloire avec
« ton corps aux champs de Philippes. Pourquoi dis-tu,
« *la vertu n'est rien*, quand tu vas jouir du prix de
« la tienne ? Tu vas mourir, penses-tu : non, tu vas
« vivre, et c'est alors que je tiendrai tout ce que je
« t'ai promis. »

— « Chacun, dit-on, concourt au bien public pour
« son intérêt. Mais d'où vient donc que le juste y con-
« court à son préjudice ? Qu'est-ce qu'aller à la mort
« pour son intérêt ? Sans doute nul n'agit que pour

« son bien ; mais, s'il n'est un bien moral dont il faut
« tenir compte, on n'expliquera jamais par l'intérêt
« propre que les actions des méchants : il est même
« à croire qu'on ne tentera point d'aller plus loin. Ce
« serait une trop abominable philosophie que celle où
« l'on serait embarrassé des actions vertueuses ; où
« l'on ne pourrait se tirer d'affaire qu'en leur controu-
« vant des intentions basses et des motifs sans vertu ;
« où l'on serait forcé d'avilir Socrate et de calomnier
« Régulus. »

— « Conscience ! conscience ! instinct divin, im-
« mortelle et céleste voix ; guide assuré d'un être igno-
« rant et borné, mais intelligent et libre ; juge in-
« faillible du bien et du mal, qui rends l'homme
« semblable à Dieu ! c'est toi qui fais l'excellence de
« sa nature et la moralité de ses actions ; sans toi je
« ne sens rien en moi qui m'élève au-dessus des bêtes,
« que le triste privilége de m'égarer d'erreurs en er-
« reurs à l'aide d'un entendement sans règle et d'une
« raison sans principe (1). »

De tels morceaux témoignent que Rousseau occupe
réellement une place à part, une place unique parmi
les philosophes de son époque. Ce ne sont plus les
sophismes légers, les plaisanteries de Voltaire et de
tant d'autres ; il parle des grands intérêts de l'homme
avec onction et cordialité. Une certaine religiosité se
retrouve au fond de l'âme de Rousseau ; les souvenirs
du culte de son enfance n'y restèrent peut-être pas
étrangers.

(1) Livre IV.

Une vacillation singulière se fait remarquer dans la seconde partie du *Vicaire savoyard*. L'auteur y combat le christianisme positif, les miracles, le témoignage des apôtres. Ses raisonnements ont, au premier abord, quelque chose de spécieux ; mais dès qu'on les examine, on en reconnaît la faiblesse. L'extraordinaire ne peut être rejeté d'après de pures probabilités ; l'extraordinaire ne se réduit pas nécessairement à l'absurde. Sans doute les faits surnaturels ne doivent pas être acceptés à la légère ; mais la négation du principe des faits surnaturels est en elle-même déraisonnable. La seule voie légitime est d'aller droit au fait même, et de s'assurer s'il a eu lieu, oui ou non.

Il est frappant, d'ailleurs, de voir combien l'auteur est partagé entre son cœur et son esprit. L'esprit ne peut adhérer au christianisme, le cœur y retourne sans cesse ; un attrait mystérieux l'y ramène, au moment où le système l'en écarte. On connaît trop pour le citer dans son entier le morceau fameux : « La ma-« jesté des Écritures m'étonne, la sainteté de l'Évan-« gile parle à mon cœur. » Mais quand on l'a lu, quand on a médité ces paroles : « Oui, si la vie et la « mort de Socrate sont d'un sage, la vie et la mort de « Jésus sont d'un Dieu.... Mon ami, ce n'est pas ainsi « qu'on invente ; et les faits de Socrate, dont personne « ne doute, sont moins attestés que ceux de Jésus-« Christ, » on a peine à croire que Rousseau ne fût pas chrétien. Du reste, non plus que Voltaire, ce n'est pas dans son centre qu'il attaque le christianisme. Il l'a fait indirectement, en soutenant que l'homme naît

bon, et en rongeant tout autour de l'idée de la rédemption ; mais, directement, ce qui fait la force du
christianisme est à peine abordé par lui. Tous les incrédules du siècle dernier se sont bornés à tourner
leurs armes contre l'authenticité de la religion chrétienne, et je conçois que la véracité des apôtres soit un
grand moyen de la constater ; mais une preuve plus
directe de la vérité de l'Évangile est fournie par l'É-
vangile lui-même. Le grand fait de l'Évangile c'est
l'Homme-Dieu, c'est Dieu manifesté en chair, Dieu
revêtant notre nature pour la relever et la sanctifier.
On n'est chrétien que lorsqu'on a accepté par le cœur
cette vérité qui fut de tout temps scandale aux Juifs et
folie aux Grecs. Il est remarquable que le dix-huitième
siècle n'ait ni attaqué ni défendu le christianisme sur
ce point fondamental, tandis qu'aujourd'hui c'est là
que se pressent amis et ennemis.

Jusqu'au *Vicaire savoyard*, cependant, le christianisme n'avait pas subi d'attaque aussi vive ; aussi procura-
t-elle la persécution à son auteur. Nous avons vu comment, à la suite de la publication de l'*Émile*, Rousseau
se trouva obligé de quitter la France, puis même le
canton de Berne. Ce fut à Motiers-Travers, dans le
pays de Neuchâtel, que Rousseau reçut le mandement
de l'archevêque de Paris contre l'*Émile* (1) et qu'il y
répondit par la lettre intitulée : *Jean-Jacques Rousseau,
citoyen de Genève, à Christophe de Beaumont, archevêque de Paris* (2). Cette lettre est un chef-d'œuvre de
dialectique, d'éloquence et de sophisme.

(1) Mandement du 20 août 1762.   (2) Motiers, 18 novembre 1762.

Mais revenons à l'*Émile*, et cherchons à nous former un jugement définitif sur cet ouvrage.

En premier lieu, l'*Émile* est une œuvre de pure
abstraction, sans aucune conséquence pratique possible, aucune place n'y étant réservée à l'homme spécial. Sous ce point de vue, il pourrait être rangé parmi
les écrits humoristiques.

De plus, ce livre est l'œuvre d'un rationalisme ef-
fréné. Je ne prends pas ce mot dans le sens théologique, mais dans son sens le plus général. J'entends
par là l'abus de la raison en toutes choses. Le rationalisme, dont la fonction légitime serait de rendre
raison des faits, les méconnaît, les dénature, les isole,
les distribue autrement que la nature. L'*Émile* scinde
l'homme; il transporte dans la réalité, il applique à
la vie les classifications artificielles de la science. En
prenant à la lettre ces termes d'homme *physique*,
d'homme *intellectuel*, d'homme *moral*, comme s'il y
avait trois hommes dans chaque individu, en oubliant
que leur formation est parallèle, réciproque, par action
et réaction perpétuelles, par quantités insensibles, et
que la culture de chacun ne peut se faire sans celle
des deux autres, Rousseau a pris trois facultés pour
trois essences. Il n'a pas vu que, par cette culture suc-
cessive, par ce renvoi arbitraire du développement
de facultés qui apparaissent dès le berceau, et pour
l'éducation desquelles, sous peine de mort, il n'y a
que le temps juste, il tuait ses hommes les uns par les
autres, le dernier surtout par les premiers. Il n'a pas
vu que son système, appliqué en grand et compléte-

ment, nie, renverse, anéantit la famille, et qu'ainsi il est nécessairement faux et pernicieux. Il n'a pas vu qu'il est absurde et impossible d'élever l'homme sans la société, quand c'est à la société qu'on le destine.

Rousseau a nié le grand principe du devoir et de l'obéissance. Il a nié l'élément de la foi. L'enfant ne vit que par la foi ; et la foi est, en elle-même, l'opposé de la raison. Et chose étrange ! en supprimant la foi, en faisant de l'enfant un rationaliste, Rousseau veut donner à l'homme, en toutes choses, le sentiment pour unique direction. Mais faire du sentiment la règle de la vie, c'est abandonner la vie au vent de toutes les émotions.

Il n'a pas vu, enfin, que son système, tissu avec tant d'art et de dialectique, ne tient qu'à une fiction, que si un Émile vivant, chair et os, était capable de prouver quelque chose, un Émile écrit, un Émile livre, ne prouve rien.

L'idée de Rousseau, l'idée générale de tous ses livres, c'est de nous ramener à la nature. Mais soyons d'accord sur le mot. Si par nature on entend l'état moral de l'homme tel qu'il vient au monde, il n'y faut pas retourner, car cet état est mauvais. Et qu'est-ce qui le prouve ? J. J. Rousseau lui-même, en s'efforçant d'établir le contraire. Pour que son élève puisse être bon, il l'écarte de tous les hommes; mais qu'est-ce qu'une bonté que le moindre contact change en méchanceté? qu'est-ce qu'un être qui ne peut obéir à une des lois de sa nature, la sociabilité, sans manquer à une autre loi qui est la bonté? Cet être est-il bon ?

Je dis qu'il est mauvais, et qu'au lieu de le ramener
à la nature, il faut l'en écarter, il faut l'élever au-
dessus d'elle. C'est pour cela que l'Évangile parle de
régénération, de nouvelle naissance. Et il fait plus
que d'en parler, il en fournit les conditions et les éléments. S'il s'était borné à nous dire que nous sommes
mauvais, que nous devons sortir de l'état de nature,
il n'aurait fait rien de plus que la philosophie antique.
Mais d'où vient que Platon ni Socrate n'ont régénéré
le cœur d'aucun homme? C'est que, pour convertir
une âme, c'est-à-dire pour en changer la direction, il
faut lui ouvrir une carrière nouvelle, lui montrer une
autre destination, lui faire sentir le ciel au-dessus de
la terre. Voilà pourquoi Jésus-Christ seul convertit;
Socrate ne convertit pas. Les faits seuls agissent sur le
cœur de l'homme; jamais le même pouvoir ne sera
donné aux idées. Or l'Évangile est un fait, un fait qui
sans doute nous manifeste notre misère, mais qui va
plus loin que cela. Seul il est capable de régénérer
notre cœur, seul il nous ramène à notre véritable
nature.

Ceci nous deviendra évident si nous entendons par
nature les rapports vrais des choses. Alors certes il y
faut retourner. Mais Rousseau nous en éloigne. Il force
tout, il vide tout; il bouleverse, non-seulement les institutions, mais cette même nature à laquelle il prétend
nous ramener. Où celle-ci est-elle plus indignement
violée que dans le soi-disant état de nature dont il a
cru nous donner l'histoire? Reste, il est vrai, l'autre
extrême, l'extrême dont son esprit était demeuré

frappé, l'extrême de la civilisation. Ici encore c'est l'É-
vangile qui nous replace dans la nature. Ceux qui ont
su saisir le véritable esprit du christianisme sont de tous
les hommes ceux qui vivent le plus raisonnablement.

N'en soyons pas surpris, souvenons-nous que la nature contre laquelle proteste l'Évangile, c'est l'état moral dans lequel nous naissons par l'effet de la chute
originelle. Mais il existe une autre nature, une nature
primitive, à laquelle l'Évangile rend hommage, et dont
il déplore l'extinction par la bouche de saint Paul, lorsqu'il parle des hommes *sans affections naturelles* (1).
Cette nature-là, ce sont les vrais rapports des choses.
Elle doit se retrouver lorsque le premier de tous les
rapports est reconnu et respecté. Et c'est là l'effet du
christianisme; aussi une vie animée par l'esprit de
l'Évangile sera-t-elle la plus naturelle de toutes.

Je demanderai, par exemple, si l'ouvrage de Madame Necker de Saussure (2), qui est chrétienne, ne
nous ramène pas en tout à la nature, mais tout autrement que J. J. Rousseau? Et pour passer des livres aux
hommes, et des systèmes aux faits, je demanderai si
des éducations toutes contraires à celle de Rousseau
ne peuvent pas donner des résultats excellents? Voici
un grand homme, un homme dont nous avons parlé
l'année dernière, le chancelier de L'Hôpital. Il fut, ce
me semble, un homme complet, aussi distingué par le
caractère que par les facultés. Son éducation fut tout
l'opposé du système de l'*Émile*, rigide et stricte autant

---

(1) Épître aux Romains, 1, 31. — Deuxième Épître à Timothée, III, 3.
(2) *De l'éducation progressive*, par Madame NECKER DE SAUSSURE.

que pas une de son temps; néanmoins ce grand homme resta aussi libéral dans ses vues que ferme et solide dans sa foi. Reposons-nous un instant sur le tableau de cette jeunesse studieuse et chrétienne :

« Cette ville (Toulouse) renfermait une école très fré-
« quentée, où la jeunesse s'appliquait sous une sévère
« discipline à ces études classiques, qui, n'étant alors
« aidées ni par l'exactitude ni par la facilité des mé-
« thodes, avaient toute la lenteur laborieuse de l'éru-
« dition. Dès quatre heures du matin, en hiver, on se
« levait pour la prière; puis on allait aux écoles jus-
« qu'à onze heures; on en revenait ensuite pour dis-
« cuter les textes, vérifier les passages, et pour toute
« récréation lire Aristophane, les tragiques grecs,
« Plaute et Cicéron (1). »

En somme, il est permis de conclure que l'*Émile* a fait plus de mal que de bien. Les principes attaqués par l'auteur sont en eux-mêmes plus importants que n'étaient préjudiciables les erreurs qu'il a renversées. Au fond, dans cette œuvre, ce qui est de son invention c'est l'erreur. Ce qui s'y trouve de juste, de sain, de solide, avait été dit avant Rousseau.

Soyons équitable néanmoins, rendons à Rousseau ce qui lui revient. Son erreur tenait de fort près à une vérité. Sur quelques points, en effet, il a ramené à la nature; il a popularisé des idées précieuses.

On sait assez qu'on lui doit l'allaitement de l'enfant par la mère dans la classe aisée, et dans tous les cas la présence du petit enfant dans la maison, sa participa-

(1) Villemain, *Vie de L'Hôpital*, dans les *Mélanges littéraires*, tome II.

tion aux soins et aux caresses maternelles. Un autre bienfait, c'est d'avoir débarrassé l'enfant du maillot qui gênait ses membres et nuisait à son développement. Il a donné pour l'éducation physique d'autres préceptes encore, salutaires quand on les saisit avec discernement, nuisibles quand on les applique trop à la lettre et hors de propos.

Il a montré que l'éducation n'a point d'autre commencement que la vie, que l'on ne peut s'y prendre trop tôt pour donner de bonnes habitudes aux enfants. Ceci, sans doute, est une contradiction de plus entre le faiseur de systèmes et l'homme ; mais ce n'en est pas moins une vérité, et nous écoutons volontiers Rousseau lorsqu'il nous dit : « Dans un âge où le cœur ne sent « rien encore, il faut bien faire imiter aux enfants les « actes dont on veut leur donner l'habitude, en atten- « dant qu'ils les puissent faire par discernement et par « amour du bien (1). »

Après avoir proscrit toute obéissance, après en avoir banni jusqu'au nom, n'est-il pas curieux de voir l'imitation recommandée? Qu'est-ce qu'*imiter*, si ce n'est obéir aux actes, sinon aux paroles? Qu'est-ce que *s'accoutumer*, expression que Rousseau emploie ailleurs, sinon obéir à ses propres actes, se lier à son passé? Mais ce passage qui, au fond, renverse le système de l'*Émile*, n'est pas pour nous une erreur. Ainsi que l'auteur, nous trouvons l'homme si faible que nous lui reconnaissons le besoin de renforcer ses principes par la répétition des mêmes actes. Il en est de même

(1) Livre II.

de la société; quelque faible que soit pour une nation le frein des habitudes, elles ajoutent cependant un certain poids aux institutions. L'homme est, dans un sens, un faisceau d'habitudes; mais cette expression doit s'expliquer. Sans contre-poids, il est certain que l'habitude écrase l'intelligence et la liberté morale; il faut donc, avant tout, que l'homme possède des principes, des vertus, des affections. L'habitude, en elle-même, n'est point l'épi nourrissant et plein; elle est seulement le lien qui réunit la gerbe et qui l'empêche de s'éparpiller.

Rousseau a sans doute poussé trop loin le principe de faire inventer la science à l'élève; nous en avons montré l'excès et l'absurdité; mais cette idée, appliquée avec mesure, peut devenir une vérité fort utile, et féconder à un haut degré l'esprit des enfants.

Une heureuse influence sur l'ensemble de l'éducation peut encore s'exercer au moyen des travaux manuels. Les révolutions de notre époque se sont chargées de démontrer l'utilité directe de cette ressource; nous n'y reviendrons pas. Mais un autre point de vue, pour les jeunes gens riches, c'est l'extrême facilité avec laquelle les jouissances leur arrivent, et d'ordinaire l'ignorance où ils se trouvent de ce que celles-ci coûtent à d'autres. Un travail corporel leur rappelle de plus près la nature, et la dépendance où nous sommes d'elle; il établit une sorte de communauté entre le riche et le pauvre; il leur donne rendez-vous sur un même terrain, celui de la nécessité.

A notre sens, néanmoins, il est encore plus néces-

saire d'élever le pauvre vers le riche que de faire descendre le riche vers le pauvre. Le point essentiel de
rapprochement existe, non dans les travaux manuels
du riche, non dans la communauté des besoins physiques, mais dans la communauté d'une idée. Au pied
de la croix, au seuil de la Bible, le pauvre et le riche
se rencontrent de la manière la plus salutaire à tous
deux. Un seul livre présentant le même intérêt à
toutes les classes d'hommes, à tous les degrés d'intelligence, quoi de plus admirable ! Les merveilles
accoutumées ne nous frappent plus ; mais si vous
vous y arrêtez, vous serez étonnés, comme derniè-
rement je le fus moi-même, en réfléchissant qu'un
livre rempli des plus sublimes idées de morale et de
métaphysique pouvait également satisfaire l'esclave
noir au milieu de la plantation de son maître, et
l'homme de génie au sommet de la culture. Permettez-
moi une supposition ; je sais bien qu'elle est impossible ; mais enfin, veuillez admettre pour un instant
que la Bible n'existe pas, et que cependant l'homme
soit parvenu au degré de civilisation où il se trouve
actuellement. Sur ces entrefaites, que dirions-nous s'il
arrivait de quelque part, des Indes si l'on veut, un
livre capable de répondre à la fois aux besoins intellectuels et moraux des classes diverses qui composent
l'ensemble de la société humaine ? Croirions-nous à ce
phénomène, à ce résultat possible à peine à tout ce
que peut réunir la plus vaste bibliothèque ? C'est néanmoins cette communauté que la Parole de Dieu a mise
à la portée du pauvre

En achevant l'analyse de l'*Émile*, nous avons attaché le dernier anneau à la série d'œuvres diverses qui
ne sont que le développement d'une seule et même
idée (1). Un ouvrage unique interrompt cette chaîne
continue, c'est la *Lettre à d'Alembert sur les spectacles*
(1758). Elle dut naissance à un morceau de l'*Encyclopédie* sur Genève, ou plutôt sur l'établissement d'un
théâtre à Genève. Cet article, d'un intérêt si local qu'il
faisait figure étrange dans l'*Encyclopédie*, fut inspiré à
d'Alembert par Voltaire, qui, fixé aux environs de
Genève, désirait passionnément y faire jouer ses œuvres. Rousseau, craignant l'innovation pour les mœurs
de sa patrie, répliqua en s'adressant directement à
d'Alembert.

Aucun des écrits de J. J. Rousseau n'est d'un style
plus naturel et plus sûr; aucun ne porte le cachet
d'une conviction plus entière. Et cependant cette lettre, tout admirable qu'elle est, laisse plusieurs choses
à désirer; elle n'est pas exempte de paradoxes; les
idées y sont, comme partout chez l'auteur, prises
dans un sens trop absolu. Nous nous en apercevrons
plus tard.

Rousseau commence par dire avec raison : « Tout
« est problème encore sur les vrais effets du théâtre,
« parce que les disputes qu'il occasionne ne partageant

---

(1) « Tout ce que j'ai pu retenir de ces foules de grandes vérités qui dans un
« quart d'heure m'illuminèrent sous cet arbre, a été bien faiblement épars dans
« les trois principaux de mes écrits; savoir, ce premier Discours, celui sur l'Iné
« galité et le Traité de l'Éducation; lesquels trois ouvrages sont inséparables, et
« forment ensemble un même tout. » (*Deuxième lettre à M. de Malesherbes.*)
M. Vinet a rattaché à ces trois écrits le *Contrat social*, comme développement de
la même pensée. (*Éditeurs.*)

« que les gens d'Église et les gens du monde, chacun
« ne l'envisage que par ses préjugés. » En effet, comment vaincre un ennemi qu'on ne rencontre pas? Les
théologiens ont qualifié d'empoisonneurs publics les
auteurs et les acteurs. Racine lui-même, depuis sa
conversion, s'est accusé d'avoir mérité ce nom. Mais
rappelons-nous qu'il faut être bien authentiquement
en dehors du monde, pour réussir lorsqu'on veut engager les autres à en sortir. On n'est pas hors du
monde parce qu'on a quitté les plaisirs bruyants; on a
passé seulement d'un hémisphère à un autre; on est
entré dans le domaine de jouissances plus pures et
plus élevées. Toute une vie est quelquefois nécessaire
pour prouver que l'on n'est plus du monde, et pour
exercer à cet égard quelque influence sur autrui.

N'oublions pas surtout que si l'on veut porter quelqu'un à renoncer à une satisfaction, il faut lui en offrir
une autre en échange, et il faut que cette autre soit
supérieure au point que l'hésitation ne soit plus possible. Jamais de simples raisonnements n'engagèrent
personne à quitter le monde. Fussent-ils d'une clarté
incontestable, cette évidence n'aboutirait qu'à irriter
les hommes. C'est peine perdue de dire à ceux-ci que
les joies du monde sont passagères, ni même qu'elles
nuisent à leur salut; il faut avoir quelque chose à
leur présenter en compensation de ce qu'on leur ôte.
Hors de cette condition, tous les arguments sonnent
creux. Quand Dieu a voulu arracher l'homme à la domination du péché, il ne s'est pas borné à promulguer
sa loi, il a manifesté sa grâce, et les cœurs touchés de

ce divin attrait se sont trouvés dégagés de celui des joies mondaines. Faites de vrais chrétiens d'abord; vous obtiendrez facilement ensuite l'abandon de certains plaisirs.

En partant du point de vue de la morale naturelle, Rousseau pouvait se faire entendre d'un meilleur nombre d'auditeurs. L'amour du bien public, le culte de la patrie sont des mobiles à l'adresse de beaucoup d'âmes incapables pour l'heure d'atteindre à la mesure du renoncement chrétien. Rousseau est dans le vrai quand il demande si tous les genres d'amusement sont également salutaires : « S'il est vrai qu'il faille « des amusements à l'homme, vous conviendrez au « moins qu'ils ne sont permis qu'autant qu'ils sont « nécessaires, et que tout amusement inutile est un « mal pour un être dont la vie est si courte et le temps « si précieux. »

Et d'abord, c'est un mauvais signe et un mal que d'être obligé d'aller chercher des plaisirs si loin de sa sphère naturelle; une vie bien employée doit être elle-même la source des vrais plaisirs. Autant que possible, ceux-ci doivent être attachés à notre état et rapprochés de nos devoirs : ainsi les joies domestiques, les meilleures d'entre toutes les jouissances terrestres.

Quelques personnes disent : « Je vais au spectacle « pour m'instruire. » Aveu précieux; il constate involontairement le besoin qu'éprouve l'homme d'attribuer une certaine utilité à ses divertissements. Quant à ce qu'a de réel cette prétendue utilité du théâtre, c'est une autre question. Pour être vraiment salutaire à la

morale publique, il faudrait que le théâtre enseignât
ceux qui ont besoin de l'être. Or, on ne peut enseigner sans reprendre, et si le théâtre se met tout de
bon à corriger, il ne sera plus un divertissement. Autant vaudrait alors le sermon. Sans doute il flétrit les
grands crimes, les vices éclatants, contre lesquels se
révolte la conscience générale; mais que dit-il contre
les passions favorites, les penchants secrets du cœur?
Il est en connivence avec eux, il les échauffe et les
nourrit, et pour son but, il doit le faire. Pour plaire à
un peuple, il faut lui donner des spectacles conformes
à ses penchants : « Qu'on n'attribue pas au théâtre le
« pouvoir de changer des sentiments ni des mœurs
« qu'il ne peut que suivre et embellir. »

Mais, dira-t-on, « le théâtre, dirigé comme il peut et
« doit l'être, rend la vertu aimable et le vice odieux. »
— « Il opère un grand prodige de faire ce que la na-
« ture et la raison font avant lui! Les méchants sont
« haïs sur la scène! Sont-ils aimés dans la société quand
« on les y connaît pour tels? »

On objecte que le théâtre dispose les cœurs à la compassion.

— « J'entends dire, répond Rousseau, que la tra-
« gédie mène à la pitié par la terreur; soit. Mais quelle
« est cette pitié? Une émotion passagère et vaine, qui
« ne dure pas plus que l'illusion qui l'a produite...
« En donnant des pleurs à ces fictions, nous avons sa-
« tisfait à tous les droits de l'humanité, sans avoir plus
« rien à mettre du nôtre; au lieu que les infortunés
« en personne exigeraient de nous des soins, des

« soulagements, des consolations, des travaux. »

Il y a du vrai dans cette remarque. Nous contractons au théâtre le besoin de voir le malheur sous un jour poétique. Or, comme les rues ne sont pas remplies de personnages dramatiques, sommes-nous bien sûrs que l'émotion produite par les douleurs élégantes et pittoresques de la scène nous disposera mieux à envisager et à secourir des malheurs réduits à leurs proportions réelles, prosaïques, souvent assaisonnés de platitude, de vice, de dégoût? Si la pitié dramatique rendait le cœur plus sensible aux réalités, le théâtre serait une pépinière de philanthropes. Je doute cependant que Wilberforce et Oberlin se soient formés à cette école.

Néanmoins il n'aurait pas fallu dire que tout mouvement de pitié ou de bienveillance produit par la représentation d'événements imaginaires est une chose préjudiciable à l'âme et qui se déduit en quelque sorte de l'intérêt que nous devons à des infortunes réelles. C'est aller trop loin sans doute, et Rousseau retombe ici dans le défaut de pousser ses idées à l'extrême.

Ce qu'il faut dire, c'est d'abord que l'âme fréquemment attendrie par des infortunes théâtrales n'en devient pas plus tendre pour cela; ensuite, qu'il y a une fausse pitié, une fausse bienveillance, trop souvent excitées par les auteurs dramatiques, et qui font à l'âme plus de mal que de bien.

Rousseau conteste l'importance de la catastrophe, de la vertu triomphante et du vice puni, relativement à l'impression morale, et sous ce point de vue, nous

sommes de son avis. Aristote lui-même estime que les
pièces où le héros succombe sont celles qui produisent
le plus d'effet. L'impression morale résulte de l'ensemble de la pièce et du développement des caractères, bien plus que de la catastrophe. Si celle-ci tient
purement aux circonstances, c'est un grand défaut;
elle n'a de valeur qu'en se rattachant au caractère de
la victime.

Rousseau a fort maltraité la tragédie, peut-être faute
de connaître une autre littérature que la littérature
française, et faute de concevoir la tragédie autrement
que la nation ne la conçoit. Le Français, homme pratique, homme d'application et de résultat jusque dans
les beaux-arts, a déclaré que la tragédie est un instrument, une machine destinée à produire dans l'âme
des mouvements de terreur et de pitié : définition
qui, si elle en reste là, me paraît indigne de la tragédie. Mais le génie français, beaucoup plus oratoire
que poétique, vise à l'action et ne connaît guère la
contemplation. Chatouiller l'âme et l'irriter, est en général le but des tragiques français. Cela donne à leurs
œuvres un caractère d'immobilité auquel d'autres peuples ont mieux réussi à se soustraire. Il y a dans la
tragédie un élément spéculatif qu'ils ont su sentir et
saisir, et qui se rattache aux plus hautes facultés de l'â-
me. La tragédie ne prêche pas une thèse, mais elle réalise une idée, et c'est là un de ses intérêts principaux,
non-seulement pour les philosophes de profession, mais
pour tout homme sérieux. L'intérêt de *Macbeth*, par
exemple, est tout à fait de cette nature; le spectateur

y contemple, pour ainsi dire, la fatalité du crime en-
vahissant l'âme pas à pas, depuis le germe accueilli
d'une pensée mauvaise, jusqu'aux horreurs qui pré-
cèdent le dénoûment. Comme celle de *Macbeth*, la philosophie de *Hamlet*, de *Jules César*, est, dans chacune
de ces pièces, un charme sévère et puissant auquel
l'homme du peuple ne se laisse pas moins captiver que
l'esprit développé. Même sans connaître la littérature
anglaise, Rousseau aurait pu trouver dans la tragédie
française quelques exemples de cette poésie contemplative. *Britannicus* puise décidément son principal
intérêt dans sa partie psychologique. Si le serpent sor-
tira de son œuf, si un monstre va éclore, si la nature
l'emportera sur l'éducation, si Néron deviendra Néron,
la marche du crime, enfin, s'insinuant dans cette âme,
comme dans toute âme d'homme, tel est le vrai nœud
du *Britannicus* de Racine, une des œuvres les plus
philosophiques, avec le moins de prétention à l'être.
Cinna est un autre exemple de la même sorte d'intérêt; cette tragédie n'est pas non plus une machine à
émotion. Ce genre de pièce demande un public qui lui
soit assorti; mais il est lui-même propre à le former.

Du reste, l'élément spéculatif, cher aux grands
poëtes, domine peut-être plus qu'on ne le pense chez
Corneille, et doit restituer à plusieurs de ses tragédies
le rang qui leur est refusé à d'autres égards. C'est
peut-être même ce qui fait la faiblesse dramatique de
quelques-uns de ses ouvrages. Dans tous les cas, et
sans considération même de ce point de vue, Rousseau
devait excepter de sa proscription, non-seulement *Bri-*

tannicus et *Cinna*, mais *les Horaces, Polyeucte, Rodo-
gune, Nicomède* et *Mérope.*

Rousseau passe ensuite à la comédie et commence
par s'attaquer à Molière, dont le théâtre lui paraît être
« une école de vices et de mauvaises mœurs.» Nous estimons l'exemple mal choisi pour la plupart des œuvres
de ce grand génie; mais nous ne nous étendrons pas
là-dessus, ayant eu l'occasion de nous en expliquer
ailleurs. Quant à Regnard, nous partageons entièrement la manière de voir de Rousseau. *Le Légataire universel*, et même, pour en revenir à Molière, *George
Dandin*, sont remplis de scènes qui font à la fois rougir
et frissonner. Ce sont des badinages, dira-t-on; mais,
de grâce, pourquoi choisir de telles plaisanteries? Nous
en rions, cela est vrai; mais nous sommes-nous demandé d'où nous vient cette complaisance à voir représenter des choses qui nous feraient horreur si elles se
passaient chez notre voisin? Serait-ce que, fatigués des
entraves de la morale et de la société, lassés d'éviter
dans nos maisons des choses qui, au fond, ne nous
déplaisent pas, nous aimons à nous en dédommager
dans l'illusion de la salle de spectacle? J'abandonne ce
point à vos réflexions.

Mais Rousseau s'est trop borné à citer des exemples.
Il aurait fallu remonter au principe, établir que le ridicule n'est bon que comme accompagnement et tempérament de l'imagination et du mépris; et que c'est
même alors une arme très délicate à manier. Preuve
en soient *l'Avare* et *le Tartufe*. Dans la première de
ces deux comédies, l'idée de la paternité est livrée à

la risée à un point qui fait mal, quelle que soit, en cela même, la vérité du tableau. Dans la seconde, la peinture de l'hypocrisie dans sa profondeur exige la contrefaçon de sentiments et l'emploi d'expressions qui sont certainement peu à leur place sur la scène.

Un autre élément principal de la comédie c'est l'intrigue amoureuse, sur laquelle roule communément le nœud de la pièce. Rousseau s'élève contre le rôle qu'on y fait jouer aux femmes, rôle propre en général à affaiblir le respect dont la société doit les entourer. La dignité des femmes est inséparable de la réserve où il leur sied de se maintenir. Et qui de nous voudrait avoir pour fille ou pour sœur une héroïne de comédie? La comédie est donc pernicieuse en ce qu'elle offre une suite de tableaux propres à amollir le cœur et à le disposer à la plus séduisante des passions; elle trompe la jeunesse, les femmes surtout, en donnant comme la grande affaire de la vie ce qui n'en occupe qu'un moment. Ce mensonge influe sur le caractère trop souvent attribué sur la scène à la vieillesse de l'un et de l'autre sexe; il conduit à rendre l'âge méprisable et la paternité odieuse. En tout ceci, nous sommes de l'avis de Rousseau. Ajoutons seulement que ces vices ne sont pas particuliers au théâtre; ils appartiennent également à la littérature, et surtout au roman. Le roman est le théâtre transporté à la maison.

Mais le théâtre est-il donc condamné sans retour à l'immoralité? Question difficile. Rousseau n'a pris ses exemples que sur la scène française, et j'avoue que les autres théâtres connus de lui n'étaient pas faits

pour modifier son opinion. Il existe cependant en
français quelques pièces morales : les personnages
qui excitent l'intérêt dans *les Deux Gendres*, dans *l'A-
vocat*, dans plusieurs pièces de Picard, dans quelques
autres plus anciennes, sont dignes de notre sympathie.
Il y a aussi en allemand des pièces morales ; il est vrai
qu'on ne les joue guère. Du reste, entre les vertus de
théâtre et les vices de théâtre, il est peut-être assez
difficile de faire un choix.

Si Rousseau eût généralisé davantage sa pensée, il
n'aurait pas inculpé si exclusivement le théâtre ; il
serait remonté à la littérature en général, et de la littérature à la vie ; il aurait démêlé dans l'une et dans
l'autre le premier principe des inconvénients qu'il reproche au théâtre seul. Les idées qui circulent sour-
dement dans le monde, qui imprègnent plus ou moins
toutes les branches de la littérature, font explosion sur
la scène ; le théâtre leur donne un charme, une puissance, un effet, qu'elles n'auraient pas sans lui ; mais
il ne leur donne pas leur caractère, il les crée encore
moins. Ce n'est donc pas à la scène qu'il faut s'en
prendre ; ce n'est pas elle qui les produit ; ce sont,
au contraire, ces idées qui ont produit le théâtre.

Ensuite, Rousseau a été trop absolu en ne consi-
dérant que le théâtre, et point la littérature dramatique en elle-même ; ou plutôt il a confondu les deux
choses. Or, la poésie dramatique n'est pas en elle-
même plus mauvaise qu'aucun autre genre de poésie.
Lui faire la guerre, c'est la faire à toute espèce de
poésie, et même à la vie, qui, elle aussi, est pleine de

fictions. Non-seulement l'homme sans poésie n'est pas un être complet, mais de plus, le besoin, non pas du théâtre, mais des spectacles, est dans la nature humaine ; il a, dans un sens, été sanctionné par l'autorité divine, et blâmer d'une manière absolue ce qui se fait pour satisfaire ce besoin, serait à la fois injuste et inconsidéré (1). Disons à la décharge de Rousseau et à l'appui de la vérité, qu'il reconnaît pour les hommes ce besoin du spectacle et qu'il cherche de son côté à y pourvoir.

Nous ne touchons pas à la seconde partie du travail de Rousseau, celle qui traite des effets de la fréquentation du théâtre prise en elle-même, et de la vie immorale des acteurs. Il n'y a, ce nous semble, rien à opposer à cette partie de son argumentation.

Mais, avant d'en finir, j'ai un mot à dire pour me faire bien comprendre. Je ne condamne point absolument le théâtre et ceux qui le fréquentent ; je me permets seulement cette remarque, qu'un vrai chrétien n'aura guère le goût ni le besoin du théâtre ; qu'il n'existe nulle harmonie entre le christianisme et le théâtre dans son état actuel, et j'en tire, toujours sous le point de vue religieux, la conclusion que ceux qui ont pour le théâtre un goût prononcé, sont dans une illusion qui n'est pas sans danger. Si le théâtre voue ses instruments à l'immoralité, et quelquefois à l'infamie, par la tâche qu'il leur impose, comment nous

(1) M. Vinet a développé ces dernières pensées dans un morceau intitulé : *De l'Inclination théâtrale,* inséré dans ses *Essais de philosophie morale et de morale religieuse.*

serait-il permis d'encourager un tel amusement?

Rousseau a été trop absolu dans sa réprobation ; mais c'est en partie parce qu'il s'agissait d'un établissement nouveau, et qu'il ne croyait pas pouvoir aller trop loin pour préserver sa patrie de ce qu'il regardait comme un malheur public. Persuadé que, dans certains lieux et dans certains cas, le théâtre peut devenir une nécessité et prendre la place d'un plus grand mal, il faisait, dans sa pensée, honneur à Genève en supposant qu'elle n'en était pas encore venue au point de n'avoir plus rien à perdre en fait de moralité. Si un théâtre eût existé à Genève, et si la fréquentation de ce théâtre lui eût paru l'une de ces nécessités morales qu'on reconnaît en les déplorant, alors encore il eût écrit, mais son ouvrage eût changé d'objet. Il se fût borné à des conseils sur la manière de rendre les spectacles aussi peu pernicieux que possible. Il eût permis à la comédie de n'attaquer que les vices que tout le monde déteste, et de laisser les autres en paix ; mais il eût demandé qu'on rejetât les ouvrages où les mauvaises passions sont décidément flattées. Il eût insisté auprès des hommes chargés de la direction du spectacle, pour qu'ils écartassent de leur répertoire tous les ouvrages qui tendent directement à relâcher les liens de la famille. Il eût même sollicité l'exclusion de ces pièces où les hommages de l'amour sont présentés d'une manière qui dégrade également le sexe qui les adresse et le sexe qui les reçoit. Il eût provoqué l'interdiction de ces œuvres où la poésie, la musique et la danse sont combinés dans le but évident d'endormir la partie supérieure de notre être dans l'ivresse momentanée de la moins noble partie de nous-mêmes. Je ne sais point tout ce qu'il eût demandé ; je ne sais point non plus tout ce qu'il eût obtenu : il faudrait savoir mieux à qui il s'adressait. Il n'eût point échoué s'il eût fait entendre sa voix au sein d'une population énergique, mûrie par des épreuves, formée à la fois par une éducation sérieuse et par de sérieux souvenirs, d'une population qui aurait dû la plus grande partie de sa prospérité à la pureté et à la simplicité des mœurs domestiques, à qui enfin de graves événements auraient fait concevoir des pressentiments plus graves encore. Pour se faire entendre d'un tel peuple, Rousseau n'aurait pas eu besoin de tout son talent ; les réflexions de ses concitoyens l'auraient prévenu, et auraient probablement laissé peu de chose à faire à son éloquence.

La Nouvelle Héloïse parut de 1757 à 1759. Elle porte le titre de roman, et dans un sens elle le mérite, puisqu'elle est une fiction, l'histoire d'une jeune fille séduite par son précepteur ; mais elle est aussi bien un livre didactique et philosophique ; et en vérité, on ne sait des deux éléments lequel l'emporte. Ces amants, dans leur correspondance, épanchent leur esprit bien plus que leur cœur. Chacun, dans ce livre, disserte, et quelquefois ces dissertations sont des chefs-d'œuvre, témoin la lettre contre le suicide, adressée par Mylord Édouard à Saint-Preux, qui s'était efforcé de prouver à son ami qu'ils ne sauraient rien faire de

mieux que de terminer tous deux leurs souffrances
par la mort. Nous en citerons quelques lignes :

« Jeune homme, un aveugle transport t'égare : sois
« plus discret, ne conseille point en demandant con-
« seil…. Qu'ai-je trouvé dans les raisonnements de
« cette lettre dont tu parais si content ? Un misérable
« et perpétuel sophisme, qui, dans l'égarement de ta
« raison, marque celui de ton cœur.

… « Pour renverser tout cela d'un mot, je ne veux
« te demander qu'une seule chose : Toi qui crois Dieu
« existant, l'âme immortelle, et la liberté de l'homme,
« tu ne penses pas, sans doute, qu'un être intelli-
« gent reçoive un corps et soit placé sur la terre au
« hasard, seulement pour vivre, souffrir et mourir ?
« Il y a bien peut-être à la vie humaine un but, une
« fin, un objet moral ? Je te prie de me répondre clai-
« rement sur ce point ; après quoi nous reprendrons
« pied à pied ta lettre, et tu rougiras de l'avoir
« écrite.

… « Il t'est donc permis, selon toi, de cesser de
« vivre ? La preuve en est singulière, c'est que tu as
« envie de mourir. Voilà certes un argument fort
« commode pour les scélérats : ils doivent t'être bien
« obligés des armes que tu leur fournis ; il n'y aura
« plus de forfaits qu'ils ne justifient par la tentation
« de les commettre ; et dès que la violence de la pas-
« sion l'emportera sur l'horreur du crime, dans le
« désir de mal faire ils en trouveront aussi le droit.

« Il t'est donc permis de cesser de vivre ? Je vou-
« drais bien savoir si tu as commencé. Quoi ! fus-tu

« placé sur la terre pour n'y rien faire? Le ciel ne
« t'imposa-t-il point avec la vie une tâche pour la rem-
« plir? Si tu as fait ta journée avant le soir, repose-
« toi le reste du jour, tu le peux ; mais voyons ton
« ouvrage..... Malheureux ! trouve-moi ce juste qui se
« vante d'avoir assez vécu, que j'apprenne de lui com-
« ment il faut avoir porté la vie pour être en droit de
« la quitter.

« Tu comptes les maux de l'humanité ; tu ne rougis
« pas d'épuiser des lieux communs cent fois rebattus,
« et tu dis, la vie est un mal... La vie est un mal pour
« le méchant qui prospère, et un bien pour l'honnête
« homme infortuné... Penses-tu que je n'aie pas dé-
« mêlé sous ta feinte impartialité dans le dénombre-
« ment des maux de cette vie, la honte de parler des
« tiens?... Tu t'ennuies de vivre, et tu dis, la vie est
« un mal. Tôt ou tard tu seras consolé, et tu diras,
« la vie est un bien. Tu diras plus vrai sans mieux
« raisonner ; car rien n'aura changé que toi. Change
« donc dès aujourd'hui ; et puisque c'est dans la mau-
« vaise disposition de ton âme qu'est tout le mal, cor-
« rige tes affections déréglées, et ne brûle pas ta
« maison pour n'avoir pas la peine de la ranger (1). »

Certes, cette page est belle ; mais, dans son ensemble, l'œuvre est difforme à force d'être défectueuse.
Quel prestige cependant que celui de *la Nouvelle Hé-*
loïse, « monstre en littérature et surtout en morale,
livre où il faut voir le produit de la préoccupation la
plus inouïe pour n'y pas reconnaître celui de la per-

(1) Partie III, lettre XXII.

versité la plus raffinée, livre où le bien et le mal sont
mêlés, identifiés, de la manière la plus perfide ou avec
la bonne foi la plus funeste, mais où la passion, quoiqu'elle raisonne toujours, et la raison constamment
passionnée, font couler des torrents d'éloquence ; où
le sophisme commande, où l'absurde se fait croire ;
où la pureté du style, comme d'une eau qui reposerait
sur un lit de marbre, n'est jamais troublée par les
agitations les plus tumultueuses de l'écrivain ; livre
d'ailleurs beaucoup trop subjectif pour être bon dans
son genre, livre plus rempli de son auteur que de son
sujet, ouvrage faux, ouvrage manqué comme fiction,
comme roman, et qui assigne à son auteur une place
à côté, si l'on veut, mais bien loin des vrais poëtes,
si le désintéressement de la pensée est la première
condition de toute poésie (1). »

La composition de la *Nouvelle Héloïse* coïncide avec
une sorte de crise dans la vie de J. J. Rousseau, l'a-
mour qu'il ressentit pour Madame d'Houdetot. Lui-
même nous apprend que son travail était pour lui un
moyen de répandre et d'exprimer sa passion (2). Le
sentiment, en effet, put allumer son génie, mais non
lui fournir l'idée de son livre ; les passions personnelles ne sont pas l'étoffe d'une œuvre d'art. Ce serait
confondre la réalité et la vérité. Rousseau lui-même
en est une preuve, malgré les défauts de son ouvrage.
Il nous confie que pour réussir à peindre son héroïne,
il fut conduit à se créer une Julie purement idéale,

---

(1) VINET, *Discours sur la littérature française,* pages LXX-LXXI.
(2) *Confessions,* livre IX.

et que lui-même s'enchantait de sa propre création.

On a voulu comparer la *Nouvelle Héloïse* à la *Clarisse*
de Richardson. Nous repoussons ce parallèle avec indignation ; *Clarisse* est un chef-d'œuvre d'art véritable
et de naïveté ; et la naïveté est ce qui manque par-
dessus tout à Rousseau.

A l'inverse de Diderot, Rousseau eut plus de talent
que de génie ; il fut moins créateur d'idées qu'il ne
se trouva doué d'une faculté d'exécution immense.
Nous ne pouvons cependant lui refuser l'intérêt qui
s'attache à la poursuite obstinée d'une même idée. La
sienne n'est autre que la grande idée de l'Évangile,
celle de la régénération. Il la cherche où elle n'est pas,
mais enfin il la cherche, et c'est déjà beaucoup. Re-
conduire le genre humain vers la loi morale, rétablir
l'homme dans ses vrais rapports, surtout sous le point
de vue de ses semblables, c'est aussi le but de Rousseau. Malheureusement il n'en a pas su saisir le
moyen. Tombé dans l'erreur commune à tant de penseurs, il s'en est emparé avec éclat ; il a professé que
l'homme naît bon, et que la société le déprave. En
conséquence, il a voulu commencer par la régénération de la société pour arriver ensuite à celle de l'individu. La marche contraire s'impose à nous comme
évidente ; nous estimons que si la société doit changer,
elle n'en est susceptible que par le changement des
individus. Sans méconnaître les restes de notre dignité primitive, force nous est de confesser que, dans
son état actuel, l'homme n'est, ni ce qu'il devrait être,

ni ce qu'il fut en sortant des mains de son Créateur.
Faute de ce point de départ, tout le système de Rousseau se trouve erroné et vicieux ; car plus une logique
est rigoureuse, plus sont graves les conséquences d'un
faux principe.

Il n'en est pas moins vrai que Rousseau, qui a semblé beaucoup détruire, qui a beaucoup détruit peut-
être, reste un des génies les plus synthétiques de son
époque, c'est-à-dire un de ceux dont la pensée cherche à construire, à édifier, non à renverser, et surtout
si on le compare à Voltaire. Avec son apparence con-
servatrice, Voltaire a, dans le fait, beaucoup plus dé-
moli. Je ne dis pas que Rousseau n'ait, comme Voltaire, fourni des armes à ceux qui attaquaient les idées
reçues ; mais je répète que son idée dominante était
une idée positive et constructrice. Il remarque lui-
même dans la préface de l'*Émile*, que « la littérature
« et le savoir de son siècle tendent beaucoup plus à
« détruire qu'à édifier. »

Il est aisé de voir qu'il est quelquefois effrayé des
conséquences de son propre système. Il cherche à
les éviter, il recule devant elles. Il montre qu'il y a
en lui deux hommes qui se combattent : en première
ligne, le penseur libre, l'homme élevé au-dessus de
son époque ; ensuite, l'homme individuel, historique,
J. J. Rousseau, citoyen de Genève, membre d'une république, expression de son siècle. Rien de plus fla-
grant que les contradictions où l'engagent tour à tour
ces deux points de vue ; le raisonneur, le faiseur d'abs-
tractions est en mille occasions démenti par l'homme

historique. Tantôt même Rousseau, ayant moins à se louer de la société que Voltaire, la défend contre sa propre audace. Qu'on se rappelle, en particulier, le contraste entre la dédicace de son *Discours sur l'Iné-galité* et le contenu de l'ouvrage. Il en est de même à l'égard du *Contrat social.* Voyez de plus ses fréquentes protestations contre les révolutions violentes :

« Pour moi, je vous déclare que je ne voudrais pour « rien au monde avoir trempé dans la conspiration la « plus légitime; parce que enfin ces sortes d'entreprises « ne peuvent s'exécuter sans troubles, sans désordres, « sans violences, quelquefois sans effusion de sang, et « qu'à mon avis le sang d'un seul homme est d'un « plus grand prix que la liberté de tout le genre hu-« main. Ceux qui aiment sincèrement la liberté n'ont « pas besoin, pour la trouver, de tant de machines, et, « sans causer ni révolutions ni troubles, quiconque « veut être libre l'est en effet (1). »

Par une autre contradiction, Rousseau tantôt regarde la conscience comme un sanctuaire inviolable, et la foi comme un sentiment individuel dont l'État ne peut demander raison, tantôt il avance une doctrine tout opposée.

Il a dit dans le *Contrat social* : « Le droit que le « pacte social donne au souverain sur les sujets ne « passe point les bornes de l'utilité publique. Les sujets « ne doivent donc compte au souverain de leurs opi-« nions qu'autant que ces opinions importent à la « communauté. Or il importe bien à l'État que chaque

---

(1) *A Madame* ***, 27 septembre 1766.

« citoyen ait une religion qui lui fasse aimer ses de-
« voirs ; mais les dogmes de cette religion n'intéres-
« sent ni l'État ni ses membres qu'autant que ces
« dogmes se rapportent à la morale et aux devoirs que
« celui qui les professe est tenu de remplir envers
« autrui (1). »

Mais voici un passage bien différent dans la *Lettre à
Christophe de Beaumont* : « Je ne crois pas qu'on puisse
« légitimement introduire en un pays des religions
« étrangères sans la permission du souverain : car, si
« ce n'est pas directement désobéir à Dieu, c'est dés-
« obéir aux lois ; et qui désobéit aux lois désobéit à
« Dieu.... Il est bien différent d'embrasser une reli-
« gion nouvelle, ou de vivre dans celle où l'on est né ;
« le premier cas seul est punissable. On ne doit ni
« laisser établir une diversité de cultes, ni proscrire
« ceux qui sont une fois établis. »

La désobéissance aux lois constituerait donc à elle
seule la fausseté d'une religion ? la vérité ne dépen-
drait que de la date ? les religions, vraies quand elles
durent depuis longtemps, seraient fausses par cela
même qu'elles paraissent nouvelles ? Comment l'apôtre
de la liberté se met-il à dogmatiser en faveur de ces
syllogismes ?

De telles contradictions démontrent que si Rousseau
est plus conservateur que Voltaire, il est au fond tout
aussi superficiel. Ses sophismes n'ont pas le même
caractère de légèreté ; mais le style de ces deux écrivains peut nous induire en erreur. Celui de Rousseau,

(1) *Contrat social*, livre IV, chapitre VIII.

si plein, si fort, si riche, nous le fait aisément paraître
plus profond que Voltaire, dont la phrase manque
d'embonpoint et de vigueur. Je le répète, ne nous
laissons pas séduire à l'apparence, Rousseau est tout
aussi superficiel ; mais dans notre estimation de ces
deux hommes, tous deux redoutables instruments
d'une volonté mystérieuse, n'oublions pas le temps
où ils ont vécu et la réalité de plusieurs de leurs
bonnes intentions.

Dans l'ensemble de ses œuvres Rousseau s'est attaché à la peinture de l'homme individuel et solitaire ;
il en a fait dominer l'idée par-dessus celle de l'homme
modifié par les convenances sociales. Il est le premier
qui ait mis l'individu en présence de soi-même. Il conduit l'homme au désert, au sein de la création, isolé
de tout le reste, et tandis qu'auparavant le fond du
portrait était toujours une multitude de têtes, c'est la
nature entière qui sert de fond à celui que trace Rousseau. Toutefois on ne peut dire que Jean-Jacques soit
proprement le fondateur de ce genre appelé descriptif,
duquel notre temps était destiné à subir l'excès et
l'abus. Rousseau sait s'arrêter ; il est sage en fait de
description ; l'homme est pour lui le miroir vivant et
sensible du monde physique, et ce qu'il nous donne,
ce sont bien plus encore ses impressions que les merveilles de la nature. Bernardin de Saint-Pierre a fait
un pas de plus ; il avait étudié la nature avec un soin
plus attentif ; il décrit davantage. Ici je me trouve conduit à revenir en partie sur ce que je viens d'avancer.

Après avoir en quelque sorte contesté le génie à Rousseau, il faut convenir cependant que la fonction propre du génie est l'introduction d'une idée nouvelle. Montesquieu est un homme de génie parce qu'il a donné pour base à *l'Esprit des lois* une ou deux idées grandes et fécondes. Quoiqu'une idée esthétique ne puisse se définir aussi nettement qu'une idée scientifique, elle n'en est pas moins une idée. Rousseau a doté l'imagination d'un nouveau monde par la création du genre sentimental; il a exprimé, d'une manière jusqu'alors inconnue, les mystérieuses harmonies de l'âme humaine avec la nature.

Rousseau a mis en opposition l'homme primitif et l'homme social, et regardé le second comme une dégénérescence. Vraie ou fausse, cette idée n'était nullement celle de son siècle. Les philosophes d'alors étaient frappés de certains abus, de certains défauts particuliers de la société; mais cette société elle-même était pleinement acceptée par eux.

Rousseau a de même opposé le sentiment à la raison. Le dix-huitième siècle est le siècle de la raison, ou plutôt du raisonnement, et Rousseau a protesté contre cette tendance. S'il a jamais mis au jour une idée également mélangée d'erreur et de vérité, ce fut celle-là. D'une part, il a su reconnaître que le raisonnement n'est pas la seule source de la connaissance humaine; de l'autre, il n'a pas su voir que le sentiment n'est que l'impression du moment, et que le donner pour unique base à la direction de la vie, c'est livrer celle-ci à la merci de toutes les passions. L'idée seule est

sans date; seule elle échappe aux conditions du temps
et de l'espace; seule elle maintient en l'homme l'élément de la stabilité et de la persistance. Cependant
quand Rousseau en revient à la raison, il en fait ce
qu'en faisaient les philosophes de son temps, il l'oppose
à la tradition et à l'autorité.

Rousseau est l'orateur du dix-huitième siècle; il a
transféré l'éloquence de la tribune dans les livres. Sa
prose n'est pas plus parfaite que celle de Buffon; mais
il a la passion, tandis que l'autre ne l'avait pas. Buffon
aimait peu la passion; aussi n'affectait-il pas grande
estime pour le style de Rousseau. « Il n'a, disait-il,
« que des exclamations et des interjections, c'est un
« homme mal élevé. »

Rousseau a donné à la langue du dix-huitième siècle
toute la force dont elle est susceptible, sans en altérer
les formes essentielles; et je déclare ici que mon admiration pour lui comme écrivain est sans bornes, que
je ne connais rien de plus entraînant que les beaux
endroits de son *Discours sur l'Inégalité*, de son *Émile*,
de sa *Lettre à l'Archevêque de Paris*, de son *Héloïse*.
Son éloquence est abondante et n'en est pas moins
énergique. Les développements qu'il donne à la même
idée, les raisonnements dont il l'appuie, les preuves
dont il l'entoure, la chaleur qu'il y fait circuler, tout, à
mesure qu'on avance, va croissant, pour opérer enfin
une persuasion intime et forte, même lorsqu'il établit
une erreur, si l'on n'est pas défendu par une grande
justesse de raison. Je pense que, de réflexion et après
coup, il a dû rejeter lui-même plusieurs de ses para-

doxes; mais il m'est impossible de croire qu'au moment où il les établit, il n'en ait pas été parfaitement convaincu; on ne persuade pas ainsi, sans être soi-même persuadé.

Ce qui manque à Rousseau, ce n'est donc ni la force, ni la proportion, ni le mouvement, ni l'originalité, ni la chaleur. Il lui manque ce calme qui naît de la conscience du vrai, cette candeur d'un esprit droit et simple, ce repos qui se fait sentir dans les œuvres d'un rang tout à fait supérieur, et qui est nécessaire, même aux écrits les plus passionnés. J'estime Rousseau inférieur aux grands prosateurs du dix-septième siècle en ce qu'il est rhéteur, rhéteur au-dessus de tous les autres, sophiste convaincu de ses sophismes, mais enfin rhéteur et sophiste. C'est la contre-partie de toutes les merveilles de son style. Bossuet n'est jamais rhéteur; aussi sa prose l'emporte-t-elle sur celle de Rousseau. Rousseau aurait plus d'analogie avec Massillon. Celui-ci cherche aussi sans relâche pour sa pensée la forme la plus parfaite; mais tandis que l'un vise à une simplicité élégante, l'autre aspire sans cesse à un redoublement d'énergie. Rousseau est Massillon trempé dans le fer.

Tel qu'il est, Rousseau a exercé une influence immense, soit dans la politique, soit dans la littérature. Elle tenait sans doute, en partie, à ce que, plus que personne, il a été l'apôtre des idées absolues, et qu'il les a transportées dans le domaine des questions sociales. Des opinions absolues sont favorables à une certaine éloquence; mais cette influence se rattache aussi à l'apparence sérieuse que la nature de Rousseau imprimait à ses paroles. L'homme, au fond, reste un être sérieux ; quiconque lui parle sous une forme sérieuse a une chance de plus d'être écouté. Cette remarque s'applique ·surtout aux classes laborieuses, chez lesquelles se laissent mieux distinguer les caractères primitifs de l'humanité. Le peuple, quand on rit avec lui, croit qu'on se moque de lui. Les masses sont sérieuses.

Rousseau fut donc l'écrivain le plus puissant de son époque. En un point cependant, cette puissance trouva ses limites. Il entreprit de donner une religion à la France; il prétendit substituer au déisme sec et morne de Voltaire un déisme séduisant, rehaussé d'imagination et de sentiment ; mais il n'aboutit qu'à prouver l'insuffisance du déisme pour la consolation et le soutien de l'humanité. Par la bouche de Rousseau, le déisme a dit son dernier mot. Jamais le monde ne passera au déisme. Ou le monde deviendra chrétien, ou il deviendra quelque chose qu'il me répugne d'exprimer.

APPENDICE.

―――◆◈◆―――

I.

LES MORALISTES FRANÇAIS DU DIX-HUITIÈME SIÈCLE.

Fragments d'un cours donné à Bâle en 1833.

―――――――

PREMIÈRE LEÇON.

Honorés auditeurs, dont la bienveillance, après un intervalle assez long pour l'oubli, s'est souvenue néanmoins de nos entretiens de l'hiver dernier, et daigne m'y convier une seconde fois, je vous remercie et je vous salue.

Je me retrouve avec émotion dans ce même lieu, au milieu de ce même auditoire, et chargé de la même tâche, qui sont comme autant de dépendances inséparables d'un de mes plus chers souvenirs. Tout, au premier coup d'œil, est tellement pareil, d'une époque à l'autre, qu'il en coûterait peu, ce semble, à mon imagination, pour se figurer que cette séance est une séance de mon premier cours, et qu'une semaine seulement, ainsi qu'alors, sépare ce discours de mon discours précédent. Et toutefois, de ma dernière leçon

à celle-ci, il semble que le temps ait roulé des années.
Dieu qui, suivant une expression de sa Parole, fait
en nos jours « une œuvre abrégée (1), » a pressé dans
ces six mois des événements dont la grandeur et dont
le poids, élargissant de force ces limites étroites, ont
égalé cette courte période à des périodes dix fois plus
longues (2). Les têtes, si nous mesurons le temps au
gré de nos impressions, les têtes ont eu le temps de
blanchir

Je ne sais quel sentiment intérieur me dit que nous,
qui sommes aujourd'hui dans cette enceinte, nous ne
sommes pas les mêmes qu'elle vit réunis il y a six
mois. Il y a dans la vie de chacun de nous un événement de plus, une expérience, un fait intérieur. Si
notre individualité se modifie successivement par tout
ce que nous éprouvons, si nos pensées sont une partie
de nous-mêmes, si, pour chacun de nous, sentir d'une
certaine manière, c'est être d'une certaine manière,
n'oserai-je pas dire, Messieurs, que jusqu'à un certain
point, nous ne sommes plus les mêmes? L'idée que
j'en conçois influe sur l'idée que je me fais de ma
tâche. Elle m'apparaît, sinon autre, du moins plus
importante et plus sérieuse. Je me dis que, dans l'intervalle qui sépare ce cours du premier, vous avez
tous assisté à un autre cours, donné par la Providence
elle-même. Je me dis que si jamais il vous a été
donné de voir le cœur humain dérouler toutes ses
misères; que si jamais le couvercle qui cache les res-

(1) Romains, IX, 28.
(2) Allusion aux événements de la Suisse en 1833.

sorts criants, usés et rouillés de la société humaine,
a été enlevé de devant vos yeux ; que si jamais l'histoire a eu pour vous une clef et un sens ; que si jamais
aussi la lumière a pu tomber à plein dans vos propres
cœurs à travers les larges fissures qu'une secousse
violente y a pratiquées ; que si jamais les graves leçons
de la sagesse sur l'incertitude des espérances humaines ont emprunté pour vous des événements mêmes
un énergique accent ; que si jamais votre pensée a
été comme violemment emportée de la confiance humaine vers une plus haute confiance et vers la soumission, qui n'est qu'une forme de cette confiance ;
que si jamais, enfin, vous avez senti qu'il n'y a ici-
bas qu'une consolation, comme il n'y a ici-bas qu'une
vérité, c'est surtout, Messieurs, dans les six mois qui
viennent de s'écouler. Plusieurs étaient convaincus de
toutes ces choses ; pour plusieurs peut-être qui ne
l'étaient pas, Dieu aura fait aussi, à cet égard, « une
« œuvre abrégée, » et dans quelques heures, s'il l'a
voulu, enfermé l'expérience d'une vie.

Après ce grand cours de morale, qui, en élevant
toutes les pensées, élève aussi ma tâche et justifie de
votre part une attente plus exigeante, je me sens plus
que jamais faible et petit vis-à-vis du travail, si important en lui-même, que vous m'imposez cette année.
Je sens, avec quelque abattement, tout ce que le sérieux des circonstances et le sérieux des souvenirs exi-
gent de celui qui vient parler à un auditoire à qui
Dieu lui-même, tout récemment, a parlé si haut. Et
à ce juste sujet d'appréhension s'en joint un autre,

non moins légitime, que je ne veux point vous dissimuler.

La plupart des écrivains dont j'aurai à vous entretenir ont enseigné une morale qui révolte à bon droit des esprits accoutumés dès leur enfance aux purs enseignements de l'Évangile. Il faudrait chercher bien loin en arrière dans les siècles, et peut-être ne la trouverait-on pas, l'époque où l'enseignement de la morale a été aussi généralement altéré dans ses principes. Peut-être chez aucun moraliste de l'antiquité, cette science n'a été traitée avec si peu de dignité, et souillée par autant d'indécences. Peut-être encore, nulle part des moralistes n'eurent personnellement moins de vocation à ce sérieux ministère. Ailleurs il a paru que la vie d'un moraliste, d'un instituteur des peuples, devait être grave du moins. Chez les moralistes qui seront l'objet de cette seconde revue, la gravité manque généralement et dans la vie et dans les discours. Elle y manque souvent même à un tel point qu'il me sera difficile quelquefois d'être complet dans le compte que je vous en rendrai. Averti de votre dégoût par le mien, je devrai taire des faits importants, qui décidément ne sont propres ni à ce lieu ni à cet auditoire, et je me verrai réduit ou à les absoudre en apparence par mon silence, ou à les accuser sans preuves. Inconvénient sérieux si l'objet de ce cours n'était pas bien moins une discussion sur le mérite de certains auteurs que l'appréciation comparative de leurs principales théories et de celles de l'Évangile, bien moins le procès de certains individus que le procès de certaines

idées. Vous en êtes prévenus depuis l'ouverture de
mon cours de l'hiver passé, et par la substance même
de ce premier cours. Si, malgré ce remède anticipé,
nos entretiens nous portent de temps à autre vers
quelque sujet affligeant, j'userai d'une autre ressource. Je mettrai en face de tel morceau d'un contenu pénible, quelque extrait différemment inspiré
d'un moraliste ancien ou moderne, ou mieux encore
les instructions de la sagesse évangélique ; ce seul
contraste pourra m'épargner quelquefois la fatigue ou
le dégoût d'une réfutation ; et nous pourrons ainsi,
vous et moi, sans séparer avec effort les mâchoires du
lion, tirer le doux de l'amer, et le pur de l'impur (1).

Avant d'entrer dans l'examen particulier de chacun
des moralistes du dix-huitième siècle, essayons de caractériser sommairement la tendance et les doctrines
morales de l'époque proposée à notre étude.

Le premier caractère qui nous frappe, c'est que la
morale fait invasion dans toutes les branches de la littérature. La littérature n'est, à cette époque, qu'une
succursale de la morale, à prendre ce dernier mot
dans le sens le plus étendu, c'est-à-dire comme l'art
de régler tous les rapports de l'homme en société.
« Corriger, avait dit La Bruyère, est l'unique fin que
« l'on doit se proposer en écrivant (2). » Toute la littérature du dix-huitième siècle paraît fondée sur cette
maxime.

(1) Allusion à l'énigme de Samson. — Livre des Juges, XIV. (Éditeurs.)
(2) LA BRUYÈRE, Les Caractères. Introduction.

Peu de personnes songent à se corriger, mais chacun s'évertue à corriger. Du discours académique au pamphlet, de l'épais in-quarto à la mince brochure, de l'épopée au vaudeville, de l'ode au couplet, tout est de la morale. La littérature perd son caractère littéraire ; l'art n'est plus cultivé pour lui-même ; la forme n'a de prix qu'en tant qu'elle peut concourir à accréditer un dogme ou quelque vue pratique ; c'est là le terme de toutes les routes : philosophes, historiens, économistes, poëtes, artistes, savants, tout prêche ; on prêche en prose, on prêche en vers ; on prêche en amusant, en ennuyant; on prêche en robe noire et en costume d'arlequin ; on prêche au barreau, à l'académie, sur le théâtre, dans les salons, partout, excepté en chaire peut-être ; toute la littérature du dix-huitième siècle n'est qu'un long sermon. Les seules branches de la littérature que n'ait point altérées cette universelle tendance sont celles où l'enseignement entre de lui-même, et dont il est la raison et le but avoué ; les autres, comme on peut se l'imaginer, en ont beaucoup souffert. Le dix-huitième siècle, si brillant, si riche en écrivains, si puissant par la parole, est une des époques les moins littéraires de l'histoire ; mais ce qui est plus étonnant au premier coup d'œil, c'est que cette littérature n'ait pas regagné du côté scientifique ce qu'elle perdait sous le rapport littéraire.

Le caractère scientifique a manqué à la morale du dix-huitième siècle, et cela devait être. Un objet quelconque ne peut être traité scientifiquement qu'autant

que le but préconnu des recherches n'est pas trop directement marqué par la volonté ; en d'autres termes,
qu'autant qu'une impulsion intérieure ne pousse pas
décidément vers un but plutôt que vers un autre.
Même dans les études qui n'ont essentiellement aucune connexion avec les intérêts et les passions humaines, ce pur caractère scientifique est difficile à
atteindre ; dans les sciences morales et religieuses, il
est sans cesse compromis, et ne se sauve que rarement tout entier. Le culte de la science comme science
peut quelquefois le préserver ; c'est une passion qui
fait taire les autres ; mais cet antidote manquait aux
moralistes du dix-huitième siècle. Ils ne s'étaient point
élevés à l'idée de cultiver la science pour elle-même,
d'en faire un but, se contentant de recueillir sur ses
pas les résultats pratiques qu'elle laisserait tomber de
sa main. La science était pour eux un moyen comme
la littérature ; le but était marqué ; on travaillait en
vue de certains résultats prédéterminés ; on ne cherchait pas. Comment, d'ailleurs, cette morale aurait-
elle pu être scientifique, lorsque les esprits n'étaient
point calmes ? Ce n'est pas tant à des idées qu'on
veut arriver qu'à des faits ; ces faits, on veut y arriver
par le plus court chemin possible ; ce n'est pas étude,
c'est lutte, c'est guerre ; dans les objections on voit
surtout des obstacles ; l'enseignement est une polémique ardente, non une paisible et lente élucidation
des questions posées par l'esprit humain ou suscitées
par la vie. Ces philosophes sont des hommes d'action ;
leur philosophie est une affaire ; leur école est une

ligue, leur parole une harangue; ils ne raisonnent
pas seulement, ils conspirent.

Tout ce qui a jamais été revêtu du sceau de la
science, élaboré d'abord entre les adeptes, et par eux
renfermé dans des formules abstraites, a longtemps
mûri dans ces formules, puis, de traduction en traduction, est arrivé à la langue vulgaire, et a été mis
à la portée et à l'usage de tous. Telle n'est pas, en
général, la science du dix-huitième siècle : pressée
d'arriver, elle se produit d'abord sous la formule populaire; elle naît peuple, pour ainsi dire, parce que
le penseur lui-même est peuple; cette science n'est
pas une traduction, c'est un original; le vrai original
manque, je veux dire la pensée scientifique. On est
clair du premier coup; on n'a pas commencé par être
obscur, parce qu'on ne vient pas au peuple de plus
haut qu'il n'est placé lui-même. Le point de départ
est le sens commun, c'est-à-dire, en beaucoup de matières, l'apparence et le préjugé. Oui, le préjugé, ce
grand objet de la haine du dix-huitième siècle; le
préjugé, mot dans lequel les philosophes du temps
ont si souvent résumé toutes les opinions qu'ils ne
partageaient pas; le préjugé est le péché originel de
la philosophie du dix-huitième siècle. C'est avec un
préjugé, le sens commun, l'instinct, l'apparence, les
opinions vulgaires, qu'ils ont tué tous les autres préjugés.

Les mêmes causes qui ont privé la morale du dix-
huitième siècle d'un caractère vraiment scientifique, lui
ont imprimé un caractère négatif. Elle était venue au

monde pour détruire; c'était sa mission; elle n'en pouvait accomplir une autre; la même époque ne peut pas
démolir et reconstruire (1). Ce n'est pas que la morale
n'ait prétendu donner au monde quelque chose de positif. Elle disait : Il n'y a qu'à déblayer de vieux dé-
combres ; Herculanum est debout sous les couches re-
doublées des cendres et des laves du Vésuve, prêt à
être parcouru, habité, exploité. Une morale devait se
retrouver entière et bien conservée sous l'enveloppe
des vieilles erreurs. Mais qu'on lise ces moralistes avec
attention : rien de positif en eux que la destruction ;
de la vigueur et de l'accord pour détruire, mais aucune doctrine uniforme et nette ne sort de ce long travail ; au terme de la démolition, les ouvriers se dis-
persent, et pour les trouver encore réunis, il faut les
chercher auprès de ces ruines où quelque chose toujours reste à ruiner, de ces débris qu'il faut pulvériser
encore. Divisés entre eux, et chacun divisé en soi-
même, vous les voyez, d'un livre à l'autre, et souvent
dans le même livre, osciller de la doctrine de l'obligation à la théorie de l'égoïsme pur. Il y a eu quelques
efforts vers un but déterminé, quelques essais de conséquence, et ceux-là font frémir; mais on peut dire que
cette philosophie, pendant soixante ans en travail
d'une morale, n'a point enfanté de morale, à moins
qu'une macédoine d'instinct et de raisonnement, de

(1) Cela n'a pas échappé à tous les écrivains du temps. « Le temps d'édifier, dit
« l'un d'eux, n'est peut-être pas loin d'arriver. Il me semble que ce n'est guère
« encore qu'en combattant des erreurs qu'on établit des vérités, et que les meil-
« leurs livres n'éclairent que parce qu'ils détrompent. » (SAINT-LAMBERT. Notes du
poëme des *Saisons*.)

conscience et d'intérêt bien entendu, de cynisme et
de sentimentalité, de spiritualisme et de matérialisme,
ne puisse passer pour une morale.

Toutefois, à défaut d'un système arrêté et lié sur la
règle des actions humaines, quelques tendances com-
munes caractérisent les moralistes du dix-huitième
siècle.

Leur morale est irréligieuse; c'en est le premier caractère et le plus saillant. Ce caractère n'avait jamais,
que nous sachions, été communiqué à la morale par
la science pure. Quand la morale cesse d'être religieuse, c'est l'effet d'une cause psychologique, non
d'une cause logique. Cette rupture a pour principe la
passion plutôt que la raison. La morale a partout commencé par être religieuse, et quand elle a cessé de
l'être, ce n'est pas qu'on ait découvert par le procédé
de la réflexion que le lien de ces deux choses n'est
point logiquement nécessaire, n'est point essentiel;
mais c'est que, par différentes causes, ce lien s'est
faussé, et par là même affaibli ; c'est que les choses en
sont venues au point que, la morale et la religion se
contredisant, il a fallu opter, et alors ordinairement on
a gardé la morale, qui, tout altérée qu'elle pouvait
être, valait pourtant mieux que la religion. Alors on
s'occupe de scinder la morale et la foi, faisant ressortir l'une à la conscience, et l'autre à je ne sais quelle
faculté qui n'est ni la conscience ni la raison. Cette
crise a eu lieu à peu près chez tous les peuples civili-
sés, à l'époque où la religion publique ne valait plus
rien et la morale encore quelque chose. Elle est con-

statée dans l'histoire psychologique d'Athènes par l'*Eutyphron* de Platon, où Socrate s'efforce de donner à la conscience une existence à part, indépendante de Dieu. Mais dans certains pays et dans certains temps, l'emportement de la haine domine cette dangereuse opération, et en aggrave les suites. C'est lorsque la religion du pays est devenue tout à la fois ridicule et odieuse. Telle elle devait apparaître à une foule d'esprits à la fin du règne de Louis XIV. Il faut se rappeler tout ce que, sous ce funeste prince, la religion avait paru sanctionner, expier et conseiller. Sanctionner : la conquête de la Hollande, l'embrasement du Palatinat, l'exercice du pouvoir absolu, l'oppression des peuples. Expier : l'adultère. Conseiller : la persécution. Ce dernier fait, plus que tous les autres peutêtre, éveilla la haine contre la religion du prince. Bacon a dit quelque part que si Lucrèce avait été témoin de la Saint-Barthélemi, il en serait devenu cent fois plus athée qu'il ne l'était (1). On peut garantir que la révocation de l'Édit de Nantes eût bien valu à ses yeux la Saint-Barthélemi. Cette cause, plus que toute autre, porta un coup terrible au crédit de la religion. Elle introduisit l'incrédulité dans les cœurs avant que le raisonnement l'eût fait entrer dans les esprits. Une école de libres penseurs s'était formée dans l'ombre pendant les dernières années de Louis XIV. Avec moins de franchise et de crudité que les Montaigne et les Charron, fruits déjà bien amers de plus anciens

---

(1) BACON, *Essais de morale et de politique*. III. *De l'unité du sentiment dans l'Église chrétienne.*

abus, ces nouveaux incrédules, détournés, subtils, ironiquement respectueux, poussèrent à des conclusions bien plus graves. L'athéisme s'exhalait de leurs écrits; et qui ne sait combien du déisme à l'athéisme le chemin est court? Voltaire l'a expliqué à sa manière, qui n'est pas tout à fait la nôtre, mais qui mérite d'être connue :

« Trop de personnes, dit-il, qui veulent s'instruire,
« et qui n'ont pas le temps de s'instruire assez,
« disent : Les maîtres de ma religion m'ont trompé ;
« il n'y a donc point de religion; il vaut mieux se je-
« ter dans les bras de la nature que dans ceux de l'er-
« reur; j'aime mieux dépendre de la loi naturelle que
« des inventions des hommes. D'autres ont le malheur
« d'aller encore plus loin ; ils voient que l'imposture
« leur a mis un frein, et ils ne veulent pas même du
« frein de la vérité; ils penchent vers l'athéisme; on
« devient dépravé, parce que d'autres ont été fourbes
« et cruels.

« Voilà certainement les conséquences de toutes les
« fraudes pieuses et de toutes les superstitions. Les
« hommes d'ordinaire ne raisonnent qu'à demi; c'est
« un très mauvais argument que de dire : Voragine,
« l'auteur de la *Légende dorée*, et le jésuite Ribadenéira,
« compilateur de la *Fleur des saints*, n'ont dit que des
« sottises; donc il n'y a point de Dieu. Les catholiques
« ont égorgé un certain nombre de huguenots, et les
« huguenots à leur tour ont assassiné un certain
« nombre de catholiques; donc il n'y a point de Dieu.
« On s'est servi de la confession, de la communion et

« de tous les sacrements, pour commettre les crimes
« les plus horribles; donc il n'y a pas de Dieu. Je con-
« cluais au contraire : donc il y a un Dieu qui, après
« cette vie passagère, dans laquelle nous l'avons tant
« méconnu, et tant commis de crimes en son nom,
« daignera nous consoler de tant d'horribles mal-
« heurs (1). »

Une cause secondaire favorisa les progrès de l'a-
théisme : ce fut la tranquillité comparative dont la
France jouit pendant presque toute la durée du dix-
huitième siècle. Bacon a dit quelque part, avec trop de
raison, que les époques de culture et en même temps
de paix et de prospérité sont particulièrement favorables au développement de cette funeste doctrine,
tandis que les calamités publiques donnent aux esprits
une forte impulsion vers la religion (2). Le dix-huitième siècle est venu confirmer l'observation du philosophe anglais, et fournir une nouvelle pièce justifi-
cative à l'histoire de notre misère morale.

Il fallait bien, de toute force, que des philosophes
athées cherchassent quelque nouvel anneau pour y
suspendre cette chaîne de préceptes ou de conseils
qu'il leur plaisait encore d'appeler morale. Mais ce qui
est digne de remarque, c'est que les autres, je veux
dire les déistes, n'y furent pas moins obligés. On ne
voit pas qu'un seul d'entre eux ait sérieusement rat-

---

(1) VOLTAIRE, *Traité sur la Tolérance.* § X. *Du danger des fausses légendes
et de la persécution.*

(2) Postremò ponuntur (sicut causa atheismi) secula erudita, præsertim cum
« pace et rebus prosperis conjuncta. Etenim calamitates et adversa animos homi-
« num ad religionem fortiùs flectunt. » (*Sermones fideles,* XVI.)

taché à la notion de Dieu le principe de la morale. Cette grande idée est demeurée tout à fait oisive entre leurs mains. Il est vrai que le contraire eût formé une exception dans l'histoire de la philosophie du genre humain, puisqu'on ne voit pas en général que les sectateurs de la religion naturelle aient jamais fait de leur Dieu autre chose qu'une idée. Nous les entendrons bien, de temps en temps, nous recommander le « dogme con-« solant, » le « dogme nécessaire » de l'existence de Dieu ; mais ils négligent de nous montrer quelle douleur il console et quelle lacune il remplit. Le système des devoirs, l'idée même du devoir, n'en sont ni renforcés ni modifiés, en sorte qu'il faut affirmer en général, que la morale du dix-huitième siècle a été une morale irréligieuse.

Ce que la plupart des déistes voient de plus positif et de plus applicable dans l'idée de Dieu, c'est l'idée d'un frein au débordement des passions sauvages qui, dans toute société civilisée, frémissent sous le joug des lois et des mœurs. C'est dégrader la religion que de la réduire à n'être qu'un frein. Elle doit faire autre chose qu'empêcher et que détourner : il faut qu'elle pousse, qu'elle anime, qu'elle crée. La crainte n'est que le commencement de la sagesse.

Si maintenant nous nous informons du contenu de la morale du dix-huitième siècle, de ce qu'elle a particulièrement enseigné, nous rappellerons d'abord ce que nous avons dit plus haut qu'elle fut essentiellement négative, et que, sous le point de vue positif, nous pouvons difficilement lui demander autre chose

que des ébauches informes de systèmes. Ce qui lui
manqua presque entièrement, c'est la partie intérieure,
si riche chez les moralistes chrétiens. Ni dans la
description, ni dans le précepte, elle n'a atteint, sous
ce rapport, quelques-uns des moralistes dont nous
avons parlé. Elle passe par-dessus tout ce qui constitue
l'homme intérieur, pour aller tout de suite à ses rapports extérieurs et visibles. C'est immédiatement le
membre de la société qu'elle considère; ce qui n'est
pas étonnant, l'intérieur de l'homme n'étant quelque
chose que par ses rapports avec Dieu, et Dieu en étant
exclu.

L'idée favorite de la morale de ce temps, c'est la
réintégration de la nature dans tous ses droits. La nature, et rien en deçà, et rien au delà, tel est le thème
de tous les moralistes. Rien en deçà, c'est-à-dire rien
qui la mutile; rien au delà, c'est-à-dire rien qui
l'élève au-dessus d'elle-même; car tout ce qui était
au-dessus de la nature leur semblait contre la nature.
Maintes fois ils ont proclamé que les seules vertus dignes d'estime sont les vertus naturelles; que tout ce
que l'âme acquiert par effort est faux et dangereux;
que l'homme ne se perfectionne que dans le sens d'un
développement direct, attendu que son fond est posi-
tivement bon, et n'est vicieux que par lacune. Entrant
dans les rapports sociaux, le seul objet, à vrai dire,
de ses enseignements, elle a cherché à mettre en honneur, sous le nom d'humanité, une variante de la
charité chrétienne. Elle a recommandé l'homme à
l'homme, en insistant sur les rapports naturels qui

lient ensemble les membres du genre humain, à travers les différences et les distances de toute espèce.
Partant de cette idée simple ou de cet instinct, elle
s'est élevée avec force contre les usages et les lois qui
donnaient un démenti à des rapports si incontestables.
Elle a accusé la société de ses barbaries gratuites, de
ses abus de pouvoir envers ses membres. Elle a tendu,
de toute sa force, à faire entrer la morale dans la loi.
Elle a flétri la persécution religieuse et l'intolérance.
Elle a sévi contre les vestiges odieux de la féodalité (1).
Elle a condamné l'esclavage et l'infâme trafic de chair
humaine, connu sous le nom de traite des noirs. Elle
a réclamé l'abolition des peines infamantes, des
supplices qualifiés, de la question et de la torture.
Elle a fait ressortir, dans la législation et dans les
mœurs, des traces de barbarie indignes d'un siècle
civilisé. Il ne faut nier ni rabaisser aucun de ces ser-
vices. Il ne faut pas les exagérer non plus.

En donnant à la langue quelques nouveaux mots :
humanité, *philanthropie*, *bienfaisance*, les moralistes du
dix-huitième siècle ne lui donnaient que la monnaie
du mot *charité*. La charité est toutes ces choses à la
fois ; et la charité avait dix-huit siècles déjà, et avant
le christianisme elle n'existait pas. La philosophie, par
conséquent, ne l'a pas inventée, elle en a seulement
donné une nouvelle édition. Mais lorsque le christianisme semblait mort dans les cœurs, il fut beau à la
philosophie de recueillir les débris de son patrimoine,
tombé en déshérence, abandonné, et de faire ce qu'au-

_____

(1) Comme le droit de chasse.

raient dû faire, je ne dis pas le christianisme, toujours
le même, toujours fidèle à ses célestes traditions, mais
ceux qui s'arrogeaient l'administration de ce legs
divin de Jésus-Christ. Pourquoi ceux qui se disaient
chrétiens abandonnèrent-ils à la philosophie quelques-
unes des apparences et plusieurs des œuvres du christianisme? Pourquoi vit-on si souvent les sectateurs de
la religion positive parmi les adversaires des réformes
que sollicitait la philosophie? C'est que les uns n'étaient
point chrétiens; c'est que les autres répugnaient, par
une prudence mal entendue, à paraître faire cause
commune en chose quelconque avec des hommes dont
les desseins leur semblaient périlleux et les intentions
suspectes.

Il faut avouer qu'à bon droit ces intentions excitaient
leur défiance. Nous ne révoquons pas en doute, pour
notre part, la sincérité de Voltaire défendant Calas,
Sirven et Labarre. Pour s'indigner de la stupidité
atroce dont ces trois hommes avaient été victimes, il
fallait seulement être homme. Mais il faut avouer aussi,
que la confédération des écrivains philosophes de cette
époque ressemble trop à une ligue; que leurs attaques
contre l'ordre social du temps manquaient trop de
mesure et de charité; que leurs mœurs et leurs paroles
manquèrent trop souvent de dignité; que, pour une
fin qui paraît bonne, ils employèrent des moyens trop
immoraux; qu'il y avait, en un mot, une contradiction
trop évidente entre leur vie et leur fonction de moralistes, entre quelques-unes de leurs opinions et
quelques autres, pour que des hommes sincères ne

craignissent pas de s'associer à des œuvres dont le but, d'ailleurs, paraissait légitime et louable.

La morale est une ; on n'en peut pas prendre une partie et laisser l'autre; les devoirs les plus différents par leur objet tiennent les uns aux autres par un lien commun; on ne peut pas être moral sur un point et immoral sur un autre, parce qu'on ne peut pas être moral et immoral à la fois. L'homme a la conscience intime de cette vérité; il est contraint, de par sa nature même, à demander de l'unité à sa vie et à la vie d'autrui ; il lui faut rien ou tout; il ne peut pas plus concevoir l'obéissance d'un côté et la désobéissance de l'autre, qu'il ne conçoit une sphère avec un seul pôle. L'absence d'un pôle lui fait nier la réalité de l'autre; l'absence volontaire, systématique, radicale d'une vertu ne lui permet pas de croire à aucune autre; il n'y voit que des imitations artificielles ou de purs instincts. Ainsi, quand des moralistes, en prêchant la justice, foulent aux pieds la pudeur; lorsque, en relevant les relations naturelles, ils en avilissent d'autres qui, toutes conventionnelles qu'elles peuvent être, n'en sont pas moins la source de la sainteté des premières; lorsque, en vantant la société générale, ils dégradent la société de famille, je ne sais quoi nous pousse intérieurement à douter qu'ils soient sincères dans ce qu'ils affirment, puisque ce qu'ils nient en est le gage, le complément ou la dépendance.

J'ai parlé du prix qu'ils ont attaché aux relations naturelles, je veux dire aux rapports de père, de fils et de frère. A les entendre, ils étaient les restaurateurs

de tout un pan tombé en ruines de notre constitution
morale. Les simples ou les inattentifs y sont trompés.
L'enthousiasme, l'espèce de mysticité avec laquelle ils
parlent de ces choses, peut faire croire au premier
coup d'œil qu'en effet toute cette partie des relations
sociales était tombée en friche avant eux. Dans ce cas,
ils auraient bien mal réussi, puisque nul siècle n'a vu
ces liens sacrés se relâcher davantage. Nous avons tout
lieu de croire qu'ils étaient beaucoup plus forts et plus
respectés, alors qu'on en parlait moins. Les moralistes
du dix-huitième siècle en ont beaucoup parlé, parce
que c'était un sujet encore intact, un sujet populaire
en lui-même, et propre à les populariser. Ils en ont
beaucoup parlé, parce que, dans leur prétention de
ramener leur siècle à la nature, il leur convenait d'in-
sister sur les rapports qui sont les plus voisins de la
nature; mais bien loin qu'il faille leur en savoir gré,
il faut leur demander compte du discrédit où sont tom-
bées, sous leurs yeux, les relations qu'ils ont tant re-
commandées.

En somme, il nous faut dire qu'ils ont prêché des
devoirs, mais qu'aucun n'a prêché la morale. Aucun
n'est remonté au centre des devoirs, parce qu'aucun
ne l'a connu. Ils ont fait frémir, par un attouchement
répété, la surface du cœur humain ; ils ont fait un appel à des sentiments naturels, qui avaient encore assez
de vie pour y répondre ; ils ont joué avec habileté sur
ce clavier sonore ; mais aucun ne l'a ouvert pour le
régler à l'intérieur. Le gouvernement du cœur, ses

rapports non-seulement au dehors, mais avec lui-
même, son harmonie intérieure, son unité, ses relations avec le monde invisible, l'ensemble complet de
la destinée humaine, rien de tout cela ne les a sérieusement occupés. Ils ont amené des réformes utiles; ils
ont opéré sur les choses, non sur les hommes; ils n'ont
pas apporté dans le monde un seul nouveau principe
de gouvernement intérieur; ils n'ont pas retardé d'un
moment, ni affaibli d'un degré le principe de dissolution qui tourmentait le corps social; ils n'ont pas fait
éviter à l'État la crise profonde, l'écueil homicide vers
lequel le poussait la corruption des mœurs et la mort
des croyances; au contraire, ils ont ajouté à la force du
principe de décomposition, ils ont poussé vers l'écueil;
et si l'on doit dire que quelque chose de bon est resté
de leur œuvre, ce quelque chose de bon est tout entier, comme j'ai dit, dans les choses, et nullement dans
les cœurs.

Je pourrais ajouter que ces hommes qui montrent
dans leurs écrits tant de zèle, n'en ont pas montré autant dans leur vie, et qu'ils ont beaucoup plus écrit
qu'agi. Mais je ne voudrais pas être injuste. L'action
était, à cette époque, plus difficile que la parole; et la
parole est aussi une action. Toutefois peu, très peu de
faits, dans l'histoire de la philosophie du dix-huitième
siècle, présentent un caractère manifeste et irrécusable
de dévouement. Il leur a manqué des circonstances
propres à faire mieux éclater leur désintéressement et
leur abnégation. Une situation pareille, s'ils l'ont dési-
rée, leur a toujours été refusée. Par une fatalité singu-

lière, la peine et le sacrifice étaient toujours plus que
compensés, et le martyre, même au taux le plus bas,
était impossible. Subitement métamorphosé dans sa
chute, l'orage devenait une douce rosée, la foudre une
auréole, le blâme un triomphe. La disgrâce était le
dernier terme de l'ambition d'un écrivain. La persécution molle et sans persévérance, d'avance décréditée
dans l'opinion, sortait au bruit des sifflets, rentrait au
bruit des huées. Elle donnait un public à celui qui
n'en aurait point eu peut-être ; elle donnait une cour
à l'écrivain qui avait un public. Ce fut un malheur
pour ces écrivains; leur gloire d'alors est à déduire de
leur gloire d'aujourd'hui ; et il faut, de toutes leurs
qualités, soustraire celle de l'héroïsme. Ils n'eurent
pas l'occasion d'être héros; nous saurons peut-être plus
tard s'ils en eurent le désir.

Il sera naturel de demander quelle philosophie régnait alors parallèlement à cette morale; car avec l'apparition d'une nouvelle morale coïncide toujours l'apparition d'une nouvelle philosophie, et réciproquement ; ces deux doctrines sont correspondantes et
proportionnées. La seule question qu'il soit malaisé
d'éclaircir est celle-ci : Est-ce la philosophie qui produit la morale, ou la morale qui détermine la philosophie? Sans répondre d'abord directement à cette
question, rappelons combien il est rare que des spéculations intellectuelles soient complétement à l'abri
des influences morales; combien surtout des recherches psychologiques y sont exposées; combien est reconnu l'ascendant de la volonté sur l'opinion; com-

bien, enfin, il est rare que la pensée ne relève que
d'elle-même (1), ne consulte qu'elle seule, et se trace
imperturbablement son chemin à travers les sugges-
tions et les séductions de l'être moral sans cesse à côté
d'elle. Ceux qui réfléchiront sur ces tentatives perpétuelles d'usurpation de la volonté sur la pensée, seront
disposés à ne pas rejeter comme absurde la supposition
d'une philosophie enfantée ou du moins, si l'on osait le
dire, *conditionnée* (2) par une morale. Ceux qui, ensuite,
se demandant ce qui a le plus de force dans l'homme,
du sentiment ou de la pensée, ce qui le détermine le
plus impérieusement, du désir ou de la conviction, ce
qui domine le plus irrésistiblement sa vie, en d'autres
termes, ce qui le fait le plus être ce qu'il est, le sentiment ou la pensée ; ceux qui remarqueront aussi que
toutes les théories sociales, que toutes les institutions,
n'ont point commencé par être des spéculations, mais
des affections ou des besoins, ne seront pas éloignés de
donner la préférence à la supposition qui subordonne
la philosophie à la morale. Je crois qu'il est bien plus
facile d'admettre qu'une certaine direction de la volonté conduit à une certaine théorie sur l'âme, sur le
monde et sur la vie, que d'admettre qu'une telle théorie, déduite des pures spéculations de l'intelligence, a
imprimé à la volonté une certaine direction. Que si
l'on objecte que la morale elle-même dérive de certains principes spéculatifs, et qu'elle est philosophie à

---

(1) Selon Pascal, la volonté est un des principaux organes de la croyance. (*Pensées.* Partie I, Art. VI, § III.)

(2) C'est le mot allemand : *Bedingt*, que M. Vinet traduit ici. (*Éditeurs.*)

sa base, je réponds : Qu'est-ce que ces principes eux-
mêmes, sinon des faits moraux, des faits intérieurs,
en d'autres termes, des sentiments découverts au fond
de l'âme, la matière première, la substance de toute
spéculation ultérieure? Voudrait-on prétendre que cette
coïncidence ou cette proportion entre la philosophie et
la morale est une rencontre fortuite, où chaque doctrine a procédé avec indépendance, une espèce d'harmonie préétablie? Non certes : il faut donc admettre
une action de l'une des disciplines sur l'autre; et cela
posé, il me semble difficile d'hésiter sur le choix.

Le fils du célèbre Fichte, écrivant la vie de son père,
ne peut cacher combien la philosophie qu'il adopta
introduisit d'unité dans sa vie, à cause de la convenance frappante qu'elle avait avec son caractère moral.
C'est que son caractère moral l'avait conduit directement vers les hypothèses génératrices de son système.
Or on sent que les hypothèses sont le point de contact de la science avec la volonté (1). Pourquoi ce qui
arrive à un philosophe n'arriverait-il pas aussi bien à
un siècle?

De fait, le rapport de la philosophie du dix-huitième
siècle avec la morale de la même époque est une chose
frappante. Cette morale faisait abstraction de Dieu ; la
philosophie de même. Cette philosophie était sensua-
liste ; la morale le fut également. Cette philosophie
n'était fondée que sur quelques apparences ; cette morale n'eut rien de profond, et puisa toutes ses indications à la superficie de l'âme. L'influence des senti-

(1) Voyez Buchez, *Introduction à la science de l'histoire*, page 189.

ments moraux sur les doctrines métaphysiques est si
remarquable dans cette philosophie, qu'elle a excité
chez plusieurs l'espèce de dégoût ou d'aversion qui
s'attache à des actes malhonnêtes. On en parle presque autant comme d'une action responsable que comme
d'une opinion involontaire, et par là même irrespon-
sable. On lui attache les épithètes qu'on attache naturellement à un acte moral. Toutes preuves et discussions mises à part, on lui préfère, comme plus élevées
et plus dignes, les doctrines opposées. On ne peut
s'empêcher de la juger du point de vue de la conscience. C'est ainsi que s'en explique M. Frédéric
Schlégel, dans ses *Leçons sur la littérature :*

« Cette philosophie matérielle, si le nom de philo-
« sophie peut être prodigué ainsi, qui explique tout
« par le corps et ramène tout à la sensation comme
« point de départ, est une erreur au-dessous même
« de l'humanité. Il est probable qu'une nation ou une
« génération n'auront pas plus tôt entrevu dans toute
« leur étendue les conséquences morales de cette phi-
« losophie des sens, qu'elles s'en éloigneront avec
« horreur (1). »

Voici comment s'exprime, sur les doctrines opposées, M. de Barante, dans son ouvrage sur la littérature
française du dix-huitième siècle :

« La science de l'âme, telle fut la noble étude de
« Descartes, de Pascal, de Malebranche, de Leibnitz.
« Cette métaphysique les conduisait directement à
« toutes les questions qui importent le plus à la des-

(1) Tome II, page 235.

« tinée humaine. Peut-être se perdaient-ils quelquefois
« dans les nuages des hautes régions où ils avaient
« pris leur vol ; peut-être leurs travaux étaient-ils sans
« application directe ; mais du moins ils suivaient une
« direction élevée.... Cette route conduisait nécessai-
« rement aux plus nobles des sciences, à la religion
« et à la morale (1). »

Tout au moins n'hésitons-nous pas à penser que
l'inclination de tout un siècle vers les doctrines du
sensualisme, cet empressement pour une doctrine
dont les conséquences sont peu favorables à la dignité
humaine et à la morale, ce désir d'être poudre, cette
soif de la mort n'indiquaient pas dans les cœurs une
tendance bien élevée ; et la philosophie du dix-huitième
siècle, en tant que dominante et populaire, nous paraît pouvoir être classée à bon droit parmi les phénomènes moraux de cette époque célèbre.

Nous arrêtons ici cette suite d'observations générales
sur la morale du siècle dernier. Insuffisantes pour le
peindre, elles l'esquissent, nous l'espérons, avec quelque fidélité. Les discours qui suivront sont destinés à
remplir les intervalles des linéaments que nous venons
de tracer.

Nous n'avons plus qu'un mot à ajouter à cette introduction. Nous avons plus d'une fois, à l'occasion
d'études d'un genre différent, parcouru et traversé
dans tous les sens ce dix-huitième siècle, dans lequel
nous allons entrer de nouveau. Ce n'a jamais été sans
dégoût. Ce siècle d'incohérence, d'exagération, de

(1) BARANTE, *Tableau de la littérature française au dix-huitième siècle.*

charlatanisme et d'irréligion, repousse nos regards au
lieu de les attirer. Nous sommes donc prévenu, nous
le sentons, et obligé de nous armer contre notre propre
prévention. Il nous semble que nous ne sommes pas
mal disposé à faire justice en nous-même de tout dégoût injuste et de toute excessive aversion. Au moins
sommes-nous bien fermement convaincu que la bonne
cause que nous avons embrassée n'a nul besoin de
notre injustice. Nous pouvons, suivant que le cas
l'exige, approuver, louer, excuser nos adversaires; la
vérité est une ennemie généreuse. Tout ce qui peut être
à l'honneur de ceux que nous combattons, ou à la
honte de ceux qui furent avant nous leurs adversaires,
nous pouvons et nous devons le .dire. Agir autrement,
ce serait faire injure à la vérité que nous prêchons.
Pourquoi dissimuler ou cacher quelque chose? La vérité
n'a rien à craindre de la vérité.

FIN DE LA DERNIÈRE LEÇON.

.... Je m'arrête ici parce qu'il faut m'arrêter; la
tâche qui m'était imposée n'est pas accomplie : *pendent
opera interrupta*.

Cependant nous pouvons dire que les principaux
et les plus influents moralistes du dix-huitième siècle
ont passé sous nos yeux; et sans vouloir accommoder
après coup notre dessein à nos circonstances, nous
pouvons dire que les écrivains qui nous restent, ne

méritent, comparativement aux premiers, qu'une appréciation sommaire ; ce qui ne nous empêche pas de
regretter de ne pouvoir accorder que quelques mots à
chacun d'eux.

Mably s'occupa beaucoup de la science des mœurs
dans ses rapports avec le gouvernement et la politique,
et mit, sous un nom adouci, l'intérêt à la base de la
morale. Cette tendance commençait à se prononcer.
On voit se vérifier cette observation que j'ai faite, que
lorsque l'élément religieux est soustrait à la morale,
elle tend de toute sa force vers l'utilitarisme.

On en rencontre des traces dans Voltaire et même
dans Rousseau ; et cela est bien frappant chez Helvétius, qui, plus franchement qu'on ne l'avait fait jusqu'alors, professe que la vraie morale ne peut dériver
que de l'intérêt bien entendu. C'est l'idée capitale du
livre *De l'Esprit*, expression d'un matérialisme sans
voile.

Cette idée reçoit des développements très étendus
chez Saint-Lambert,. et une forme scientifique et rigoureuse chez Volney, lequel, dans son *Catéchisme
du citoyen français*, ou *la Morale ramenée à la physique*, vous apprendra à mettre sur la même ligne
et à doter de la même estime la propreté et la reconnaissance.

Reposons-nous auprès de Bernardin de Saint-Pierre,
en qui vous retrouvez Montaigne, Fénelon, J. J. Rousseau, tous les trois affaiblis ou adoucis, et enfin Bernardin lui-même, individualité propre et distincte. Il
gourmanda la société comme Jean-Jacques, mais avec

plus de ménagement ; il réclama comme lui les droits
de la nature, si souvent outragée ou méconnue dans
l'extrême civilisation; mais surtout, il chercha à faire
reconnaître et adorer la Providence dans toutes les
parties du magnifique ensemble de la création.

Il faudrait maintenant tirer les résultats de ce cours.
Mais tout ce que je puis faire, c'est de retourner sur
mes pas, pour ramasser les épis que, sur tel ou tel
point de ce vaste champ, nous avons laissés à terre. A
chacun des philosophes que nous avons jugés, nous
avons dû quelques vérités. Ils nous ont instruits surtout par leurs erreurs; leurs lacunes nous ont enrichis;
ils avaient chacun le commencement de quelque vérité ; l'Évangile nous en a fourni le complément,
comme aussi la rectification de leurs erreurs ou la
solution de leurs énigmes.

J. J. Rousseau, en s'efforçant d'établir que l'homme
est bon, nous a prouvé le contraire ; l'homme est mauvais en ce sens qu'une force vicieuse tend sans cesse
à l'écarter de la loi de son être, qui est l'obéissance et
l'amour, et va même jusqu'à lui faire méconnaître
cette loi.

Duclos nous a fourni l'occasion d'établir que la restauration morale de l'homme ne peut avoir lieu que
du cœur à l'esprit, et non de l'esprit au cœur; et que
le cœur ne peut être modifié que par des faits : vérités
capitales.

Vauvenargues, en excluant la conscience, nous a
provoqués à la rétablir dans ses droits, et à montrer,

du mieux que nous avons pu, que la vertu se compose
d'obéissance et d'affection.

Voltaire, en rapportant tous nos devoirs à la société,
nous a avertis de poser le principe contraire, et d'é-
tablir cette vérité : que, l'existence de Dieu et la per-
pétuité de l'âme une fois admises, ces deux idées
doivent être le centre et la vie de notre moralité ; et
que c'est de nos rapports avec Dieu que dépendent la
justesse et la solidité de tous nos autres rapports.

Vauvenargues encore, en montrant qu'il faut à
l'homme des passions, nous a fait convenir qu'il lui en
faut une, qui soit dominante, qui ait un objet saint,
et qui connaisse cet objet.

Plusieurs de ces philosophes nous ont ramenés, par
divers chemins, vers les imposantes révélations des
premiers chapitres de la Genèse ; c'est là que nous
avons trouvé les plus lumineux documents sur le cœur
humain, la destinée humaine, la société humaine.

Tous, en commençant, chacun à sa manière, un
édifice de morale qu'ils ne pouvaient achever, une
voûte qu'ils ne pouvaient fermer, nous ont renvoyés à
l'ouvrier qui seul peut poser la clef de la voûte, à
Jésus-Christ, « qui nous a été fait de la part de Dieu,
« sagesse, justice, sanctification et rédemption (1). »

Tous, en essayant des systèmes de morale qui ne
sont bons, tout au plus, que pour les penseurs, et non
pour l'humanité en général, nous ont conduits à cette
réflexion, que si la vérité est quelque part, elle aura
pour caractère de rallier à elle, sinon tous les esprits,

(1) Première Épître aux Corinthiens, I, 30.

du moins les esprits de toute portée, de toute forme, les extrêmes de la culture intellectuelle. Or le christianisme seul est la doctrine propre à tous, prêtant les mêmes idées, communiquant les mêmes affections, inspirant les mêmes espérances à Schleiermacher et au malade de Planchamp (1).

Si nous avions réussi à rendre ces conclusions évidentes pour chacun de vous, si vous aviez vu comme nous le christianisme achevant, expliquant, rectifiant, réformant tous les systèmes, et consommant avec la plus grande simplicité de moyens, par un fait unique, l'œuvre cent fois recommencée par les philosophes, nous ne croirions pas avoir travaillé en vain, et nous nous consolerions de toutes les défectuosités de notre travail.

Celles-ci sont graves, nombreuses, et ce n'est pas d'aujourd'hui qu'elles me frappent. Je ne suis pas venu une seule fois dans cette enceinte sans y apporter le sentiment oppresseur de ma faiblesse ; je n'en suis pas sorti une fois sans la conviction d'avoir manqué de plus d'une manière à mon sujet, à ma tâche, à ma position. Mais j'avoue qu'arrivé à la fin de ce cours, mes fautes, mes torts peut-être, se ramassent devant moi et m'effrayent par leur nombre. On n'est jamais si riche que quand on déménage. Mes analyses imparfaites, allongées de si fréquentes digressions, le manque de précision de mon langage, l'impitoyable

---

(1) Le paralytique de Planchamp est connu dans la Suisse française par la résignation chrétienne avec laquelle il a supporté ses longues souffrances jusqu'à sa mort. (*Éditeurs.*)

longueur, la diffusion de mes développements, des
redites fatigantes, la pâleur de mon expression, sa fa-
miliarité quelquefois inconvenante peut-être, l'emploi
trop fréquent de l'ironie, l'absence trop fréquente
aussi de cette charité qui, pour le chrétien, n'est que
simple justice, que sais-je? bien d'autres défauts encore, que je connaissais d'avance, me font admirer à la
fois ma témérité et votre indulgence.

Il n'est qu'un témoignage qu'on m'accordera peut-
être, et qu'en m'examinant bien, je ne puis me refuser : c'est d'avoir été, du commencement à la fin de
ce cours, amateur de la vérité. Je ne crois pas pouvoir
me reprocher d'avoir une seule fois, sciemment, induit
cette assemblée en erreur sur le caractère et les pensées des auteurs que j'analysais, ni sur aucune question de morale ou de philosophie ; et quand il s'est
présenté des questions délicates que je ne pouvais ni
ne devais éviter, je n'ai point usé, en les traitant, de
réticence ni de dissimulation. Indépendamment de la
règle générale du devoir, que je connais, le temps où
nous vivons m'avertissait et me tenait sur mes gardes.
Au milieu des grandes agitations de la vie, notre
esprit est comme un lac dont un vent vient agiter la
surface; l'image des objets n'y peut plus apparaître
qu'incertaine et brisée. L'émotion que produisent les
grands événements est peu favorable à l'intégrité de
nos jugements ; et nous avons quelquefois bien de la
peine, en temps de trouble, à nous rappeler ce que
nous pensions et tenions pour vrai à une époque de
paix et d'ordre. J'ai dû me mettre en garde contre des

impressions qui m'avaient plus vivement affecté que
beaucoup d'autres, et j'espère que rien de ces impressions involontaires n'a transpiré dans mes discours.

Mon intérêt, à cet égard, se rencontrait avec mon
devoir. Dépourvu des talents qui embellissent la vérité ou qui en font supporter l'absence, la vérité était
ma seule ressource. Je savais que si quelque chose
pouvait vous attirer vers moi, c'était la confiance que
si l'homme qui vous parlait n'était guère en état de
vous dire de belles choses, il avait à cœur du moins
de ne vous en dire que de vraies, et que, s'il errait,
chose à laquelle il est plus exposé qu'un autre, ce ne
serait pas volontairement. Quel motif, d'ailleurs, m'eût
empêché de dire la vérité? Ne la vouliez-vous pas?
N'étiez-vous pas venus la chercher? Ne savais-je pas,
de longue date, que vous pouviez l'entendre? Aussi,
Messieurs, je l'ai dite; je n'ai caressé aucune opinion;
je n'ai capitulé avec aucun préjugé; j'ai évité, je l'a-
voue, quelques questions brûlantes; mais lorsque le
plan de ce cours m'a conduit impérieusement vers
des questions controversées, loin de les fuir, j'ai marché droit à elles. En vain une voix insidieuse me mur-
murait à l'oreille que je risquais votre bienveillance;
à quelque prix que je mette votre bienveillance, je ne
la voulais pas séparée de votre estime.

La vérité, Messieurs, votre intérêt et le mien, votre
but et le mien, votre salut et le mien! Aux uns la
tâche de la dire, aux autres l'obligation de l'entendre,
à tous le devoir de l'aimer. Que servirait d'ignorer
aujourd'hui, ce qui, un jour, doit être éclatant d'évi-

dence! Aujourd'hui nous marchons au milieu d'un tumultueux concert de voix, de clameurs, de murmures, les unes prétendant à régler, les autres à juger notre conduite ; elles se tairont un jour ; à peine se souviendra-t-on de les avoir entendues ; une seule voix remplira ce silence universel, la voix de la Vérité, la voix de Dieu même. A cette voix intime et pénétrante, qui s'en ira vibrer jusque dans la moelle de nos os, et fera tressaillir les dernières profondeurs de notre être, il faudra joindre, marier la nôtre.... En serons-nous capables? Serons-nous, nous-mêmes, mensonge ou vérité devant le Seigneur? Lui porterons-nous des cœurs en communion ou en désaccord avec le sien?

II.

STATISTIQUE DES IDÉES MORALES.

(Dans le temps même où M. Vinet préparait le cours sur les moralistes français jusqu'à la fin du dix-huitième siècle dont plusieurs fragments importants ont été recueillis dans ces volumes, il était vivement préoccupé de la nécessité de se rendre un compte exact des idées morales contemporaines. Cette seconde étude était à ses yeux le complément indispensable de la première. Aussi avons-nous pensé qu'il serait intéressant de rapprocher des fragments qu'on vient de lire, le morceau suivant, écrit en 1831, qui les éclairera, ce nous semble, d'un nouveau jour, et qui était destiné par M. Vinet à annoncer d'autres travaux, dont l'étude des idées morales de notre époque devait être l'une des bases essentielles. — *Éditeurs.*)

La statistique, science moderne, s'est efforcée d'évaluer, au moyen de faits matériels, la moralité absolue de chaque nation et la moralité comparative des différents peuples. En rendant justice à ses efforts, et en convenant que ses calculs portent beaucoup plus loin que la sphère circonscrite où elle paraît se renfermer, nous regrettons qu'elle ne puisse pas dépasser certaines bornes, et nous prêter secours dans une recherche importante que nous tenterions volontiers, si elle pouvait nous aider. Ce dont nous voudrions pouvoir dresser inventaire, ce n'est ni cette moralité légale et grossière que les tables de M. Dupin nous font voir dans un rapport si étonnamment constant avec certaines circonstances données; ce n'est pas même la moralité intérieure, la moralité dans l'acception la plus vraie et la plus vaste du mot. Ce que nous

voudrions avoir, c'est un inventaire, un état des idées
morales dans la société moderne. Nous apercevons
bien que la société n'est pas sans idées morales; nous
en voyons même quelques-unes se détacher avec assez
de force au milieu de toutes les autres; il en est même
de si particulières, que leur nom propre est presque
un nom d'homme; mais, après tout, la vue de l'ensemble est confuse; les détails mêmes se dessinent
avec quelque indécision; plusieurs idées se fondent
par nuances avec des idées étrangères; et le relevé
général, si l'on voulait tenir compte de tout, serait
d'autant plus confus peut-être, qu'il serait plus exact.

Ce serait à un esprit philosophique à classer toutes
les observations particulières suivant leurs analogies,
à effacer les différences apparentes, à faire saillir les
ressemblances cachées, à ramener à un même déno-
minateur beaucoup de fractions diverses; en un mot,
à refaire des masses, non plus arbitraires et mal liées,
comme les saisit un premier regard, mais naturelles
et compactes, de manière à nous apprendre quelles
sont les quelques idées qui, en réalité, en dépit de
toutes les dénégations, dominent et conduisent la société.

Quelles que soient les difficultés de cette recherche,
il la faudrait tenter néanmoins; les éléments principaux de la question se dégageraient peu à peu, et le
travail commencé par les uns, continué par d'autres,
donnerait quelques résultats généraux, qui éto ne-
raient peut-être. Là où ces idées se produisent sous
forme de systèmes scientifiques, on trouverait, à peu

de chose près, le travail tout fait; mais cela serait loin
de suffire. Une *théorie* morale, quelque rapport qu'elle
ait avec les idées répandues, dont elle porte toujours
l'empreinte, a pourtant quelque chose de libre et d'individuel qui ne permet pas de la faire entrer sans
réserve dans le domaine public, ni par conséquent
dans cet inventaire général dont nous concevons l'idée.
Ce n'est pas à la théorie seulement, mais à la vie, ni
aux philosophes seulement, mais au peuple, qu'il faut
demander compte des idées morales qui dominent la
société. Il faudra donc écouter le peuple, le regarder
agir, saisir au vol sa pensée intime s'échappant de
son sein moins en maximes qu'en faits. Il faudra non-
seulement recueillir avec soin les adages en circulation, mais observer la vie privée et la vie publique,
en relever les traits principaux et caractéristiques,
prendre acte des aveux naïfs qui ressortent des discours sans doute, mais surtout de la conduite, des
mœurs et même des institutions, presser en tous sens
la société, afin d'en exprimer la sève et de connaître
quelle est, en résumé, non sa moralité seulement,
mais sa morale.

Je dis avec tristesse, sans anticiper sur les résultats
de cette recherche, que jamais les principes ne furent
plus rares que précisément dans ce temps de théories;
que la multitude des théories n'est peut-être qu'une
preuve de plus de la disette de principes ; que jamais
peut-être l'humanité n'a vécu plus au hasard que dans
cette époque rationnelle, où chacun prétend savoir
pourquoi il obéit, pourquoi il agit, et pourquoi il aime !

Toutefois, il y a des idées morales sous les nuances diverses de principes, de préjugés et de systèmes; mais ces idées morales sont fragmentaires, et fausses par conséquent. On a des vérités, on n'a pas la vérité. La vérité de chaque idée n'est que dans sa combinaison avec les autres idées. C'est de son contact avec elles, de sa modification par elles, qu'elle reçoit un caractère absolu et incontestable de vérité. Une vérité particulière, isolée, à qui l'on remet la direction de toute la vie, s'étend nécessairement sur toute la vie, se déborde elle-même, pour ainsi dire, et, abusivement appliquée, cesse d'être vérité. Isolée, elle n'a pas l'intelligence et la disposition d'elle-même; simple mot conservé dans une phrase effacée, elle ne donne aucun sens, elle n'apprend rien. C'est qu'en morale la vérité est une. Avant qu'on ait saisi le point central, où toutes les vérités particulières convergent, on ne possède pas même ces vérités; on ne saurait du moins en faire un usage légitime et sûr. Avant de savoir pourquoi la vie a été donnée, quelle est la condition actuelle de l'âme, ce qu'elle veut et ce qu'elle peut, on ne saurait rien faire de vraiment utile de ces débris de vérité qu'on possède encore; on ne saurait du moins leur coordonner toute la vie; la disproportion est trop grande entre un objet aussi vaste et des vérités aussi étroites; un lambeau ne couvre pas un homme. Il en est de ces idées comme des brillants éclats d'une glace brisée; aucun ne réfléchit tout un homme; rassemblez-les, rapprochez-les avec industrie, vous n'avez point encore un miroir; vous n'en

aurez un que lorsque, ayant exposé tous ces débris à
la chaleur d'un même feu, vous en aurez fait de nouveau une masse unique. Il en est de même des idées
morales; ni l'une ne saurait suffire, ni toutes ces vérités juxtaposées ne formeront la vérité; de tous les
systèmes, réunis en pièces de rapport, vous ne ferez
pas un système vrai; c'est au centre même de la nature humaine et de la vie qu'il faut aller; c'est la
vérité primordiale qu'il faut trouver : celle-là conduira
à toutes les autres, et aussi les conciliera toutes.

Il y a beaucoup d'erreurs en morale; si l'on y regardait de près, on verrait, je crois, que ce sont autant de vérités égarées, qui demandent, comme des
enfants perdus, qu'on les ramène à leur mère. Il n'est
pas au pouvoir de l'homme d'inventer une erreur
pure; mais, possesseur d'une vérité, il la déplace, il
l'isole, il l'exagère, il la tourmente jusqu'à en faire
un mensonge. Cet état de *dislocation* des idées morales est de tous les temps qui ont suivi la chute de
l'homme; il est frappant, de nos jours, chez tous ceux
qui vivent hors du christianisme. Le christianisme appelle à lui, recueille dans son sein toutes ces idées,
les range, les coordonne, les balance et en fait des
vérités; mais jusqu'à ce qu'elles se soient élaborées
dans son creuset, elles trompent plus qu'elles n'éclairent. Il serait intéressant d'appliquer cette vue à quelques-unes des théories morales, politiques, et même
purement philosophiques, qui sont maintenant en
faveur, ou qui aspirent au gouvernement de la volonté
humaine. Nous voudrions pouvoir les prendre une à

une, en montrer le fort et le faible, déterminer le point jusqu'où elles sont vraies, le point où elles cessent de l'être, et prouver, l'Évangile à la main, les faits devant les yeux, que le christianisme leur donnerait la vérité qui leur manque, que le christianisme saurait bien que faire d'elles, si on les lui donnait à gouverner, et que c'est dans son sein que toutes les théories se règlent, que tous les excès se modèrent, que tous les désordres se rectifient, que toutes les contradictions se fondent en harmonie, que toutes les vérités deviennent vraies.

III.

DE L'INFLUENCE DE LA PHILOSOPHIE
DU DIX-HUITIÈME SIÈCLE.

(A propos du livre de M. E. LERMINIER *.)

ŒEuvre d'imagination autant que de science, ce livre, attachant et instructif après tout ce qui a été dit du dix-huitième siècle, reflète assez fidèlement, ce nous semble, les idées et les espérances du nôtre. Mais il montre aussi ce que la pensée humaine, séparée de la vérité divine, a d'incomplet, d'insuffisant, d'incertain, je dirais presque de redoutable. L'âme ne se repose pas libre, calme et satisfaite, dans ce monde de la philosophie et de la politique ; elle n'y respire pas et n'y vit pas à l'aise ; il ne répond pas à ses instincts les plus profonds et à ses vœux les plus chers ; il ne lui offre pas l'expression, le développement harmonique de l'homme tout entier : l'être immortel n'y apparaît point ; l'être moral s'y présente à peine sous une de ses faces inférieures. On s'est laissé entraîner à ces vues du passé et de l'avenir, à ces tableaux de l'œuvre de démolition accomplie par la raison insurgée contre l'autorité et se déifiant elle-même, à ces pro-

* *De l'influence de la philosophie du dix-huitième siècle sur la législation et la sociabilité du dix-neuvième ;* par E. LERMINIER. 1833.

messes et à ces espérances de réorganisation sociale.
On ferme le livre, on regarde autour de soi, et au milieu des ruines et de l'ébranlement universel, on cherche vainement la main puissante capable de relever
ou de raffermir l'édifice. Le charme est rompu, le fan-
tôme de sagesse et de force qu'on avait cru apercevoir,
évoqué un instant par le talent de l'artiste, est rentré
dans l'ombre. Il en est comme des ouvrages des anciens sur l'immortalité de l'âme; on croit, on espère
aussi longtemps qu'on lit; ou il faut que l'espérance
et la foi aillent s'alimenter à une autre source.

C'est sans doute un imposant spectacle que ce travail de la pensée humaine s'opérant en faveur des
classes inférieures déjà relevées de la servitude féo-
dale, et par des hommes sortis de leur sein, marchant
à l'empire par des théories dont on entrevoit à peine
la portée, produisant la révolution française, impri-
mant au vieux monde une secousse générale, lui communiquant un mouvement de progression dont la
rapidité effraye, dont l'intelligence ne saurait mesurer
les suites ni prévoir le terme, et d'où se dégage peu
à peu un monde nouveau. Mais on ne tarde pas à
reconnaître que ce mouvement gigantesque vers un
but inconnu, et qui se propage de nation en nation
comme d'année en année, se fait sans base solide,
sans route certaine, sans règle sûre, par conséquent
sans confiance et sans harmonie véritable : il obéit à
des forces plutôt qu'à des lois; et la raison commence
à douter d'elle-même en voyant s'ouvrir de plus en
plus cette carrière immense et mystérieuse dont elle

avait franchi le seuil avec un long cri de victoire et
de joie. A mesure qu'elle avance et que la route s'é-
largit et s'étend devant elle, elle semble sentir l'approche d'écueils et de périls imprévus, et cependant
il faut marcher. De là cette sourde inquiétude, ce mal-
aise indéfinissable, ces craintes en quelque sorte in-
stinctives, qui vont croissant, ou qui du moins persistent, quoique tout au dehors soit calme et prospère ;
un pressentiment dont il serait difficile de rendre
compte avertit que le repos n'est qu'une halte, que de
nouvelles luttes se préparent, que les obstacles extérieurs renversés, la civilisation, la liberté, avant de
s'asseoir paisiblement sur le trône du monde, auront
à traverser encore une longue période de guerres in-
testines, dont elles portent en elles le germe fatal ; et
à chaque étincelle qui brille en Europe, on redoute
de voir s'allumer l'incendie. Évidemment ces idoles
de la terre, la civilisation, la liberté, manquent de
quelque élément essentiel, de quelque principe vital,
qui a été imprudemment négligé ou repoussé. S'arrêter, pour donner à ce proscrit qu'il faut rappeler le
temps de rentrer et de reprendre sa place et son œuvre, paraît être le vœu des masses, comme celui de la
sagesse. Or, cet élément, ce principe que la société,
dans son mouvement et son développement successif,
ne saurait impunément laisser en arrière, est le principe religieux, l'élément moral. Une rénovation morale est aujourd'hui le premier besoin de la société.
M. Lerminier invoque, comme nous, un avenir religieux pour le monde, mais avec cette différence, qu'il

l'attend de je ne sais quelle philosophie, fille des siècles, et du prochain hyménée de l'Orient avec l'Occi-
dent, tandis que nous ne l'attendons que du christianisme.

Voici comment il précise, à l'entrée de son sixième
chapitre, l'influence du dix-huitième siècle : « Renou-
« veler l'histoire, propager le déisme, le bon sens et
« la tolérance, résumer les connaissances humaines,
« revendiquer les droits de l'homme tant individuel
« que social, restaurer le sentiment religieux, et fonder
« la société sur la souveraineté démocratique, voilà
« les résultats élémentaires du dix-huitième siècle. »

On s'étonne à bon droit de voir ranger la propaga-
tion du déisme et la restauration du sentiment religieux
parmi les buts et les effets du dix-huitième siècle, de
ce siècle qui commença par saper les fondements de
toutes les croyances, qui eut pour derniers représen-
tants Helvétius et le baron d'Holbach, et qui aboutit à
la clôture des temples et au culte de la raison. Mais
quand on entend M. Lerminier justifier Diderot d'a-
théisme, quoique son Dieu fût, dit-il, *la nature, la*
vie, le monde ; quand on l'entend s'écrier : « Diderot,
« un athée ! stupide commentaire de la pensée de ce
« grand homme ! Athée, lui, ce cœur gonflé d'enthou-
« siasme pour la beauté, la gloire et le génie ; lui,
« Diderot, qui s'enivre à la lecture de *Clarisse* ou au
« souvenir de Marathon ! etc. etc ; » quand on l'entend demander : « Où donc est Dieu, si ce n'est avec
« le génie ? » on comprend ce qu'il a voulu dire en
affirmant « que le dix-huitième siècle n'a pas été irré-

« ligieux au fond, mais qu'il a tout nié dans un scep-
« ticisme ardent pour renouveler Dieu; » et l'on cherche
avec une sorte d'effroi quel est le Dieu que la science
prétend mettre à la place du *Dieu vivant* de l'Évangile, qu'elle déclare détrôné, et l'on recule, le cœur
serré d'une inexprimable angoisse, devant la froide
image de ce Dieu, tout et rien, qu'elle s'efforce de
faire apparaître.

Quant à revendiquer les droits de l'homme individuel et social et à fonder la société sur la souveraineté
démocratique, ce fut bien là la mission du dix-huitième siècle, et c'est bien sa gloire. C'est même, avec
l'influence d'une philosophie matérialiste, une des
causes principales pour lesquelles il se fit déiste, non-
seulement déiste, mais athée. Il nia le ciel pour conquérir plus aisément la terre. Le déisme qu'il pro-
clama d'abord ne fut qu'une arme dans sa main, et
trouvant ensuite celle de l'athéisme plus sûre ou plus
expéditive, il ne craignit pas de s'en emparer et de
s'en servir. Continuateur du grand mouvement social
qui a dans le christianisme sa première origine, le
dix-huitième siècle rompit violemment avec le christianisme ; il se prit contre lui d'une haine qui semble
inexplicable autant qu'injuste ; c'est qu'il n'en vit que
la forme extérieure, la lettre morte qui lui faisait partout obstacle, incorporée qu'elle était avec le pouvoir
contre lequel il venait se heurter. Et à cet égard, il a
servi l'immortel qu'il croyait *écraser ;* ses coups n'ont
fait que briser les liens qui le retenaient captif. Il a
dégagé le christianisme de l'enveloppe grossière, épais-

sic par le cours des âges, que la Réformation n'avait déchirée qu'en partie, et sous laquelle se perdaient sa liberté, sa force, sa vie céleste. Ce sera là peut-être aux yeux de l'avenir le service capital rendu par le dix-huitième siècle; ainsi, instrument aveugle de la Providence, il se trouvera avoir réellement, à son insu et bien contre son gré, *restauré le sentiment religieux*.

Les derniers chapitres mériteraient une attention particulière. Là l'auteur se révèle davantage et laisse mieux entrevoir ses croyances, ses idées, ses vues sur l'avenir et sur la marche générale de l'humanité ; mais le temps et l'espace nous manquent pour nous y ar- rêter autant qu'il le faudrait, et nous nous bornons à quelques observations rapides. Ce qui y domine, ce qui les caractérise, c'est la négation de toute révélation positive, et conséquemment de la révélation chrétienne, négation pure et simple, sans aucune discussion des preuves, des titres de crédibilité que présente l'Évan- gile et qui ont été reconnus valables par dix-huit siè- cles, par l'élite des penseurs qu'ils ont produits, par quiconque en a fait un examen sérieux et impartial. C'est l'assertion si souvent répétée de nos jours que le christianisme est dépassé ou va l'être, assertion tout à fait gratuite, sans investigation des doctrines chré- tiennes, soit dogmatiques, soit morales, sans parallèle établi entre elles et les besoins nouveaux de l'homme individuel et social, sans aucune solution de la ques- tion préalable que nous avons fréquemment posée et qui est restée jusqu'ici sans réponse : En quoi consiste cet épuisement prétendu du christianisme? A quels

égards ne satisfait-il plus aux vœux du cœur, aux progrès de l'esprit, au développement de l'humanité?
Sous quels rapports l'homme et la société sont-ils en
avant de lui? C'est enfin, car il faut nous restreindre,
la vague attente d'une religion nouvelle, attente toujours reproduite et toujours déçue, mais spectacle bien
étrange et bien triste pour « qui sait en qui il a
« cru (1), » et qui voit qu'on passe, sans l'honorer
d'un regard, à côté de cette religion nouvelle, quoique
ancienne, qu'on cherche si loin et qui est si près, et
qu'on prophétise sans vouloir la reconnaître : nouvel
Israël qui attend le Messie, dix-huit cents ans après
sa venue.

Nous ne relèverons pas le seul argument direct que
nous ayons trouvé dans l'ouvrage de M. Lerminier
contre le christianisme, auquel on refuse toute catho-
licité comme toute divinité, parce qu'il n'a pas conquis
encore cette universalité à laquelle il prétend, parce
qu'il a revêtu des formes différentes selon les temps
et les lieux. L'argument aurait eu plus de force lorsque
l'Église, qui s'appelait déjà catholique, n'avait pour
missionnaires que quelques pauvres pêcheurs des
bords du lac de Tibériade et ne s'étendait guère au
delà de Jérusalem.

Mais interrogeons cette philosophie qui doit, dit-on,
bientôt donner au monde une religion plus compré-
hensive, à la fois plus humaine et plus divine que le
christianisme. Sur quoi se fondent ses hautes prétentions? Le christianisme a fait ses preuves, le christia-

(1) Deuxième Épître à Timothée, I, 12.

nisme présente ses lettres de créance ; où sont celles
de la philosophie? où est « la démonstration d'esprit
« et de puissance (1) » par laquelle elle pourra se
légitimer, comme le fit autrefois l'Église? où en est-
elle sur les grandes questions dont le christianisme a
donné une solution si simple et pourtant si profonde?
que répond-elle au vœu des cœurs qui ont soif d'immortalité? que répond-elle au cri de la conscience qui
demande l'expiation et la délivrance du mal moral?
qu'a-t-elle appris que nous ne sussions sur Dieu et ses
rapports avec nous, sur l'homme et sa destinée? où
est le long rayon de lumière qu'elle projette sur notre
âme, sur la Divinité, sur les voies de la Providence et
sur le monde invisible? Si elle avait seulement confir-
mé, par le genre d'évidence qui lui est propre, ce que
nous en a dit le christianisme! Mais sur toutes les
grandes questions religieuses que l'homme lui pose
depuis quatre mille ans, elle garde le silence, ou ne
fait qu'accumuler les sombres nuages de l'incertitude.
Il n'est pas une de ces questions capitales portées au
tribunal de la philosophie, dont on ne puisse dire aujourd'hui, tout aussi bien qu'au temps de Thalès :
Sub judice lis est. Attendre d'elle une religion, n'est-
ce pas en espérer ce qu'elle ne peut donner? Qu'elle
légitime aux yeux de la raison les doctrines et les
preuves du christianisme, c'est là son rôle et ce sera
sa gloire.

On ne peut contester à l'ouvrage que nous annon-
çons l'étendue des connaissances, la largeur des con-

(1) Première Épître aux Corinthiens, II, 4.

ceptions, l'élévation des vues; cependant que l'idée
qu'il donne de l'homme et de l'humanité est petite
auprès de celle qui se puise dans la foi chrétienne! Ne
voyant ni ne montrant dans l'homme l'être immortel,
l'héritier des cieux, déchu, mais racheté, ce qui seul
jette du jour sur les mystères de notre existence ; ne
l'envisageant, par oubli de sa vraie nature, que comme
être social, même à ce dernier égard on le rapetisse
infiniment, ou pour mieux dire on ne le comprend
plus sous aucun rapport. Il n'y a que le christianisme
qui révèle la grandeur de l'homme en même temps
que sa misère; chez lui le mot *immortalité* ne reste pas
inanimé comme dans la science; il le porte vivant
dans la conscience, dans le cœur, au fond de l'âme ;
et voilà encore une des raisons pour lesquelles le
monde ne sent pas la puissance de la parole chrétienne, ou qu'il l'apprécie si peu et si mal. Ainsi, au point
de vue philosophique, le christianisme, qu'on prétend
débordé et dépassé, est bien en avant du siècle, et il
le sera toujours, car il est la première et la dernière
philosophie.

Il en est de même au point de vue social et moral.
Il n'est pas un des principes du christianisme qui ait
développé toutes ses conséquences, pas un de ses préceptes qui ait donné tous ses résultats, pas un des
germes moraux qu'il a semés dans le monde qui ait
porté tous ses fruits. Vous convenez vous-même que
le dogme de l'égalité humaine, annoncé et répandu
sur la terre par l'Évangile, n'est point accompli. Mais
au delà et au-dessus de ce dogme, si fécond encore de

votre propre aveu, il en est un autre plus élevé et plus
vaste, dont celui-là n'est qu'un simple corollaire ou
un fragment détaché, savoir le principe de la charité
qui commence à se faire jour et à réclamer ses droits.
Ce grand principe, à la fois un et multiple, susceptible d'immenses applications, porte en son sein des
bienfaits sans nombre et sans prix. Lui seul peut répondre aux besoins sociaux qui se manifestent et demandent à être satisfaits, tels que l'élévation graduelle
des classes indigente et ouvrière, l'amélioration de
leur sort, leur participation plus large au bien-être
général, grands problèmes qui, avec mille autres
semblables, se posent de jour en jour d'une manière
plus tranchée. Lui seul peut concilier parfaitement la
liberté et l'ordre, en enchaînant l'égoïsme qui les compromet sans cesse. Peut-être le principe de charité
est-il destiné, en se développant, à rattacher pour
jamais l'une à l'autre la religion et la philosophie politique et morale ; il instruira cette dernière, selon
votre belle expression, « à poursuivre la voie de la
« volonté générale, pour l'élargir et la faire remonter
« à Dieu. »

« Aujourd'hui, dites-vous, deux ouvertures s'offrent
« à l'avenir du monde : procurer un règne social à
« toute la vérité prêchée par le christianisme ; outre-
« passer les conceptions mêmes du christianisme. »
Non ; il n'y a qu'une voie, c'est la première. Vous
avouez qu'elle peut encore mener loin et bien. Explo-
rez-la davantage, vous vous convaincrez qu'elle sera
toujours la seule bonne, la seule sûre, la seule qui

puisse conduire l'homme et la société jusqu'au terme.
Le divin Réparateur a dit pour tous les temps : « Je
« suis le chemin, la vérité et la vie (1). » Oh! s'il
suffisait de montrer ce qu'a fait le christianisme pour
le monde, et ce qu'il lui tient encore en réserve, nul
esprit non prévenu ne pourrait lui refuser sa foi et sa
soumission ! Malheureusement, constater son influence
salutaire sur le passé, ses puissantes tendances à assurer le progrès, le calme, le bien-être croissant de
l'avenir, ce n'est pas encore le croire, mais nous espérons que c'est un moyen de remonter vers lui ; reconnaître ce qu'il a été, ce qu'il est, ce qu'il peut et doit
devenir pour le monde, ce n'est pas sentir encore ce
qu'il est pour l'âme, mais c'est un acheminement ;
voir en lui le grand élément de la régénération sociale
opérée et à opérer, ce n'est pas encore l'admettre
comme divin avec l'humble docilité d'esprit et de cœur
qu'il demande, mais c'est une voie de retour vers la
foi qu'ouvre aujourd'hui la Providence, et que nous
nous faisons un devoir et un bonheur d'indiquer et
d'élargir autant qu'il dépend de nous. L'influence
sociale du christianisme, quelque immense qu'elle
soit, n'est pas tout le christianisme ; elle n'est qu'un
effet indirect et éloigné de sa doctrine et de son action.
Pour savoir ce qu'il est, il faut l'étudier, non-seulement
dans l'histoire, mais dans la conscience et dans l'É-
vangile.

(1) Évangile selon saint Jean, XIV, 6.

TABLE DES MATIÈRES.

PREMIÈRE PÉRIODE.

VOLTAIRE. — Première partie (1694-1746) 1

DEUXIÈME PÉRIODE.

VOLTAIRE. — Deuxième partie (1746-1778) 63

D'ALEMBERT 131

DIDEROT 138

HELVÉTIUS 151

RAYNAL. 154

D'HOLBACH ET GRIMM. 156

BUFFON. 159

DUCLOS. 171

J. J. ROUSSEAU.

      Première partie : Sa vie. 184

      Deuxième partie : Ses écrits 257

APPENDICE.

LES MORALISTES FRANÇAIS DU DIX-HUITIÈME SIÈCLE. — Fragments d'un cours donné à Bâle en 1833.

      Première leçon 329

      Fin de la dernière leçon 354

STATISTIQUE DES IDÉES MORALES. 362

DE L'INFLUENCE DE LA PHILOSOPHIE DU DIX-HUITIÈME SIÈCLE. A propos du livre de M. LERMINIER. 368

www.ingramcontent.com/pod-product-compliance
Lightning Source LLC
Chambersburg PA
CBHW050317030726
47505CB00003B/753